엘라이나의 마법 수프

엘라이나의 마법 수프

모나 지음

상상출판

기적을 부르는 마법 수프

저는 상상하는 걸 좋아하는 사람입니다. 어릴 때부터 상상으로 하루를 보내고는 했죠. 제 머릿속은 언제나 바빴습니다. 수많은 이야기가 만들어졌다가 사라졌죠. 그런 제가 책을 좋아하게 된 것, 글을 쓰는 사람이 된 것은 어쩌면 당연한 일이었을지도 모릅니다. 저에게 책은 많은 힘이 되었습니다. 시련 앞에서도 주인공들이 역경을 이겨내고 웃을 때면 함께 웃게 되었으니까요. 책의 내용에 따라서 어느 날은 마법사가 되기도, 요리사가 되기도 했죠. 낯을 많이 가리고 고민이 많던 저에게 책은 일종의 비상구였습니다. 아무리 힘들어도 책을 펼치면 잠시나마 잊을 수 있었으니까요. 이야기의 매력을 깨달은 이후로 제 꿈은 언제나 같았습니다. 글을 쓰는 사람, 제 이야기를 들려주는 사람이 되고 싶었죠. 그리고 제 이야기가 책으로 나오기를 바랐습니다. 제 꿈이 이루어진 것도, 여러분들에게 제 이야기를 들려줄 수 있게 된 것도 기쁩니다.

이 이야기에는 수많은 수프가 등장합니다. 왜 하필이면 수프냐고 묻는 분들도 있을 겁니다. 수프는 재밌는 음식 같습니다. 기쁜 일, 특별한 일이 생겨서 가는 레스토랑에서도 수프가 나오죠. 서양에서는 아픈 사람이 수프를 먹는다고 합니다. 그래서 수프가 여러 상황, 여러 감정에 어울리는 음식이라는 생각이 들었습니다. 수프를 조사하면서 독특한 수프가 많다는 것 때문에 재밌었습니다. 여러분들도 독특한 수프를 보고 재밌게 생각하셨으면 좋겠네요. 레시피를 비교적 자세히 적었으니까 따라하시는 것도 추천합니다.

정성이 담긴 요리는 마음을 치유하는 힘을 가지고 있다고 생각합니다. 아버지가 냉장고에 남은 재료로 만든 찌개, 어머니가 휴일에 만들어주는 닭볶음탕 같은 것들은 맛만 좋은 게 아닙니다. 지치고 외로운 날에 마음을 치유하는 힘이 있다고 믿습니다. 힘들어서 꽁꽁 숨어버리고 싶은 날에도 그런 요리를 먹으면 마음이 따뜻해졌으니까요. 부정적인 기운이 빠져나가고 따뜻한 기운이 마음을 감싸주는 것처럼. 꼭 누군가가 만들어줄 필요는 없습니다. 본인이 만든 요리도 정성이 담겼다면 충분합니다. 식재료를 다듬는 일도, 자신의 입맛에 맞게 양념을 만드는 일도 마음을 씻어내는 무언가가 있다고 생각합니다. 정성이 담긴 요리는 마음을 치유한다. 이 이야기는 그런 생각에서 시작되었습니다. 주인공 엘라이나의 수프에는 조금 더 신비한 힘이 담겼지만요. 엘라이나는 평범한 수프 가게 주인으로 지내다가 자신이 황손이라는 걸 알게 됩니다. 그리고 황궁에서 많은 사람들을 만나죠. 상처도, 고민도 있는 사람들을요. 누군가는 사랑하는 사람을 잃고 괴로워하고 누군가는 자신이 초라하고 부족하다고 생각하죠. 등장인물들의 상처, 고민은 현실을 살아가는 사람들도 겪고 있는 것입니다. 그렇기 때문에 적는데 더 조심스러웠죠. 저는 세상에는 수많은 사람들이 있고 그 숫자만큼 상처도, 고민도 다양하다고 생각합니다. 각자 마음에 크고 작은 흉터를 품고 살아가죠. 지금 이 순간에도 여러분들은 무언가를 고민하고 있을 겁니다. 제가 쓰는 글은 엘라이나의 수프처럼 마법 같은 힘이 없습니다. 여러분들의 고민을 한 번에 사라지게 만들 수는 없죠. 하지만 제 글로 인해서 여러분들이 잠시라도 고민을 잊을 수 있기를 바랍니다. 제가 여러 작가님들의 이야기를 읽으면서 잠시 고민을 잊었던 것처럼. 이 이야기가 여러분의 마음을 감싸주는 요리 같았으면 좋겠습니다.

감사합니다.

2022년 1월 모나

차 례

엘라이나 브라운(20세, 여자): 여자 주인공. 곱슬곱슬한 갈색 머리카락, 녹색 눈동자. 할머니의 수프 가게를 물려받아 운영한다. 자신의 수프 가게에 자부심이 있고 가족에 대한 사랑이 넘친다.

안드레스 마리우스(21세, 남자): 남자 주인공. 은발, 하늘색 눈동자. 직위는 공작. 황태손에 대한 충성심이 강하며, 초반에는 엘라이나를 경계한다. 하지만 기본적으로 다정하고 정중한 성격이다.

데미안 그라우트(60대 중후반, 남자): 그라우트 제국의 황제이자 엘라이나의 할아버지. 금발이 섞인 백발, 파란 눈동자. 능력이 뛰어나며 훌륭한 황제지만 애정 표현이 서툰 편이다.

켄드릭 그라우트(21세, 남자): 그라우트 제국의 황태손이자 엘라이나의 사촌 오빠. 금발, 파란 눈동자. 온화하고 상냥한 성격이다. 몸이 약해서 대부분 침실에서 머문다.

아그네스 그라우트(40대 중후반, 여자): 데미안의 며느리이자 켄드릭의 어머니. 금발, 연두색 눈동자. 켄드릭처럼 온화하고 상냥한 성격이다. 남편이 죽자 충격으로 자신의 궁에서 나오지 않는다.

벨리사 그라우트(21세, 여자): 그라우트 제국의 황태손비. 붉은 머리카락, 녹색 눈동자. 수수한 것을 좋아하고 조심스러운 성격이다. 켄드릭이 자신 같은 사람을 좋아하지 않을 것이라고 생각한다.

율라니 베킨세일(40대 중후반, 여자): 켄드릭의 유모. 붉은 머리카락, 보라색 눈동자. 켄드릭을 아끼고 아이처럼 대한다. 매혹적인 미모를 가지고 있으며 엘라이나는 물론이고 켄드릭의 주변 사람들을 경계한다.

1

황제의 손녀

그라우트 제국의 브라이트는 아름다운 마을이었다. 브라이트의 로빈가 13번지에는 '프랜시스의 수프 가게'라는 곳이 있었다. 아주 작고 오래된 가게였지만 장사는 잘 되는 편이었다.

전 주인 프랜시스는 수프만큼은 깐깐한 편이었다. 그래서 손녀 엘라이나가 완벽하게 준비되기 전까지는 가게를 물려주지 않겠다고 선언했다. 다행히 엘라이나는 수프에 대한 열정도, 재능도 있었다. 그녀는 프랜시스가 수프 가게를 열었던 나이보다 훨씬 어린 나이에 모든 수프를 배웠다. 그리고 작년 겨울에 프랜시스가 죽었고, 엘라이나는 수프 가게의 새로운 주인이 되었다.

"다음에 또 오세요."

엘라이나는 활짝 웃으면서 인사했다. 하나로 묶은 갈색 머리카락이 바람에 흔들렸다.

"언제 봐도 웃는 얼굴이 할머니랑 똑같다니까!"

단골인 린드버그 부인은 그렇게 말하고 수프 가게를 나갔다. 린드버그 부인은 항상 엘라이나가 할머니를 많이 닮았다고 말했다. 그녀도 그렇게 생각했다. 곱슬곱슬한 갈색 머리카락, 상냥함이 가득한 녹색 눈동자가 똑같았다. 다른 점이 있다면 그녀는 부모님 프랭크와 실비아를 닮아서 키가 크다는 것이었다.

엘라이나의 아버지 프랭크는 머리카락 색깔, 눈동자 색깔을 제외하고는 프랜시스와 닮은 점이 없었다. 적어도 외모는 그랬다. 그래서 엘라이나는 부모님이 마차 사고로 죽기 전부터 할아버지가 어떤 사람인지 궁금했다. 하지만 프랜시스는 그 이야기만 나오면 프랭크가 태어나기 전에 죽었다는 말만 반복했다. 더는 묻지 말라는 것처럼. 엘라이나는 사춘기에 접어들면서 프랭크가 귀족의 사생아라고 생각했다. 수도 젤라우드와 가까운 마을인 브라이트에는 그런 경우가 꽤 많았다. 그래서 그 후로 할아버지에 대해서 묻지 않았다.

엘라이나는 린드버그 부인이 먹은 그릇을 치웠다. 그리고 자신의 저녁 시간이라는 걸 확인하고 새로운 수프를 준비했다. 완두콩 수프였다. 작은 솥에 버터를 넣고 달군 후에 양파와 소금을 넣었다. 그리고 양파가 투명해질 때까지 볶다가 완두콩과 물을 넣고 끓였다. 엘라이나는 완두콩이 충분히 익은 걸 확인하고 불을 껐다. 그렇게 끓인 걸 갈아서 체에 거르면 조금 더 부드러운 맛이 나기 때문이다.

'이쯤이면 됐겠지.'

그렇게 생각한 엘라이나는 체에 거른 것에 생크림을 추가하고 다시 끓였다. 조금 더 끓이다가 그릇에 담은 완두콩 수프는 새싹 색깔이었다. 엘라이나는 완두콩 수프에 후추를 약간 뿌린 후 먹으려고 했다. 그때 가게 앞에서 인기척이 났다. 손님이 왔다고 생각한 그녀는 가게 문을 열었다. 하지만 아무도 없었다. 아니, 아무도 없다고 생각했다. 엘라이나는 자신의 눈높이보다 한참이나 아래에서 들리는 기침 소리에 고개를 숙였다. 깡마른 꼬마였다.

"여기까시 혼자 왔어?"

엘라이나가 조심스럽게 묻자 꼬마는 고개를 끄덕였다. 꼬마는 낡은 옷을 입고 있었고 맨발이었다. 엘라이나는 꼬마의 배에서 나는 꼬르륵 소리에 안쓰러운 표정이 되었다. 그녀는 쭈그리고 앉아서 꼬마의 얼굴을 바라봤다. 검고 긴 머리카락 사이로 회색 눈동자가 반짝였다. 엘라이나는 꼬마의 손을 잡았다. 그러자 꼬마는 조금 놀란 표정이 되었다가 활짝 웃었다. 어려운 상황이 분명한데도 반짝이는 눈동자와 웃음만큼은 천진난만하게 보였다.

"배고프면 수프 먹을래? 방금 끓인 완두콩 수프가 있어."

엘라이나는 꼬마를 데리고 가게로 들어갔다. 꼬마는 완두콩 수프를 보고 또다시 활짝 웃었다. 그리고 테이블에 앉아서 허겁지겁 먹기 시작했다. 엘라이나는 물을 챙겨주면서 흐뭇하게 웃었다.

"맛있어? 천천히 먹어. 솥에 조금 더 남았으니까 더 먹고 싶으면 말해. 부모님은 어디에 계셔?"

엘라이나가 묻자 꼬마는 울적한 표정으로 하늘을 가리켰다.

'이 아이도 나처럼 혼자인 모양이구나.'

그녀는 안타까운 표정으로 꼬마를 바라보다가 잠시 고민에 빠졌다. 꼬마가 갈 곳이 없는 것처럼 보였기 때문이다. 엘라이나는 당분간이라도 꼬마를 데리고 있는 게 좋겠다고 생각했다.

"그러면 언니랑 같이 살까? 당분간이라도 좋으니까."

엘라이나의 말에 꼬마는 대답하지 않고 눈만 깜박거렸다. 그녀는 꼬마의 입을 열기 위해서 쉬운 것부터 묻기로 했다.

"이름이 뭐야?"

엘라이나가 묻자 꼬마는 먹던 것을 멈췄다. 그리고 엘라이나를 빤히 바라보더니 물었다.

"언니는 왜 모르는 사람한테 완두콩 수프를 주는 거야?"

"어? 아, 우리 할머니께서 그러셨거든. 배고픈 사람은 그냥 보내는 게 아니라고. 나는 그 가르침을 따르고 있을 뿐이야."

꼬마의 질문에 엘라이나는 잠시 당황했지만 상냥하게 대답했다. 그녀는 꼬마의 눈빛이 아까와 다르다는 것을 느꼈다. 그것은 이 세상의 모든 것을 아는 듯한 눈빛이었다. 엘라이나가 멈칫하자 꼬마의 몸에서 빛이 났다. 순간 공기의 흐름이 느려졌고 가게 밖에서 들리던 여러 소리도 멈췄다.

"내 이름은 아스테르."

엄숙한 표정으로 말한 꼬마는 자리에서 일어났다. 아스테르는 브라이트에 있는 신전의 주인이자 별을 다스리는 여신이었다.

'이런 꼬마가 아스테르 님이라고? 그럴 리가 없잖아. 아니, 아스테르 님이 아니면 저 빛은 뭔데?'

그렇게 생각한 엘라이나가 조심스럽게 물었다.

"서, 설마 여신이십니까?"

꼬마는 대답하지 않았지만 꼬마의 몸에서 나는 빛, 느려진 공기의 흐름, 멈춘 소리가 대답을 대신하는 것 같았다. 엘라이나는 자신도 모르게 무릎을 꿇었다. 아스테르는 무릎을 꿇은 그녀에게 다가왔다.

"완두콩 수프에 대한 답례를 주마."

"아니, 그러실 필요는 없습니다. 겨우 완두콩 수프 한 그릇인데요."

엘라이나는 덜덜 떨면서 말했다. 두려움, 경외심이 한꺼번에 밀려왔다. 어쩐지 눈물이 나올 것 같은 기분이었다.

"겨우 완두콩 수프 한 그릇? 재밌는 말을 하는구나. 다른 이들은 감자 하나가 아까워서 나를 때리고 욕했다. 침을 뱉는 녀석까지 있었지. 이 모습은 너무 어리고 여려서 인간의 진정한 마음을 엿볼 수 있더구나."

아스테르는 검지손가락 끝으로 엘라이나의 이마를 톡톡 두드렸다. 그러자 엘라이나의 이마가 잠깐 빛났다. 엘라이나가 어리둥절한 표정으로 바라보자 아스테르는 빙긋 웃었다.

"내 답례다. 조만간 그 능력을 사용할 때가 올 것이다."

그렇게 말한 아스테르는 돌아서면서 덧붙였다.

"할머니에게 좋은 가르침을 받았구나."

엘라이나는 조금 뜨거운 이마를 만지작거렸다. 어느 순간 아스테르가 사라지고 공기의 흐름이 원래대로 돌아왔다. 가게 밖의 소리도 다시 들리기 시작했고 엘라이나는 긴 한숨을 쉬었다. 자신에게 무슨 일이 일어난 것인지 알 수 없었다.

긴장이 풀린 그녀는 바닥에 쓰러지듯 누웠다. 그러자 문득 할머니 프랜시스가 들려준 전설이 떠올랐다. 꼬마로 변신한 아스테르가 사람들을 시험하고 다닌다는 이야기였다. 프랜시스의 말에 따르면 아스테르는 장난기가 많았다. 그래서 꼬마로 변신해 장난을 치는 일이 많았다. 프랜시스가 어릴 때는 아스테르가 변신한 모습일지 모르니까 낯선 꼬마한테 함부로 대하지 말라는 말이 있었다고 한다. 지금은 그냥 옛날이야기, 미신이라고 생각해서 그 말을 지키는 사람이 드물지만.

'답례? 능력이라고? 도대체 어떤 능력일까?'

엘라이나는 허공으로 손을 뻗었지만 아무런 일도 일어나지 않았다. 그녀는 머쓱한 표정이 되었다. 그런데 손을 내리는 순간 눈물이 흘렀다. 참 이상한 일이었다. 슬프지도, 눈물이 날 정도로 기쁘지도 않은데 눈물이 흘렀다. 아까 느꼈던 두려움과 경외심 때문인 것 같았다.

'나는 신전에 자주 가지도 않았는데.'

엘라이나는 자꾸만 흘러내리는 눈물을 닦으면서 생각했다. 자신이 신을 만났다고 이렇게 동요할 줄은 몰랐다. 그녀는 자신의 인생에서 이렇게 특이하고 특별한 일은 처음이자 마지막일 거라고 생각했다. 그렇게 생각하자 아까 일이 조금은 재밌게 느껴졌다. 바닥에서 일어난 엘라이나는 아스테르가 먹은 그릇을 치웠다. 그리고 남은 완두콩 수프를 그릇에 담아서 먹기 시작했다. 부드럽고 고소한 맛에 기분이 좋아졌다.

'역시 수프는 최고야. 언제 먹어도 사람의 마음을 토닥여주는 것 같다니까.'

그녀의 입가에 만족스러운 미소가 떠올랐다. 프랜시스는 엘라이나가 아프거나 속상한 날이면 수프를 만들었다. 수프 가게를 운영했기 때문에 평소에도 많이 먹는 편이었지만, 그런 날의 수프는 더 특별했다. 따뜻한 수프가 몸과 마음을 감싸는 것 같았다. 그래서 엘라이나는 수프를 사랑했다. 아프거나 속상한 날 먹으면 위로가 되었다. 기쁜 날 먹으면 수프가 그 기쁨을 축하해주는 것 같았다.

물론 제일 좋아하는 수프는 사랑하는 사람과 같이 먹는 수프였다. 그녀는 프랜시스와 함께 먹었던 수프를 떠올렸다. 엘라이나에게 수프 가게는 아주 소중한 곳이었다. 할머니와 함께 보낸 추억이 담겼기 때문이다. 수프 가게의 2층은 집이었기 때문에 더 많은 추억이 있었다.

'너무 놀라서 그런가? 조금 피곤하네.'

엘라이나는 수프 가게 문을 일찍 닫기로 했다. 그래서 문에 '닫았어요'라는 문패를 걸어두고 2층으로 올라갔다. 문을 열자 옅은 라일락 향기가 났다. 프랜시스가 키우는 라일락에 꽃이 피었기 때문이다.

엘라이나는 활짝 열린 창문으로 다가가 라일락을 바라봤다. 프랜시스는 식물 키우는 걸 좋아했다. 그래서 수프 재료인 채소나 과일, 허브도 직접 키운 것을 사용했다. 물론 키우기 어려운 것은 믿을 만한 곳에서 받아서 사용했다.

엘라이나는 아직 그럴 자신이 없어서 모든 재료를 받아서 사용했다. 그전에는 프랜시스가 시키면 물을 주는 정도였기 때문이다. 하지만 곧 직접 키우는 것에 도전할 생각이었다. 프랜시스가 키운 재료는 정말 신선하고 맛있었다. 그 재료로 만든 수프는 최고였기 때문에 자신도 직접 키운 재료로 수프를 만들고 싶었다. 엘라이나는 빙긋 웃으면서 창문을 닫았다.

며칠 후 수프 가게는 아침과 오전에 바빴다. 아침부터 식사를 만들기 귀찮은 사람들, 바쁜 사람들이 많았기 때문이다. 수프는 아침밥으로 부담이 없었다. 엘라이나는 익숙한 솜씨로 주문을 받았다. 그리고 테이블마다 그릇에 담은 수프를 내려놨다. 포장해달라는 사람들에게는 포장한 수프를 건넸다. 폭풍 같은 시간이 지나고 가게에 혼자 남은 엘라이나는 한숨을 쉬었다.

"그나마 작은 가게라서 다행이지."

작은 목소리로 중얼거리며 그녀는 제일 가까운 의자에 앉았다. 당분간 조용할 것이다. 잠시 여유를 즐기던 엘라이나는 그릇을 치우려고 자리에서 일어났다. 그런데 가게 문이 벌컥 열리더니 린드버그 부인이 들어왔다.

"엘라이나, 큰일 났어!"

"네?"

엘라이나는 의아한 표정이 되었다. 린드버그 부인은 다급한 표정으로 그녀의 손을 잡았다.

"지금 기사들이 너를 찾고 있어."

"기사들이요? 왜요?"

"그건 모르겠지만 표정이 무섭던데. 너 안 좋은 일에 휘말린 거 아니야?"

린드버그 부인은 빠르게 말하고 주변을 둘러봤다. 금방이라도 기사들이 들이닥칠까 봐 걱정하는 표정이었다. 엘라이나는 잘못한 일을 떠올렸다. 세 살 때 프랭크의 양쪽 귀를 잡아당겼던 일, 다섯 살 때 실비아가 먹지 말라는 사탕을 먹었던 일은 물론이고, 열일곱 살 때 프랜시스 몰래 놀러 나갔던 일까지. 그 일들 말고도 잘못한 일은 꽤 많았지만, 기사들이 무서운 표정으로 찾아올 만한 일은 없었다.

"생각나는 일이 없는데요."

"어쨌든 숨는 게 좋겠어. 내가 수프 가게를 모른다고 말했지만, 금방 찾아올 거라고!"

린드버그 부인은 엘라이나가 숨을 만한 곳을 찾으면서 말했다. 하지만 숨기에는 조금 늦었다. 엘라이나가 오크통에 숨으려고 하는데 기사들이 들어온 것이다. 기사들은 모두 무표정한 얼굴이라서 무섭게 보였다. 기사들 사이에 있던 중년 남자가 엘라이나에게 다가왔다.

남자는 연분홍색 머리카락에 연두색 눈동자였는데, 굉장히 상냥한 인상이었다.

"엘라이나 브라운 님이십니까?"

"네? 네, 그런데요."

남자가 묻자 엘라이나는 긴장한 표정으로 대답했다. 그리고 자신의 할아버지가 자신을 찾는 것 같다고 생각했다. 아무리 생각해도 기사가 자신을 찾아올 만한 일은 그것밖에 없었기 때문이다.

'할아버지가 귀족이 맞았나 봐.'

엘라이나는 드디어 올 게 왔다고 생각하며 침을 꿀꺽 삼켰다. 린드버그 부인은 엘라이나와 남자를 번갈아 보다가 밖으로 나가버렸다. 엘라이나를 함부로 대하지 않을 것 같다고 생각했기 때문이다.

"어느 남작가에서 오셨나요? 아니면 자작가?"

엘라이나가 조심스럽게 물었지만, 남자는 대답하지 않았다. 그녀는 남자가 난감해한다는 걸 깨닫고 심호흡을 했다.

"그것보다 더 높은 가문이군요. 혹시 공작가인가요?"

엘라이나는 마음의 준비를 하고 물었다. 그러자 남자가 여전히 난감한 표정으로 웃었다.

"아니요. 저희는 황궁에서 왔습니다."

"네?"

"놀라셨겠지만 엘라이나 님이 황제 폐하의 손녀라는 것이 밝혀졌습니다. 폐하께서 엘라이나 님을 만나고 싶어 하십니다."

남자의 말을 들은 엘라이나는 너무 놀라서 눈만 깜박거렸다. 그녀는 평민이었다. 황제라는 단어를 입 밖으로 내뱉은 적도 별로 없었다. 그만큼 황제는 멀고 먼 존재였다. 그런데 그런 사람이 내 할아버지라고? 그녀는 하얗게 질린 얼굴로 제일 가까운 의자에 앉았다. 남자는 그런 엘라이나를 이해한다는 표정으로 바라봤다.

"저, 저기요."

엘라이나는 떨리는 목소리로 남자를 불렀다. 남자는 그녀가 자신을 어떻게 불러야 할지 고민한다는 걸 알아챘다.

"그레디 제라드입니다. 제라드 공작이라고 부르시면 됩니다."

"네? 공작님이라고요?"

엘라이나는 깜짝 놀란 표정으로 자리에서 일어났다. 하지만 갑자기 눈앞이 핑 도는 느낌에 다시 의자에 앉았다. 제라드 공작은 놀란 표정으로 그녀에게 다가갔다.

"괜찮으십니까?"

"괘, 괜찮아요. 여러 가지로 놀라서 그래요. 그런데 제가 진짜 폐하의 손녀라고요? 확실한 건가요?"

"프랜시스 브라운 님의 손녀시라면 확실합니다. 폐하께서 엘라이나 님이 믿지 못하시면 이렇게 전하라고 하시더군요. 오른쪽 손등에 작은 화상이 있고 라일락을 좋아하는 프랜시스의 손녀라면 자신의 손녀가 확실하다고."

제라드 공작의 말에 엘라이나는 프랜시스의 얼굴을 떠올렸다. 할머니에 대해서 많은 걸 안다고 생각했는데 지금은 낯선 사람처럼 느껴졌다. 프랜시스가 어쩌다가 황제와 만나서 프랭크까지 낳았는지 알 수 없었다.

'이럴 줄 알았으면 할머니가 말하기 싫어해도 끝까지 물어볼걸.'

엘라이나는 한숨을 쉬면서 생각했다. 언제까지 놀라고 있을 수만은 없었다. 그녀는 허리를 꼿꼿하게 세우며 당당한 눈빛이 되었다. 그 모습을 본 제라드 공작의 눈동자가 빛났다. 엘라이나에게 황제를 닮은 구석이 있다고 생각했기 때문이다.

황제 데미안은 당황하거나 슬픈 일이 있어도 허리를 꼿꼿하게 세웠다. 그리고 언제나 당당한 눈빛으로 주변을 둘러봤다. 제라드 공작은 자신이 주군의 손녀를 찾았다는 기쁨에 작은 행동에도 의미 부여를 하는 것일지도 모른다고 생각했다.

'하지만 그게 아니라면 폐하만큼은 아니라도 꽤 강인한 면이 있는 분인 거야. 하긴 아직 어리시니까 폐하와 똑같기를 바라는 건 무리겠지.'

그렇게 생각한 제라드 공작은 씨익 웃었다.

"폐하께서 저를 왜 찾으시는 건가요? 단순히 손녀라서 찾으시는 건가요?"

엘라이나가 낮은 목소리로 물었다. 어쩐지 그게 다가 아닐 것 같다는 생각이 들었기 때문이다. 제라드 공작은 짧게 숨을 들이쉬었다.

'이것도 폐하를 닮은 걸까? 눈치가 빠르군.'

제라드 공작은 기사들을 내보내면서 생각했다. 기사들은 제라드 공작의 말이 새어나가지 않게 가게 밖을 둘러쌌다.

“황태손 전하에 대한 소문을 들으신 적이 있으십니까?”

“몸이 약하신 분이라는 이야기는 들었어요.”

그녀는 솔직하게 대답했다. 황태손 켄드릭은 죽은 황태자 그레고리의 아들이었다. 어릴 때부터 몸이 약하다는 소문 때문에 모두 걱정이 많았다. 린드버그 부인도 몸이 약한 사람이 황제가 되면 나라는 괜찮은 거냐고 걱정했다. 엘라이나는 남들보다 조금 더 약한 정도일 거라고 생각했지만.

“역시 평민들에게도 소문이 났군요.”

“심각하신 건가요? 저는 그냥 귀하게 자란 분이라서 남보다 조금 더 약한 정도로 생각했는데.”

“황태손 전하에 대한 불충이 될 수도 있겠지만, 솔직하게 말하겠습니다. 전하께서는 어릴 때부터 몸이 약하셨습니다. 언제 돌아가셔도 이상하지 않다고 말하는 사람들도 있죠. 그리고 안타깝게도 폐하께는 다른 자식도, 손주도 없으시죠. 엘라이나 님의 소식을 듣기 전까지는 말이죠.”

제라드 공작의 말에 엘라이나는 긴 한숨을 내쉬었다. 무슨 말인지 알아들었기 때문이다. 데미안은 켄드릭이 죽을 경우 후계자로 삼을 혈육이 필요한 것이다. 그녀는 말없이 생각에 잠겼다.

‘나는 황제가 될 생각이 없다고. 그런 것보다 수프 가게 주인이 더 좋은걸. 하지만 황궁에 가면 다들 내가 황위를 노린다고 생각할 거야. 그런 피곤한 일에 엮이는 건 딱 질색인데. 그렇다고 폐하가 부르시는데 안 갈 수도 없고. 무엇보다도 폐하가 어떤 분인지 궁금해. 내 할아버지니까.'

그렇게 생각한 엘라이나는 웃으면서 말했다.

"무슨 뜻인지 잘 알겠어요. 하지만 저는 수프 가게 주인이 천직이라고 생각하는 사람이랍니다. 단순히 손녀가 할아버지를 만나는 것이라면 백번, 천번이라도 가겠지만요."

"너무 부담을 가지실 필요는 없습니다."

제라드 공작은 그녀의 표정을 살피면서 말했다. 엘라이나의 말이 진심인지 확인한 것이다. 그녀의 곧은 눈빛과 잘 관리된 수프 가게를 보면 진심인 것 같았다. 낡은 간판을 보면 오래된 가게가 분명했다. 제라드 공작이 봤던 오래된 가게는 아무리 잘 관리해도 지워지지 않는 얼룩 같은 게 있었다. 하지만 엘라이나의 수프 가게는 모든 게 깔끔했고 정돈이 잘 되어 있었다.

"황태손 전하의 몸이 약하신 건 사실이지만, 금방 돌아가실 정도는 아닙니다. 폐하도 전하가 다음 황제가 되시기를 바라시고요. 엘라이나 님을 만나려고 하시는 건 단순히 할아버지의 마음이실 겁니다."

제라드 공작은 정중한 말투로 말했다. 그건 그의 소망이기도 했다. 켄드릭은 몸이 약한 것을 제외하면 완벽한 황제감이었다. 제라드 공작은 그가 황제가 되기를 바라고 있었다.

'나도 내 마음을 모르겠네. 전하께서 황제가 되시기를 바라는 마음에는 변함이 없어. 하지만 한편으로는 안심이 되는군. 전하께 무슨 일이 생기더라도 다른 후계자가 있으니. 그동안 다른 후계자가 없어서 마음을 졸였는데.'

그는 복잡한 표정으로 한숨을 쉬었다. 다른 나라였다면 데미안의 형제나 조카라도 후계자로 내세웠겠지만 그럴 수 없었다. 그라우트 제국의 황실은 손이 귀했기 때문이다.

"바로 출발하시죠."

"네? 지금 바로요? 짐도 챙겨야 하는데요."

"꼭 필요한 것만 챙기세요. 숲을 가로질러서 갈 생각입니다."

제라드 공작의 말을 들은 엘라이나는 고개를 끄덕였다. 그리고 2층으로 올라가 짐을 챙기기 시작했다. 그녀가 최대한 줄이고 줄인 짐을 들고 내려오자 가게 밖에 마차가 보였다. 이웃들은 궁금한 표정, 조금 겁을 먹은 표정으로 기사들을 보고 속닥거렸다.

"블랜트 부인, 무슨 일이래요?"

"엘라이나를 데리러 왔대요!"

"무슨 일이죠? 엘라이나가 어느 귀족한테 시집이라도 가는 건가?"

엘라이나는 익숙한 목소리에 긴장이 풀리는 걸 느끼면서 피식 웃었다. 감자 수프를 좋아하는 비숍 씨와 오크라 수프를 좋아하는 블랜트 부인이었다. 둘 다 가십을 좋아하고 수다스러운 편이었다.

'조만간 내가 귀족한테 시집을 갔다는 소문이 나겠군.'

그렇게 생각한 그녀는 제라드 공작의 에스코트를 받아 마차에 올랐다. 처음 받는 에스코트는 어색하지만 기분이 나쁘지 않았다. 비숍 씨와 블랜트 부인은 제라드 공작과 엘라이나를 번갈아 보더니 입이 근질거리는 표정이 되었다. 엘라이나가 나이가 많은 귀족의 첩이 되었다고 생각한 것이다.

'어차피 나중에 돌아오면 아니라는 게 밝혀질 테니까!'

엘라이나도 비숍 씨와 블랜트 부인이 어떤 생각을 할지 뻔히 알았다. 하지만 곧 풀릴 오해라고 생각했기 때문에 크게 신경 쓰지 않았다. 그리고 자신이 황제의 손녀라는 게 밝혀지는 것보다는 낫다고 생각했다. 엘라이나는 황족으로 지낼 생각이 전혀 없었기 때문이다.

'폐하랑 인사만 나누고 브라이트로 돌아오는 거야.'

엘라이나가 그렇게 생각하는 사이, 마차가 출발했다. 젤라우드와 브라이트 사이에는 커다란 숲이 있었다. 그 숲을 가로질러 간다면 내일 아침이면 젤라우드에 도착할 것이다. 엘라이나는 조금 설레는 기분이 되었다. 태어나서 지금까지 브라이트를 떠난 적이 없었기 때문이다. 마차 밖으로 풍경이 바뀌는 게 재밌었다. 그래서 자신도 모르게 콧노래를 흥얼거렸다. 제라드 공작은 그런 그녀를 흐뭇한 표정으로 바라봤다. 그에게는 엘라이나와 동갑인 딸이 있었다. 엘라이나의 콧노래를 들으니 딸 생각이 났다.

"젤라우드는 처음이신가요?"

"네, 저는 지금까지 브라이트를 떠난 적이 없거든요."

"아주 아름다운 곳이랍니다. 브라이트보다 조금 더 시끄럽고 복잡하기는 하지만요."

제라드 공작의 말에 엘라이나는 젤라우드를 상상하다가 말았다. 젤라우드도 궁금했지만 더 궁금한 게 있었기 때문이다.

"제라드 공작님, 궁금한 게 있는데요."

"편하게 물어보십시오."

"폐하는 어떤 분이신가요?"

엘라이나가 묻자 제라드 공작은 잠시 고민했다. 그녀에게 거짓말을 하고 싶지는 않았다. 하지만 솔직하게 말하면 엘라이나가 데미안에게 호감을 가질 것 같지 않았다. 데미안은 손주들이 바라는 인자한 할아버지는 아니기 때문이다. 제라드 공작은 엘라이나의 곧은 눈빛에 한숨을 쉬었다.

"황제로는 완벽한 분이라고 생각합니다. 백성을 아끼시고 여러모로 뛰어난 분이십니다. 황제가 아니었다면 위대한 학자가 될 자질도, 위대한 기사가 될 자질도 있는 분이시죠. 하지만 솔직히 말하면 그리 다정한 분은 아니십니다. 엘라이나 님이 나타나시기 전까지 유일한 손주인 황태손 전하께도 살갑게 대하신 적이 거의 없는 걸로 알고 있습니다."

"그렇군요."

엘라이나는 잠시 망설이다가 조심스럽게 물었다.

"다른 손주가 없는 건 확실한가요?"

그녀는 귀족의 사생아가 많은 브라이트에서 자랐다. 대부분의 가문에서 인정받지 못한 이들이었다. 다시는 나타나지 않는다는 조건으로 약간의 재산을 받은 경우는 그나마 나았다. 적어도 엘라이나가 아는 사람들 중에서는 잘 풀린 사람이 별로 없었다. 그래서 프랭크가 귀족의 사생아라는 걸 떠올리면 마음이 싱숭생숭했다. 알고 보니 귀족이 아닌 황제의 사생아였지만.

엘라이나는 자신의 할아버지가 바람둥이는 아닌지 걱정이 되었다. 만났던 여자가 너무 많아서 프랭크가 태어난 것도 몰랐던 걸까? 아니면 알고도 모르는 척한 걸까? 전자라도 한숨이 나오고 후자라면 만나고 싶지도 않았다. 하지만 황제다. 게다가 자신의 할아버지다. 그러니까 대놓고 '폐하는 바람둥이인가요?'라고 물을 수는 없었다.

"폐하께서는 황후 폐하와 혼인하신 후로 다른 여자 분을 만나신 적이 없습니다."

다행히 제라드 공작은 그녀의 질문이 무슨 의미인지 바로 눈치챘다.

"후궁도 없으시죠. 프랜시스 님을 만나신 것도 돌아가신 황후 폐하와 만나시기 전이라고 알고 있습니다."

제라드 공작의 말에 엘라이나는 안도의 한숨을 쉬었다. 적어도 혼인한 이후는 아니니까 다행이었다. 물론 그녀도 황제가 황후만 두는 건 흔한 일이 아니라는 걸 알았다. 다른 나라에는 후궁을 아홉 명이나 둔 왕도 있었다. 그래도 자신의 할아버지가 부인을 두고 할머니와 만났다면 싫을 것 같았다.

"걱정하지 마세요. 제가 알기로는 황후 폐하와 프랜시스 님을 제외하고는 마음을 주신 분은 없으니까요. 폐하께서는 프랜시스 님을 아끼셨고 잊지 않으셨습니다."

"그렇다면 그동안은 왜 저희를 찾지 않으셨을까요?"

"그건 저도 잘 모르겠습니다."

제라드 공작은 솔직하게 말했다. 그의 아버지이자 전 제라드 공작은 데미안과 절친한 친구였다. 그래서 데미안은 그를 조카처럼 생각했고 신뢰했다. 하지만 그런 제라드 공작도 데미안에게 다른 자식이 있다는 건 이번에 처음 알았다. 프랜시스라는 여자를 만났다는 것도 처음 알았다.

'폐하와 프랜시스 님 사이에 무슨 일이 있었는지는 모르겠어. 하지만 폐하께서 프랜시스 님을 아끼셨고 잊지 않으셨다는 건 확실해.'

제라드 공작은 프랜시스에 대해서 말하던 주군의 눈빛을 떠올렸다. 제라드 공작은 태어나서 지금까지 데미안과 가깝게 지냈다. 하지만 그런 눈빛은 처음이었다. 황후였던 카산드라를 보던 눈빛과 달랐다. 카산드라를 보던 눈빛은 신뢰를 바탕으로 한 애정이었다. 그리고 프랜시스에 대해서 말하던 눈빛은 그리움과 애틋함이 뒤섞인 것이었다. 제라드 공작은 그 그리움과 애틋함의 바닥에 깔린 것이 사랑이라고 생각했다.

'황후 폐하와는 든든한 동반자 느낌이 강했지. 하지만 프랜시스 님은 조금 다른 것 같아.'

그는 엘라이나의 얼굴을 바라봤다. 그녀가 프랜시스를 닮았는지, 프랜시스가 어떤 사람인지 궁금했기 때문이다.

"실례가 안 된다면 저도 하나 여쭤봐도 되겠습니까?"

"네? 네."

"프랜시스 님은 어떤 분이셨습니까? 아, 그냥 폐하를 오래 모신 신하로서 궁금해져서요."

제라드 공작의 말에 엘라이나는 활짝 웃었다.

"외모는 저랑 많이 닮았어요. 제가 어떤 모습으로 늙을지 전혀 궁금하지 않을 정도로요. 그리고 수프에 깐깐하셨죠. 양파 상태가 마음에 안 든다고 가게 문을 닫은 적도 있으세요. 제 눈에는 괜찮은 양파였는데. 고집이 센 분이셨지만 아주 다정하셨어요. 가난한 사람, 배고픈 사람에게 수프 나눠주는 걸 좋아하셨고요."

엘라이나는 즐거운 마음으로 말했다. 프랜시스는 배고픈 사람을 그냥 보내는 법이 없었다. 가난하고 배고픈 사람도, 가난하지 않지만 배고픈 사람도.

"배고픈 사람에게 수프를 나눠주시다니. 정말 다정한 분이셨군요."

제라드 공작은 빙긋 웃었다. 프랜시스가 어떤 사람인지 상상이 되었기 때문이다. 그리고 데미안이 왜 반했는지 알 것 같았다. 그는 프랜시스가 데미안과 비슷한 면이 있다고 생각했다. 고집이 세고 어려운 사람을 그냥 지나치지 못하는 것이 비슷했다. 제라드 공작은 자신도 모르게 작게 웃었다. 갑작스러운 웃음에 엘라이나는 어리둥절한 표정이 되었다.

'폐하는 다정한 마음을 가지신 분이야. 가까운 사람들은 폐하의 그 다정함을 알지. 하지만 폐하를 다정한 분이라고 표현하기는 애매한걸. 폐하는 표현하는 데 서투시니까. 대부분 다정한 마음을 잘 표현하는 사람을 다정하다고 말하잖아.'

제라드 공작은 엘라이나가 데미안의 다정함을 알아주면 좋겠다고 생각했다. 그리고 그녀의 어리둥절한 표정을 보고 머쓱해서 웃었다.

"아, 죄송합니다. 잠깐 다른 생각을 해서요."

"괜찮아요. 아, 숲이네요."

엘라이나가 마차 밖으로 보이는 풍경에 활짝 웃었다. 마차가 숲에 들어선 모양이었다. 푸른 나무들이 보였고 열린 창문으로 풀냄새가 섞인 바람이 불어왔다. 엘라이나의 앞머리가 바람에 휘날려서 엉망이 되었다. 하지만 엘라이나는 신경 쓰지 않았다.

'상쾌하다.'

창문 밖을 바라보던 그녀는 잠시 눈을 감았다. 시원한 바람도, 싱그러운 풀냄새도 마음에 들었다.

'어쩌면 폐하도 이 숲을 지나서 브라이트에 오신 걸까? 아니면 할머니가 이 숲을 지나서 젤라우드에 가셨을까? 그렇게 생각하니까 이 숲이 다르게 느껴지네. 폐하께 두 분의 만남에 대해서 여쭤볼 기회가 있으면 좋겠는데.'

그렇게 생각한 엘라이나는 웃으면서 눈을 떴다.

2
검은 연기

마차는 한참을 달렸고 저녁이 되었다. 기사들은 주변에 천막을 치고 먹을 음식을 준비했다. 엘라이나는 마차에 머물고 제라드 공작은 천막을 쓰기로 했다. 그녀는 기사들이 요리하는 모습을 보면서 감탄했다.

"다들 능숙하시네요."

"기껏해야 고기와 채소를 삶는 정도인데요."

조금 피곤한 표정의 기사가 말했다.

"훈련을 떠나면 직접 요리하기도 하거든요."

바로 옆에 있던 기사가 말했다. 엘라이나와 비슷한 또래인 것 같았다.

"제가 수프를 만들어도 될까요? 재료가 충분할까요?"

"재료는 충분하지만 그만두세요. 황손 저하께서 요리를 하신다니."

콧수염이 근사한 기사가 당황한 표정으로 말했다. 엘라이나는 황손 저하라는 호칭에 머쓱해서 웃었다.

“괜찮아요. 아침까지도 수프를 만들고 있었는걸요.”

그녀는 재료를 둘러보다가 감자 수프를 끓이기 시작했다. 모두 배고픈 것처럼 보였기 때문에 포만감을 느끼기 좋은 감자 수프를 선택한 것이다. 엘라이나는 우선 감자를 삶는 동안 버터에 양파를 갈색이 나게 볶았다. 그다음에는 삶은 감자, 볶은 양파에 우유를 조금 부어서 갈았다. 그리고 그걸 작은 솥에 담아 약한 불에 끓이면서 우유를 더 부었다. 수프는 모래밭의 모래처럼 묘한 색깔이 났다. 연갈색으로 보이기도, 하얀색이나 노란색으로 보이기도 했다.

‘생크림이 있으면 좋겠지만 없으니까!’

엘라이나는 아쉬운 표정이 되었다가 고소한 냄새에 웃어버렸다. 그리고 소금으로 간을 맞췄다. 감자에 우유까지 더해지니 고소하고 맛있었다. 낯선 숲이 편하게 느껴지는 맛이었다. 고소한 냄새에 기사들이 호기심 가득한 얼굴로 기웃거렸다.

“수프는 다 됐어요. 다른 요리는요?”

“고기도, 채소도 다 삶아졌습니다. 빵도 충분하고요.”

엘라이나와 비슷한 또래인 기사가 신이 난 표정으로 말했다. 엘라이나는 기사들에게 수프를 퍼주기 시작했다.

“제가 하겠습니다.”

제라드 공작이 난감한 표정으로 말했다.

“이왕 시작한 일이니까 끝까지 할게요. 어떤 분은 퍼줬는데 어떤 분은 안 퍼주면 서운하실걸요."

그렇게 말한 엘라이나가 장난스럽게 웃었다. 결국 그녀와 제라드 공작은 기사들과 함께 모닥불 주변에 앉았다. 봄이지만 아직 저녁은 쌀쌀했기 때문에 모닥불은 필수였다. 제라드 공작은 수프를 좋아하지 않았다. 그래서 엘라이나의 수프도 크게 기대하지 않았다.

'수프 가게를 운영하실 정도면 요리 실력이 좋으시겠지. 하지만 나는 황실 주방장이 고급 재료로 만든 수프도 맛이 없는걸.'

제라드 공작은 엘라이나의 눈치를 살폈다. 아무리 싫어해도 남이 열심히 만들어준 요리를 거절하고 싶지 않았다. 더군다나 황손이 만든 요리라면 더더욱 거절하기 힘들었다. 그는 머뭇거리면서 수프를 먹었다가 작은 소리로 감탄했다. 고소하면서도 담백한 맛이었다. 약간 쌀쌀했던 몸이 따뜻해지면서 긴장도 풀리는 느낌이었다.

"입맛에 맞으세요?"

엘라이나가 조심스럽게 물었다.

"아주 맛있는데요!"

제라드 공작은 활짝 웃으면서 대답했다. 누가 봐도 진심이라는 것이 느껴지는 표정과 말투였다. 엘라이나는 뿌듯한 마음으로 기사들을 둘러봤다. 다들 수프를 맛있게 먹고 있었다. 그런데 이상한 일이 벌어졌다. 조금 피곤한 표정이었던 기사가 수프를 먹고 기침을 했다. 그러자 그의 입에서 검은 연기가 흘러나왔다. 검은 연기는 그의 주변을 맴돌다가 사라졌다.

‘어? 방금 그건 뭐지?’

그녀는 깜짝 놀란 표정으로 주변을 둘러봤다. 하지만 제라드 공작도, 기사들도 아무렇지 않은 표정이었다. 검은 연기를 뱉은 기사와 대화하던 기사도 마찬가지였다.

‘혹시 나에게만 보인 걸까? 아니면 내가 잘못 본 건가?’

엘라이나는 고민하느라 저녁도 제대로 먹지 못했다.

“왜 그러시죠?”

제라드 공작이 걱정스러운 표정으로 물었다.

“아, 입맛이 없어서요. 조금 피곤해서 그런 것 같아요.”

엘라이나는 어색하게 웃으면서 대답했다. 그런데 검은 연기를 뱉은 기사의 목소리가 들렸다.

“이상하네. 갑자기 잠을 푹 자고 일어난 것 같은 기분이야.”

“그래? 너 요즘 계속 피곤하다고 그랬잖아? 자고 일어나도 피곤하다고 그러더니.”

다른 기사의 목소리가 들렸다. 그녀는 기사들이 있는 쪽을 바라봤다.

“그러니까 말이야. 그런데 지금은 괜찮아.”

“그러면 설거지는 네가 하면 되겠네!”

“뭐? 이 녀석이 말 같지도 않은 소리를 하네.”

기사들이 크게 웃더니 대화가 끝났다. 엘라이나는 기사가 피곤했던 이유가 검은 연기라는 생각이 들었다.

'아스테르 님이 주신 게 다른 사람의 피곤함을 보는 능력이었나? 하지만 다른 사람도 피곤할 텐데 저 사람의 피곤함만 보였는걸. 아니, 지금은 괜찮다고 그랬지? 내 능력 때문에 괜찮아진 걸까? 내가 뭘 했다고? 수프를 끓인 것밖에 없는데. 수프는 다른 사람들도 먹었잖아. 내가 나도 모르는 사이에 뭔가를 더 했나?'

엘라이나는 고개를 갸웃거리면서 생각했다. 아스테르가 선물한 능력, 기사의 피곤함, 검은 연기가 연관이 있는 것 같았다. 하지만 아무리 생각해도 그 이상은 알 수 없었다.

엘라이나는 눈을 깜박거렸다. 밤은 깊었는데 잠이 오지 않았다. 마차 밖을 지키는 기사들의 인기척과 부엉이 소리가 들렸다. 그녀는 잠자는 걸 포기하고 천장을 바라봤다. 그런데 살짝 열린 창문으로 반딧불이가 한 마리가 들어왔다. 반딧불이는 빙글빙글 돌다가 창문으로 나가버렸다.

'내가 이상한 건가? 반딧불이가 따라오라는 것 같네.'

엘라이나는 마차 문을 열고 나갔다. 그러자 반딧불이는 기다리고 있었던 것처럼 다시 나타났다. 그녀는 주변을 둘러봤다. 방금까지 마차 밖을 지키던 기사들이 꾸벅꾸벅 졸고 있었다. 엘라이나는 조심스러운 걸음걸이로 반딧불이를 따라갔다. 그렇게 도착한 곳은 은방울꽃이 가득한 꽃밭이었다.

"착한 어린이는 일찍 자고 일찍 일어나야지."

엘라이나는 익숙한 목소리에 고개를 돌렸다. 꽃밭에 앉아 있는 건 아스테르였다. 아스테르는 은방울꽃으로 만든 화관을 쓰고 있었다. 그리고 주변에는 반딧불이 몇 마리가 춤을 추듯 날아다니고 있었다.

“저는 착한 어른이라서 괜찮아요.”

엘라이나는 장난스럽게 말하면서 아스테르에게 다가갔다.

‘두 번째 만남이라서 그런가? 저번처럼 무섭지는 않네.’

그렇게 생각한 엘라이나는 아스테르 옆에 앉았다. 아스테르가 자신의 기운을 누르고 있었기 때문이지만, 그녀는 알 수 없었다.

‘처음 봤을 때는 깡마른 꼬마로만 보였는데, 달빛을 받은 모습이 요정 같아.’

엘라이나는 아스테르의 옆모습을 바라보면서 생각했다. 아스테르는 은방울꽃으로 또 다른 화관을 만들고 있었다. 아스테르는 엘라이나가 옆에 있다는 것도 잊은 것 같았다. 엘라이나는 어색한 표정으로 오른쪽 뺨을 긁었다. 아스테르가 반딧불이를 보낸 게 분명한데 말이 없으니 어색했기 때문이다.

“완성했다! 자, 받아.”

아스테르가 완성한 은방울꽃 화관을 건네면서 말했다.

“저 주시는 건가요?”

“내 건 이미 있으니까.”

그렇게 말한 아스테르는 빙긋 웃으면서 자신의 화관을 가리켰다.

“감사합니다.”

엘라이나는 화관을 쓰면서 활짝 웃었다.

"여기까지 오는 게 힘들지는 않았어? 내가 기사들을 졸게 만들었는데."

"아, 기사 분들이 졸고 있던 게 아스테르 님 때문이었군요."

"너를 만나고 싶었거든."

그렇게 말한 아스테르는 잠시 말이 없다가 물었다.

"내가 준 능력은 마음에 들어?"

"아, 그 능력이요! 도대체 어떤 능력인가요? 아까 봤던 검은 연기랑 관련이 있는 건 알겠는데."

그녀가 묻자 아스테르는 자리에서 일어났다. 아까부터 작게 들리던 풀벌레 소리가 멈췄다.

"그 검은 연기는 그라우트 제국을 망하게 만들 거야. 최대한 많은 사람에게 수프를 먹이도록 해. 누가 검은 연기에 지배되고 있는지 알 수 없으니까."

"네? 아니, 그 검은 연기가 뭔데 제국을 망하게 만들어요? 그리고 그게 수프랑 무슨 상관인데요?"

엘라이나는 깜짝 놀라서 자리에서 일어났다.

"내가 준 능력은 수프로 사람들을 정화하는 능력이거든. 검은 연기에 지배되고 있던 사람도 너의 수프를 먹으면 괜찮아질 거야. 꼭 네가 직접 만든 수프여야 돼. 네 수프는 원래도 훌륭했지만 내가 준 능력 때문에 더 맛있어질 거야."

"그럼 아까 그 기사 분도 검은 연기에 지배되고 있었던 건가요?"

"그래."

"제가 수프를 만드는 것도, 먹는 것도 좋아하지만 아무한테나 수프를 먹일 수는 없는걸요. 다들 저를 수프에 미친 사람으로 볼 거라고요. 이왕이면 누가 검은 연기에 지배되고 있는지 알아볼 수 있는 능력도 주시지."

"언제는 겨우 완두콩 수프 한 그릇에 답례는 됐다더니."

아스테르는 빙긋 웃으면서 말했다. 엘라이나는 자신이 신에게 건방지게 굴었나 싶어서 입을 다물었다. 하지만 아스테르의 눈동자가 장난기로 반짝이는 걸 보면 기분이 상한 것 같지는 않았다. 바람이 불면서 아스테르의 머리카락이 휘날렸다. 그러자 아스테르의 표정이 변했다. 어쩐지 서글픈 것 같았다.

"신에게도 규칙이라는 게 있으니까. 신은 누군가를 편애하면 안 되거든. 사실 나는 그라우트 제국이 망하더라도 상관없어. 나는 신이고 모든 인간은 내 자식이나 마찬가지니까. 전쟁에서 누가 승리하더라도, 패배하더라도 상관없단다. 언제나 기쁘고 언제나 슬프지. 모든 전쟁이 내 자식의 승리이자 내 자식의 패배니까. 하지만 너는 그라우트 제국이 망하면 슬프겠지? 그러니까 그게 내가 할 수 있는 최고이자 최선의 답례야. 여기서 더 도와주면 편애가 되거든."

아스테르는 담담하게 말했다.

"이 능력도 조금은 유리한 거 아닌가요?"

"그 정도는 괜찮아. 아무리 모든 자식이 어여뻐도 나쁜 짓을 하는 자식은 혼내주고 싶은 법이니까. 그 검은 연기는 나쁜 방법이지. 결국 그 아이들에게도 좋지 않을 거야."

"누구인지 모르겠지만 그 사람도 구해주고 싶으신 거군요."

엘라이나는 상냥한 미소를 지으면서 말했다.

"서운하게 생각하지 않았으면 좋겠구나."

그렇게 말한 아스테르는 별을 올려다봤다. 엘라이나는 아무런 말도 하지 않았다. 서운하게 생각하지 않을 자신도, 거짓말을 하고 싶은 생각도 없었기 때문이다. 아스테르는 그런 그녀의 마음을 아는 것처럼 빙긋 웃었다.

"하지만 언제나 너를 지켜보고 있으마. 해답이 필요할 때는 내 이름을 부르렴."

"그럴게요."

엘라이나가 대답하자 아스테르의 몸이 빛나기 시작했다. 그리고 쓰고 있던 은방울꽃 화관만 남기고 사라졌다. 엘라이나는 자신이 쓰고 있던 화관을 조심스럽게 벗었다. 누군가 그라우트 제국을 노린다는 사실도, 자신이 제국을 도울 능력을 가졌다는 사실도 잊고 싶었다. 모든 걸 잊어버리고 도망치고 싶었다.

하지만 그럴 수 없다는 건 잘 알고 있었다. 엘라이나는 태어나고 자란 그라우트 제국을 사랑했다. 단순히 자신의 나라라서 그런 건 아니었다. 이 나라에서 쌓아온 추억 때문에 사랑하는 것이었다.

'제국이 잘못되면 폐하도, 전하도 위험해져. 폐하가 할아버지라는 걸 알기 전이면 몰라도 지금은 안 된다고. 내게 남은 가족인걸.'

엘라이나는 심호흡을 하면서 생각했다. 솔직히 아직 데미안과 켄드릭을 사랑하는 건 아니었다. 가족의 사랑이라는 건 단순히 핏줄로만 만들어지는 게 아니니까. 하지만 부모님도, 할머니도 잃고 혼자였던 그녀에게 할아버지와 사촌 오라버니의 존재는 소중했다. 추억을 쌓고 사랑하게 될지도 모르는 가족이 생긴 것이기 때문이다. 엘라이나는 아스테르의 화관 옆에 들고 있던 화관을 내려놓았다.

'그리고 사람들에게 수프를 먹이는 건 그리 어려운 일이 아니니까. 수프에 미친 사람으로 볼 테면 보라고!'

그렇게 생각한 그녀는 마차로 돌아갔다. 기사들은 계속 졸고 있었기 때문에 들키지 않을 수 있었다. 잠깐 멈췄던 부엉이 소리가 다시 들리기 시작했고, 엘라이나는 쏟아지는 잠에 눈을 감았다.

젤라우드는 화려하면서도 우아한 도시였다. 창문 너머로 보이는 행인들은 모두 세련된 모습이었다. 특히 인상적이었던 것은 젤라우드 광장의 커다란 분수였다. 어찌나 커다란지 웅장한 느낌까지 들었다. 마차는 광장을 가로질러 달리다가 황궁에 도착했다. 금빛이 나는 성문에는 그라우트 제국을 상징하는 문장이 새겨져 있었다. 그라우트 제국의 문장은 월계수 잎을 문 독수리였다. 월계수 잎은 승리를, 독수리는 용맹함을 뜻했다.

'여기가 황궁이구나.'

엘라이나는 작은 소리로 감탄하다가 몰려오는 긴장감에 심호흡을 했다. 황궁은 젤라우드에 어울리는 화려하고도 우아한 모습이었다. 마차가 황궁 안에서도 한참을 달리다가 멈췄다. 황궁은 여러 개의 궁으로 이루어졌는데, 마차가 멈춘 것은 제일 큰 궁 앞이었다. 먼저 마차에서 내린 제라드 공작이 손을 내밀었다.

엘라이나는 그 손을 잡고 내리다가 멈칫했다. 마차 밖에서 기다리고 있던 할아버지 때문이었다. 그녀는 잠시 데미안이 아닌지 고민하다가 아니라는 결론을 내렸다. 소문으로 들은 황제는 금발이었기 때문이다. 갈색 머리카락이 섞인 백발, 갈색 눈동자인 할아버지는 인자한 인상이었고 단순한 옷을 입고 있었다.

"아, 안녕하세요."

엘라이나는 긴장감에 말을 더듬었다. 그러자 할아버지는 정중하게 고개를 숙여서 인사했다.

"황손 저하를 뵙습니다. 저는 시종장 안토니오입니다. 폐하께서 기다리고 계십니다."

정중하게 말한 안토니오는 예의에 어긋나지 않는 선에서 엘라이나를 살펴봤다. 그는 소년이었던 시절부터 데미안을 모신 시종이었다. 그런 안토니오에게 엘라이나는 반갑고도 궁금한 존재였다. 안토니오는 엘라이나에게서 데미안과 닮은 부분을 찾다가 아직은 잘 모르겠다고 생각했다.

'외모는 폐하와 닮지 않으셨군. 프랜시스 님을 많이 닮으신 것 같아. 젊은 시절에 잠깐 뵌 것뿐이지만.'

그는 엘라이나와 제라드 공작을 데미안이 있는 곳으로 안내하면서 생각했다. 황궁 복도에는 시종, 시녀들이 지나다니고 있었다. 시종들은 안토니오와 같은 옷을 입고 있었다. 안토니오에게만 있는 것은 왼쪽 가슴에 달린 배지였다. 그라우트 제국의 문장이 새겨졌는데, 시종장과 시녀장을 나타냈다.

엘라이나는 복도를 장식한 그림과 조각상을 구경하면서 걸었다. 그리고 어떤 그림 앞에 멈춰 섰다. 금발에 파란 눈동자를 가진 젊은 남자와 흑발에 하늘색 눈동자를 가진 젊은 여자가 그려져 있었다. 여자는 의자에 앉았고 남자는 여자의 어깨를 잡고 뒤에 서 있었다. 그녀는 남자의 얼굴에서 눈을 뗄 수 없었다. 죽은 프랭크와 많이 닮았기 때문이다.

"젊은 시절의 황제 폐하와 황후 폐하시죠."

안토니오가 미소를 지으면서 말했다.

"저희 아버지랑 많이 닮으셨네요."

엘라이나는 솔직하게 말했다. 그러자 안토니오는 잠시 놀란 표정이 되었다가 미소를 지었다.

"그렇군요."

안토니오는 프랜시스에 대해서도, 프랭크에 대해서도 궁금했지만 묻지 않았다. 그리고 엘라이나가 그림에서 눈을 뗄 때까지 기다렸다.

제라드도 프랭크 이야기를 처음 듣는 것이었지만 묻지 않았다. 어쩐지 그러면 안 될 것 같았기 때문이다. 엘라이나는 젊은 데미안의 얼굴을 보면서 프랭크를 생각했다.

'자신이 황제의 아들이라는 걸 알았다면 어떤 말을 하셨을까? 아마 황당하다며 크게 웃으셨을 거야.'

그녀는 아버지가 호탕하게 웃던 모습을 떠올리며 빙긋 웃었다. 프랭크가 그리웠다. 그리고 곧 프랭크의 아버지를 만날 수 있다는 게 기쁘면서도 긴장되었다. 아까 느꼈던 긴장감과 조금 달랐다. 아까는 실수할까 봐 긴장되었다면 지금은 설레는 마음에 가까웠다.

'내가 마음에 드실까? 잘 지낼 수 있으면 좋겠어. 브라이트는 가까우니까 자주 놀러 올 수 있을 거야. 그리고 편지도 자주 보내고.'

엘라이나는 그림에서 눈을 뗐다. 세 사람은 다시 걷기 시작했고 곧 어떤 문 앞에 도착했다. 기사들과 시종들이 지키고 있는 커다란 문이었다. 안토니오는 문 너머를 향해서 목소리를 높였다.

"폐하! 엘라이나 황손 저하와 제라드 공작님을 모시고 왔습니다."

"들어오너라."

데미안의 목소리가 들리자 엘라이나는 침을 꿀꺽 삼켰다. 안토니오는 문 앞을 지키고 있던 시종들에게 눈짓했다. 시종들이 문을 열었고 세 사람은 안으로 들어갔다. 고풍스럽게 꾸며진 방에서는 숲과 같은 냄새가 났다. 나무 냄새와 풀냄새가 섞인 것이었는데 방의 분위기와 아주 잘 어울렸다. 안토니오는 엘라이나와 제라드 공작을 데미안의 앞까지 안내했다. 책상에 앉아 있던 데미안은 읽던 책을 내려놓고 고개를 들었다.

“그, 그라우트의 태양에게 영광을.”

“그라우트의 태양에게 영광을.”

엘라이나와 제라드 공작이 동시에 고개를 숙이면서 말했다. 황제에게 하는 인사였다. 엘라이나는 긴장해서 말을 살짝 더듬었다.

“고개를 들어라.”

‘공작님이 가르쳐주신 대로 했는데 실수한 건 아니겠지?’

엘라이나는 고개를 들면서 생각했다. 데미안은 금발이 섞인 백발이었는데 파란 눈동자가 예리하게 빛났다. 데미안은 엘라이나의 얼굴을 보고 피식 웃었다. 그녀의 얼굴에서 그리운 얼굴이 보였다.

“프랜시스를 많이 닮았구나.”

“네? 네.”

“재밌는 사람이었지.”

데미안은 추억을 떠올리는 것처럼 말하다가 삐딱한 미소를 지었다.

“무언가를 숨기는 데 일가견이 있었고.”

데미안이 덧붙인 말에 엘라이나는 당황했다. 그리고 프랜시스가 무엇을 숨겼다는 것인지 생각했다.

‘혹시 우리 아버지가 있다는 걸 모르셨던 걸까? 할머니가 숨겼던 걸까?’

그녀는 입을 꾹 다물면서 생각했다. 물어보고 싶었지만 긴장감 때문에 물어볼 수 없었다. 데미안은 내려놨던 책을 다시 들었다.

"오늘부터 황궁에서 지내도록 해라."

"네? 얼마나요?"

엘라이나가 당황한 표정으로 물었다. 당황스러운 마음이 긴장감을 누른 것이다. 그러자 데미안은 이상한 말을 들은 것 같은 표정이 되었다.

"그게 무슨 소리냐? 당연히 혼인하기 전까지는 황궁에서 지내야지."

"하, 하지만 저는 브라이트에 가야 해요. 수프 가게도 있고요."

"너는 이제 황손이다. 예전처럼 지낼 수 없어."

데미안은 단호하게 말했다. 처음 보는 손녀는 옛 연인과 많은 것이 닮았다. 곱슬곱슬한 갈색 머리카락, 동그란 녹색 눈동자, 차분한 목소리까지. 그런데 이제 보니 욕심이 없는 것도 닮은 모양이었다. 아니, 어쩌면 남과 다른 욕심이 많은 것일 수도 있었다.

데미안은 프랜시스에게 많은 것을 쥐어주고 싶었다. 하지만 그녀는 자유로운 삶이 좋다며 떠나버렸다. 데미안은 프랜시스를 떠올렸다. 프랜시스에게 자유로운 삶이 좋다면 함께 떠나겠다고 말했다. 그 말을 들은 그녀의 표정이 어땠던가?

웃는 것처럼 보이기도 했고 우는 것처럼 보이기도 했다. 데미안은 오래된 흉터를 바라보는 표정이 되었다. 조금 씁쓸하면서도 담담한 표정이었다. 그는 엘라이나를 외면하고 책을 읽기 시작했다. 명백한 축객령이었다. 엘라이나와 제라드 공작은 고개를 숙여서 인사하고 밖으로 나왔다.

"이게 도대체 무슨 일인지 모르겠어요."

엘라이나가 제라드 공작에게 속삭이듯 말했다.

"저는 예상하고 있었습니다. 황손 저하께서는 제국의 단둘뿐인 황손이시니까요."

제라드 공작이 어색하게 웃으면서 말했다. 엘라이나는 갑자기 바뀐 호칭에 눈을 동그랗게 떴다.

"이제 황손 저하라고 부르시네요?"

"호칭이 어색하실 것 같아서 엘라이나 님이라고 불렀지만 이제 제대로 불러야죠. 이곳은 젤라우드고 황궁이니까요."

상냥한 표정으로 말한 제라드 공작이 그만 가봐야겠다는 말과 함께 자리를 떠났다. 그러자 문 앞에서 기다리고 있던 할머니가 엘라이나 앞에 섰다. 붉은 머리카락이 섞인 백발, 녹색 눈동자였다. 시녀들과 같은 옷을 입고 있었지만 안토니오처럼 배지가 있었다. 마른 편인 안토니오와 다르게 조금 통통한 편이었고 상냥한 인상이었다.

"황손 저하를 뵙습니다. 저는 시녀장 바버라라고 합니다."

바버라는 고개를 숙이며 인사했다. 바버라는 뒤에 서 있던 젊은 여자에게 눈짓했다. 그녀는 엘라이나보다 나이가 조금 더 많은 것 같았다. 연갈색 단발머리, 동그란 연갈색 눈동자에 주근깨가 귀여워 보였다.

"이 아이는 앞으로 황손 저하의 전담 시녀가 될 마샤랍니다."

"황손 저하를 뵙습니다."

마사가 고개를 숙이며 인사하자 엘라이나는 미소를 지었다.

"바버라도, 마샤도 반가워요. 잘 부탁드려요."

"말 편하게 하세요."

바버라의 말에 엘라이나는 어색하게 웃었다.

"저는 이게 편해서요."

"그렇다면 천천히 바꾸세요. 황손 저하께서 머무실 에메랄드궁으로 안내하겠습니다."

상냥하게 말한 바버라는 손을 뻗어서 엘라이나가 갈 방향을 알려줬다. 그리고 엘라이나가 걷기 시작하자 걸음을 맞춰서 걸었다. 황족보다 너무 앞서서 걷지 않는 것이 법도였기 때문이다.

"황궁에는 아홉 개의 궁이 있답니다. 황제가 머무는 다이아몬드궁, 황후가 머무는 아쿠아마린궁, 황태자와 황태자비가 머무는 사파이어궁이 있죠. 지금 사파이어궁에는 황태손 전하와 황태손비 전하가 머물고 계십니다. 그리고 황자들이 머무는 토파즈궁, 황녀들이 머무는 에메랄드궁이 있죠."

바버라는 부드럽게 웃으면서 말을 이어갔다.

"그리고 루비궁, 가넷궁, 페리도트궁도 있습니다. 그 세 궁은 황실 상황에 따라서 머무시는 분들이 달랐답니다. 후궁이셨던 분이 머물기도, 선황 폐하와 같은 황궁 어르신들이 머물기도 하셨죠. 지금 루비궁에는 황태손 전하의 어머니시자 황태자비였던 아그네스 님이 머무신답니다."

아그네스를 떠올린 그녀의 표정이 잠시 흐려졌다. 바바라는 소녀 시절부터 황궁에서 일했다. 또래인 데미안이나 카산드라보다 그레고리에게 마음을 줬다. 그레고리의 탄생과 성장을 지켜보면서 흐뭇했다. 그레고리가 아그네스와 혼인하던 날에는 기쁨의 눈물을 흘리기도 했다. 그랬기 때문에 혼자가 된 아그네스에게 신경이 쓰였다. 자식 중에서도 유난히 아픈 손가락이 있는 것처럼 특히 신경이 쓰이는 존재였다.

"그렇군요. 전부 보석 이름이네요?"

엘라이나가 묻자 정신을 차린 바바라가 어색하게 웃었다.

"모든 궁에는 폴레모스 님의 조각상이 있는데, 검에 보석이 있거든요. 에메랄드궁에 있는 조각상의 검에는 에메랄드가 있답니다."

그녀의 말에 엘라이나는 고개를 끄덕였다. 폴레모스는 전쟁의 여신인데 젤라우드에 신전이 있었다. 아스테르의 언니기도 했다. 엘라이나는 폴레모스에 대한 전설을 떠올렸다. 전설에는 미소년 같은 외모, 한 손으로 사자를 제압했다는 표현이 있었다. 그래서 폴레모스의 그림이나 조각상은 모두 그런 모습이었다. 표현하는 방식은 조금씩 달랐지만.

"그 궁을 상징하는 보석이 있는 모양이네요."

"그렇답니다. 에메랄드궁은 아주 아름다운 곳이니까 황손 저하의 마음에 드실 거예요."

세 사람은 에메랄드궁에 도착했다. 에메랄드궁은 바바라의 말처럼 아름다운 곳이었다. 세 사람은 에메랄드궁의 정원을 가로질러서 정문으로 향했다.

'정원이 아름답네. 마음에 들어. 며칠 머물 곳이라도 마음에 드는 게 좋지. 나는 수프 가게 주인이 천직이야. 황위를 노리는 것처럼 보이기도 싫어. 그러니까 브라이트로 돌아가야 돼. 조만간 폐하를 설득해서 브라이트로 돌아가야지. 아, 여기 있는 동안에 황궁 사람들도 수프를 먹여야겠어.'

그렇게 생각한 엘라이나는 잠시 고민하는 표정이 되었다.

'그건 조금 이상하게 보이려나? 수프에 미친 수프 가게 주인은 괜찮지만, 수프에 미친 황손은 곤란한데. 그건 폐하나 전하께 민폐라고.'

엘라이나는 정문 앞에 있는 폴레모스 조각상을 바라봤다. 폴레모스가 한 손으로 사자를 제압하고 다른 손으로 검을 들어 올린 모습이었다. 그녀는 작은 소리로 감탄했다. 우아하면서도 위엄이 느껴지는 조각상이었다. 검 끝이 하늘을 향하고 있었는데, 손잡이의 에메랄드가 햇빛에 반짝였다.

"멋진 조각상이네요."

"그렇죠? 저는 볼 때마다 감탄하게 된다니까요."

엘라이나의 말에 마샤가 웃으면서 말했다. 엘라이나는 그럴 만하다고 생각했다.

'어쩐지 나도 그럴 것 같아.'

엘라이나는 조각상의 얼굴을 보면서 생각했다.

황궁에서 준비한 침실은 하얀색과 금색, 초록색으로 꾸며진 방이었다. 엘라이나는 에메랄드가 생각나는 초록색 커튼을 바라보다가 웃었다.

'내 인생에서 아스테르 님을 만난 일만큼 특이하고 특별한 일은 처음이자 마지막일 거라고 생각했는데. 내가 황제 폐하의 손녀고 황궁에서 머물게 되다니.'

그렇게 생각한 엘라이나는 뒤를 돌아봤다. 바버라와 마샤는 그녀가 구경을 마치는 걸 기다렸다. 황제의 명령으로 침실을 꾸몄던 바버라는 뿌듯한 표정이 되었다. 바버라는 엘라이나가 마음에 들었다.

평민으로 자라다가 황족이 되었으니 기가 죽거나 거만하게 굴 거라고 생각했다. 그런데 직접 만난 엘라이나는 황궁의 화려함에 솔직하게 감탄하면서도 당당한 모습이었다. 그리고 바버라와 마샤를 대하는 태도는 상냥했다.

'밝고 상냥한 분이야.'

바버라는 엘라이나와 눈이 마주치자 빙긋 웃으면서 생각했다.

"저는 이만 가보겠습니다. 필요한 게 있으시면 마샤에게 말씀해주세요."

"그럴게요. 고마워요, 바버라."

바버라가 돌아가고 엘라이나와 마샤 사이에 약간 어색한 침묵이 흘렀다.

'내가 황손 저하를 잘 모실 수 있을까?'

약간 긴장한 표정으로 마샤는 생각했다. 마샤는 에메랄드궁의 시녀였다. 사용하는 사람이 없는 궁이라도 잘 관리해야 한다. 시녀는 하녀와 달랐기 때문에 직접 청소를 하지는 않았다. 하녀들을 감독하고 궁에 필요한 물건을 주문하는 정도였다. 하지만 이제 에메랄드궁을 사용하는 황족이 있었다. 앞으로는 엘라이나의 옆에서 시중을 드는 일이 추가될 것이다. 마샤는 황족과 마주한 적이 별로 없었기 때문에 긴장되었다.

'거만하거나 까다로운 분은 아니신 것 같지만, 사람은 첫인상만으로는 잘 모르니까.'

마샤는 눈치만 살피다가 어색한 미소를 지었다. 그런 마샤를 본 엘라이나도 어색하게 웃었다. 평민으로 태어나고 자란 엘라이나에게 시녀는 낯선 존재였다.

'시녀가 아니라 나를 도와주는 사람으로 생각하면 되겠지.'

잠시 고민하던 엘라이나가 생각했다. 그리고 두 손으로 마샤의 손을 잡았다. 마샤는 당황해서 눈을 빠르게 깜박거렸다.

"왜, 왜 그러세요?"

"앞으로 잘 부탁해요. 언니라고 생각하고 따를게요."

"언니라고요? 제가 어떻게 감히."

"너무 부담스럽게 생각하실 필요는 없어요. 그냥 친하게 지내자고요."

엘라이나는 활짝 웃으면서 말했다. 마샤는 그런 그녀가 귀엽다는 생각과 황족을 귀엽다고 생각하는 건 무례한 일이라는 생각 사이에서 갈등했다.

“점심 식사를 준비할까요? 혹시 알레르기나 싫어하는 재료가 있으신가요?”

당황해서 얼굴이 붉어진 마샤가 물었다. 다른 이야기를 하는 게 좋겠다고 생각했기 때문이다.

“알레르기도 없고 싫어하는 재료도 없어요. 어렸을 때부터 편식은 안 하는 편이었거든요. 아, 매운 음식은 잘 안 먹어요. 싫어하는 건 아닌데 매운 거에 약해서요.”

엘라이나가 잡은 손을 놓으면서 말했다.

“주방장에게 그렇게 전하도록 하겠습니다.”

정중하게 말한 마샤가 고개를 숙여서 인사하더니 방을 나가버렸다.

‘맛이 없는 건 아닌데.’

옥수수 수프를 먹은 엘라이나는 어색한 표정이 되었다. 마샤가 가져온 수프는 아름답다는 표현이 나올 정도였다. 고운 빛깔은 물론이고 부드러운 식감이 훌륭했다. 하지만 엘라이나는 어쩐지 부족하다는 생각이 들었다. 수프 가게에서 만들던 옥수수 수프는 조금 더 달콤하면서도 고소했다. 에메랄드궁의 옥수수 수프보다 빛깔이 곱지는 않았지만.

'다른 음식은 맛있어. 샐러드도, 연어 스테이크도.'

다른 음식을 다 먹은 엘라이나는 자리에서 일어났다. 지금 당장 옥수수 수프를 만들어야겠다는 생각이 들었기 때문이다.

"왜, 왜 그러세요?"

마샤가 당황한 표정으로 물었다.

"주방으로 안내해주세요."

엘라이나는 빙긋 웃으면서 말했다.

'주방을 알아두는 게 좋겠지. 황궁에서 지내는 동안에 사람들에게 내가 만든 수프를 먹이기로 했으니까. 그리고 지금 옥수수 수프를 만들고 싶은걸.'

그렇게 생각한 엘라이나는 마샤에게 눈짓했다. 그러자 어리둥절한 표정이 된 마샤가 주방으로 안내했다. 에메랄드궁의 주방은 단순하게 꾸며졌고, 모든 요리사의 동선이 겹치지 않는 구조였다. 저녁 식사의 재료를 미리 다듬던 요리사들은 엘라이나를 보고 깜짝 놀랐다. 에메랄드궁의 새로운 주인에 대한 소문은 유명했다.

특히 에메랄드궁의 고용인들은 실수하지 않도록 엘라이나의 외모에 대해서 미리 알아두고 있었다. 곱슬곱슬한 갈색 머리카락을 하나로 묶은 동그란 녹색 눈동자의 젊은 여자. 그래서 그녀를 바로 알아보고 고개를 숙였다.

"황손 저하를 뵙습니다!"

"안녕하세요. 주방을 좀 써도 될까요?"

엘라이나는 상냥한 미소를 지으면서 물었다. 요리사들은 어리둥절한 표정으로 고개를 끄덕였다. 황족의 질문에 고개만 끄덕이는 것은 예법에 어긋나는 행동이었지만 지적하는 사람은 아무도 없었다. 그 정도로 그녀의 행동이 의아했기 때문이다. 엘라이나는 유난히 노란 옥수수를 찾아서 알맹이를 떼어내서 삶았다.

그리고 삶은 옥수수를 칼로 잘게 다지고 양파도 갈았다. 황실에서 쓰는 식재료는 뭐가 달라도 다른 것인지 양파가 유난히 동그랗고 예뻤다. 다른 팬에는 버터를 녹이기 시작했는데 버터가 완전히 녹자 밀가루를 넣어서 뭉치지 않게 잘 섞었다. 엘라이나는 밀가루가 익은 것을 확인하고 갈아놓은 양파와 우유를 약간 넣고 끓였다.

'어느 정도 끓은 것 같네.'

엘라이나는 칼로 잘게 다진 옥수수와 함께 작은 솥에 담았다. 마샤와 요리사들은 그녀의 익숙한 솜씨에 눈만 깜박거렸다. 엘라이나가 평민으로 자랐다는 건 소문 때문에 알고 있었다. 그러니까 엘라이나가 요리에 익숙한 것도 이상한 일은 아니었다. 하지만 머리로 아는 것과 눈으로 보는 건 조금 달랐다.

엘라이나는 작은 솥에 우유를 붓고 끓이다가 그릇에 담고 소금과 후추를 추가했다. 완성한 수프는 그녀와 마샤, 요리사들이 모두 먹을 정도로 많았다. 때마침 잠시 자리를 비웠던 주방장이 나타났다. 주방장 아이작은 연갈색 머리카락과 연갈색 눈동자를 가진 중년 남자였다. 키가 크고 콧수염이 근사했다.

처음 보는 사람은 요리사가 아니라 기사나 용병이라고 생각할 정도로 근육이 많았다. 아이작은 주방 가득 풍기는 고소한 냄새와 낯선 얼굴에 어리둥절한 표정을 지었다. 그리고 엘라이나의 얼굴을 보고 놀라서 고개를 숙였다.

"화, 황손 저하를 뵙습니다! 주방장 아이작입니다. 주방에는 어쩐 일로 오셨습니까? 혹시 점심 식사에 무슨 문제라도?"

"아니요. 모두 훌륭한 요리였어요. 그런데 제가 옥수수 수프를 좋아해서요. 더 먹고 싶어서 만들던 중이었어요."

엘라이나는 활짝 웃으면서 말했다. 엘라이나는 옥수수 수프의 맛이 부족했다고 말할 수 없었다. 그래서 옥수수 수프를 좋아한다, 더 먹고 싶어서 만들었다고 말한 것이다.

"그러셨군요. 말씀만 하셨으면 저희가 만들어서 올렸을 텐데요."

아이작은 약간 떨떠름한 표정으로 말했다. 황손이 주방에서 요리를 하고 있다는 것에 대한 당황스러움, 낯선 사람이 자신의 주방에서 요리했다는 불쾌함이 뒤섞인 표정이었다. 아이작은 요리사라는 직업에도, 주방장이라는 위치에도 자부심이 강했다. 그래서 자신의 주방에서 준비되지 않은 사람이 요리하는 것을 싫어했다.

'아무리 황손 저하라도 이러시면 곤란한데.'

그는 불쾌하게 생각하면서도 고소한 냄새에 침을 꿀꺽 삼켰다. 그리고 홀린 사람처럼 옥수수 수프가 담긴 솥으로 다가갔다. 옥수수 수프는 병아리처럼 노란 색깔이었다.

"다른 요리사 분들이 주방을 사용해도 괜찮다고 하셨는데. 혹시 기분이 상하셨다면 죄송해요."

정중하게 사과한 엘라이나가 아이작의 표정을 살폈다. 그는 그녀의 정중한 사과에 기분이 풀렸다. 지금은 기분이 나쁜 것보다 엘라이나가 만든 옥수수 수프가 궁금한 게 더 컸다.

"조금 드셔보시겠어요?"

엘라이나가 상냥한 말투로 묻더니 수프 한 그릇을 건넸다. 아이작은 잠시 고민했다. 그는 다이아몬드궁의 부주방장으로 오래 일했다. 데미안이 엘라이나를 위해서 에메랄드궁의 주방장으로 임명한 것이다. 그 정도로 실력이 뛰어났다. 그래서 본능적으로 알 수 있었다.

'이 수프는 우리가 만든 수프보다 맛있는 수프야!'

그렇게 생각한 아이작은 수프를 먹기 시작했다. 투박하지만 고향이 생각나는 맛이었다. 그는 어린 시절 할머니가 끓여주던 옥수수 수프를 떠올렸다.

'우리 할머니가 끓여주시던 맛이야.'

아이작은 옥수수 수프 한 그릇을 다 비우고 생각했다. 마음 한구석이 따뜻해지면서도 눈물이 나올 것 같았다.

"아주 맛있군요."

"그래요? 다행이네요. 다른 분들도 드셔보세요."

엘라이나는 아이작이 검은 연기를 뱉어내지 않는 걸 확인하고 말했다. 그러자 어색한 표정의 마샤와 요리사들이 다가와서 수프를 받아갔다. 마샤와 요리사들은 아이작의 맛있다는 말을 믿지 않았다. 아이작은 황궁에서 오래 지낸 요리사다. 최고의 요리사가 만든 요리도 많이 맛봤다. 그런 그가 엘라이나가 만든 수프를 맛있게 먹었다는 건 믿을 수 없었다.

하지만 자신들도 아이작 같은 고용인이자 백성이었다. 황손이 만든 것은 진흙으로 만든 수프라도 맛있다고 말할 필요가 있었다. 마샤와 요리사들은 조심스럽게 수프를 먹었다가 깜짝 놀랐다. 어쩐지 친숙하고 그리운 맛이었다.

"맛있네요."

마샤가 작은 목소리로 중얼거렸다.

"우리 어머니가 해주시던 수프랑 비슷한데요."

"자네도? 나도 그렇게 생각했는데."

"내가 아플 때마다 할아버지가 해주시던 수프랑 비슷하네!"

요리사들이 시끄럽게 떠들었다. 엘라이나는 뿌듯한 표정으로 주변을 둘러봤다. 아무도 검은 연기를 내뱉지 않았다. 이곳에는 검은 연기에 지배되고 있는 사람이 없는 모양이었다. 그녀는 자신의 입맛이 예민해진 것 같다고 생각했다.

'예전이라면 요리사가 만든 수프도 맛있게 먹었을 텐데. 이것도 아스테르 님이 주신 능력 때문일까?'

엘라이나가 그렇게 생각하는 동안에 아이작은 솥 바닥을 긁고 있었다.

'더 먹고 싶은데 없어!'

아이작은 다른 요리사가 들고 있는 수프 그릇을 보면서 생각했다. 그러자 요리사는 수프 그릇을 숨기면서 먹었다. 아이작은 자신이 그동안 만든 수프를 떠올렸다. 그동안 모두 흠잡을 곳 없는 수프라고 생각했다. 하지만 부족한 게 있었던 것이다.

'내가 만든 수프에는 따뜻함이 부족했어. 완벽하게, 아름답게 만드는 것만 중요하게 생각했던 거야.'

부주방장이나 주방장이 되어서 수프를 만들지 않을 때도 그랬다. 완벽하고 아름답게 만드는 것만 중요하게 생각했다. 물론 완벽한 것, 아름다운 것도 중요하다. 하지만 제일 중요한 건 먹는 사람이 즐겁고 위로를 받을 수 있는 것이었다.

"황손 저하의 수프는 투박하군요. 겉만 보면 제가 열일곱 살 때 만들었던 수프랑 비슷할 정도로요. 하지만 맛은 저는 물론이고 다이아몬드궁의 주방장도 따라잡을 수 없을 것 같습니다."

"네? 아니, 그 정도는 아닌데요."

엘라이나는 오른쪽 뺨을 긁으면서 어색하게 웃었다.

'아스테르 님이 내 수프가 더 맛있어질 거라고 말씀하시더니.'

'전하는 겸손한 분이시군.'

엘라이나와 아이작은 동시에 생각했다.

"황손 저하, 저에게 수프 만드는 법을 가르쳐주세요."

"네? 제 레시피는 특별한 게 없는데요."

엘라이나는 여전히 어색하게 웃으면서 말했다. 하지만 아이작의 고집을 꺾을 수 없었다. 물론 황손으로 명령한다면 꺾을 수 있겠지만 그러고 싶지는 않았다. 그녀도 수프를 더 맛있게 만들고 싶은 적이 많았기 때문이다.

'더 맛있는 요리를 만들고 싶은 마음은 이해하지.'

그렇게 생각한 엘라이나는 심호흡을 하고 말했다.

"그렇다면 앞으로 매일 주방에 와서 수프를 만들게요."

"감사합니다! 감사합니다!"

아이작은 머리가 바닥에 닿을 기세로 인사했다.

3

사파이어궁으로

엘라이나가 황궁에 오고 며칠이 지났다. 그녀는 약속대로 매일 수프를 만들었다. 그리 어려운 일은 아니었다. 황궁에 오기 전까지 매일 하던 일이었으니까. 아이작은 엘라이나가 수프 만드는 걸 지켜보면서 많은 것을 배웠다. 그동안 더 고급스럽게 만들겠다고 추가한 재료가 수프의 맛을 해쳤다는 것도 알아냈다.

"오늘 점심 식사에 올라왔던 옥수수 수프는 아이작이 만든 거죠? 아주 맛있던데요."

"황손 저하의 레시피 덕분이죠."

아이작은 뿌듯한 표정으로 웃었다. 그 표정을 보던 엘라이나는 문득 자신의 수프를 데미안과 켄드릭에게 주고 싶다는 생각이 들었다. 잠시 고민하던 그녀는 황제인 데미안보다 황태손인 켄드릭이 다가가기 쉽겠다고 생각했다.

"아이작, 오늘 제가 만든 수프를 한 그릇 가져갈게요."

"평소처럼 다 같이 먹지 않고 가져가서 드시려고요?"

"아니요. 다른 분에게 드리고 싶어서요."

엘라이나는 직접 만든 고구마 수프 두 그릇을 쟁반에 올렸다. 그리고 그 쟁반을 들고 주방을 나왔다.

"저하, 누구에게 주시려고요?"

엘라이나를 따라 나온 마샤가 물었다.

"황태손 전하요."

"네? 절대 안 됩니다!"

마샤는 당황한 표정으로 엘라이나의 앞을 막아섰다. 엘라이나는 모르고 있었지만 지금 젤라우드는 꽤 시끄러웠다. 많은 귀족들이 적통이지만 몸이 약한 황태손과 건강하지만 평민으로 자란 황손 사이에서 고민했다. 어떤 줄을 잡아야 자신의 권력이 유지될지 헷갈렸던 것이다. 물론 모든 귀족이 갈팡질팡한 건 아니었다. 확고한 황태손파는 엘라이나를 경계했다.

엘라이나가 직접 만든 수프를 켄드릭에게 가져가는 건 의심을 받을 여지가 있었다. 켄드릭은 몸이 약해서 자주 토하거나 앓고 기절했다. 엘라이나가 만든 수프를 먹고 아프다면? 켄드릭이 원래 약한 걸 알면서도 수프에 독약이 들었다, 해코지를 했다고 그녀를 모함할 것이 분명했다.

"황손 저하, 저하의 마음을 모르는 건 아니지만 그건 절대 안 됩니다. 괜한 의심을 살 행동은 하지 않으시는 게 좋다고요."

"의심이요? 무슨 의심이요? 제가 설마 여기에 독약이라도 넣었을까 봐요?"

엘라이나가 장난스럽게 웃으면서 물었다.

"저는 그렇게 생각하지 않지만 사파이어궁 사람들은 어떨지 모르니까요. 그리고 황태손 전하 편에 서있는 사람들 중에는 모함하는 사람이 있을 거라고요."

"마사."

엘라이나의 표정이 진지하게 바뀌었다.

"저도 저를 반기지 않는 사람들이 있다는 건 알아요. 저를 경계하고 밀어내고 싶어 하는 사람들이 많겠죠. 하지만 저는 그런 사람들 때문에 가족과 가까워지려는 노력을 포기할 생각이 없어요. 폐하도, 황태손 전하도 저에게는 가족인걸요."

"가족이라니."

작게 중얼거린 마샤는 어쩔 수 없다는 것처럼 웃었다. 그리고 엘라이나를 사파이어궁까지 안내했다. 사파이어궁은 에메랄드궁보다 조금 더 화려한 모습이었다. 엘라이나는 사파이어궁 앞에 있는 폴레모스 조각상을 바라보면서 심호흡을 했다. 그녀도 긴장이 되는 건 어쩔 수 없었다. 하지만 황궁에서 지내는 동안에 데미안, 켄드릭과 가까워지려는 노력도 하지 않으면 후회할 것 같았다.

'아스테르 님이 주신 능력과 별개로 내가 만든 수프를 드리고 싶어.'

그렇게 생각한 엘라이나는 사파이어궁으로 들어가려고 했다. 그러자 사파이어궁 앞을 지키던 기사들이 다가왔다.

"무슨 일이십니까?"

"엘라이나 황손 저하십니다. 황태손 전하를 뵐 수 있을까요?"

마샤가 기사에게 물었다. 그러자 기사들이 서로 눈짓을 하더니 엘라이나에게 고개를 숙였다.

"황손 저하를 뵙습니다!"

그리고 나이가 조금 더 어린 것 같은 기사가 사파이어궁 안으로 들어갔다.

"잠시만 기다리십시오. 황태손 전하께 황손 저하가 오셨다는 걸 알리러 갔습니다."

나이가 조금 더 많은 것 같은 기사가 정중한 말투로 말했다. 엘라이나는 고개를 작게 끄덕이고 기다렸다. 그러자 말을 전하러 갔던 기사가 붉은 머리카락에 보라색 눈동자를 가진 중년 여자와 함께 돌아왔다. 여자는 눈꼬리가 살짝 올라가서 새침한 인상이었는데, 뛰어난 미인이었다.

"황손 저하를 뵙습니다. 황태손 전하의 유모인 율라니라고 합니다."

"반가워요. 황태손 전하를 뵙고 싶은데, 괜찮을까요?"

"네, 황태손 전하도 황손 저하를 뵙고 싶다고 하십니다."

율라니는 고개를 숙이면서 말했다. 그리고 엘라이나와 마샤를 켄드릭이 있는 곳으로 안내했다. 복도를 걷던 엘라이나는 어느 그림 앞에서 걸음을 멈췄다.

'돌아가신 황태자 전하와 황태자비 전하신가?'

엘라이나는 그림을 바라보면서 생각했다. 그레고리는 카산드라를 닮아서 흑발과 하늘색 눈동자였지만 이목구비는 데미안, 프랭크와 비슷했다. 그리고 아그네스는 금발에 연두색 눈동자였는데 온화한 인상이었다. 둘은 아주 다정한 부부로 보였다.

엘라이나는 다시 걷기 시작했다. 그리고 어떤 문 앞에 도착했다. 시종들은 그녀를 보사마자 문을 열었다. 율라니는 엘라이나보다 앞장서서 방으로 들어갔다. 마샤는 그런 율라니를 보고 울컥했지만 꾹 참았다.

'안내하는 태도부터 황손 저하를 못마땅하게 여기는 것 같더니!'

그렇게 생각한 마샤는 율라니의 뒤통수를 노려봤다. 황족을 안내하더라도 너무 앞서서 걸으면 안 된다. 황태손의 유모인 율라니가 그걸 모를 리가 없었다. 그리고 문이 열리자마자 엘라이나보다 먼저 방에 들어가는 것도 예법에 어긋나는 행동이었다.

'황손 저하를 경계하고 배척하겠다는 뜻이군.'

마샤는 못마땅한 표정으로 생각했다. 주변에 있는 기사와 시종들의 눈빛도 그리 호의적이지 않았다.

'차라리 율라니처럼 대놓고 불쾌하게 구는 게 낫지. 다들 정중한 태도면서 저런 눈빛인 게 더 마음에 안 들어! 황손 저하가 상처라도 받으시면 어쩌지?'

마샤의 생각과 다르게 엘라이나는 아무렇지 않았다. 이미 각오한 일이었기 때문이다. 방에 들어서자 소독약 냄새와 카모마일 향기가 났다. 카모마일 향기는 소독약 냄새를 감추기 위한 것 같았다. 엘라이나는 침대에 누워있는 켄드릭을 보고 조금 놀랐다가 표정을 가다듬었다. 율라니의 부축으로 일어나서 앉은 켄드릭은 아그네스와 비슷한 외모였다.

금발에 파란 눈동자였는데 온화하고 상냥한 인상이었다. 눈동자는 데미안을 닮은 게 분명한데 전혀 다른 분위기였다. 봄 햇살처럼 온화한 인상 때문이기도 했지만 창백한 피부와 마른 몸 때문이기도 했다. 켄드릭은 수척한 얼굴로 웃었다.

“네가 엘라이나로구나.”

“황태손 전하를 뵙습니다.”

엘라이나와 마샤가 동시에 고개를 숙이면서 말했다.

“만나서 반갑구나. 나에게 여동생이 있었다니 기쁜 일이야.”

상냥한 표정으로 말한 그는 기침을 했다. 숨이 넘어갈 것처럼 하는 기침은 듣는 사람이 괴로울 정도였다. 켄드릭이 기침을 멈췄다. 켄드릭은 올해로 스물한 살이었다. 엘라이나보다 한 살이 많았다. 엘라이나는 가까운 곳에 있는 테이블에 쟁반을 올려놨다. 그리고 침대 옆에 있는 젊은 남자와 눈이 마주쳤다. 남자는 은발에 하늘색 눈동자, 유난히 하얀 피부였다. 놀라울 정도로 잘생겼지만 남자를 이루고 있는 색깔과 차가운 표정 때문에 얼음 조각상처럼 보였다.

"황손 저하를 뵙습니다."

남자는 흠잡을 곳 없이 정중하고 아름다운 인사를 했다. 하지만 그녀는 남자가 자신을 경계한다는 것을 느낄 수 있었다.

"내 오랜 친구인 안드레스 마리우스야. 마리우스 공작이지."

켄드릭이 약간 잠긴 목소리로 말했다. 안드레스는 그런 그를 걱정스러운 표정으로 바라봤다.

"그건 뭐지?"

고구마 수프를 본 켄드릭이 호기심 가득한 표정으로 물었다.

"아, 제가 만든 고구마 수프예요. 드셔보시겠어요?"

"네가 직접 만들었다고? 그런 걸 나를 위해 가져오다니. 고마운 일이구나."

켄드릭이 미소를 지으면서 말했다. 하지만 안드레스와 율라니는 고구마 수프를 노려봤다.

"잠깐만요."

율라니는 어디선가 가져온 은수저로 수프를 휘저었다. 독이 있는지 확인하는 것이었다. 그걸 본 켄드릭의 표정은 굳었고, 안드레스는 조금 당황했다. 이건 명백한 모욕이었다. 물론 황족이 먹는 모든 음식은 은수저로 검사하는 게 당연했다. 하지만 같은 황족이나 귀족이 가져온 음식은 뒤에서 검사하는 것이었다. 가져온 사람이 보는 앞에서 검사하는 것은 모욕이었다. 마샤는 화난 표정으로 한 걸음 앞으로 나갔다.

"이게 무슨!"

"마샤."

엘라이나는 마샤의 손을 잡으면서 말렸다. 그 모습을 본 율라니는 엘라이나에게 고개를 숙였다.

"불쾌하셨다면 죄송합니다, 저하. 하지만 황태손 전하께 올리는 음식은 모두 독이 있는지 살피고 있어서요."

"이해해요. 황태손 전하는 귀한 분이니까요."

엘라이나는 아무렇지 않은 표정으로 말했다. 물론 그녀도 율라니가 자신을 모욕하려고 했다는 건 알고 있었다. 하지만 처음 만난 켄드릭 앞에서 화를 내고 싶지 않았다.

"유모, 그게 무슨 짓이지?"

켄드릭이 불쾌한 표정으로 물었다. 그러자 율라니의 눈에 눈물이 고이기 시작했다. 그 자리에서 무릎을 꿇은 그녀가 말했다.

"저, 전하. 제가 큰 실수를 한 모양입니다. 저는 단지 엘라이나 황손 저하가 만드신 음식을 조금이라도 더 빨리 전하께 드리고 싶은 마음에!"

율라니의 말에 켄드릭이 엘라이나를 바라봤다.

"엘라이나, 내가 대신 사과할게. 유모는 내가 관련된 일에는 물불을 안 가리거든. 내가 이런 몸이라서 더더욱."

켄드릭이 씁쓸하게 웃으면서 말했다.

"괜찮아요."

그렇게 말한 엘라이나가 어색하게 웃었다.

"유모, 앞으로 또 그러면 용서하지 않겠어. 엘라이나는 황족이고 내 여동생이야. 엘라이나를 모욕하는 것은 황실과 나를 모욕하는 거야."

켄드릭은 말을 마치더니 율라니에게 손짓했다. 그녀는 알겠다는 뜻으로 고개를 숙이더니 쟁반을 침대로 가져왔다.

"잘 먹을게, 엘라이나."

켄드릭은 기쁜 표정으로 고구마 수프를 바라봤다. 그는 엘라이나가 반가웠다. 할아버지 데미안은 무섭고 어려웠다. 그리고 아버지 그레고리는 켄드릭이 태어나기도 전에 죽었다. 어머니 아그네스는 켄드릭과 거리를 두고 지냈다. 아내 벨리사와는 어색한 사이였다. 그래서 켄드릭은 엘라이나가 나타난 것이 기쁘고 좋았다.

'안드레스와 유모가 있지만, 두 사람은 나를 모셔야 하는 사람으로 생각하니까. 엘라이나와는 조금 더 편하게 지낼 수 있으면 좋겠어.'

켄드릭은 고구마 수프를 먹기 시작했다. 제일 먼저 느껴진 것은 고구마의 달콤한 맛이었다. 그리고 그다음으로 고구마와 우유가 섞인 고소한 맛이 느껴졌다. 자꾸 울렁거리던 속이 따뜻하고 편해졌다. 켄드릭이 고구마 수프 한 그릇을 다 비우자 안드레스와 율라니는 놀란 표정이 되었다.

'아무리 맛있는 것도 다 드시는 일이 없었는데.'

안드레스는 여전히 경계하는 표정으로 엘라이나를 바라봤다. 그는 데미안에게 손녀가 있다는 말을 듣고 켄드릭의 앞길에 방해가 될까 봐 걱정했다. 귀족의 사생아가 후계자 자리를 노리는 걸 많이 봤기 때문이다. 직접 만난 엘라이나는 생각보다 순한 인상이었다. 하지만 안드레스는 상냥한 미소 뒤로 칼을 품은 사람도 많이 보았다. 고구마 수프는 경계를 늦추려는 수단일 수도 있었다.

"전하, 입맛에 맞으시는 모양이군요."

율라니는 기뻐서 어쩔 줄 모르는 표정이었다. 엘라이나를 바라보는 눈빛도 아까보다 호의적이었다. 엘라이나는 그녀가 켄드릭을 아끼는 건 확실하다고 생각했다.

"수프가 아주 맛있구나."

켄드릭이 미소를 지으면서 말했다. 엘라이나는 켄드릭의 눈동자에 생기가 도는 걸 보고 빙긋 웃었다.

"입맛에 맞으셨다니 다행이네요. 앞으로도 자주 가져올게요."

"그래도 괜찮겠어? 나야 고맙지만 네가 힘들까 봐."

"오라버니께 드릴 수프 한 그릇 만드는 게 뭐가 어렵겠어요."

자신감 넘치게 말한 엘라이나가 활짝 웃었다. 켄드릭은 오라버니라는 호칭이 낯설면서도 기뻐서 귀가 붉어졌다.

"오라버니라고?"

"아, 불쾌하셨다면 죄송합니다."

켄드릭이 작게 중얼거리자 엘라이나가 놀란 표정으로 고개를 숙였다.

"아니, 불쾌하지 않았단다. 오히려 기뻤는걸. 앞으로도 그렇게 불러줘. 사파이어궁에도 자주 찾아주고."

"그럴게요."

"바쁘지 않다면 네가 지내던 마을 이야기를 들려줄래?"

켄드릭의 말을 들은 엘라이나는 침대 옆에 있는 의자에 앉았다. 둘의 대화가 길어질 것 같자 안드레스와 율라니, 마샤는 고개를 숙여서 인사하고 밖으로 나갔다. 켄드릭은 엘라이나에 대해서도, 백성의 생활에 대해서도 궁금한 게 많았다.

"제가 태어나고 자란 마을은 브라이트라는 곳이랍니다. 젤라우드랑 가까워요. 저희 할머니는 수프 가게를 운영하셨는데 지금은 제가 운영해요."

"아, 그래서 수프가 그렇게 맛있었구나. 브라이트라는 이름은 들어본 적이 있어. 아주 아름다운 곳이라고."

켄드릭은 상냥하게 웃으면서 말했다.

"아름다운 곳이죠. 그 마을에서 태어나고 자랐는데도 브라이트의 호수를 바라보면 새삼 감탄해요. 마을 사람들도 모두 좋은 분들이고요."

그렇게 말한 엘라이나는 브라이트를 떠올렸다. 브라이트에는 커다란 호수가 있었다. 그 호수가 햇빛에 반짝이면 감탄이 나올 수밖에 없었다.

"나도 가보고 싶구나."

켄드릭의 미소가 조금 일그러졌다. 파란 눈동자에 씁쓸함이 감돌았다.

"나중에 저희 수프 가게로 초대할게요."

"나는 건강 때문에 황궁을 떠난 적이 별로 없어."

켄드릭이 말하자 엘라이나의 표정이 굳었다. 그녀는 켄드릭이 안쓰러웠다. 그리고 그가 자신을 경계할 수도 있다고 생각했다.

'오라버니의 미소는 진짜일까? 겉으로는 상냥하게 대해주시지만 사실 경계하시는 거 아닐까?'

그렇게 생각하자 마음 한구석이 아팠다. 엘라이나는 고개를 숙이고 입을 다물었다.

"왜 그래?"

켄드릭은 의아한 목소리로 물었다.

"오라버니, 드릴 말씀이 있어요."

엘라이나는 낮은 목소리로 말했다. 그러자 켄드릭은 진지한 표정으로 귀를 기울였다. 그녀는 고개를 들고 말을 이어갔다.

"저는 황위에 관심이 없어요. 물론 제가 감히 오라버니와 경쟁할 능력도 없지만 그럴 생각도 없어요. 그러니까 불쾌하게 생각하지 마세요. 걱정하지도 마시고요."

엘라이나의 말이 끝나자 켄드릭은 크게 웃었다. 경쾌한 웃음소리였다. 하지만 몸이 약하기 때문인지 웃음을 멈춘 이후로는 조금 지친 표정이 되었다.

"엘라이나, 나는 너를 경계하지 않아. 어차피 황위는 네 것이니까."

"네?"

엘라이나는 놀라서 목소리가 높아졌다.

"나는 곧 죽을 거야. 그러니 다음 황제는 네가 되겠지."

켄드릭은 담담하게 말했다. 당연한 것을 말하는 말투였다. 엘라이나는 자신의 죽음을 담담하게 말하는 그의 모습에 마음이 아팠다.

"오히려 나는 기쁘단다. 황실의 대가 끊어지지 않았으니까. 네가 있어서 다행이야."

그렇게 말한 켄드릭은 미소를 지었다. 켄드릭은 아무도 몰랐던 황손이 등장했다는 말에 진심으로 기뻐했다. 새로운 가족이 생겼다는 기쁨만은 아니었다. 켄드릭은 평생 약한 몸 때문에 괴로웠다. 몸이 아프기도 했지만 자신이 죽으면 데미안의 후계자가 없다는 것 때문이었다. 자신이 약하기 때문에 황실의 대가 끊긴다는 것이 괴로웠다.

켄드릭은 가끔 자신이 죽지 않은 것이 아니라 죽지 못한 거라고 생각했다. 황태손이라는 자리가, 황태손의 의무가 자신을 붙잡고 놓지 않는 것 같았다. 그리고 한편으로는 자신도 황태손의 의무 때문에 마지막 남은 힘으로 버티고 있는 것 같다고 생각했다. 그래서 벨리사와 혼인하는 것도 서둘렀다.

그녀에게는 미안하지만 후계자가 태어나면 편한 마음으로 떠날 수 있을 것 같았다. 후계자가 황제가 된다면 벨리사는 태후가 될 것이다. 켄드릭은 그게 보상이 되기를 바라며 그녀와 혼인했다. 지금 생각하면 철없는 생각이었다. 다행인지 불행인지 켄드릭은 벨리사와 혼인한 이후 몸이 점점 더 약해졌다. 그래서 둘은 함께 밤을 보낸 적이 없었다.

'참 다행이야. 내가 죽으면 새로운 사람을 만날 수 있겠지.'

그렇게 생각한 켄드릭은 미소를 지었다. 그라우트 제국은 부부가 첫날밤을 보내지 않으면 혼인 무효가 가능했다. 황족이 죽으면 배우자는 평생 혼자 사는 것이 제국의 법도였다. 하지만 혼인이 무효가 되면 다른 사람을 만날 수 있었다.

'이제 나는 마음 편하게 떠날 수 있어. 후계자가 될 엘라이나가 있고, 벨리사를 걱정할 필요도 없으니까.'

"오라버니, 그게 무슨 말씀이세요? 건강을 회복하셔야죠."

잠시 할 말을 고르던 엘라이나가 조심스럽게 말했다.

"어쩌면 나는 네가 성군이 될 준비를 하는 동안에 이 자리를 지키려고 태어난 게 아닐까? 네가 백성들 사이에서 그들의 생활을 보고 배우는 동안에 이 자리를 지키려고."

그렇게 말한 켄드릭은 오른손으로 입을 막았다. 그리고 기침을 하기 시작했다. 아까처럼 옆에 있는 엘라이나가 괴로울 정도로 심한 기침이었다.

"오라버니, 괜찮으세요?"

당황한 엘라이나가 묻는데 켄드릭이 틀어막은 입에서 피가 흘러내렸다. 손바닥은 물론이고 손목까지 흘러내리던 피가 이불로 떨어졌다. 그녀는 붉게 물든 이불에 비명처럼 마샤를 불렀다.

"마샤! 마샤!"

그러자 놀란 표정의 안드레스와 마샤, 율리나가 들어왔다. 안드레스와 사파이어궁의 고용인들은 익숙한 것처럼 재빠르게 움직였다. 엘라이나는 마샤와 조금 떨어진 곳에서 그 모습을 지켜볼 수밖에 없었다. 그녀는 자신이 떨고 있다는 걸 깨달았다.

"황손 저하, 오늘은 이만 돌아가십시오."

안드레스가 엘라이나를 보며 말했다. 정중한 태도였지만 눈빛과 목소리는 차가웠다. 엘라이나는 고개를 끄덕이다가 무언가를 보고 깜짝 놀랐다. 켄드릭의 입에서 검은 연기가 나오고 있었다. 그런데 이상하게도 그 검은 연기는 사라지지 않았다. 침대 주변을 맴돌다가 다시 켄드릭의 입으로 들어갔다.

엘라이나는 무슨 말을 하려다가 마샤와 함께 밖으로 나왔다. 그녀는 자꾸만 주저앉고 싶었다. 아직도 피를 토하던 켄드릭과 켄드릭의 입으로 들어가던 검은 연기가 떠올랐다. 마샤는 걱정스러운 표정으로 엘라이나를 부축했다.

"저하, 괜찮으세요?"

마샤가 묻자 엘라이나는 고개를 끄덕였다. 그리고 자신도 켄드릭에게 괜찮으냐고 물었던 것을 떠올렸다.

'오라버니도 검은 연기에 지배되고 있었구나.'

엘라이나는 한 손으로 얼굴을 가리면서 생각했다.

'몸이 약하다는 건 알고 있었지만 그 정도라니.'

피를 토하던 켄드릭은 금방이라도 죽을 사람처럼 보였다.

'제라드 공작이 거짓말을 했던 걸까? 금방 돌아가실 정도는 아니라

더니. 그리고 그 검은 연기는 뭐지? 왜 사라지지 않는 거냐고.'

엘라이나는 에메랄드궁으로 향하면서 생각했다.

"저하, 괜찮을까요? 저하께서 만든 고구마 수프를 먹은 다음인데."

마샤가 조심스럽게 물었다. 자신이 걱정하던 일이 벌어진 것이다. 이제 곧 젤라우드에 소문이 퍼질 것이다. 많은 귀족들이 그렇게 생각하더라도, 그렇게 생각하지 않더라도 엘라이나가 켄드릭을 독살하려고 했다고 말할 것이다.

"지금은 아무것도 생각하고 싶지 않아요."

엘라이나가 떨리는 목소리로 말했다. 마샤는 그녀의 몸이 떨리는 것을 보고 고개를 끄덕였다.

"그게 무슨 소리지?"

데미안이 삐딱한 미소와 함께 주변을 둘러봤다. 아침부터 찾아온 귀족들은 켄드릭이 엘라이나가 만든 수프 때문에 피를 토했다고 말했다. 철저한 조사가 필요하지 않겠느냐는 말과 함께.

"황태손이 피를 토한 것이 처음 있는 일인가?"

데미안은 모르는 척 물었다. 켄드릭이 피를 토하는 것은 꽤 자주 있는 일이었다. 그때마다 조사를 하고 책임을 물었다면 사파이어궁은 물론이고 황궁 전체에 남아 있는 고용인이 없을 것이다.

"하지만 폐하!"

다른 귀족들은 모두 입을 꾹 다물었지만 한 귀족만이 목소리를 높였다. 데이비드 후작이었다. 데이비드 후작은 보라색 머리카락과 보라색 눈동자를 가진 중년 남자였다. 세월의 흔적은 있었지만 감탄이 나올 정도로 미남이었다. 그는 자신의 딸인 페트리샤를 켄드릭과 혼인시키려고 했을 정도로 야망이 넘치는 황태손파였다.

"엘라이나 저하를 위해서도 철저한 조사가 필요하지 않겠습니까? 그냥 넘어가면 황손 저하는 끝도 없이 의혹에 시달리실 것입니다."

데이비드 후작은 엘라이나를 걱정하는 것처럼 말했다. 데미안은 코웃음이 나올 뻔한 것을 참고 빙긋 웃었다.

"후작의 마음은 잘 알지. 후작처럼 우리 황실을 생각하는 충신이 또 어디에 있겠는가?"

데미안이 말하자 데이비드 후작은 겸손한 표정을 지었다.

"과찬의 말씀이십니다."

"하지만 황실과 황태손을 위하는 마음은 짐도 지지 않는다네. 벌써 조사했지."

그렇게 말한 데미안은 책상에 있던 서류 하나를 내밀고 말을 이어갔다.

"에메랄드궁의 요리사들도 그 수프를 먹었다는군. 모두 멀쩡하지. 그리고 황태손의 주치의도 황태손이 독약을 먹은 흔적을 찾지 못했다네. 이 정도면 충분하지 않은가?"

"에메랄드궁의 요리사들은 믿을 수 없습니다. 에메랄드궁은 황손 저하의 궁이 아닙니까? 그리고 어떤 독약은 흔적도 찾을 수 없다고 들었습니다.”

서류를 읽던 데이비드 후작이 다급한 표정으로 말했다.

“후작.”

데미안이 낮은 목소리로 데이비드 후작을 불렀다. 그러자 데이비드 후작은 물론이고 다른 귀족들까지 잠시 숨을 멈췄다. 그의 목소리는 배부른 사자처럼 느긋하게 들렸다. 지금은 괜찮지만 심기가 상하면 이빨과 발톱을 드러낼 것처럼.

“자네의 충성심은 아주 잘 알지만 자꾸 그런 식으로 말하면 짐이 오해할지도 모르겠군. 엘라이나가 독살을 시도했길 바라는 것처럼 들려서 말이야.”

“폐, 폐하! 제가 어떻게 감히!”

데이비드 후작이 떨리는 목소리로 말했다.

“아, 걱정하지 말게. 오해하지 않는다네. 아직은 말일세.”

그렇게 말한 데미안은 미소를 지었다. 하지만 데이비드 후작을 바라보는 눈빛은 거센 눈보라 같았다. 그 눈빛에 데이비드 후작을 포함한 모든 귀족이 엘라이나를 조사해야 한다는 말을 꺼낼 수 없었다.

4

그 미소는 달빛 같았다

그 후 며칠이 흘렀다. 엘라이나는 또다시 사파이어궁에 방문했다. 저번과 다른 것이 있다면 수프를 준비하지 않았다는 것과 켄드릭이 초대했다는 것이었다. 엘라이나는 켄드릭과 사파이어궁의 정원에서 홍차를 마셨다.

사파이어궁의 정원은 아주 넓었기 때문에 다른 곳은 어떤지 알 수 없었다. 하지만 둘이 앉아 있는 곳은 여러 색깔의 튤립이 많았다. 조금 떨어진 곳에는 아기 천사 모양의 조각상도 있었다. 엘라이나는 사파이어궁의 고용인들이 경계하는 걸 느꼈다.

'수프 때문에 더 경계하는 것 같지는 않군. 전부터 최대한 경계하고 있었다는 뜻 같아서 슬프지만.'

엘라이나는 시무룩한 표정을 짓지 않으려고 노력하면서 허리를 꼿꼿하게 세웠다.

‘오라버니에게 내 수프를 많이 드려야겠어. 그 검은 연기는 조금 다른 것 같아.’

엘라이나는 켄드릭의 얼굴을 살피면서 생각했다. 켄드릭은 자신이 피를 토한 것 때문에 그녀가 많이 놀랐을 것을 걱정했다. 그리고 귀족들 사이에 독살 이야기가 나왔다는 것에 분노했다.

“데이비드 후작은 충신이 분명하지만 항상 과한 면이 있어.”

“오해가 풀렸으니까 괜찮아요. 그렇게 생각할 수도 있죠.”

엘라이나는 아무렇지 않은 표정으로 말했다. 켄드릭은 그런 그녀가 안쓰럽고 기특해서 씁쓸한 미소를 지었다. 분위기가 가라앉은 것을 느낀 엘라이나는 수프 가게에서 있었던 재밌는 일을 말하기 시작했다. 대부분 엘라이나의 실수나 특이한 손님에 대한 이야기였다.

“초콜릿이랑 닭고기로 수프를 만들 수 없느냐고 물으셔서 얼마나 당황했는지 몰라요.”

“입맛이 특이한 손님이구나.”

켄드릭은 엘라이나와 대화하는 게 즐거웠다. 그와 대화하는 사람들은 켄드릭이 환자라는 걸 절대 잊지 않았다. 켄드릭이 크게 웃어도, 화를 내도 무리가 될까 봐 걱정했다. 그래서 그에게는 재밌는 이야기도, 화날 만한 이야기도 최대한 조심했다. 하지만 엘라이나는 달랐다. 켄드릭이 환자라는 걸 잊은 사람처럼 거리낌 없이 말했다.

“그래도 손님 주문이니까 만들어봤는데, 제 실력이 부족한 건지 맛이 없더라고요.”

"그건 네 실력 문제가 아닐걸."

위로하듯 말한 켄드릭은 멀리서 걸어오는 안드레스를 보고 미소를 지었다.

"안드레스!"

"황태손 전하를 뵙습니다."

고개를 숙이고 인사한 안드레스는 엘라이나를 보고 표정이 굳었다.

"황손 저하를 뵙습니다."

여전히 정중하지만 차가운 태도였다.

"아, 안녕하세요."

엘라이나는 어색하게 웃었다. 켄드릭의 오랜 친구가 자신을 경계한다는 게 속상했다. 그래서 친해지고 싶었지만 안드레스의 눈빛만 보면 주눅이 들었다. 그 눈빛만 보면 자신이 진짜 황위를 노리는 것처럼 느껴졌다. 켄드릭은 그녀가 어색하게 웃는 걸 보고 안드레스의 표정을 살폈다.

"안드레스, 홍차 마실래? 엘라이나가 재밌는 이야기를 들려주는 중이었어."

"네? 아니, 별로 재밌는 이야기는 아니었는데."

켄드릭의 말에 엘라이나가 당황하며 말했다.

"다른 이야기를 해도 좋고. 나는 둘이 친해졌으면 좋겠거든."

켄드릭이 빙긋 웃으면서 말하자 안드레스는 한숨을 쉬었다.

"친분이 있는 황족은 황태손 전하로 충분합니다만."

명백한 거절에 엘라이나는 어깨를 움츠렸다. 안드레스는 그런 그녀를 보고 마음이 약해졌다. 그가 경계하는 건 엘라이나라는 개인이 아니라 새롭게 등장한 황손이었다. 그녀를 싫어하는 게 아니었다. 그래서 엘라이나가 자신 때문에 어깨를 움츠리는 게 마음이 좋지 않았다.

"함께 홍차를 마시는 것 정도는 괜찮겠죠."

무표정으로 말한 그는 엘라이나와 켄드릭의 중간에 앉았다. 엘라이나는 그런 안드레스를 보고 표정이 풀어졌다.

"엘라이나, 안드레스는 꽤 다정한 구석이 있단다."

켄드릭은 빙긋 웃으면서 말했다. 엘라이나는 어리둥절한 표정이 되었고 안드레스는 민망해서 헛기침을 했다. 잠시 침묵이 흘렀다. 어디선가 노란 나비가 날아와서 테이블에 앉았다. 셋의 시선이 그 나비의 움직임에 따라서 움직였다.

"다음 봄도 볼 수 있을까?"

나비가 멀리 날아가자 켄드릭이 중얼거렸다. 질문이 아닌 혼잣말이었다.

"다음 봄도, 먼 훗날의 봄도 보실 수 있습니다."

안드레스는 단호한 목소리로 말했다.

"봤지? 안드레스는 다정한 녀석이야."

그렇게 말한 켄드릭은 엘라이나를 보면서 웃었다. 그녀는 무슨 말을 하면 좋을지 몰라서 미소만 지었다. 그리고 켄드릭이 아픈 것이 검은 연기 때문일지도 모른다고 생각했다.

'그런데 오라버니는 옛날부터 아프셨다고 들었는데. 검은 연기가 그렇게 오래전부터 제국에 있었다는 건가? 아니면 오라버니가 아프신 건 검은 연기랑 상관없는 일인가?'

엘라이나는 굳은 표정으로 생각했다. 셋은 날씨처럼 가벼운 주제로 이야기를 나누다가 일어났다. 켄드릭은 피곤한 표정으로 시종의 부축을 받았다.

"안드레스, 엘라이나를 에메랄드궁까지 데려다줘."

"네? 저는 혼자서도 잘 가는데요."

켄드릭의 말에 그녀가 당황해서 말했다. 하지만 켄드릭은 그 말을 들을 여유가 남아 있지 않은 것 같았다. 켄드릭이 시종과 함께 방으로 가버렸다. 그 뒷모습을 향해서 고개를 숙이고 인사한 안드레스는 그녀를 바라봤다.

"가시죠."

"네? 아, 저 혼자 갈 수 있어요."

"황태손 전하께서 명하셨으니 저는 따를 뿐입니다."

단호하게 말한 안드레스는 엘라이나가 먼저 걸어가기를 기다렸다. 잠시 망설이던 그녀는 걷기 시작했고 안드레스는 반걸음 정도 뒤에서 걸어갔다. 둘 사이에 어색한 침묵이 흘렀다.

"오라버니와 처음 만난 건 몇 살 때인가요?"

어색한 침묵이 답답했던 엘라이나가 물었다.

"일곱 살입니다."

안드레스는 어린 시절의 자신과 켄드릭을 떠올리며 대답했다.

“어릴 때부터 친하게 지내셨군요.”

“하지만 첫인상은 별로였어요.”

안드레스가 자신도 모르게 미소를 지으면서 말했다. 안드레스가 웃는 걸 처음 본 엘라이나는 놀라서 눈을 동그랗게 떴다. 그 미소는 달빛 같았다. 은은하지만 주변을 환하게 밝히는 달빛. 그녀는 어쩐지 가슴이 두근거렸다.

“왜요?”

엘라이나는 조심스럽게 물었다. 자신이 안드레스의 미소에 두근거린 걸 들키고 싶지 않았다.

“황태손 전하가 제가 평생 모실 주군으로는 부족하다고 생각했거든요. 너무 약하게 보였어요. 어린 시절의 저는 편협해서 강함에도 여러 종류가 있다는 걸 몰랐죠.”

“하지만 결국은 오라버니의 강함을 알아보셨군요.”

“저는 전하를 부정했지만 전하는 그런 저를 믿고 손을 내밀어주셨죠. 그게 강한 게 아니라면 무엇이 강한 것이겠습니까?”

그렇게 말한 그는 입을 다물었다. 말이 너무 많았다고 생각한 것이다. 둘이 함께 걷는 모습을 본 시종 몇이 수군거렸다. 멀리 있었고 작은 목소리라서 무슨 말인지 들리지 않았다. 엘라이나는 신경이 쓰여서 어색한 표정이 되었다.

“신경 쓰지 마세요. 황태손 전하의 사람인 제가 황손 저하와 함께 있는 게 신기해서 그러는 것뿐입니다. 황궁은 하나의 무대고 황족은 배우입니다. 저들은 관객이니 배우의 행동에 감상을 말할 수밖에 없죠. 그걸 일일이 신경 쓰면 금방 지칩니다."

안드레스는 부드러운 목소리로 말했다. 엘라이나는 안드레스가 다정하다는 켄드릭의 말을 떠올렸다.

'다정한 사람이 맞는 것 같아.'

그렇게 생각한 엘라이나는 씁쓸하게 웃었다. 다정한 사람이 자신을 경계한다는 게 서글펐기 때문이다.

"조언 감사합니다."

"저하는 황제가 되고 싶습니까?"

안드레스가 걸음을 멈추고 물었다.

"제가 그럴 마음이 없다고 하면 믿으시겠어요?"

걸음을 멈춘 엘라이나는 허리를 꼿꼿하게 세우며 물었다. 잠시 시선을 주고받은 둘은 동시에 피식 웃었다.

"아니요. 절대 믿지 않겠죠."

안드레스가 나른한 표정으로 말했다.

"그럴 것 같았어요."

엘라이나는 씨익 웃으면서 말했고 둘은 다시 걷기 시작했다. 그리고 에메랄드궁 앞에 도착하자 안드레스는 바로 고개를 숙이고 뒤로 돌아섰다. 엘라이나는 그런 그의 뒷모습을 바라보다가 미소를 지었다.

'언젠가 내 진심을 믿어줄까?'

그녀는 그런 날이 오면 좋겠다고 생각하며 궁으로 들어갔다.

안드레스는 켄드릭이 율라니의 부축으로 일어나서 앉는 걸 바라봤다. 율라니가 밖으로 나가고 방에는 잠시 침묵이 흘렀다. 친한 사람끼리만 느낄 수 있는, 어색하지 않은 침묵이었다. 켄드릭은 짧게 기침을 하다가 물었다.

"엘라이나랑 조금은 친해졌어?"

"황손 저하랑 친해질 일은 절대 없을 겁니다."

"너무 그러지 마. 좋은 아이야."

"그렇다면 더더욱 위험하죠. 차라리 황손이 되었다는 것에 취해 날뛰는 분이셨다면 좋았을 텐데."

삐딱한 말투로 말한 안드레스는 피식 웃었다. 엘라이나가 좋은 사람이라면, 좋은 황제가 될 자질이 있다면 곤란했다. 귀족들이 켄드릭이 아닌 선택지가 없다고 생각해야 한다.

"안드레스, 나는 어차피 죽을 거야."

켄드릭은 또다시 기침을 하다가 말했다. 안드레스는 미간을 찌푸리고 창가로 걸어갔다. 황족과 대화하다가 다른 곳으로 가는 건 예법에 어긋났지만, 켄드릭은 지적하지 않았다. 안드레스는 창문 밖을 바라보면서 울컥하는 마음을 눌렀다.

"저는 전하의 미래가 보입니다. 전하는 제국의 역사상 가장 위대한 성군이 되실 것이고 주름진 얼굴로 제국을 둘러보실 겁니다. 저는 그런 미래가 보입니다."

겨우 진정한 안드레스가 켄드릭을 보면서 말했다. 그러자 켄드릭은 씁쓸하게 웃었다.

"부럽군. 내가 보는 나의 미래는 내 무덤뿐인데."

켄드릭은 진심으로 말했다. 철이 들기 시작할 때부터 항상 그랬다. 상상할 수 있는 자신의 미래는 장례식이나 무덤뿐이었다. 아니, 딱 한 번 다른 미래를 상상한 적이 있었다. 벨리사를 처음 만난 날이었다. 자신과 그녀가 둘을 반반씩 닮은 아이를 바라보는 모습이었다. 하지만 그때도 피를 토하면서 생각했다. 그런 미래는 절대 가질 수 없다고.

"부탁이야. 내가 죽으면 엘라이나를 도와줘."

켄드릭은 간절한 표정으로 말했고 안드레스는 차마 싫다고, 안 된다고 말할 수 없었다. 그가 어떤 마음으로 부탁하는 것인지 알았기 때문이다. 하지만 알겠다고 말하기도 싫었다. 안드레스는 눈을 감고 긴 한숨만 쉬었다.

에메랄드궁으로 화려한 선물들이 들어왔다. 엘라이나를 지지하려는 귀족들이 보낸 것이다. 선물을 계기로 엘라이나와 접촉하고 그녀의 호감을 얻으려는 것이다. 엘라이나는 선물을 보려고 하지도 않았다.

"마샤, 모두 돌려보내주세요."

"알겠습니다, 황손 저하."

엘라이나의 말에 마샤는 정중하게 고개를 숙였다. 엘라이나는 느린 걸음으로 창가로 걸어갔다. 창문을 열자 바람이 불었다. 엘라이나는 답답한 마음에 긴 한숨을 뱉었다.

"마샤, 다이아몬드궁에서 연락은 없었나요?"

"네, 전에 바쁘시다는 연락 이후로 다른 연락은 없었어요."

엘라이나는 다이아몬드궁에 계속 사람을 보냈다. 데미안에게 브라이트에 돌아가고 싶다는 뜻을 전한 것이다. 그런데 데미안은 대답이 없었다. 알현하고 싶다는 연락에는 칼같이 바쁘다는 말이 돌아왔다.

엘라이나는 그동안 고민하던 일을 시작하기로 결심했다. 수프 재료를 재배하는 것이었다. 엘라이나는 자신이 황궁에 머무는 게 꽤 길어질 것 같다고 생각했다. 데미안과 만나는 일은 쉽지 않았다. 그리고 자신도 슬슬 황궁에 적응이 되기 시작했다.

'인간은 적응의 동물이라더니, 절대 적응될 것 같지 않던 황궁도 적응이 되네.'

엘라이나는 피식 웃으면서 에메랄드궁의 정원으로 향했다. 다이아몬드궁이나 사파이어궁의 정원보다 수수한 편이었지만 우아한 정원이었다. 엘라이나는 텃밭을 만들 곳을 찾았다. 정원사와 상의해서 만들어야겠지만 미리 살펴보고 싶었다.

'그런데 황궁에 텃밭을 만들어도 되는 건가? 내가 지내는 동안은 내 궁이니까 상관없으려나?'

엘라이나는 정원을 걸으면서 생각했다. 그런데 키가 큰 중년 남자가 보였다. 밀짚모자를 쓴 남자는 연갈색 머리카락이었는데 수염이 덥수

룩했다. 남자는 꽃을 돌보다가 실수로 꽃 한 송이를 밟았다.

"이런 젠장!"

혼자 소리친 남자는 거친 말투와 다르게 밟힌 꽃을 소중하게 어루만졌다. 꽃을 살려보려고 노력하는 것 같았다. 엘라이나가 다가가자 남자는 신경질적인 표정으로 고개를 들었다. 회색 눈동자가 햇빛에 반짝였고 이마에 땀이 맺혔다.

"아, 황손 저하를 뵙습니다."

그녀를 알아본 남자가 정중하게 인사했다.

"정원사 웨슬리죠?"

"그렇습니다. 무슨 일이시죠? 혹시 정원에 무슨 문제라도?"

남자는 밟힌 꽃을 뽑아서 옆에 두고 말했다.

"아니, 그건 아니고요. 제가 정원에 텃밭을 만들어도 될까요?"

엘라이나가 묻자 그는 미묘한 표정이 되었다. 텃밭을 만들겠다는 황손이 신기하면서도 자신의 작품이나 마찬가지인 정원에 텃밭이 생기는 게 탐탁지 않았다.

"저하는 에메랄드궁의 주인이시니 원하시면 만드셔도 됩니다."

"하지만 이렇게 아름다운 정원에 텃밭을 만드는 게 마음이 편하지는 않아서요. 최대한 정원의 풍경을 해치지 않는 곳에 만들고 싶거든요. 그런 곳이 있을까요?"

엘라이나가 조심스럽게 물었다. 웨슬리는 그 말에 마음이 조금 풀렸다. 자신이 가꾼 정원을 칭찬하고 존중하는 말이었기 때문이다.

"그럼요. 정원에는 커다란 나무로 가려진 곳이 많습니다. 아, 그런 곳은 햇빛이 잘 들지 않으니까 텃밭을 만들기는 어렵겠군요. 제가 좋은 곳을 찾아보겠습니다."

"부탁할게요, 웨슬리."

엘라이나가 빙긋 웃었다. 그리고 그가 뽑은 꽃을 바라봤다.

"이 꽃은 살릴 수 없는 건가요?"

"제가 밟는 바람에 줄기가 부러져서요. 정원사로 일하면서 이런 일은 없었는데 요즘 실수가 잦네요. 꽃을 밟고 나뭇가지를 부러뜨리고."

"정원을 관리하다 보면 그런 일이 있을 수도 있죠. 너무 신경 쓰지 마세요."

그렇게 말한 엘라이나는 웨슬리가 뽑은 꽃에 다가갔다. 그리고 꽃만 꺾어서 자신의 옷에 달았다.

"그대로 버려지는 것보다 이게 낫겠죠?"

"그렇군요."

웨슬리는 생각도 못 했다는 표정으로 중얼거렸다. 그리고 이마에 맺힌 땀을 닦았다.

"좋은 곳을 찾으면 말해주세요."

엘라이나는 빙긋 웃으면서 말하고 주방으로 향했다. 웨슬리의 땀을 보고 좋은 생각이 났기 때문이다.

"황손 저하를 뵙습니다!"

식재료를 다듬던 요리사들이 고개를 숙이며 인사했다.

"재료 좀 쓸게요."

엘라이나는 당근과 생강을 적당한 크기로 썰었다. 그리고 작은 솥에 당근과 생강, 레몬그라스를 넣고 재료가 잠길 정도로 물을 붓고 끓였다. 그렇게 끓인 걸 우유와 함께 곱게 갈고 소금과 후추로 간을 맞췄다.

'그렇게 땀을 흘리는 걸 보면 일이 힘든 모양이야.'

엘라이나는 만든 걸 여러 그릇에 담아서 냉동 상자에 넣었다. 냉장 상자와 냉동 상자는 마법사들이 연구를 위해서 모여 사는 마탑에서 만든 것인데 꽤 유용했나. 모든 걸 차갑게 보관할 수 있기 때문이었다. 엘라이나는 냉동 상자에 넣어둔 게 차가워질 때까지 요리사들이 식재료 다듬는 걸 도왔다.

"저하, 오늘은 뭘 만드시는 건가요?"

주방에서 제일 어린 여자 요리사가 물었다.

"당근 냉수프요."

빠르게 대답한 엘라이나는 냉동 상자를 열어서 당근 냉수프 그릇들을 꺼냈다. 그리고 적당한 크기로 자른 아보카도, 껍데기를 벗겨서 노릇노릇하게 구운 새우를 올렸다.

"모두 드셔보세요."

레몬 제스트, 후추, 올리브유를 조금 뿌려서 완성한 엘라이나가 말했다. 요리사들은 당근 냉수프를 맛보고 신기하다는 표정이 되었다.

"황궁에서도 더운 날에 냉수프를 만들 때가 있지만 이게 더 맛있네요."

제일 어린 여자 요리사가 말했다. 엘라이나는 뿌듯한 표정으로 당근 냉수프 그릇 하나를 쟁반에 올렸다. 그리고 그걸 들고 정원에 있는 웨슬리를 찾아갔다.

"웨슬리, 이거 드실래요?"

엘라이나는 정원의 테이블에 쟁반을 내려놓고 물었다.

"그게 뭔데요?"

"당근 냉수프요. 아무리 봄이라지만 계속 일을 하니 더운 것 같아서요."

"아, 감사합니다."

웨슬리는 고개를 꾸벅 숙였다. 그리고 의자에 앉아서 당근 냉수프를 먹기 시작했다. 몸속까지 시원해지는 느낌도 마음에 들었지만 당근의 은은한 단맛도 좋았다. 금방 그릇을 비운 웨슬리는 껄껄 웃었다.

"아주 맛있는데요! 에메랄드궁의 요리사들이 실력이 아주 좋네요."

"그건 제가 만든 건데요."

"네? 저하께서요?"

웨슬리는 놀라서 눈을 동그랗게 떴다. 그리고 갑자기 기침을 하더니 검은 연기를 뱉어냈다. 엘라이나는 조금 놀란 표정으로 검은 연기가 사라지는 걸 바라봤다.

'웨슬리도 검은 연기의 지배를 받고 있었구나. 요즘 실수가 잦다는 게 검은 연기 때문이었나?'

엘라이나는 조심스럽게 웨슬리의 표정을 살폈다.

"시원한 걸 먹어서 그런가? 몸이 가뿐해졌어요. 저하가 만드신 수프를 먹다니. 이거 참 가문의 영광입니다."

웨슬리는 또다시 껄껄 웃었다. 엘라이나는 그에게 수프를 먹인 게 잘한 일이라고 생각했다.

'내가 조금 더 적극적으로 수프를 권하고 다닐 필요가 있겠어.'

그렇게 생각한 그녀는 비장한 표정이 되었다.

이후 웨슬리는 실수하는 일이 없어졌다. 그리고 엘라이나가 텃밭 만들 곳을 찾아냈다. 정원 구석이었는데 에메랄드궁에 가려져서 바깥에서는 보이지 않지만 반대쪽에서는 햇빛이 잘 들어오는 곳이었다.

"생각보다 넓지는 않네요."

엘라이나는 주변을 둘러보며 말했다. 가로는 그녀 키의 두 배, 세로는 그녀만 한 공간이었다. 아직은 아무것도 없이 텅 빈 땅이었다.

"네, 아무래도 정원에서 빈 공간을 찾는 게 쉬운 일은 아니어서요. 하지만 이 정도면 처음 텃밭을 가꾸는 사람에게는 충분한 크기죠."

엘라이나와 웨슬리는 그 텃밭에 무엇을 심으면 좋을지 고민했다. 정확히 말하면 엘라이나가 고민해서 말하면 웨슬리가 괜찮을지 판단하는 것이었다.

"옥수수 어때요? 제가 옥수수 수프를 잘 만들거든요."

"저하의 옥수수 수프를 먹어보고 싶기는 하지만 계절과 맞지 않습니다."

웨슬리는 아쉬운 표정으로 고개를 저었다.

"그러면 고구마는 어떨까요? 고구마로 만든 수프가 맛있거든요."

"죄송하지만 고구마가 언제 나는지는 아십니까?"

몇 번의 퇴짜가 이어진 끝에 엘라이나는 자신이 먹고 싶은 것만 말했다는 걸 인정했다.

"아무래도 안 되겠어요. 그냥 웨슬리가 정해주세요. 저는 자꾸 먹고 싶은 것, 수프로 만들고 싶은 것만 생각나요."

엘라이나가 시무룩한 표정으로 말하자 웨슬리는 못 말린다는 듯 웃었다.

"지금 심기 좋은 건 많지만 저하는 초보자시니까 토마토, 오크라 정도만 심으시죠. 허브는 바질만 심으시고요. 제가 도와드리면 더 많이 심을 수 있겠지만 직접 키우고 싶으신 거잖아요."

웨슬리의 말에 엘라이나는 고개를 끄덕였다.

"웨슬리의 조언대로 그 세 개만 심을게요."

그리고 이후 아주 바쁜 나날이 이어졌다. 엘라이나는 웨슬리와 똑같은 밀짚모자를 쓰고 텃밭에 머물렀다. 토마토, 오크라, 바질은 모두 모종으로 심었다. 웨슬리는 정원을 가꾸는 것만으로도 매우 바빴다. 그래서 텃밭을 돌보는 그녀의 곁에는 항상 마샤가 있었다.

"저하, 제가 할게요. 제발 가만히 계세요. 네?"

마샤는 안절부절못하며 말했다. 그녀는 남작 영애였다. 태어나서 지금까지 자신이 텃밭을 돌보는 건 상상도 못한 사람이었다. 그런데 황손인 엘라이나가 텃밭에 채소를 심었다니? 마샤는 엘라이나가 생각보다 더 독특한 사람이라는 걸 깨달았다.

"마샤도 참! 제가 직접 키워야 의미가 있는 거라고요."

"하지만 저하께서 이러고 계시는 모습을 누가 보기라도 하면!"

마샤가 불안한 표정으로 주변을 둘러봤다.

"농사가 불법도 아니고 뭐 어때요? 그리고 에메랄드궁 때문에 바깥에서는 보이지도 않는다고요."

"에메랄드궁의 고용인들은요? 모든 고용인이 저하의 사람은 아니라고요."

"마샤, 저를 믿어요. 이건 제국을 위한 일이라니까요?"

엘라이나가 능청스럽게 말했다. 텃밭에서 키운 채소로 수프를 만들 것이다. 그리고 그 수프로 검은 연기를 정화할 거니까 제국을 위한 일이 맞았다. 사실 그냥 직접 재배한 채소로 수프를 만들고 싶다는 욕심이 우선이었지만. 마샤는 이마를 짚고 한숨을 쉬었다.

"도대체 무슨 말씀을 하시는 건지 모르겠어요."

마샤의 말에 엘라이나는 큰 소리로 웃었다. 봄 햇살처럼 맑은 웃음소리였다.

"뭘 만들어? 텃밭?"

데미안은 자신도 모르게 큰 목소리로 물었다. 엘라이나가 어떻게 지내느냐고 물었더니 텃밭을 만들었단다. 안토니오는 당황한 데미안이 재밌어서 웃음이 나올 것 같았지만 꾹 참고 대답했다.

"그렇습니다, 폐하."

"생각보다 프랜시스를 더 닮았군. 어디로 튈지 알 수가 없는 것이."

데미안은 골치가 아프다는 듯 한숨을 쉬었다.

"필요하다는 건 다 주도록 해. 이해할 수는 없지만 텃밭을 만드는 게 좋다면 만들어야지."

"그렇게 하겠습니다, 폐하."

고개를 숙인 안토니오가 밖으로 나갔다. 데미안은 책상에서 일어나 창가로 걸어갔다. 창문을 열자 바람이 불어왔고 그의 앞머리가 헝클어졌다. 그 바람 사이에서 프랜시스의 웃음소리가 들리는 것 같았다.

"그곳은 행복한가? 내가 사랑한 이들은 대부분 그곳으로 떠나버렸군."

작은 목소리로 중얼거린 데미안은 웃는 것도, 우는 것도 아닌 표정이 되었다.

엘라이나는 농사 정보를 얻으려고 황궁 도서관으로 향했다. 웨슬리는 바빴기 때문에 물어볼 수 있는 시간이 한정적이었다. 그래서 기본적인 정보는 혼자 알아보는 게 좋겠다고 생각한 것이다. 황궁 도서관은 황족은 물론이고 귀족, 황궁의 고용인까지 모두 사용할 수 있었다. 하지만 황족이 찾아오는 일은 극히 드물었다.

황족은 필요한 책이 있으면 고용인에게 부탁했기 때문이다. 황궁 도서관은 지상의 4층, 지하까지 모두 5층으로 이루어졌고 각 층이 매우 넓었다. 그래서 필요한 책을 찾으려면 사서의 안내는 필수였다. 사서 메리골드는 나이가 굉장히 많았다. 데미안의 어린 시절을 지켜봤을 정도였다. 그래서 소문의 황손을 앞에 두고도 의연할 수 있었다.

"채소 재배에 대한 책은 지하에 있습니다."

쓰고 있던 안경을 살짝 내린 메리골드가 말했다. 주름 가득한 얼굴, 마른 손가락은 연약해 보였지만 녹색 눈동자만은 날카로웠다.

"감사합니다!"

고개를 숙이고 인사한 엘라이나는 지하로 향했다. 그리고 책장을 둘러보며 필요한 책을 찾기 시작했다. 지하에 있다기에 바로 찾을 줄 알았는데, 책 종류가 많아서 찾기 어려웠다. 지하를 돌아다니던 그녀는 어떤 책장 앞에서 젊은 여자를 보고 멈칫했다. 너무 조용해서 자신만 있는 줄 알았기 때문이다.

'아무리 조용해도 인기척 정도는 나는데, 진짜 조심스러운 사람인 모양이네.'

그렇게 생각한 엘라이나는 자신도 모르게 여자를 살펴봤다. 여자는 곱슬곱슬한 붉은 머리카락과 초록색 눈동자였다. 주근깨가 많았고 초록색의 수수하지만 우아한 드레스를 입고 있었다. 엘라이나보다 한 뼘은 작았고 수수하지만 토끼나 다람쥐가 생각나는 귀여운 인상이었다. 여자는 높은 곳에 있는 책을 뽑으려고 발꿈치를 들었다. 하지만 쉽지 않은 모양인지 계속 실패했다.

"도와줄까요?"

여자에게 다가간 엘라이나는 작은 목소리로 물었다. 그러자 조금 놀란 표정이던 여자는 고개를 끄덕였다. 엘라이나는 높은 곳에 있는 책을 쉽게 뽑아서 건넸다. 여자는 감탄하는 표정이 되었다. 엘라이나는 그런 그녀가 귀여워서 웃어버렸다. 그녀는 주변을 둘러보다가 작은 목소리로 말했다.

"감사합니다."

"또 필요한 거 있으면 말해요. 제 키가 닿는 곳까지는 꺼내줄게요."

엘라이나도 작은 목소리로 말했다.

"이 책이면 돼요."

조심스럽게 말한 여자는 엘라이나의 얼굴을 빤히 바라봤다. 그리고 눈이 마주치자 어색한 표정으로 눈을 피했다. 엘라이나는 여자가 귀족이거나 다른 궁의 시녀라고 생각했다. 드레스는 수수한 디자인이었지만 천이 고급스러웠다. 둘 사이에 어색한 침묵이 흘렀다. 그런데 어디선가 작지만 호들갑스러운 목소리가 들렸다.

"황태손비 전하! 황태손비 전하!"

"여기에 있어요."

여자가 목소리를 높여서 대답했다. 엘라이나는 그녀가 황태손비 벨리사라는 걸 알고 깜짝 놀랐다. 벨리사는 엘라이나의 놀란 표정에 어색하게 웃었다.

"황태손비 전하를 뵙습니다."

엘라이나는 고개를 숙이며 인사했다.

"전하, 백작 영애와 약속하신 시간입니다."

곧 나타난 시녀가 정중한 말투로 말했다. 벨리사는 엘라이나에게 눈인사를 하고 시녀와 함께 가버렸다. 벨리사도, 시녀도 엘라이나를 몰라본 것 같았다. 그녀는 튀는 외모가 아니었고 브라이트에서 입던 옷을 입고 다녔기 때문이다.

'좋은 분인 것 같아. 내 옷을 보고도 함부로 대하지 않았어. 감사하다는 표현도 거리낌 없었고.'

그렇게 생각한 엘라이나는 빙긋 웃었다. 엘라이나는 자신이 고용인처럼 보인다는 걸 알았다. 최대한 높게 보더라도 가난한 귀족으로 보일 것이다. 그런데 벨리사는 그녀에게 정중했고 감사하다고 말했다. 자신보다 신분이 낮아도 함부로 대하지 않는 사람 같았다.

'다음에는 내가 누구인지 제대로 소개하고 인사드려야겠다.'

엘라이나는 다시 채소 재배에 대한 책을 찾으며 생각했다.

5

그런 전하를 사랑해주세요

"황태손비를 만났다고?"

엘라이나는 직접 만든 양파 수프를 들고 사파이어궁을 찾았다. 양파 수프가 면역력을 높이는 데 좋다는 걸 알고 일부러 고른 것이었다. 양파 수프를 먹던 켄드릭은 조금 놀란 표정이 되었다. 엘라이나의 입에서 생각도 못한 이름이 나왔기 때문이다.

"황궁 도서관에서요."

"아, 벨리사는 책을 좋아하지."

켄드릭은 옅은 미소와 함께 작게 중얼거렸다. 엘라이나는 그가 벨리사를 사랑한다는 걸 알아챘다. 그의 미소가 세상에서 가장 달콤한 걸 떠올리는 것 같았기 때문이다.

"황태손비 전하와 자주 만나시나요? 아, 두 분은 부부시죠. 제가 너무 당연한 걸 물었네요."

엘라이나가 머쓱하게 웃었다. 켄드릭은 수저를 내려놓았다. 이상하게 엘라이나가 만든 수프를 먹으면 마음은 물론이고 몸까지 따뜻하고 편안했다. 그는 짧게 기침했지만 검은 연기는 나오지 않았다.

'이 정도로는 안 나오는 걸까?'

엘라이나는 아쉬운 표정으로 생각했다.

"자주 만나지는 않아. 어쩔 수 없지. 황태손비가 바란 혼인은 아니었으니까."

"황태손비 전하는 오라버니와 혼인하는 걸 싫어하셨나요?"

켄드릭의 말에 엘라이나는 검은 연기에 대한 생각을 잠시 접어두고 물었다.

"나와 혼인하는 건 권력욕이 적은 여자에게는 죽기보다 싫은 일이지. 권력욕이 많은 여자는 내가 죽더라도 후계자를 낳고 태후가 될 수 있을 거라고 생각하거든. 하지만 권력욕이 적은 여자는 그런 걸 바라지 않지."

켄드릭의 말에 엘라이나는 벨리사를 떠올렸다. 확실히 권력욕이 많은 사람 같지는 않았다.

"그런데 어떻게 혼인하게 되신 건가요?"

"황태손비의 가문 사람들은 권력에 욕심이 없는 충신이거든. 폐하께서 고집하셨지. 그런 가문의 사람이 황후가 된다면 훗날 외척 때문에 곤란해질 일은 없을 테니까."

켄드릭은 벨리사와 처음 만난 날을 떠올렸다. 그녀를 먼저 만난 율라니는 더 아름다운 사람이었으면 좋았을 거다, 더 권력이 있는 가문의 딸이었으면 좋았을 거라고 말했다. 하지만 켄드릭은 그런 사람을 바라지 않았다. 자신이 죽어도 후계자를 잘 교육하고 훌륭한 태후가 될 사람이면 충분했다.

율라니는 벨리사가 아름답지 않다며 투덜거렸기 때문에 켄드릭도 기대하지 않았다. 어차피 후계자를 교육하고 훌륭한 태후가 되는 것에 외모는 중요하지 않으니까 상관없기도 했다. 그리고 벨리사를 만났다. 제국에는 화려한 외모의 여자는 많았다. 그녀는 수수한 편이라서 눈에 띄는 외모는 아니었다.

하지만 켄드릭은 벨리사와 눈이 마주친 순간부터 사랑에 빠졌다. 인사하고 고개를 들던 벨리사의 모습을, 눈이 마주치자 어색한 미소를 짓던 벨리사의 얼굴을 잊을 수 없었다. 참 이상한 일이었다. 그녀보다 더 아름다운 여자는 많았다. 켄드릭의 마음을 얻으려고 노력하던 여자도 많았다.

하지만 켄드릭은 자신이 어색해서 어쩔 줄 모르는 벨리사에게 마음을 빼앗겼다. 켄드릭은 그녀가 자신과 거리를 두는 게 슬프면서도 다행이라고 생각했다. 사랑을 몰랐던 켄드릭은 태후라는 자리가 보상이 될 거라고 생각했다. 하지만 이제 켄드릭은 사랑을 알았다. 벨리사가 자신을 사랑했으면 좋겠다고 생각하면서도 사랑하지 않기를 바라는 마음이었다.

그녀가 자신을 사랑하게 된다면, 사랑하는 자신을 잃게 된다면 얼마나 괴롭겠는가? 그래서 켄드릭은 벨리사와 어색한 사이를 유지했다. 그저 같은 궁에서 지낸다는 사실만으로, 부부로 불린다는 사실만으로 충분하다고 말하면서. 사실 그건 자신에게 거는 주문이었다. 더 이상은 바라지 말자는 주문.

"오라버니는 황태손비 전하를 사랑하시죠?"

엘라이나가 조심스럽게 묻자 켄드릭은 조금 놀란 표정을 지었다가 웃었다.

"들켰구나."

"그냥 그럴 것 같았어요."

"그 눈동자를 보는 순간 알았단다. 그 사람에게 나는 그저 황태손이고 남편이 될 사람이라는 것을. 내 몸이 약한 건 중요하지 않은 것 같았지. 그저 황태손을, 남편이 될 사람을 만나는 게 어색해서 어쩔 줄 모르는 그 모습이 좋았어."

그렇게 말한 켄드릭은 장난스러운 표정으로 덧붙였다.

"비밀이란다. 짝사랑이거든."

"네, 오라버니."

엘라이나는 고개를 끄덕였다.

며칠이 지났고 엘라이나는 또다시 황궁 도서관을 찾았다. 채소 재배에 대한 책을 고르고 있는데 작은 목소리가 들렸다. 옆 책장 앞에 있던 여자들이었다.

"너 그 소문 들었어?"

"무슨 소문?"

"데이비드 후작 영애가 황태손 전하의 후궁이 될 거래."

"뭐? 진짜?"

엘라이나는 들고 있던 책으로 입을 막고 귀를 기울였다. 황궁의 고용인들인 것 같았다. 그녀는 데이비드 후작 영애가 누구인지 몰랐지만 헛소문이라고 생각했다. 켄드릭이 벨리사에 대해서 말하던 표정을 생각하면 절대 그럴 리 없었다.

'헛소문인 것 같은데. 아니, 헛소문이 아닐 수도 있어. 오라버니는 싫어하셔도 폐하나 귀족들이 추진하면 그렇게 될 수도 있으니까.'

잠시 고민하던 엘라이나는 자신도 모르게 인기척을 냈다. 켄드릭에 대해서 말하던 고용인들은 깜짝 놀랐다가 그녀를 보더니 안심했다. 엘라이나도 같은 고용인이라고 생각한 것이다. 고용인들은 다시 떠들기 시작했다.

"황태손파 귀족들이 황태손비께 문제가 있는 거 아니냐, 후궁을 들이는 게 맞는다고 난리라더라."

"웃기지도 않아. 황태손비께 문제가 없다는 건 모두가 다 아는 거 아니야? 문제가 있다면 황태손 전하한테 있겠지. 그렇게 몸이 약하신 분한테 후궁이 다 무슨 소용이냐고. 데이비드 후작이 자기 딸을 황태손비로 밀다가 실패하더니만."

엘라이나는 불쾌한 표정으로 헛기침을 했다. 그러자 고용인들은 그녀를 힐끔 보더니 다른 곳으로 가버렸다. 엘라이나가 사파이어궁의 고용인일 수도 있다는 생각이 들었던 것이다.

'다음에 또 그런 소리를 하면 혼내줘야지. 그런데 데이비드 후작이라는 사람은 권력욕이 대단한 모양이네. 딸을 황태손비로 밀다가 실패하니까 후궁으로 보낸다? 보통 그렇게까지 하나?'

그렇게 생각한 엘라이나는 고른 책을 들고 다른 책장으로 향했다. 그리고 구석에 있는 책장 앞에 누군가 앉아 있는 걸 보고 깜짝 놀랐다. 누군가 쭈그리고 앉아서 우는 것 같았다. 엘라이나는 방해하지 않을 생각이었다. 그래서 모르는 척 지나가려는데 울고 있는 사람의 붉은 머리카락이 어쩐지 익숙했다. 벨리사였다.

"황태손비 전하."

엘라이나가 조심스럽게 부르자 벨리사가 고개를 들었다. 눈물이 가득한 눈, 빨개진 눈 밑과 코가 애처롭게 보였다. 엘라이나는 고용인들의 대화를 떠올렸다. 그녀가 고용인들의 대화를 들은 모양이었다.

"황태손비 전하를 뵙습니다."

엘라이나는 아무렇지 않은 표정으로 인사했다. 엘라이나는 우는 사람에게 왜 울고 있느냐, 무슨 일이냐고 묻는 것보다 같이 있어 주는 게 더 중요하다고 생각했다. 하지만 장소가 좋지 않았다.

"눈물 닦으세요. 여기는 누가 올지도 몰라요. 제 궁으로 가시죠."

엘라이나가 손수건을 건네면서 말했다.

"제 궁이요?"

눈물을 닦은 벨리사는 어리둥절한 표정으로 물었다. 그리고 무언가를 깨달은 것처럼 눈이 커졌다.

“화, 황손 저하시군요.”

“전하, 여기는 먼지가 너무 많네요. 먼지 때문에 기침을 하시더니 눈 밑이랑 코까지 빨개지셨어요! 에메랄드궁에서 차라도 마시고 가세요.”

엘라이나가 호들갑스러운 말투로 말했다. 벨리사는 의아해서 눈만 깜박거리다가 조금 떨어진 곳에서 걸어오는 귀족들을 보고 고개를 끄덕였다. 엘리이나 덕분에 귀족들은 그녀의 얼굴을 보고도 이상하게 생각하지 않았다.

“감사합니다.”

귀족들이 짧게 인사하고 멀어지자 벨리사가 작은 목소리로 말했다. 페트리샤는 가끔 사파이어궁에 방문했다. 표면상의 이유는 벨리사와 친분을 쌓는 것이지만 켄드릭과 마주치기를 바라는 눈치였다. 페트리샤는 엘라이나가 켄드릭의 앞길을 방해할 것이니 함께 쫓아내자고 말했다.

‘데이비드 후작가는 황태손파니까 함께 쫓아내자는 말도 지지하겠다는 뜻 정도로 생각했는데.’

지금 생각하니까 페트리샤는 자신이 켄드릭의 후궁이 될 것을 알고 있었던 모양이다. 벨리사는 또 울어버릴 것 같아서 입술을 깨물었다.

‘정말 후작 영애가 후궁이 되는 걸까?’

그렇게 생각한 벨리사는 페트리샤의 모습을 떠올렸다. 긴 보라색 머리카락, 눈꼬리가 올라간 보라색 눈동자, 유난히 하얀 피부. 페트리샤는 많은 사람이 찬양하는 미인이었다. 데이비드 후작 부부는 외모가 뛰어난 것으로 유명했으니 당연한 일이었다. 켄드릭과 나란히 있으면 한 폭의 그림처럼 보일 것이다.

'전하도 나처럼 수수한 여자보다 후작 영애가 좋으시겠지? 내가 봐도 전하는 후작 영애와 더 잘 어울려.'

벨리사의 눈동자에 눈물이 고이기 시작했다. 엘라이나는 자신도 모르게 그 눈물을 닦아줬다. 그리고 그녀의 손을 잡고 에메랄드궁으로 향했다. 가끔 둘을 알아본 귀족이나 고용인들이 당황한 표정이 되었지만 신경 쓰지 않았다.

"화, 황태손비 전하를 뵙습니다."

에메랄드궁에서 엘라이나가 돌아오길 기다리던 마샤가 당황한 표정으로 인사했다. 황궁 도서관에 간다는 사람이 황태손비와 함께 오다니. 그녀는 이럴 줄 알았으면 엘라이나가 고집을 부려도 황궁 도서관까지 따라갈 걸 그랬다고 생각했다.

"마샤, 제가 자주 마시는 차가 필요해요."

빠르게 말한 엘라이나는 벨리사를 데리고 방으로 들어갔다. 문이 닫히자마자 벨리사는 엉엉 울기 시작했다.

"마음껏 우세요, 전하. 눈물을 참으면 마음에 바다가 생긴대요. 그래서 자꾸 파도가 친대요."

엘라이나는 벨리사의 어깨를 토닥이면서 말했다. 벨리사는 그 말에 어쩐지 안심이 되었다.

"저는 황태자 전하를 사랑해요."

겨우 울음을 그친 벨리사가 물기 가득한 목소리로 말했다. 엘라이나는 깜짝 놀라서 눈만 깜박거렸다.

'오라버니는 짝사랑이라고 하셨는데. 서로 사랑하고 있다는 걸 몰랐나 봐.'

그렇게 생각한 엘라이나는 기뻐서 활짝 웃었다. 그리고 벨리사에게 켄드릭도 같은 마음이라고 말하려다가 말았다. 그가 직접 전하는 게 좋겠다고 생각했기 때문이다.

'내가 할 수 있는 건 두 사람이 용기를 낼 수 있게 등을 밀어주는 거야.'

엘라이나는 표정을 가다듬고 생각했다.

"두 분은 부부시잖아요. 남편을 사랑하는 게 울 만한 일은 아닌 것 같은데요."

엘라이나는 아무것도 모르는 척 말했다.

"저는 너무 초라해요. 전하처럼 멋진 분이 저처럼 못생기고 수수한 여자를 사랑하실 리가 없잖아요. 게다가 후작 영애가 후궁이 된다니! 그분은 저랑 비교도 안 되게 아름다워요. 전하는 분명 그분을 사랑하게 되실 거라고요."

벨리사의 말에 엘라이나는 어디서부터 지적할지 고민했다. 벨리사는 못생기지 않았다. 그리고 못생겼다고 하더라도 그건 사랑을 고백하지 못할 이유도, 사랑을 받지 못할 이유도 되지 않는다. 외모만으로 사랑할 자격이 주어진다면 잘생기고 아름다운 순서대로 연인이 생길 것이다.

하지만 자신감이 없는 사람에게 그런 말을 해봤자 도움이 될 리가 없었다. 도와주려고 했던 말이 '당신은 왜 그렇게 자신감이 없느냐'라고 혼내는 것처럼 들릴 수도 있었다. 그래서 엘라이나는 벨리사가 하는 말을 끝까지 들어줬다.

"저, 저도 외모가 다가 아니라는 건 알아요. 하지만 저는 다른 것도 부족해요. 똑똑하지도 않고 발랄한 성격도 아니고. 황태손 전하가 아니라 그 어떤 남자라도 저를 사랑할 수 없을 거라고요. 아, 저는 왜 이렇게 못난 걸까요?"

벨리사는 자꾸만 흘러내리는 눈물을 닦았다.

"황태손비 전하."

잠시 고민하던 엘라이나가 조심스럽게 벨리사를 불렀다.

"그런 생각이 드실 수도 있어요. 저도 가끔 그럴 때가 있거든요. 저보다 더 아름다운 사람, 더 똑똑한 사람은 너무도 많죠. 저보다 성격이 더 좋은 사람도요. 하지만 그거 아세요? 누군가는 황태손비 전하를 보고 그렇게 생각할걸요."

엘라이나는 벨리사의 표정을 살피면서 말했다.

"네?"

"누군가는 전하를 보고 아름답다, 똑똑하다, 성격이 부럽다고 생각할 거라고요. 모든 사람에겐 부족한 점이 있어요. 자신의 부족함은 자기 자신이 제일 잘 아니까 남을 부러워하고 질투하는 건 당연한 일이고요. 하지만 그 감정 때문에 누군가를 해치면 안 돼요. 남은 물론이고 자기 자신도요."

"자기 자신도요?"

벨리사는 눈을 깜박거리면서 물었다. 눈물에 젖은 초록색 눈동자는 빗방울이 맺힌 풀잎 같았다.

"실례일지 모르지만 저는 전하의 붉은 머리카락이, 초록색 눈동자가 아름답다고 생각해요. 주근깨가 귀엽다고 생각하고요. 책을 좋아하시는 것도, 자신보다 신분이 낮은 사람에게 감사하다는 표현을 잘 하는 것도 좋다고 생각하고요. 그런 전하를 사랑해주세요."

엘라이나는 자신의 진심이 전해지길 바라면서 말했다. 벨리사는 아무 말도 하지 않고 계속 '자기 자신도'라는 말을 중얼거렸다. 그 순간 문을 작게 두드리는 소리가 들렸다. 엘라이나가 문을 열자 마샤가 허브차를 들고 들어왔다.

"전하, 차를 마시면서 잠시 기다려주세요."

그렇게 말한 엘라이나는 빠르게 주방으로 향했다.

"아이작, 주방 좀 쓸게요."

"마음대로 쓰시죠. 도와드릴까요?"

아이작이 묻자 엘라이나는 고개를 저었다.

"도움이 필요하면 말할게요. 지금은 괜찮아요."

엘라이나는 남은 재료를 살피다가 자몽을 보고 씨익 웃었다. 새콤달콤한 걸 먹으면 기분이 좋아질 것 같다는 생각이 들었기 때문이다. 그녀는 자몽 껍질을 벗겨 과육만 꺼냈다. 자몽은 과육을 꺼낼 때면 과즙이 많이 흘렀다. 그 과즙은 다른 그릇에 모았다.

"뭘 만드시려고요?"

아이작이 호기심 가득한 표정으로 물었다.

"자몽 수프요."

웃으며 대답한 엘라이나는 사과 껍질을 벗기고 먹기 좋은 크기로 잘랐다. 사과는 자몽의 반만 넣는 것이 좋았다. 엘라이나는 솥에 물, 설탕, 로즈메리, 후추를 넣고 끓였다. 그리고 자몽 과육과 과즙, 사과를 추가하고 더 끓이다가 사과 주스와 소금 약간을 추가했다.

"아이작, 혹시 생햄이 있나요?"

"아, 네!"

얼떨떨한 표정이 된 아이작이 생햄을 건넸다. 엘라이나는 자몽 수프를 그릇에 담고 얇게 썰어낸 생햄을 올렸다.

"넉넉하게 만들었으니까 아이작도 먹어요!"

그렇게 말한 엘라이나는 자몽 수프를 쟁반에 담아서 방으로 향했다. 벨리사는 허브차를 마시고 있었는데 아까보다 조금 진정된 표정이었다. 마샤는 엘라이나의 눈짓에 밖으로 나갔다.

"황태손비 전하, 제가 직접 만든 자몽 수프랍니다. 드셔보시겠어요?"

"네? 직접 만드셨다고요? 자몽 수프요?"

벨리사는 황손인 엘라이나가 직접 요리를 했다는 것도, 자몽으로 수프를 만든다는 것도 놀라웠다. 솔직히 자몽 수프가 맛있을 것 같지는 않았다. 하지만 엘라이나가 자신을 위로하려고 만든 거라는 걸 알 수 있었기 때문에 고개를 끄덕였다.

"네, 먹을게요."

벨리사는 조심스럽게 자몽 수프를 먹기 시작했다. 새콤달콤한 맛이었다. 자몽의 쌉쌀한 맛 때문에 뒷맛이 개운했다. 생햄은 조금 짰는데 그 짠맛과 씹는 식감 때문에 자몽 수프가 제대로 된 식사처럼 느껴졌다.

"맛있어요."

벨리사는 진심으로 감탄했다. 이렇게 맛있는 수프는 처음이었다. 그녀는 자신도 모르게 허리를 꼿꼿하게 세우고 활짝 웃었다. 몸과 마음이 따뜻해지는 것 같았다.

'기분이 좋아지는 맛이야.'

벨리사는 수저를 내려놓으면서 생각했다. 그리고 기침을 하기 시작했고, 엘라이나는 긴장한 표정이 되었다.

'황태손비 전하도 검은 연기에?'

그런 엘라이나의 생각이 맞았다. 벨리사는 검은 연기를 뱉었다. 검은 연기는 분하다는 것처럼 벨리사의 주변을 맴돌다가 사라졌다.

"전하, 기분이 괜찮으세요?"

"황손 저하 덕분에 괜찮아졌어요. 감사합니다."

벨리사는 엘라이나가 자신이 울었던 것 때문에 걱정하는 거라고 생각했다. 그래서 활짝 웃으면서 대답했다. 벨리사의 초록색 눈동자가 아까보다 더 반짝거렸다.

“참 이상하네요. 제가 왜 그렇게 울었는지 모르겠어요. 아직 후작 영애가 후궁이 되는 게 확실하지도 않은데. 황궁에는 헛소문이 많거든요.”

“그래요?”

“황손 저하께 조금 부끄럽네요. 제가 원래 그 정도 소문에 우는 사람이 아닌데.”

“그럴 수도 있죠. 원래 사랑은 사람의 마음을 강하게도, 약하게도 만드니까요.”

엘라이나는 상냥하게 웃으면서 말했다.

“저랑 황태손 전하는 부부인데 뭐 때문에 망설였는지 모르겠어요. 지금 황태손 전하께 고백하는 건 무리겠지만 가까워지려고 노력할래요.”

밝은 표정으로 말한 벨리사는 두 손으로 엘라이나의 손을 잡았다.

“감사합니다. 황손 저하 덕분에 용기가 생겼어요.”

“저 때문에 생긴 게 아니에요. 원래 황태손비 전하 안에 있었을 거예요.”

엘라이나는 벨리사의 눈동자가 용기와 자신감으로 반짝이는 것을 바라봤다. 엘라이나와 벨리사는 서로를 바라보며 활짝 웃었다.

"그러면 저는 이만 가볼게요, 저하."

"다음에 또 놀러 오세요."

"그럴게요."

엘라이나는 벨리사가 떠나고 한참 동안 방에서 나가지 않았다. 그녀는 날카로운 표정으로 창문 밖을 바라봤다. 노을이 지고 있었기 때문에 하늘은 오묘한 색깔이 되었다. 주황색 같기도 했고 분홍색 같기도 했다.

'황태손과 황태손비가 모두 검은 연기에 지배되었다? 우연일까? 아니면 제국이 위험하다는 게 황족이 위험하다는 뜻이었던 걸까?'

엘라이나는 자신도 모르게 고개를 저었다.

'아니, 아니야. 그런 거라면 다른 사람들은? 황족이 아닌데도 검은 연기에 지배되고 있었는걸.'

엘라이나는 검은 연기의 정체가 무엇인지 고민했지만 도저히 알 수 없었다.

사파이어궁에 이상한 일이 벌어졌다. 벨리사가 켄드릭의 방을 찾은 것이다. 고용인들은 물론이고 켄드릭까지 당황해서 자신의 눈과 귀를 의심했다. 그는 '들어오시오'라는 짧은 말을 세 번이나 더듬었을 정도였다.

"황태손 전하를 뵙습니다."

벨리사는 조심스러운 표정으로 인사했다. 전보다 용기도, 자신감도 생겼지만 그녀는 원래 소극적인 성격이었다. 그 성격이 바뀐 건 아니었기 때문에 켄드릭의 방을 찾은 것도 큰 용기를 낸 일이었다.

"무, 무슨 일이라도 있습니까?"

켄드릭은 여전히 당황한 표정으로 물었다.

"전하께서 괜찮으시다면 함께 차를 마시고 싶어서요."

벨리사는 작은 목소리로 말했다. 켄드릭은 그녀가 어색한 표정인 걸 보고 자신도 모르게 웃어버렸다. 그리고 곧 무표정한 얼굴로 말했다.

"미안하지만 몸이 조금 안 좋군요. 다음에 마시죠."

"네? 네. 다음에 다시 오겠습니다. 푹 쉬세요."

벨리사는 시무룩하게 인사하고 밖으로 나갔다. 문이 닫히는 걸 본 켄드릭은 한숨을 쉬었다. 벨리사가 자신과 가까워지려고 하는 것 같아서 불안했다. 자신과 그녀는 지금의 거리가 딱 적당했다. 지금보다 더 가까워지면 곤란했다.

'벨리사가 나를 사랑하지 않을 수도 있어. 그냥 친한 사이로 남을 수도 있지. 하지만 그것도 곤란해. 친한 사람이 죽는 것도 사랑하는 사람이 죽는 것만큼 슬플 테니까.'

그렇게 생각한 켄드릭은 자신의 손바닥을 바라봤다. 시무룩한 벨리사의 손을 잡아주고 싶었다. 당신을 처음 만난 순간부터 사랑했다고 말하고 싶었다. 하지만 그럴 수 없었다.

'벨리사가 찾아오지 않았으면 좋겠어. 거절하는 게 이렇게 힘들 줄은 몰랐는데.'

그는 주먹을 쥐면서 생각했다. 하지만 그 후에도 벨리사는 매일 찾아와서 함께 차를 마시자고 말했다. 그리고 켄드릭은 매일 몸이 안 좋다는 이유로 거절했다. 사파이어궁의 고용인 몇은 켄드릭이 벨리사에게 너무하다는 소문을 냈다.

함께 차를 마시는 것 정도는 예의상 해줄 수 있지 않느냐는 것이었다. 그 소문의 꼬리에는 켄드릭이 벨리사를 아주 싫어한다는 말이 따라붙었다. 그 소문은 돌고 돌아서 감자 수프를 만들던 엘라이나의 귀에도 들어왔다.

엘라이나는 아주 잠시 들고 있던 감자를 노려보다가 주방을 나왔다. 그리고 마샤와 함께 사파이어궁으로 향했다. 켄드릭은 화난 얼굴과 빠른 걸음으로 들어온 엘라이나를 보고 놀란 표정을 지었다.

"무슨 일이니? 표정이 왜 그래?"

"황태손 전하를 뵙습니다."

정중하게 인사한 엘라이나는 다른 사람들을 밖으로 내보냈다.

"오라버니, 황태손비 전하를 사랑하시잖아요. 사랑한다면 그런 소문이 나지 않게 지켜주는 게 맞지 않나요? 주제넘은 말이라면 죄송해요."

단호한 말투로 말하던 엘라이나는 고개를 숙이며 사과했다. 그가 벨리사를 밀어내는 이유를 알 것 같아서 속상하고 화가 났다. 자꾸 벨리사를 떠올리던 켄드릭의 미소가, 켄드릭을 사랑한다며 울던 벨리사의 얼굴이 떠올랐다. 그녀의 말을 들은 켄드릭은 빙긋 웃었다.

"내가 황태손비의 제안을 거절한 것 때문에 이상한 소문이 도는 모양이구나. 하지만 그럴 수밖에 없었어. 나와 황태손비는 지금이 좋아. 가까워지면 서로 괴로워질 뿐이야."

"오라버니가 돌아가실 거라고 생각하시니까요?"

"나는 부모님에 대한 추억이 없어. 아버지는 내가 태어나기도 전에 돌아가셨지."

켄드릭의 말에 엘라이나는 의아한 표정이 되었다. 갑자기 다른 이야기를 꺼내는 게 이상했기 때문이다.

"어머니는 아버지가 돌아가신 것에 크게 좌절하셨어. 하나뿐인 자식을 멀리하고 궁에서 나오지 않을 정도로."

그렇게 말한 켄드릭은 씁쓸하게 웃었다. 엘라이나는 그가 무슨 말을 하려는 건지 알았다. 켄드릭은 사랑하는 사람을 잃은 사람이 어디까지 망가지는지 너무 잘 알고 있었다. 그래서 벨리사는 그런 슬픔을 몰랐으면 하는 것이었다.

"오라버니가 건강해질 수도 있잖아요."

"아니면? 내가 벨리사와 가까워지고 죽는다면?"

켄드릭의 목소리가 떨렸다. 엘라이나는 잠시 고민하다가 조심스럽게 말하기 시작했다.

"오라버니, 제가 황태손비 전하라면요. 나중에 슬퍼하고 좌절해도 함께 있고 싶을 것 같아요. 오라버니를 더 알아가고 싶을 것 같아요."

엘라이나는 켄드릭의 눈동자를 바라보면서 말을 이어갔다.

"오라버니의 마음을 모르고 보내는 게 더 싫을 것 같아요. 저는 오라버니가 마음을 열고 용기를 내셨으면 좋겠어요. 오라버니의 생각이 제일 중요하겠지만, 제 생각은 그래요."

"벨리사가 어머니처럼 되면? 내가 죽고 망가지면?"

"황태손비 전하는 강한 분이세요. 그리고 오라버니는 절대 돌아가시지 않아요."

엘라이나는 켄드릭의 손을 잡으면서 말했다. 그리고 그가 아픈 것이 검은 연기 때문이라면 자신이 꼭 없애주겠다고 생각했다. 켄드릭은 자신도 모르게 눈물을 흘렸다.

"이기적이지만 벨리사와 가까워지고 싶어. 벨리사와 추억을 만들고 싶어."

"이기적인 게 아니라 당연한 마음이에요. 사랑하는 사람과 가까워지고 싶고 추억을 쌓고 싶은 건 당연한 거라고요."

엘라이나의 말을 들은 켄드릭은 소리 없이 눈물만 흘렸다. 엘라이나는 그의 손등을 토닥거렸다.

'소문이 사실인 건 아닐까? 전하께서 나를 싫어하시는 거라면 어쩌지?'

벨리사는 긴 한숨과 함께 읽고 있던 책을 덮었다. 켄드릭과 가까워지려고 노력했지만 돌아오는 건 그의 거절뿐이었다. 벨리사는 자꾸만 부정적인 생각이 들었지만 고개를 젓고 당당한 표정을 지으려고 노력했다.

'아니, 소문은 소문일 뿐이야. 전하께서 내가 싫다고 말씀하신 것도 아니잖아. 더 노력해보자.'

잠시 고민하던 벨리사는 서랍에서 편지지 하나를 꺼냈다. 토끼와 사슴이 꽃밭에 있는 그림이 그려진 편지지였다. 벨리사는 자신이 읽던 책을 펼쳤다. 그리고 제일 마음에 드는 부분을 편지지에 옮겨 적기 시작했다.

> 저에게 사랑이란 용기와 같은 말입니다. 제가 당신의 눈동자를 바라보는 일도, 제가 당신의 이름을 부르는 일도 용기가 필요한 일입니다. 당신을 사랑한다는 뜻입니다.

벨리사가 읽으면서 자신 같다고 생각했던 부분이었다. 벨리사는 조심스러운 손길로 편지지를 편지 봉투에 담았다. 그리고 제일 믿을 만한 시녀에게 주며 켄드릭에게 전하라고 했다. 편지를 받은 켄드릭은 혼란스러운 표정이 되었다.

'벨리사가 왜 이걸?'

벨리사가 읽던 책은 꽤 유명했기 때문에 켄드릭도 편지 내용이 그녀의 말이 아니라는 건 알았다. 하지만 하필이면 그 부분을 보냈다는 것에 여러 생각이 들었다.

'벨리사가 나를 사랑한다는 뜻일까? 아니, 그런 일은 벌어지면 안 된다고. 내가 두려워하던 일이잖아.'

켄드릭의 눈은 편지를 읽고 또 읽었다. 이상한 일이었다. 엘라이나가 했던 말, 편지에 적힌 말이 자꾸만 마음을 찔렀다.

'용기를 내서 벨리사에게 묻고 싶어. 내가 죽어서 슬픔에 빠지는 날이 오더라도 내 마음을 받아주겠느냐고.'

켄드릭은 자신의 생각은 동화에 나오는 커다란 얼음 성처럼 굳건하다고 생각했다. 하지만 벨리사의 노크에 봄볕을 만난 것처럼 녹아버리고 말았다.

"황태손비 전하, 황태손 전하께서 함께 차를 마시자고 하십니다. 정원에서 기다리시겠다고 합니다."

켄드릭의 시종이 정중한 태도로 말했다. 벨리사는 떨리는 마음으로 심호흡을 하고 빙긋 웃었다.

"곧 갈게요."

시종이 밖으로 나가고 그녀는 바쁜 걸음으로 거울 앞에 섰다. 그리고 켄드릭에게 잘 보이고 싶은 마음에 단장을 했다. 머리 장식은 금빛의 수수한 장식에서 켄드릭의 눈동자와 같은 사파이어 장식으로 바꿨다. 청록색 드레스도 머리 장식과 잘 어울리는 파란 드레스로 갈아입었다. 옆에서 돕던 시녀는 자신도 모르게 흐뭇한 미소를 지었다. 단장을 마친 벨리사는 켄드릭이 너무 오래 기다리지 않게 정원으로 향했다.

'무슨 일로 부르시는 걸까? 그동안 거절하셨던 게 미안하셨나?'

벨리사는 생각이 꼬리에 꼬리를 물었다. 하지만 그 수많은 생각도 켄드릭의 얼굴을 보는 순간 모두 사라졌다. 그는 평소보다 더 멋있는 차림이었다. 우연인지 운명인지 벨리사의 드레스와 아주 잘 어울리는, 하얀색에 파란 장식이 달린 옷이었다. 켄드릭의 금발이 햇살에 반짝거렸다.

'눈이 부셔.'

그렇게 생각한 벨리사는 수줍은 미소를 지었다. 그 모습을 본 켄드릭도 수줍은 미소를 지었다. 파란 드레스를 입은 그녀는 청초해 보였다.

'태양도, 달도 벨리사 앞에서는 빛을 잃을 거야.'

켄드릭은 벨리사에게 의자를 빼주면서 생각했다. 시종과 시녀들은 모두 멀리 떨어진 거리에 섰다. 벨리사와 중요한 대화를 하려고 결심한 켄드릭이 미리 말해둔 것이다.

"벨리사."

"네?"

"저는 오늘 당신에게 용서를 구할 생각입니다."

켄드릭의 말에 벨리사는 의아한 표정이 되었다. 아무리 생각해도 그가 자신에게 용서를 구할 일이 없었기 때문이다.

"그게 무슨 말씀이세요?"

"저는 당신에게서 도망치려고, 숨으려고 했습니다."

용기 내서 말한 켄드릭은 울컥하는 마음에 눈시울이 붉어졌다.

"제가 처음 배운 말이 무엇인지 아십니까? 아프다는 말입니다. 유모는 저에게 아프다는 표현을 제일 먼저 가르쳤죠. 그래야 주치의를 부르니까요. 저는 평생 언제 죽을지 모른다는 두려움에 떨었습니다. 미래에 대한 꿈도, 희망도 없었죠."

"전하."

벨리사는 그의 말에 안타까워서 눈시울이 붉어졌다.

"저는 어차피 죽을 거니까 당신 옆에 있을 자격이 없다고 생각했어요. 그래서 당신이 다가와도 밀어내기 바빴습니다. 당신에게 용서를 구할 일은 이것뿐만이 아닙니다. 저는 당신의 마음을 생각하지 않았습니다. 아니, 생각했지만 제 입장에서 생각한 것이었죠. 당신에게 선택할 기회조차 주지 않았어요. 그래서 용서를 구합니다. 죄송합니다."

그렇게 말한 켄드릭은 자리에서 일어나더니 한쪽 무릎을 꿇었다. 그리고 벨리사의 손등에 입을 맞췄다.

"이제 당신의 선택에 따르겠습니다. 제가 당신을 사랑해도 될까요? 곧 죽을지도 모르는 남자에게 그런 영광을 주시겠어요?"

"전하는 나쁜 사람이에요."

눈물을 흘리며 말한 벨리사는 자리에서 일어났다. 그리고 켄드릭의 목을 껴안고 엉엉 울어버렸다. 켄드릭은 그녀의 등을 토닥이면서 함께 울었다.

"사랑해요, 벨리사."

"저도 사랑해요."

둘은 서로를 껴안고 놓지 않았다. 둘의 갑작스러운 울음에 놀란 고용인들이 달려올 때까지.

6

특이한 사람

안드레스의 어머니이자 전 마리우스 공작인 아이리스는 얼음의 기사라고 불렸다. 은발 때문이기도 했지만 그만큼 냉철하고 강한 사람이었다. 그리고 안드레스의 아버지 체이스도 그녀와 검을 맞댈 정도로 강한 사람이었다. 안드레스는 그런 부모님을 존경했다. 그래서 어린 시절에는 자신도 그렇게 강해지고 싶었고 강한 사람을 주군으로 모시고 싶었다.

“황태손께서 또 발작을 일으키셨다는군.”

아이리스는 항상 안드레스에게 황태손 전하가 네 미래의 주군이다, 잘 모셔야 한다고 말했다. 하지만 그 황태손 켄드릭은 약한 사람이었다. 매일 발작을 일으켰다, 피를 토했다는 말이 들렸다. 안드레스는 그런 주군을 모시게 될지도 모른다는 것이 불만이었다. 그리고 켄드릭을 처음 만났다.

"마리우스? 반가워요."

켄드릭은 활짝 웃으면서 손을 내밀었다. 창백한 피부, 마른 몸, 겸손한 태도. 어린 안드레스의 눈에 켄드릭은 한심해 보였다. 그가 상상한 미래의 주군은 강하고 조금은 오만한 사람이었다. 그 오만함이 이해가 될 정도로 강한 사람이 진정한 황제라고 생각했다. 그래서 안드레스는 정중한 태도로 악수를 하면서도 속으로는 켄드릭을 무시했다.

'이런 사람이 황태손이라고? 이렇게 약한 사람이 황제가 되면 제국은 망할 거야.'

공작가로 돌아간 안드레스는 부모님에게 불만을 말했다.

"황태손 전하는 너무 약해요. 그런 주군은 모시고 싶지 않다고요."

그러자 아이리스는 온화하게 웃으면서 물었다. 하나뿐인 아들의 철없는 말이 한심하면서도 귀엽게 느껴졌기 때문이다.

"신하가 주군을 선택한다고 생각해?"

"그게 아니면요? 주군이 신하를 선택하나요?"

"진짜 모시고 싶은 주군을 만나면 저절로 알게 된단다."

안드레스는 그 말을 이해할 수 없었다. 하지만 어머니의 말은 틀린 적이 없었기 때문에 고개를 끄덕였다. 그 후 친구가 필요했던 켄드릭은 그를 자주 불렀다. 안드레스는 켄드릭을 만나고 싶지 않았지만 황태손이기 때문에, 부모님에게 혼나기 싫어서 사파이어궁으로 향했다.

안드레스는 마리우스 공작가의 후계자로 철저한 교육을 받았다. 다른 사람 앞에서 속마음을 드러내지 않을 수 있었다. 그래서 자신이 켄드릭을 싫어한다는 걸 들키지 않았을 거라고 생각했다. 하지만 여섯 번째 만남에서 켄드릭이 물었다.

"내가 싫으면서 만나는 이유가 뭐야? 내가 황태손이기 때문인가?"

대수롭지 않은 것을 묻는 말투였다.

"네?"

안드레스의 미소가 일그러졌다. 당황한 표정이 된 그는 켄드릭의 눈동자를 바라봤다. 켄드릭은 빙긋 웃고 있었는데, 눈동자에는 상냥함이 가득했다. 안드레스는 그 눈동자를 보면서 조심스럽게 물었다.

"그렇다면요? 화를 내실 건가요?"

"아니, 조금 더 노력해야겠다고 생각했어. 나는 자네가 마음에 들거든. 친구가 되고 싶은 사람이 노력해야겠지."

켄드릭은 상냥한 말투로 대답했다. 안드레스는 조금의 흔들림도 없는 그를 바라보며 생각했다.

'어머니가 말씀하신 게 이거구나.'

평생 모시고 싶은 주군을 만나면 알 수 있다는 말은 진짜였다. 속마음을 알아채는 예리함, 그걸 대수롭지 않게 생각하는 담대함, 자신을 싫어하는 사람에게 진심으로 웃어주는 상냥함.

'이게 강한 게 아니라면 무엇이 강한 것일까?'

안드레스는 강함에도 여러 종류가 있다는 걸 깨달았다. 그리고 켄드릭에게 충성을 맹세했다. 그 후 켄드릭이 아닌 주군은, 황제는 상상할 수 없었다. 어린 시절의 일 때문만은 아니었다. 켄드릭은 여러 분야에 박식했고 백성을 진심으로 걱정했다.

켄드릭은 밤새 앓아서 엉망이 된 얼굴로 가난한 백성에 대해 물었다. 안드레스의 눈에는 그 누구보다 강한, 평생 모시고 싶은 주군이었다. 그의 부모님은 작위를 일찍 물려주고 영지로 떠났기 때문에 안드레스는 비교적 어린 나이에 공작이 되었다.

그런 안드레스를 무시하고 눌러버리려는 귀족은 많았다. 하지만 안드레스가 미소를 지으면 모두가 입을 다물었다. 아이리스가 그런 미소를 지으면 무서운 일이 벌어졌던 걸 기억하기 때문이다.

"그 소식 들으셨어요? 황손 저하가 나타났답니다! 폐하의 손녀가 나타났다고요!"

안드레스의 보좌관 벤저민이 흑발을 휘날리면서 달려오더니 말했다. 어찌나 급하게 달려왔는지 얼굴이 땀으로 엉망이었다. 벤저민의 말을 들은 안드레스가 제일 먼저 한 생각은 '이게 무슨 헛소리야'였다. 데미안은 여자관계가 너무 깨끗해서 불만인 신하가 있을 정도였다. 여자를 좋아해야 자신들의 딸이나 여동생을 후궁으로 밀어볼 텐데 그럴 수가 없었던 것이다.

그런데 황손이 나타났다니. 어떤 미친 여자가 황손 사칭이라도 하는 건 아닌지 의심이 되었다. 하지만 벤저민이 회색 눈동자를 빛내면서 말을 줄줄 뱉어냈다.

"폐하께서 젊은 시절에 만났던 연인이 있는데, 그 연인이 임신을 했던 모양입니다. 폐하는 까맣게 모르고 있었는데 이번에 아신 거죠. 안타깝게도 연인이었던 분과 황자 전하는 돌아가시고 황손 저하만 남으셨답니다.”

“확실한 일인가?”

“네, 제가 방금 황궁에서 듣고 오는 길인데요.”

안드레스는 새롭게 나타난 황손이 켄드릭의 앞길을 방해할까 봐 걱정이 되었다. 귀족의 사생아가 후계자 자리를 노리는 걸 많이 봤기 때문이다.

‘가뜩이나 전하의 몸이 약하다며 반대하고 헛소리하는 놈들이 많은데.’

그는 이를 갈면서 생각했다. 어떤 백작은 데미안이 재혼해서 새로운 황자나 황녀를 낳는 게 낫겠다고 말한 적이 있었다. 그 백작은 데미안에게 사교계에 마음에 드는 여자가 없느냐고 묻기도 했다. 데미안이 어이없다는 표정으로 ‘모두 내 손녀뻘인데 미쳤는가?’라고 물어서 없던 일이 되었지만. 그 백작에게 딸이 셋 있었던 걸 생각하면 흑심이 있는 질문이었던 게 분명했다.

안드레스는 엘라이나 자체는 크게 걱정하지 않았다. 그는 평민으로 자라던 사생아가 후계자가 된 몇 가문을 알았다. 그런 경우 대부분 귀족이 되었다고 오만하게 굴거나 기가 죽은 채로 다녔다.

‘새로운 황손 저하도 그런 분이라면 크게 걱정할 필요는 없을 거야. 귀족들이 시끄럽게 굴겠지만 결국 모두 황태손 전하가 더 뛰어나다는 걸 인정하겠지.’

안드레스는 그렇게 생각했다. 그리고 엘라이나를 처음 만났다. 그녀는 생각보다 순한 인상이었지만 경계할 수밖에 없었다. 상냥한 미소 뒤로 칼을 품은 사람을 많이 봤기 때문이다. 그런데 엘라이나는 여러모로 이상한 사람이었다. 벤저민이 물어온 소문에 따르면 매일 주방에서 수프를 만들고 텃밭까지 만들었다.

'정말 특이한 사람이야.'

안드레스는 황제가 되고 싶으냐는 질문에 그럴 마음이 없다고 하면 믿겠냐고 묻던 그녀를 떠올렸다. 잠시 주고받은 시선, 동시에 머금었던 미소. 안드레스는 엘라이나가 켄드릭과 닮았다고 생각했다. 외모는 전혀 닮지 않았지만 함께 있으면 묘하게 편안한 것이 비슷했다. 하지만 자신의 주군은 켄드릭이다. 그러니까 그녀를 끝까지 경계할 거라고 생각했다.

'그런데 그사이에 그런 일이 있었다니.'

안드레스는 행복한 표정의 켄드릭을 보고 피식 웃었다. 사파이어궁을 찾았더니 고용인들이 꽤 시끄러웠다. 혹시 켄드릭이 또 쓰러진 건가 싶었는데, 아니었다. 켄드릭은 행복한 표정이었고 평소보다 더 생기가 넘쳤다.

"그러니까 황손 저하의 조언 덕분에 황태손비 전하께 고백을 하셨다고요?"

"그래, 그리고 벨리사가 받아줬어. 내일도 함께 차를 마실 거야."

"엘라이나 황손 저하가 실수하신 것 같네요. 두 분 사이에서 황손이 태어나면 황손 저하의 황위 계승에 도움이 되지 않을 텐데요."

안드레스는 켄드릭을 놀리듯 말하고 웃었다.

"황손이라니!"

켄드릭은 얼굴이 붉어지면서 소리쳤다. 안드레스는 자신이 엘라이나를 오해했을지도 모른다고 생각했다. 그녀는 후계자가 태어나면 자신에게 도움이 되지 않는다는 걸 모를 정도로 바보가 아니었다. 그렇다는 건 정말 황위에 관심이 없는 것일까? 아니면 켄드릭이 후계자를 낳을 정도로 건강하지 못하다고 생각한 것일까?

"아직도 엘라이나를 경계하는 거야?"

켄드릭이 묻자, 그는 미묘한 표정이 되었다.

"글쎄요. 이제 잘 모르겠네요."

"나는 엘라이나가 황제가 되어도 상관없어. 그런데 엘라이나는 황위에 관심이 없는 것 같더라. 나한테 그렇게 말하기도 했고 수프 가게에 대해서 말하는 걸 들어보면 그 일에 자부심이 있는 것 같거든."

"자부심이 있으신 건 확실한 것 같아요. 매일 수프를 만드신다는 것도 그렇고. 아, 텃밭은 왜 만드신 거랍니까?"

"직접 재배한 채소로 수프를 만들 거래."

켄드릭의 말에 안드레스는 자신도 모르게 크게 웃어버렸다.

'도대체 수프를 얼마나 좋아하는 거야?'

그는 웃음을 참으려고 노력하면서 생각했다. 어리둥절한 표정이 된 켄드릭은 안드레스가 웃음을 그칠 때까지 아무 말도 하지 않았다.

벨리사는 딸기잼 쿠키가 잔뜩 담긴 바구니를 들고 에메랄드궁의 정원을 찾았다. 정확히 말하면 엘라이나의 텃밭을 찾은 것이다. 엘라이나는 텃밭에 책을 보고 만든 비료를 주고 있었다. 달걀 껍데기로 만든 비료였다.

"황손 저하!"

"아, 황태손비 전하를 뵙습니다."

엘라이나는 쓰고 있던 밀짚모자를 벗으면서 인사했다. 그리고 쏟아지는 햇빛에 다시 밀짚모자를 썼다.

"황손 저하를 뵙습니다."

활짝 웃으면서 인사한 벨리사는 호기심 가득한 표정으로 텃밭을 둘러봤다.

"여기가 황손 저하의 텃밭이군요."

"네, 제가 열심히 가꾸고 있는 텃밭이랍니다. 얘는 토마토고 그 옆에 애들은 오크라예요. 제일 끝에 있는 건 바질이고요."

엘라이나는 마치 자기 자식을 소개하는 것처럼 말했다. 어찌나 뿌듯한 표정인지 얼굴에서 빛이 날 정도였다. 사실 그럴 정도로 텃밭이 훌륭하기는 했다. 엘라이나의 노력과 웨슬리의 조언으로 모든 모종이 씩씩하게 자라고 있었다.

"지금은 비료를 주고 있었어요. 책에서 읽었는데 달걀 껍데기로 만든 비료가 허브를 키우는 데 좋다더라고요. 달걀 껍데기의 칼슘이 식물을 튼튼하게 만든대요."

"그래요? 그건 처음 알았네요."

벨리사는 작은 감탄사와 함께 엘라이나에게 조금 더 다가왔다. 그리고 갑자기 생각난 것처럼 들고 있던 바구니를 내밀었다.

"아, 이거 드세요. 사파이어궁의 딸기잼 쿠키는 아주 유명하답니다."

"전에 먹어본 적이 있어요. 정말 맛있더라고요. 감사합니다!"

밝은 표정으로 말한 엘라이나는 손에 묻은 흙을 털어내고 바구니를 받았다.

"드릴 말씀이 있어요."

벨리사는 얼굴이 붉어지면서 말했다. 엘라이나는 무슨 말인지 알 것 같았지만 가만히 기다렸다. 아주 잠시 몸을 배배 꼬던 벨리사는 작은 목소리로 말했다.

"황태손 전하께서 저를 사랑하신다고 하셨어요. 서로의 마음을 확인했죠."

"와, 축하드려요!"

엘라이나는 활짝 웃으면서 말했다.

"모두 황손 저하 덕분이에요."

"네? 제 덕분이라고요?"

"저한테 용기를 주셨잖아요."

"전에도 말했지만 그 용기는 언제나 황태손비 전하 안에 있었답니다."

장난스럽게 말한 엘라이나는 바구니를 들어 보이면서 웃었다.

"쿠키 드실래요? 마침 홍차를 마시고 싶었거든요."

"네!"

벨리사는 고개를 끄덕이면서 대답했다. 마샤가 홍차를 준비하는 사이에 엘라이나는 얼굴과 손을 닦고 왔다. 마샤가 밖으로 나가고 엘라이나와 벨리사는 홍차를 마시기 시작했다.

"기분이 어떠세요? 드디어 오라버니와 연인이 되신 거잖아요."

"여, 연인이라니. 어쩐지 부끄럽네요."

그렇게 말한 벨리사는 얼굴을 붉히면서 웃었다.

"하지만 사실 두 분은 부부시잖아요. 연인보다 한 단계 더 나아간 사이인데 연인이라는 말이 부끄러우세요?"

"부부지만 가문과 폐하가 정한 혼인이었으니까요. 그래서 그런지 부부라는 말보다 연인이라는 말이 더 특별하고 대단하게 느껴져요. 부부는 가문의 이익으로도 이어지지만 연인은 진짜 서로를 사랑하는 사이인 거잖아요. 적어도 저는 그렇게 들려서요."

"하긴 그럴 수도 있겠네요. 두 분이 행복하셨으면 좋겠어요."

엘라이나는 진심을 가득 담은 목소리로 말했다. 켄드릭이 어떤 마음으로 고백한 것인지 알았다. 벨리사가 그를 얼마나 사랑하는지도 알았다. 그런 둘이 행복하길 바라는 마음은 당연한 것이었다.

"황손 저하께 사랑하는 분이 생기면 저도 도와드릴게요."

벨리사는 두 손을 모으며 눈동자를 반짝였다. 어쩐지 지금이라도 사랑하는 사람이 있다고 말해주길 기대하는 눈빛이었다.

"네? 아, 저는 아직 사람보다 수프가 더 좋아요."

엘라이나는 어색하게 웃으면서 말했다. 그런데 순간적으로 안드레스의 달처럼 웃던 얼굴이 떠올랐다.

'아, 미쳤나 봐. 갑자기 그 사람 얼굴이 왜 생각나지?'

엘라이나는 부끄러워서 딸기잼 쿠키를 마구 먹기 시작했다. 먹는다는 것보다 씹어서 없앤다는 표현이 더 어울리는 모습이었다. 벨리사는 어리둥절한 표정이 되었다. 그리고 딸기잼 쿠키가 담긴 바구니를 엘라이나 앞으로 밀어줬다.

"쿠키가 마음에 드신 모양이네요. 많이 드세요. 다음에 또 가져올게요."

"가, 감사합니다."

쿠키를 가득 머금고 말하려던 그녀는 목에 작은 쿠키 조각이 걸려서 콜록거렸다. 아주 잠깐의 소란이 있었지만 둘은 즐거운 시간을 보냈다. 딸기잼 쿠키를 담은 바구니가 바닥을 보일 때가 되어서 벨리사가 조심스럽게 물었다.

"황손 저하, 젤라우드의 귀족들을 만나보신 적이 있나요?"

"제라드 공작님이랑 마리우스 공작님은 만나봤어요. 제라드 공작님은 저를 황궁까지 안내하셨고 마리우스 공작님은 오라버니 방에서요."

"제라드 공작님도, 마리우스 공작님도 제국의 충신이시죠. 그러면 귀족 가문의 영애들을 만난 적은 없으신 거군요? 그러면 제 다과회에 오시지 않겠어요? 저랑 친분이 있는 이들이 대부분이니까 황손 저하께서도 적응하시기 쉬울 거라고 생각해요."

벨리사는 엘라이나에게 도움이 되고 싶었다. 그래서 생각한 것이 젤라우드에 적응하는 걸 돕는 일이었다. 벨리사와 친분이 있는 이들은 얌전하고 조심스러운 편이었다. 그래서 갑자기 나타난 황손에게 대놓고 호기심을 보일 것 같지 않았다.

"귀족 가문의 영애들을 알아두시면 많은 도움이 될 거랍니다."

"아, 감사합니다만, 저는 조만간 브라이트로 돌아갈 생각이어서요."

"네?"

엘라이나의 말에 벨리사가 눈을 동그랗게 떴다.

"그게 무슨 소리세요?"

"브라이트에 수프 가게가 기다리고 있어서요."

엘라이나는 마치 고향에 처자식이 기다리고 있다는 것처럼 말했다. 사실 그녀의 마음은 그런 것에 가까웠다. 평생 돌봐주고 함께하기로 맹세한 것을 두고 왔으니까.

"하지만 전하는 황손이시잖아요. 모든 황자와 황녀는 혼인하기 전까지 황궁에서 지내는걸요."

"제가 만약에 여기서 태어나고 자랐다면 그랬겠죠. 하지만 제가 태어나고 자란 곳은 브라이트니까요. 사실 저는 아직도 제가 황손이라는 게 실감이 안 나기도 하고요."

엘라이나의 말에 벨리사는 눈만 깜박거렸다. 잠시 침묵이 흘렀고 벨리사는 엘라이나의 손을 잡았다.

"무슨 말씀인지 알겠어요. 하지만 다과회에는 꼭 참석해주세요. 대부분 제 친구들이거든요. 제 친구들에게 새로운 친구를 소개하고 싶어요."

"네? 새로운 친구요?"

"아닌가요? 저는 저랑 황손 저하가 친구라고 생각했는데요."

벨리사가 조심스럽게 묻자 엘라이나는 활짝 웃었다.

"당연히 친구죠. 참석할게요. 그런데 저는 다과회는 처음이에요. 혹시 실수라도 하면 어쩌죠?"

"괜찮아요. 다들 이해할 거라고 생각해요. 그리고 다과회 전까지는 시간이 있으니 제가 알려드릴 수 있는 건 알려드릴게요. 아, 그런데 걱정되는 부분이 있어요."

"네? 걱정되는 부분이요?"

"저와 친분이 없는 사람도 몇 있거든요. 황태손비는 귀부인이나 귀족가의 영애들과 친분을 쌓아둘 의무가 있으니까요. 그들의 성격을 잘 몰라서 걱정되기는 해요. 혹시 불편하시면 저한테 살짝 신호를 보내주세요."

벨리사의 말에 엘라이나는 아스테르의 얼굴을 떠올렸다. 그리고 잠시 고민하다가 빙긋 웃으면서 말했다.

"그런 건 괜찮아요. 대신에 부탁 하나만 해도 될까요? 다과회에 수프를 가져가고 싶어요. 손님들한테 제가 만든 수프를 드리고 싶거든요."

"수프요?"

벨리사는 뜻밖의 말에 조금 당황했지만 곧 고개를 끄덕였다.

"그러세요. 저하의 수프는 아주 맛있으니까 모두 좋아할 거예요."

"정말요? 정말 맛있으셨어요?"

엘라이나는 기쁜 표정으로 물었다.

"당연하죠! 저는 그렇게 맛있는 수프는 처음이었어요. 자몽 수프는 처음이었거든요. 솔직히 맛이 없을 것 같았는데 맛있더라고요. 그리고 그 수프를 먹으니까 용기와 자신감이 생기는 기분이었어요."

그렇게 말한 벨리사는 쑥스러운 듯 웃으면서 말을 이어갔다.

"이상하게 요즘 제가 자꾸 못나고 부족하다는 생각이 들었거든요. 그런데 그걸 먹으니까 제가 좋아했던 제 장점들이 생각났어요. 저하의 수프에는 신비한 힘이 있는 것 같아요!"

벨리사는 단순히 칭찬의 뜻으로 말했지만, 엘라이나는 뜨끔해서 어색하게 웃었다. 신비한 힘이 있는 건 진짜였으니까. 그녀는 다과회에 참석하는 손님들도 검은 연기에 지배되고 있을지 모른다고 생각했다. 그래서 직접 만든 수프를 가져가겠다고 말한 것이다.

'솔직히 귀족이랑 친해지지 않아도 상관없어. 나는 젤라우드에 오래 있을 생각이 없는걸. 그러니까 손님들한테 수프만 먹일 수 있으면 돼.'

그렇게 생각한 엘라이나는 상냥하게 웃으면서 말했다.

"저랑 산책하실래요? 에메랄드궁의 정원이 아주 아름답거든요. 걸으면서 다과회에 대한 것도 알려주세요. 제가 실수하면 황태손비는 물론이고 폐하나 오라버니께 민폐가 될 테니까요."

"좋아요! 제가 아는 건 다 알려드릴게요."

벨리사는 맡겨만 달라는 것처럼 눈동자를 반짝였다. 엘라이나와 벨리사는 에메랄드궁의 정원을 걷기 시작했다. 오후의 봄바람은 온화하면서도 은은했다.

"황태손비 전하, 다과회에 이런 옷을 입고 가는 건 조금 그렇겠죠?"

엘라이나가 조심스럽게 묻자 벨리사는 잠시 고민했다. 엘라이나의 옷은 그녀와 아주 잘 어울렸다. 하지만 황태손비의 다과회에 참석할 만한 옷은 아니었다.

"아무래도 드레스가 좋지 않을까요?"

"하지만 저는 드레스가 없는데요."

"네?"

조금 당황한 표정으로 눈만 깜박거리던 벨리사가 말을 이어갔다.

"그러면 드레스부터 준비하는 게 좋겠어요. 시녀나 시녀장에게 말하면 준비해주긴 하겠지만 이번 드레스는 제가 준비할게요."

벨리사는 심장이 마구 두근거렸다. 여동생은 없지만 여동생의 무도회 준비를 돕는다면 이런 기분일까? 엘라이나에게 제일 잘 어울리는 드레스를 골라주고 싶었다.

"네? 아니, 그러실 필요까지는 없는데요."

"아니요! 제발 맡겨주세요. 조만간 디자이너와 함께 올게요."

빠르게 말한 벨리사는 고개를 숙여서 인사하더니 사파이어궁으로 가버렸다. 엘라이나의 드레스를 생각하느라 대화할 정신도 없었다. 엘라이나는 당황한 표정으로 그녀의 뒷모습을 바라봤다.

엘라이나에게는 다과회에 입고 갈 드레스보다 더 중요한 게 있었다. 벨리사가 시녀장이라고 말한 순간에 수프를 먹일 사람들이 생각난 것이다. 안토니오와 바버라였다. 그녀는 두 사람에게 어떤 수프가 좋을지 고민했다.

'파프리카 수프를 만드는 게 좋겠어.'

그렇게 생각한 엘라이나는 마샤를 불렀다.

"마샤, 안토니오와 바버라를 불러줄래요? 내 방으로요. 안토니오와 바버라가 바쁘지 않다면요."

"그럴게요, 저하."

마샤가 반쯤 뛰면서 사라지자 엘라이나는 주방으로 향했다.

"아이작, 재료 좀 쓸게요."

"그러세요, 황손 저하."

엘라이나는 감자와 양파를 채 썰었다. 그리고 양파는 차가운 물에 담가 매운맛을 최대한 없앴다. 그다음에는 작은 솥에 버터를 녹이다가 감자와 양파를 넣고 볶았다. 약한 불에 감자가 익을 때까지 볶았다.

"황손 저하, 이번에는 어떤 수프를 만드시는 건가요?"

"파프리카 수프요. 파프리카 수프는 피로 회복에 좋거든요."

엘라이나는 볶은 감자와 양파를 노란 파프리카와 우유를 넣어 갈면서 대답했다. 안토니오와 바버라는 일이 많으니까 피로 회복에 좋은 수프를 먹으면 좋을 것 같았다. 그녀는 다 간 것을 작은 솥에 담아 끓이면서 생크림과 치즈를 추가했다.

"이제 간만 맞추면 완성이네요."

엘라이나는 소금으로 간을 맞추면서 말했다. 노란 파프리카로 만들었기 때문에 수프는 아주 고운 노란색이었다. 멀리서 보면 오믈렛처럼 보이기도 했다.

"두 그릇만 가져갈게요. 솥에 있는 건 다 같이 드세요."

상냥하게 말한 엘라이나는 파프리카 수프 두 그릇을 챙겼다. 그리고 방으로 갔더니 안토니오와 바버라가 기다리고 있었다.

"황손 저하를 뵙습니다."

안토니오가 정중한 태도로 인사했다.

"황손 저하를 뵙습니다. 무슨 일이세요?"

정중하게 인사한 바버라가 활짝 웃으면서 물었다. 엘라이나는 파프리카 수프를 테이블에 내려놨다.

"아직 식사 안 하셨죠? 제가 만든 수프를 대접하고 싶어서요."

엘라이나의 말에 안토니오와 바버라는 조금 놀란 표정이 되었다. 황손이 직접 만든 음식으로 자신들을 대접한다는 건 상상도 해본 적이 없었기 때문이다.

"저희까지 신경 쓰시지 않아도 되는데요."

"황손 저하가 직접 만든 수프라니."

안토니오와 바버라가 감동한 표정으로 파프리카 수프를 바라봤다. 그리고 조심스럽게 먹기 시작했다. 파프리카의 단맛과 우유, 치즈의 고소하고 담백한 맛이 느껴졌다.

"아주 맛있습니다, 저하."

"솜씨가 좋으시군요!"

안토니오와 바버라가 감탄하면서 말했다.

"입맛에 맞는다니 다행이네요."

"입맛에 맞는 정도가 아니랍니다. 이런 수프라면 매일 먹을 수 있을 것 같아요."

엘라이나의 말에 바버라가 크게 웃더니 말했다. 그리고 갑자기 생각난 것처럼 물었다.

"황태손비 전하의 다과회에 참석하신다면서요?"

"네, 다과회는 처음이라서 걱정이네요."

"필요한 게 있으시면 언제라도 말씀하세요."

"그럴게요, 바버라."

엘라이나와 바버라의 대화를 듣던 안토니오는 잠시 고민하다가 물었다.

"예법 수업을 받으시는 건 어떠세요? 제가 제국 최고의 교사를 찾을 수 있는데요."

"아직은 잘 모르겠어요. 필요하면 부탁할게요, 안토니오."

엘라이나는 어색하게 웃으면서 말했다. 브라이트로 돌아갈 생각이니까 굳이 예법을 배울 필요가 없다고 생각한 것이다.

'아직 황궁에 적응하시기 어려운 걸까? 황궁에 적응하실 때까지 예법 수업은 미루는 게 좋겠군.'

안토니오는 그녀의 어색한 미소를 보면서 생각했다.

"뭐? 누가 만든 수프를 먹었다고?"

서류를 읽던 데미안이 한쪽 눈썹을 올리면서 물었다.

"황손 저하께서 직접 만드신 파프리카 수프를 먹었습니다."

안토니오는 웃음이 터지려는 걸 참고 대답했다. 그가 파프리카 수프 이야기를 꺼낸 것에는 이유가 있었다. 데미안은 엘라이나에게 관심과 애정이 있었지만 그녀를 찾지 않았다. 오히려 그녀를 피했고 가까워지려고 노력하지도 않았다.

'폐하는 돌아가신 황태자 전하께도, 황태손 전하께도 그러셨지. 황태자 전하는 황후 폐하를 닮으셔서 폐하의 마음을 잘 알아주셨지만, 황태손 전하와 황손 저하는 아니라고. 표현하지 않는 애정은 대부분 없는 것 취급을 받는 법이지.'

안토니오는 데미안이 엘라이나를 피하는 이유를 알 것 같았다. 엘라이나를 만나면 브라이트로 돌아가겠다고 말할까 봐 피하는 것이 분명했다.

'그렇다고 언제까지 피하실 건지.'

안타깝게 생각한 안토니오는 헛기침을 하고 장난기 섞인 목소리로 말했다.

"아주 맛있었죠. 폐하께서도 드셔보시면 좋을 텐데. 바버라도 아주 좋아하더라고요."

"바버라도 먹었다고? 엘라이나의 수프를 나만 못 먹은 건 아니겠지?"

데미안이 묻자 안토니오는 자신의 생각대로 됐다고 생각했다.

"황태손 전하, 황태손비 전하는 물론이고 에메랄드궁의 고용인들도 모두 먹었다고 하던데요."

안토니오가 여전히 장난기 섞인 목소리로 대답했다. 그러자 데미안은 잠시 생각에 잠겼다. 안토니오는 그가 어떤 생각을 하는지 알 수 있었다. 전에도 비슷한 일이 몇 번 있었기 때문이다. 어린 그레고리가 종이꽃을 만드는 일에 빠진 적이 있었다. 카산드라와 안토니오, 바버라는 물론이고 주변의 모든 고용인들이 종이꽃을 받았다.

'그때도 자신만 종이꽃을 못 받았다는 걸 알고 저런 표정이셨지. 결국은 황태자 전하께 종이꽃을 만들라고 명령하셨고.'

안토니오는 자신도 모르게 피식 웃었다. 그 명령을 들은 카산드라와 그레고리가 크게 웃었던 것도, 그 둘의 웃음에 데미안이 얼굴을 붉히던 것도 추억이었다. 그레고리는 그 자리에서 바로 종이꽃을 접어서 데미안에게 선물했다. 데미안은 지금도 그 종이꽃을 책상 서랍에 보관하고 있었다.

'황태손 전하가 처음으로 말을 시작하셨을 때도 생각나는군. 자신만 황태손 전하가 말하는 걸 듣지 못했다는 걸 알고도 저런 표정이셨지.'

그때는 명령이 통할 일이 아니었다. 그래서 데미안은 켄드릭이 말할 때까지 지켜봤다.

'일도 안 하시고 하루 종일 황태손 전하 옆에만 계셨지.'

추억에 잠겼던 안토니오는 아무것도 모르는 척 물었다.

"폐하, 필요한 것이라도 있으신가요?"

"엘라이나에게 직접 만든 수프를 가지고 오라고 하게."

"에메랄드궁에 사람을 보내도록 하겠습니다."

원하는 대로 되었다고 생각한 안토니오는 빙긋 웃으면서 말했다.

7

행복했는가?

“네? 폐하께서 제가 만든 수프를 찾으신다고요?”

엘라이나는 놀란 표정으로 마샤를 바라봤다. 말을 전한 마샤도 조금 놀란 표정이었다. 매번 알현을 청해도 바쁘다던 데미안이었다. 그런 그가 엘라이나의 수프를 찾는다는 게 의아했다. 엘라이나는 잠시 고민하다가 주방으로 향했다.

‘폐하가 내 수프를 찾으시는 이유는 모르겠지만 드리는 게 좋겠지. 오라버니도 그렇고 황태손비 전하나 웨슬리를 생각하면 황궁도 안전하지 않으니까.’

그렇게 생각한 그녀는 아이작과 눈이 마주치자 활짝 웃었다.

“폐하께서 제가 만든 수프를 찾으신다고 하셔서요. 재료 좀 쓸게요, 아이작.”

“폐하께서요? 그러시죠, 저하. 방금 식재료가 들어왔습니다.”

엘라이나의 말에 아이작이 놀란 표정으로 말했다. 엘라이나는 식재료를 둘러보다가 병아리콩을 집었다.

'병아리콩 당근 수프를 만들어야겠어. 병아리콩은 몸에 활기를 주고 당근은 시력에 좋으니까 할아버지에게 좋을 거야. 특히 할아버지는 서류를 많이 보시니까 눈을 보호하는 게 중요하겠지.'

그렇게 생각한 엘라이나는 양파는 채를 썰고 당근은 작은 크기로 썰었다. 그리고 작은 솥에 올리브유를 둘러서 양파를 볶았다.

'양파가 투명해졌으니까 당근도 넣어서 볶아야지.'

엘라이나는 당근을 넣으면서 생각했다. 그리고 병아리콩과 소금, 후추를 추가하고 조금 볶았다.

'이제 곧 완성이야.'

그렇게 생각한 엘라이나는 우유와 물을 부어서 끓이고 다 끓은 것을 갈았다. 그리고 갈아놓은 것을 작은 솥에 끓이다가 생크림을 섞었다.

"다 됐나요?"

"소금이나 후추로 간을 맞추면 끝이랍니다."

아이작이 묻자 엘라이나가 대답했다. 엘라이나는 완성한 병아리콩 당근 수프를 그릇에 담았다. 수프는 민들레처럼 노랗고 예쁜 색깔이었다. 엘라이나는 긴장감에 입이 바짝 마를 정도였다.

'오라버니랑 황태손비 전하께 드렸을 때는 긴장이 안 됐는데.'

엘라이나는 수프 그릇이 올라간 쟁반을 들면서 생각했다. 그리고 다이아몬드궁에서 온 시종을 따라서 걸었다. 시종은 그녀를 데미안의 집무실로 안내했다. 엘라이나와 데미안이 처음 만났던 곳이었다.

"황손 저하께서 오셨습니다."

복도에서 기다리던 안토니오가 말하자 안에서 헛기침 소리가 들렸다. 시종들이 집무실 문을 열었다. 엘라이나는 조심스러운 발걸음으로 집무실로 들어갔다.

"왔구나."

데미안이 읽던 서류를 내려놓으며 말했다.

"그라우트의 태양에게 영광을."

정중하게 인사한 그녀는 쟁반을 책상과 조금 떨어진 테이블 위에 올려놨다. 그러자 데미안은 책상에서 일어났고 테이블로 다가갔다.

"안토니오가 너를 칭찬하더구나. 수프 만드는 솜씨가 대단하다고."

"할머니의 레시피가 훌륭하기 때문이겠죠."

엘라이나가 말하자 데미안은 피식 웃었다. 그리고 테이블에 앉아서 병아리콩 당근 수프를 먹기 시작했다. 어쩐지 그리운 맛이 났다. 프랜시스가 만들어준 적이 없는 수프였다. 그런데 그녀의 레시피라는 게 느껴졌다. 병아리콩의 담백한 맛과 당근의 은은한 단맛이 풍부한 맛을 냈다.

"맛있구나."

"감사합니다."

"할머니의 솜씨를 닮았어."

데미안의 말에 엘라이나는 잠시 고민하다가 조심스럽게 물었다.

"폐하께서는 저희 아버지가 태어났다는 걸 모르셨나요?"

데미안은 엘라이나의 질문에 잠시 놀란 표정이 되었다가 빙긋 웃었다.

"그래, 몰랐다. 프랜시스가 죽기 전에 보낸 편지로 알았지. 프랜시스가 내 아이를 가졌다는 걸 알았다면 절대 혼자 보내지 않았을 거야."

"폐하는 아버지와 많이 닮으셨어요. 머리카락이나 눈동자 색깔은 다르지만 이목구비랑 큰 키 같은 것이요."

엘라이나가 말하자 데미안은 잠시 자신의 얼굴을 어루만졌다. 프랭크의 얼굴을 상상하려는 것이었다. 이 세상에 태어났다는 걸 알기도 전에 죽은 자식이었다. 그는 프랭크의 얼굴을 상상하는 것만으로도 서글퍼졌다.

"행복했는가?"

데미안이 작은 목소리로 물었다. 프랜시스가 행복했는지, 프랭크가 행복했는지 궁금했다. 질문의 뜻을 알아챈 엘라이나는 활짝 웃으면서 대답했다.

"할머니도, 아버지도 무척 행복하셨어요."

"다행이구나."

데미안은 아무렇지 않은 표정으로 말했지만 안도하는 눈빛이었다.

"실례가 안 된다면 할머니와 어떻게 만나셨는지 여쭈어도 될까요?"

"그게 왜 궁금하지?"

"그냥 할머니, 할아버지의 사랑 이야기가 궁금한 손녀라고 생각해주세요.”

엘라이나의 대답에 데미안은 자신도 모르게 미소를 지었다. 할아버지라는 호칭이 듣기 나쁘지 않았다.

“프랜시스를 만난 것은 황제가 되기 전이었지. 평민의 생활이 궁금해서 짧은 여행을 떠났어.”

“그 여행에서 할머니를 만나셨군요?”

“그래, 그랬지. 그때의 나는 세상물정을 몰랐어. 가지고 나간 돈을 모두 잃어버렸지. 프랜시스는 배고픈 사람을 그냥 지나치지 못하는 성격이었고. 그렇게 처음 만났단다.”

데미안은 더는 말하고 싶지 않다는 듯 입을 다물었다. 엘라이나는 그가 말하는 프랜시스와 자신이 아는 프랜시스가 다르지 않다는 생각에 빙긋 웃었다. 어쩐지 반가운 마음이 들었다.

“할머니는 젊은 시절에도 배고픈 사람을 그냥 지나치지 않으셨군요.”

“나이가 들어서도 그랬던 모양이구나. 하긴 사람은 쉽게 바뀌지 않지.”

그렇게 말한 데미안은 자신도 모르게 작은 소리로 웃었다. 그리고 엘라이나와 눈을 마주치자 말했다.

“할아버지라는 호칭이 듣기 괜찮더구나. 앞으로 그렇게 불러라.”

“네? 하지만 폐하는 황제시잖아요.”

“그 황제의 명령이다.”

명령이라는 말에 엘라이나는 잠시 고민하다가 고개를 숙이며 말했다.

"알겠습니다, 할아버지."

엘라이나는 마음 한구석이 따뜻해지는 느낌이었다. 할아버지라는 호칭이 듣기 괜찮다던 데미안이 친밀하게 느껴졌다.

'할아버지라는 호칭이 마음에 드셨구나. 나와 가까워지고 싶으신 걸까?'

엘라이나는 기쁜 마음에 빙긋 웃었다. 그녀와 눈이 마주친 데미안은 어색한 표정으로 헛기침을 했다. 엘라이나에게 마음을 들킨 것 같았기 때문이다.

"황태손비의 다과회에 가기로 했다고 들었는데."

데미안은 얼른 다른 이야기를 꺼냈다.

"황태손비 전하께서 배려해주신 덕분에요."

"황태손비와 친분이 있는 이들은 대부분 평이 좋지. 친해져도 좋을 거야. 물론 다과회에 그런 이들만 있는 건 아니겠지만."

데미안이 벨리사와 친분이 있는 사람들을 떠올리면서 말했다.

"아, 황태손비 전하가 잘 모르는 사람들도 있다고 하셨어요."

"황족의 다과회라는 게 그렇지. 친분이 있는 사람들만 모아서 여유롭게 차를 마시면 좋겠지만 그럴 수 없어. 자신의 세력을 굳건하게 만드는 자리니까. 황태손을 지지하는 가문의 여자들은 거의 다 모일 거야. 너를 경계하는 이들이 많을 거다."

그의 말에 엘라이나는 허리를 꼿꼿하게 세우고 여유롭게 웃었다.

"괜찮아요, 할아버지. 그 정도는 각오하고 있으니까요."

그렇게 말한 엘라이나는 데미안의 눈을 바라봤다. 데미안은 손녀에게서 자신의 모습을 보고 조금 놀란 표정이 되었다.

'프랜시스만 닮았다고 생각했는데, 나를 닮은 구석도 있군.'

아무리 강한 사람이라도 자신을 경계하는 사람들 사이에 던져지면 조금은 긴장한다. 하지만 데미안은 적이 앞에 있으면 오히려 여유로운 표정이 되었다. 속마음은 어떨지 몰라도 절대 겉으로 티내지 않았다. 원래 성격이 그랬다. 그리고 제국의 황자로 자라면서, 황태자로 교육을 받으면서 더욱 그렇게 되었다.

그런데 엘라이나도 그랬다. 녹색 눈동자에서는 조금의 긴장감도 읽을 수 없었다. 데미안은 어쩐지 흐뭇한 마음이 되었다. 물론 다과회에서 귀족들과 마주하면 다를 수도 있었다. 그때는 긴장하고 당황하며 실수할 수도 있었다. 하지만 적어도 지금은 여유롭게 보였다.

'조금만 다듬으면 훌륭한 황족이 되겠군.'

그렇게 생각한 그는 옅은 미소를 지었다.

"가을에 브라이트에 돌아가면 될까요?"

엘라이나는 데미안의 기분이 좋은 것을 확인하고 물었다.

"뭐?"

데미안은 미간을 찌푸렸다. 방금까지 좋던 기분이 급격하게 가라앉았다. 그리고 자신이 그녀와 만나는 걸 피했던 이유를 떠올렸다.

'아직도 브라이트에 돌아가고 싶은 건가?'

그렇게 생각한 데미안은 손가락으로 테이블을 톡톡 두드렸다. 초조함이 느껴지는 행동이었다.

'텃밭도 있고 수프를 먹일 사람도 많으니까 당분간 돌아갈 생각은 없어. 오라버니의 검은 연기도 안 사라졌고. 하지만 가을쯤이면 다 끝나지 않을까?'

엘라이나는 싱글벙글 웃으면서 생각했다. 텃밭에 심은 채소는 여름이면 수확할 수 있다. 그리고 가을쯤이면 황궁 사람 대부분에게 수프를 먹일 수 있을 것이다. 벨리사의 다과회처럼 귀족과 만날 기회가 많아지면 그들에게도 먹일 수 있을 것이다. 직접 만든 수프를 자주 먹이고 있으니까 켄드릭의 검은 연기도 가을이면 사라질 것이다.

'일단 알겠다고 말하고 가을까지 설득하는 것은? 아니, 안 된다. 프랜시스의 성격을 생각하면 엘라이나도 쉽게 고집을 꺾을 성격이 아니야.'

데미안은 또다시 손가락으로 테이블을 두드리며 생각했다.

"할아버지?"

엘라이나는 데미안이 대답을 하지 않는 것이 의아했다. 그래서 조심스럽게 그를 불렀다.

"그 이야기는 천천히 나누도록 하자. 피곤하구나, 엘라이나. 오늘은 이만 나가보아라."

데미안은 초조한 표정을 숨기며 말했고, 엘라이나는 고개를 숙이고 밖으로 나갔다.

다이아몬드궁에서 나온 엘라이나는 느긋하게 걸었다. 엘라이나는 산책하는 기분으로 황궁을 걸어 다녔다. 햇살이 눈부셨고 바람에서 은은한 꽃향기가 느껴졌다. 그녀는 멀리서 걸어오는 안드레스를 보고 애매한 표정이 되었다. 자신을 경계하는 사람이 반가울 리가 없었다. 그리고 벨리사와 대화하다가 그를 떠올렸던 게 생각나서 어색했다.

"황손 저하를 뵙습니다."

"안녕하세요, 공작님."

안드레스는 자신을 보자마자 애매한 표정이 된 그녀 때문에 웃음이 터질 것 같았다.

'젤라우드에서 지내시려면 속내 숨기는 법을 배우시는 게 좋겠군.'

그렇게 생각한 그는 정중한 말투로 물었다.

"에메랄드궁까지 함께 걸어도 될까요?"

"네? 네."

얼떨결에 대답한 엘라이나는 입을 꾹 다물었다. 함께 걷기 시작한 둘은 잠시 말이 없었다.

"왜 그러셨습니까?"

침묵을 깬 것은 안드레스의 질문이었다. 엘라이나는 의아한 표정으로 그를 바라봤다. 안드레스는 앞만 보고 있었기 때문에 옆모습만 보였다.

"뭘요?"

"황태손 전하와 황태손비 전하가 가까워질 수 있도록 도와주셨다면서요."

"그게 이상한가요?"

엘라이나는 걸음을 멈추면서 물었다. 안드레스도 걸음을 멈췄다.

"두 분 사이에서 후계자가 태어나면 황손 저하께 좋을 게 없으니까요."

무표정으로 말한 안드레스는 고개를 돌렸다. 엘라이나의 녹색 눈동자는 새싹처럼 맑았다. 그 눈동자를 바라보고 있으니 자신의 질문이 아무 의미 없이 느껴졌다. 자신은 그녀의 대답을 알고 있었으니까.

"두 분을 돕고 싶었어요. 그리고 저는 황위에 관심이 없어요. 공작님은 믿지 않으시겠지만."

또다시 바람이 불면서 엘라이나의 머리카락이 휘날렸다. 안드레스는 바람을 타고 흘러온 게 꽃향기인지 엘라이나의 향기인지 알 수 없었다. 안드레스는 처음으로 그녀가 아름답다는 걸 깨달았다. 예쁘다는 표현보다 아름답다는 표현이 더 어울리는 얼굴이었다. 수수하면서도 맑은 얼굴.

'내가 무슨 생각을 하는 거지?'

안드레스는 잠시 눈을 감고 고개를 저었다. 그 모습을 본 엘라이나는 의아한 표정이 되었다.

"왜 그러세요?"

"아니, 아무것도 아닙니다."

안드레스는 눈을 뜨면서 대답했다. 그리고 심호흡을 하면서 고개를 똑바로 들었다. 지금부터 할 말은 그동안 생각했던 것, 고집했던 것을 뒤집는 것이었다. 그게 생각보다 쉽지 않았다. 하지만 어렵더라도 꼭 해야 하는 말이었다.

"황손 저하를 믿습니다."

"네?"

"저는 황태손 전하에게 충성을 맹세한 사람입니다. 그래서 전하께 위협이 될 모든 것을 생각해야 합니다. 제가 황손 저하를 경계했던 걸 이해해주세요. 그리고 제가 저하께 무례했다면 용서하시길."

그렇게 말한 그는 고개를 숙였다.

"저는 공작님이 무례하다고 느끼지 않았어요. 공작님이 왜 그러셨는지도 이해하고요. 기분이 조금도 상하지 않았다면 거짓말이지만 감사하는 마음도 있어요. 그만큼 오라버니를 위해주시는 것에 대해서요."

엘라이나는 빙긋 웃으면서 말했다. 안드레스는 고개를 들었고 어색한 표정이 되었다. 경계하던 사람에게 이해와 감사를 받는 것이 어색했기 때문이다.

"앞으로도 오라버니 편이 되어주세요."

그렇게 말한 엘라이나는 다시 걷기 시작했다. 안드레스는 그녀보다 조금 뒤에서 걸었다.

"당연히 그럴 생각입니다."

"그런데 저도 묻고 싶네요. 왜 갑자기 저를 믿으시는 건가요?"

"갑자기 믿은 건 아니에요. 여러모로 많이 생각하고 결정한 일입니다. 죄송하지만 저하가 어떻게 지내셨는지 알아보기도 했고요. 황위에 관심이 있다면 황손파와 접촉하려고 했겠죠. 하지만 그러지 않으셨고 황태손 전하와 황태손비 전하를 도우셨죠."

"저는 수프를 사랑한답니다."

엘라이나는 작은 목소리로 말했다. 안드레스는 그 목소리가 봄바람 같다고 생각했다. 따뜻하고 은은한 목소리였다.

"황손 저하께는 수프가 아주 특별한 모양이군요."

"수프는 좋은 음식이니까요."

"다른 좋은 음식도 많은데 수프를 사랑하시는 이유가 있습니까? 프랜시스 님께서 수프 가게를 운영하셨기 때문인가요?"

"수프는 위로가 되니까요. 사실 기쁘고 즐거울 때는 어떤 음식을 먹어도 맛있잖아요? 그래서 저는 아프고 외로울 때 먹으면 마음이 따뜻해지는 수프가 대단하다고 생각해요."

그녀의 말에 안드레스는 수프가 먹고 싶다는 생각이 들었다. 그건 참 이상한 일이었다. 수프를 싫어하는 건 아니었지만 먹고 싶다고 생각할 정도로 좋아하는 것도 아니었다. 그런데 갑자기 따뜻한 수프를 먹고 싶었다.

'어쩌면 황손 저하께서 만드신 수프를 먹고 싶은 걸지도.'

그렇게 생각한 안드레스는 옅은 미소를 지었다.

“황손 저하께서는 아프고 외로울 때만 드시는 건 아닌 것 같던데요.”

“수프는 기쁘고 즐거울 때도 맛있으니까요.”

엘라이나가 그렇게 말하는 순간 에메랄드궁이 보였다. 안드레스는 어쩐지 아쉽다는 생각이 들었다.

‘평소에는 넓게만 느껴지던 황궁이었는데.’

안드레스는 피식 웃으면서 생각했다.

“도착했네요.”

엘라이나가 활짝 웃으면서 안드레스를 바라봤다.

“다음에 저하의 수프를 먹어보고 싶은데요.”

안드레스는 자신도 모르게 말하고 깜짝 놀란 표정이 되었다. 그리고 한쪽 손으로 자신의 입을 막았다. 자신도 모르게 나온 말이고 황손에게 예의가 아니라는 생각에 놀란 것이다.

“아, 아닙니다. 제가 무슨 말을.”

“조만간 제가 만든 수프를 대접할게요!”

엘라이나는 아무렇지 않게 웃으면서 말했다. 수프 가게 주인에게 ‘당신이 만든 수프를 먹어보고 싶다’는 말은 인사 같은 것이었다. 브라이트에서 처음 만난 이웃들도 그녀가 수프 가게 주인이라는 걸 알면 그런 말을 했다. 그래서 전혀 기분이 나쁘지 않았다.

‘마리우스 공작님에게도 수프를 먹이는 게 좋겠지.’

대수롭지 않게 생각한 엘라이나는 빙긋 웃으면서 말을 이어갔다.

"그럴 수 있으면 좋겠네요."

"저도 그런 날이 오면 좋겠군요."

"그러면 다음에 뵐게요."

밝은 표정으로 말한 엘라이나는 에메랄드궁 안으로 들어갔다. 그 뒷모습을 보던 안드레스는 미소를 지었다. 그녀가 걸을 때마다 하나로 묶은 갈색 머리카락이 흔들렸다. 그게 어쩐지 귀엽다고 생각하던 안드레스는 입을 꾹 다물었다.

'미쳤군, 안드레스.'

그는 뒤로 돌아서면서 생각했다.

벨리사는 낯선 여자와 에메랄드궁에 나타났다. 연갈색 긴 곱슬머리와 눈꼬리가 올라간 보라색 눈동자, 왼쪽 뺨에 있는 점이 매혹적인 여자였다. 입고 있는 보라색 드레스는 우아하면서도 세련된 디자인이었다.

"황손 저하를 뵙습니다. 황태손비의 전담 디자이너 이사벨라라고 합니다."

여자는 엘라이나에게 고개를 숙이며 높고 가느다란 목소리로 인사했다. 이사벨라는 벨리사의 전담 디자이너였다. 젤라우드에서 뛰어난 실력으로 유명했기 때문에 켄드릭이 고용한 것이었다. 벨리사의 모든 드레스는 그녀의 작품이었다. 벨리사의 드레스 취향은 수수했다.

이사벨라가 디자인한 벨리사의 드레스는 수수했지만 귀족들이 감탄할 정도로 우아하고 세련된 것이 많았다. 그건 굉장히 어려운 일이었다. 수수한 드레스는 잘못하면 초라해 보이기 때문이었다.

그래서 벨리사는 이사벨라가 엘라이나에게도 멋진 드레스를 만들어줄 거라고 생각했다. 엘라이나는 몰랐지만 자신의 전담 디자이너를 소개하고 공유하는 것은 흔치 않은 일이었다. 대부분 어머니가 딸에게, 시어머니가 며느리에게, 언니가 여동생에게만 소개했다. 이건 남자도 마찬가지였다. 아버지가 아들에게, 장인이 사위에게, 형이 남동생에게만 소개했다. 뛰어난 디자이너를 확보하는 것은 인맥이고 가문의 힘이었기 때문이다. 벨리사가 그녀에게 굉장한 호의를 보인 것이다.

"반가워요, 이사벨라."

엘라이나는 빙긋 웃으면서 인사했다. 이사벨라는 예의에 어긋나지 않는 선에서 그녀를 살펴봤다. 인사하는 순간에도 그녀에게 어울리는 드레스를 구상하는 것이었다.

"다과회에서 입으실 드레스가 필요하시다고 들었는데요."

"네, 맞아요."

"혹시 생각하신 색깔이나 디자인이 있으신가요? 아주 작은 것이라도 괜찮아요. 최대한 황손 저하의 취향이면서도 저하께 어울리는 드레스를 만들어야 하니까 여쭙는 거랍니다."

이사벨라는 나긋나긋한 말투로 말했다.

“드레스는 맞기만 하면 되는걸요.”

“하지만 조금이라도 바라시는 게 있으실 텐데요.”

그렇게 말한 이사벨라는 엘라이나를 가만히 바라봤다.

“최대한 얌전한 드레스면 좋겠어요. 그리고 그날 만들 수프가 연분홍색이니까 연분홍색 드레스면 더 좋겠고요.”

“네? 수프요?”

이사벨라는 조금 당황한 표정으로 물었다. 그녀는 특이한 귀족을 많이 만났기 때문에 어지간한 일에는 놀라지 않았다. 엘라이나가 수프 만드는 걸 좋아한다는 것도 알고 있었다. 하지만 수프 색깔에 드레스 색깔을 맞추는 건 처음이라서 당황할 수밖에 없었다.

“네, 수프요.”

“그, 그렇군요. 오늘은 우선 치수를 재고 다음에 천과 디자인을 보여드려도 될까요?”

“아니, 굳이 그러실 필요는 없어요. 천과 디자인은 이사벨라가 골라주세요. 솔직히 디자인이나 색깔은 이왕이면 그랬으면 좋겠다는 것뿐이니까요.”

엘라이나의 말에 이사벨라는 매혹적인 미소를 지었다. 벨리사의 전담 디자이너가 되기 전에 엘라이나 같은 귀족을 많이 만났다. 옷에는 별로 관심이 없지만 체면 때문에 어쩔 수 없이 이사벨라를 고용한 귀족들.

‘디자이너의 입장에서는 황손 저하 같은 분이 편하면서도 아쉽지.

너무 까다로운 건 문제지만, 약간의 요구 사항은 승부욕을 불타게 하니까 좋거든.'

그녀가 그렇게 생각하는 사이에 가만히 있던 벨리사가 말했다.

"벚꽃이요."

"네?"

"벚꽃이라고요?"

벨리사의 말에 엘라이나와 이사벨라가 물었다.

"다과회 장소가 사파이어궁의 정원에서 벚꽃이 제일 많은 곳이거든요. 저하께서 연분홍색 드레스를 원하신다니까 그게 생각나서요. 벚꽃 같은 드레스를 만들면 어떨까요?"

"어머나!"

이사벨라는 자신도 모르게 감탄사를 뱉었다. 벨리사의 아이디어가 마음에 들기도 했지만, 그녀가 자신의 의견을 내세우는 게 신기했기 때문이다.

'본인의 드레스에는 이렇게 적극적이지 않으신데.'

이사벨라는 엘라이나와 벨리사를 번갈아 보면서 생각했다. 벨리사가 엘라이나를 많이 좋아하는 게 분명했다. 물론 전담 디자이너인 자신을 소개한다고 했을 때부터 눈치채고 있었지만.

"저는 황태손비 전하의 아이디어가 아주 마음에 드는데요. 저하께서는 어떠세요?"

"저도 좋아요."

이사벨라가 묻자 엘라이나가 활짝 웃으면서 대답했다.

"그런데 벚꽃이 제일 많은 곳이라니. 아주 멋지겠어요."

드레스 이야기가 끝났다고 생각한 엘라이나가 말했다. 이사벨라는 눈치가 빨랐기 때문에 더 묻지 않고 뒤로 물러났다.

"제가 사파이어궁 정원에서 제일 좋아하는 곳이랍니다."

벨리사의 얼굴이 조금 붉어지며 수줍게 말했다. 얼마 전에 그곳에서 켄드릭과 산책했던 걸 떠올렸기 때문이다.

페트리샤는 거울을 바라보면서 자신만만한 미소를 지었다. 긴 보라색 머리카락은 윤기가 흘렀고 눈꼬리가 올라간 보라색 눈동자는 보석 같았다. 유난히 하얀 피부는 반짝일 정도로 매끄러웠고 몸짓은 우아했다. 붉은 드레스는 고풍스럽고 화려했다.

페트리샤는 젤라우드에서 자신보다 더 아름다운 여자는 없을 것이라고 생각했다. 그리고 그건 어느 정도 사실이었다. 적어도 그녀와 비슷한 또래의 여자 중에서는 가장 아름답다는 말을 들었으니까.

'황태손비가 아니라도 돼. 내 목표는 황태손 전하의 사랑을 받고 태후가 되는 것이니까.'

그렇게 생각한 페트리샤는 오른손으로 머리카락을 귀 뒤로 넘겼다. 데이비드 후작은 그녀가 태어났을 때부터 황태손비로 만들 것이라고 생각했다. 후작은 그럴 자신이 있었다. 페트리샤는 외모가 뛰어났고 예법을 잘 알았고 고귀한 핏줄이었다. 유일하게 경계할 상대는 제라드 공작 영애라고 생각했다.

페트리샤는 켄드릭을 만나기 전까지 황태손비가 될 생각이 없었다. 데이비드 후작이 어릴 때부터 '너는 황태손비가 될 거야'라고 말했기 때문이다. 그녀는 그 말이 지겹다고 생각했다. 사춘기에 접어들면서 더 그랬다. 하지만 켄드릭을 처음 만난 순간 사랑에 빠졌다. 반짝이는 금발, 호수 같은 파란 눈동자가 페트리샤의 심장을 움켜쥐고 놓지 않았다. 황궁에서 돌아온 그녀는 데이비드 후작 앞에서 엉엉 울어버렸다. 황태손비가 되고 싶다고, 황태손 전하의 마음을 얻고 싶다는 말과 함께.

데이비드 후작은 페트리샤를 아끼고 사랑했다. 그녀를 황태손비로 만들겠다는 이유가 야심만은 아니었다. 사랑하는 딸을 가장 고귀한 위치에 올려주고 싶은 마음도 있었다. 그런 딸이 울면서 황태손비가 되고 싶다고 말했다. 그러니 페트리샤를 황태손비로 만들려고 더 노력할 수밖에 없었다.

후작은 제라드 공작 영애가 후계자가 되었다는 걸 듣고 환호했다. 가문의 후계자는 황태손비가 될 수 없었다. 이제 페트리샤의 경쟁자는 없다고 생각했다. 다른 나라의 왕족이라도 나타나지 않는 이상 그녀보다 고귀한 후보는 없었으니까. 하지만 그건 후작이 데미안을 모두 파악하지 못했기 때문이다. 데미안은 고귀한 핏줄이 필요하지 않았다. 자신과 자신의 손주는 이미 대륙에서 가장 고귀한 핏줄이니까. 황족이니까 당연히 비슷한 고위 귀족을 찾을 것이라는 생각부터가 틀린 것이었다. 그리고 데미안은 데이비드 후작의 야심을 모를 정도로 어리석지 않았다.

벨리사가 황태손비가 되던 날, 데이비드 후작은 물론이고 페트리샤도 이를 갈았다. 자신보다 더 고귀하지도, 더 아름답지도 않은 남작 영애. 페트리샤는 그런 치욕은 이전에도, 이후에도 없을 것이라고 생각했다.

'요즘 황태손 전하와 황태손비가 가까워졌다지?'

페트리샤는 화사한 미소를 지으면서 생각했다. 사파이어궁에는 후작이 심은 첩자가 많았다. 첩자들은 켄드릭의 건강 상태는 물론이고 황태손비에 대해 많은 것을 알아냈다. 요즘 데이비드 후작과 페트리샤의 심기에 거슬리는 소식은 켄드릭과 벨리사가 가까워졌다는 것이었다.

'지금 많이 즐겨두라고. 내가 후궁이 되면 많은 게 달라질 테니까.'

페트리샤는 여유로운 표정으로 방을 나와 1층으로 내려갔다. 가끔 만났던 벨리사는 촌스럽고 시시하게 보였다. 그나마 동그란 녹색 눈동자가 귀여웠지만 그게 다였다. 페트리샤는 그 정도 외모는 널리고 널렸다고 생각했다.

'그 여자는 전하와 전혀 어울리지 않아.'

차라리 자신보다 더 아름답고 고귀한 여자였다면 어땠을까? 자존심도 상하고 크게 상심했겠지만, 이해하고 물러났을 것이다. 하지만 벨리사는 아니었다. 자신에게 고개를 숙이던 초라한 남작 영애가 황태손비가 되었다. 그녀는 벨리사에게 고개를 숙일 때마다 속이 뒤틀리는 기분이었다. 황태손비 전하라고 부를 때마다 피를 토할 것 같았다. 페트리샤는 벨리사가 자신에게 고개를 숙이는 상상을 했다. 그러자 자신도 모르게 은은한 미소가 흘러나왔다.

"또 고약한 생각을 하는 얼굴이군."

페트리샤는 익숙한 목소리에 고개를 돌렸다. 데이비드 후작의 아들이자 페트리샤의 오라버니인 발렌티노였다. 보라색 머리카락은 어깨 밑으로 내려올 만큼 길었고 눈꼬리가 올라간 눈매와 보라색 눈동자는 매혹적이었다. 그는 후작의 젊은 시절과 거의 비슷했다. 페트리샤도 후작을 많이 닮았지만 성별이 다르기 때문인지 똑같다는 말을 들을 정도는 아니었다. 하지만 발렌티노는 후작과 똑같다는 말을 자주 들었다. 후작 부부는 그가 머리카락만 자르면 후작의 젊은 시절과 똑같을 거라고 말했다. 발렌티노가 입은 하얀 셔츠에는 립스틱으로 보이는 것이 묻어 있었다. 그리고 단추 몇 개는 어딘가 떨어뜨린 것 같았다. 여자들이 봤다면 붉어진 얼굴로 한숨을 쉬었을 모습이었다.

하지만 페트리샤에게 그의 미모는 반쯤 남은 개똥보다 더 쓸모없으며 관심 없는 것이었다. 페트리샤는 한심하다는 표정으로 그의 말을 무시했다. 발렌티노는 젤라우드에서 유명한 바람둥이였다. 또 어디서 낯선 여자와 놀다가 들어온 게 분명했다. 발렌티노가 능글맞게 웃으면서 말했다.

"또 전하라도 생각했어? 그냥 포기하는 게 좋을 텐데. 내가 다른 건 몰라도 연애만큼은 너보다 한 수 위잖아. 전에 함께 있는 모습을 봤는데, 황태손 전하는 황태손비 전하한테 푹 빠졌다니까. 차라리 마리우스 공작을 노려보는 게 어때?"

"시끄러워. 그리고 오라버니도 조심해. 내 앞길에 방해될 행동은 하지 말라고."

페트리샤가 날카로운 말투로 말했다.

"내가 뭘 어쨌다고 그래?"

"데이비드 후작 영식 행실이 어떻다더라 하는 말이 나오면 내가 후궁이 되는 데 방해가 되잖아."

"내 행실은 이미 소문난 거 아니었나?"

그렇게 말한 발렌티노는 크게 소리 내서 웃더니 계단을 올라갔다. 페트리샤는 자신을 스쳐 지나가는 그를 흘겨봤다. 발렌티노에게서 요즘 유행하는 여자 향수 향기가 났다. 오누이의 사이가 나쁜 것은 아니었다. 하지만 페트리샤는 자신의 계획에 차질이 생길까 봐 초조했다. 발렌티노는 그녀가 굳이 후궁이 되려 하는 것을 이해할 수 없었다.

발렌티노가 보기에도 페트리샤는 좋은 조건이었다. 어쩌면 자신을 누르고 후작 작위를 이을 수도 있었다. 그런데 황태손비가 되겠다고 고집하더니 이제 후궁이 되겠다고 했다. 오는 여자는 환영하고 가는 여자는 더 환영하는 발렌티노는 그녀를 이해할 수 없었다. 자신에게 관심 없는 남자의 후궁이 되느니 다른 남자를 찾는 게 더 낫지 않은가?

"오라버니도 나중에는 나한테 감사할 거야! 황제의 외숙이 될 수 있는 기회라고!"

페트리샤는 발렌티노의 뒷모습을 향해 소리쳤다.

8

벚꽃 요정

엘라이나는 다과회 준비로 분주했다. 단장하는 것 때문에 분주한 건 아니고 수프 때문이었다. 오늘 손님들에게 대접할 수프는 감자 비트 수프였다. 주방으로 내려간 엘라이나는 아이작과 함께 쓸 감자를 골랐다. 황궁으로 들어오는 식재료는 모두 훌륭했지만 특히 더 신경 쓴 것이다.

'솔직히 수프를 가져가는 게 맞는 건지 모르겠어. 제국의 멸망이 달린 문제만 아니었으면 가져가지 않았을 거야. 황태손비 전하의 다과회가 아니면 그 사람들을 어디서 만나겠느냐고. 이왕 가져가는 거 최대한 좋은 재료로 만들어야지.'

그렇게 생각한 엘라이나는 한숨을 쉬었다. 그녀가 다과회에 가져갈 수프로 감자 비트 수프를 고른 것도 벨리사 때문이었다. 그녀의 다과회에 민폐가 되면 안 된다고 생각했다. 그래서 다과회에 어울리는, 아름답다고 생각하는 수프를 고른 것이다.

"저하, 수프를 만드시는 건 좋은데 단장하실 시간도 필요해요."

옆에서 엘라이나와 아이작을 돕던 마샤가 조심스럽게 말했다.

"알았어요, 마샤. 최대한 빨리 만들게요."

활짝 웃으면서 말한 엘라이나는 작은 솥에 감자, 양파, 버터를 넣고 볶았다. 그리고 볶은 채소를 우유와 함께 갈았다. 그다음에는 따로 비트와 우유를 갈고 한 번 걸러냈다. 그래야 색깔이 더 잘 나오기 때문이었다.

"비트 때문인지 색깔이 예쁘네요."

마샤가 작게 감탄하면서 말했다. 비트와 우유를 갈면 연분홍색이 되었는데 아주 고운 색깔이었다.

"그렇죠? 비트를 적당히 넣어야 이 색깔이 돼요. 이제 따로 갈았던 두 개를 섞어서 끓일 거예요."

엘라이나는 볶은 채소에 우유를 넣어 간 것과 비트에 우유를 부어 간 것을 섞었다. 그리고 끓이다가 생크림과 얇게 썬 치즈를 추가했다.

'걸쭉해질 때까지 끓이면 완성이야.'

엘라이나는 미소를 지으면서 생각했다. 너무 오래 끓이면 분홍색이 옅어지기 때문에 적당히 끓이는 게 중요했다. 완성한 수프는 벚꽃 같은 연분홍색이었다. 그녀는 완성한 수프에 소금으로 간을 맞추고 그릇에 담았다. 그릇이 많았기 때문에 담는 것은 아이작이 도왔다.

"아이작, 그걸 사파이어궁까지 부탁해요!"

"저만 믿으세요, 저하."

아이작의 말이 끝나기가 무섭게 엘라이나와 마샤는 주방을 빠져나왔다. 빨리 준비하지 않으면 다과회에 수프만 보낼 상황이었다. 엘라이나에게 행운인 건 마샤가 손이 빠르다는 것이었다.

마샤는 제일 먼저 엘라이나에게 드레스를 입혔다. 연분홍색 드레스는 벚꽃이 생각나는 디자인이었다. 여러 겹의 꽃잎이 그녀를 감싸고 있는 것 같았다. 엘라이나는 노출이 과하지 않고 얌전한 디자인이라는 게 마음에 들었다. 마샤는 드레스를 입은 그녀가 의자에 앉자 심호흡을 했다. 엘라이나가 사교계에 데뷔하는 것은 아니었지만, 비슷한 느낌이었다. 정식으로 사교계에 데뷔하는 건 아니라도 반쯤은 들어선 것이었으니까.

"머리카락은 그냥 두면 안 되나요?"

"절대 안 됩니다."

엘라이나의 질문에 마샤는 단호하게 말했다. 그녀가 그렇게 단호하게 말한 것은 처음이었기 때문에 엘라이나는 당황해서 어색하게 웃었다. 마샤는 엘라이나의 묶었던 머리카락을 풀고 빗으로 빗으면서 잠시 고민했다. 그리고 하나로 땋아서 연분홍색 리본을 달았다.

"잠시 눈을 감아주세요."

그렇게 말한 마샤는 엘라이나가 눈을 감는 걸 보고 빙긋 웃었다. 그리고 화장을 시작했는데 엘라이나와 드레스에 어울리는 은은하면서도 봄이 생각나는 화장이었다.

"이제 눈을 뜨셔도 돼요."

마샤의 말에 그녀는 눈을 떴다. 그리고 자신의 입술이 옅은 분홍색으로 물든 것을 보고 어색하게 웃었다. 화장을 자주 하지 않았기 때문에 화장한 자신이 낯설었다.

"황태손 전하와 황태손비 전하께서 보내주신 게 있어요."

"네?"

"두 분께서 함께 준비하신 것 같아요."

흐뭇한 표정으로 말한 마샤는 서랍에서 보석 상자 하나를 꺼내서 열었다. 상자에는 머리 장식과 목걸이가 있었다. 머리 장식은 드레스와 같은 천으로 만든 꽃이었다. 가운데에는 엘라이나의 엄지손톱만 한 다이아몬드가 있었다. 꽃이 움직일 때마다 다이아몬드가 반짝거렸다. 그리고 목걸이는 연분홍색 진주 목걸이였다. 화려한 머리 장식과 다르게 단순한 디자인이었지만 우아해 보였다. 엘라이나는 잠시 말을 잃었다. 켄드릭과 벨리사가 자신을 위해서 준비했다는 감동, 아름다운 보석에 대한 감탄이 뒤섞인 반응이었다.

마샤는 머리 장식을 머리 왼쪽에 달고 목걸이를 걸어주었다. 그리고 오늘의 엘라이나에게 어울릴 것 같은 향수를 뿌렸다. 복숭아 향기와 라일락 향기가 섞인 듯했다. 단장이 끝난 그녀는 벚꽃 요정처럼 보였다. 바라보는 것만으로도 봄이 느껴지는 모습이었다.

"저하, 아름다우세요."

마샤가 뿌듯한 표정으로 말했다. 엘라이나는 어쩐지 부끄러워서 거울을 제대로 바라볼 수 없었다.

"감사합니다."

"황태손비 전하가 매일 다과회를 여셨으면 좋겠어요. 매일 이렇게 꾸며드리고 싶어요."

"저는 이번 한 번으로 충분할 것 같아요."

작은 목소리로 말한 엘라이나가 조금 지친 표정으로 웃었다. 수프 가게에서 몰려오는 손님을 바라보던 표정이었다.

"모시는 분을 꾸며드리는 건 시녀, 시종의 기쁨이라고요."

"다른 기쁨으로 보답할게요."

엘라이나는 의자에서 일어나며 말했다. 그녀와 마샤는 마주 보고 웃다가 사파이어궁으로 향했다.

다과회에 참석한 손님들의 관심사는 엘라이나였다. 아무리 얌전하고 조심스러운 성격이라고 해도 새로 모시게 될 황족은 궁금한 법이었다. 그 황족이 망나니라면 귀족에게 곤란한 일이 많기 때문이었다. 벨리사와 친분이 있는 손님들은 성격대로 티를 내지 않았다. 하지만 벨리사와 친분이 없는 손님들은 호기심을 감추지 않았다.

"새로운 황손 저하께서는 어떤 분이실까요?"

"평민으로 자라셨다고 하던데."

"쉿, 조용하세요. 황태손비 전하가 오시네요."

벨리사가 걸어오는 걸 보고 수군거리던 손님들은 입을 다물었다.

"황태손비 전하를 뵙습니다."

모든 손님이 일어나서 고개를 숙였다.

"모두 반가워요."

벨리사는 수줍게 웃으면서 인사했다. 연두색 드레스를 입고 있었는데 이사벨라가 새싹을 보고 생각한 디자인이었다. 벨리사가 평소 입던 드레스보다 조금 더 화려하고 귀여워 보였다. 머리 장식은 페리도트와 진주로 만든 꽃이었고 목걸이는 페리도트로 만든 것이었다. 그녀는 자리에 앉아서 손님들을 둘러봤다.

"모두 앉으세요."

벨리사가 말하자 모든 손님이 자리에 앉았다. 다과회 테이블은 모두 세 개였는데, 한 테이블에 다섯 명씩 앉을 수 있었다. 벨리사는 자신의 옆자리가 비어 있는 것을 보고 빙긋 웃었다. 엘라이나의 자리였다.

"황손 저하께서 조금 늦으시는군요."

그 순간 우아한 목소리가 들렸다. 빈자리 옆에 앉아 있던 페트리샤였다. 그녀는 파란색 고풍스러운 드레스를 입고 있었다. 그리고 머리 장식과 목걸이, 귀걸이는 사파이어였다. 페트리샤 옆에 앉은 손님은 자신도 모르게 불쾌한 표정이 되었다. 곱슬곱슬한 흑발과 회색 눈동자를 가진 카플란 남작 영애였다.

페트리샤가 황태자비 자리를 노렸던 건 유명한 일이다. 요즘은 켄드릭의 후궁이 될 거라는 소문도 있었다. 그런 그녀가 사파이어궁을 상징하는 사파이어 장신구를 달고 나타난 게 불쾌했다. 카플란 남작 영애는 벨리사와 어린 시절부터 친분이 있었기 때문에 더 그랬다. 벨리사는 카플란 남작 영애에게 그러지 말라는 눈짓을 보내고 웃으면서 말했다.

"조금 늦을 수도 있다고 사람을 보내셨답니다."

"황태손비 전하는 너그러운 분이시군요. 자신의 다과회에 늦는 걸 싫어하는 사람들도 많은데."

페트리샤는 나긋나긋한 말투로 말했다. 페트리샤는 엘라이나가 벨리사를 무시하는 모양이라고 생각했다. 자신보다 높은 사람이 여는 다과회에 늦는 경우는 없기 때문이었다. 물론 친분이 있거나 어쩔 수 없는 사정이 있는 경우에는 달랐다. 미리 사람을 보내면 예법에 어긋나는 게 아니었다.

하지만 페트리샤는 엘라이나와 벨리사가 친할 것이라고 생각하지 않았다. 자신부터도 엘라이나를 달갑지 않게 여겼기 때문이다. 그녀에게 엘라이나는 켄드릭의 앞길에 방해가 되는 존재였다. 물론 그렇다고 대놓고 배척할 생각은 없었다. 엘라이나는 황족이었다. 그리고 사파이어궁에 심어놓은 첩자의 말로는 켄드릭과 친하다고 했다.

'오늘 황손의 환심을 사야겠군.'

그렇게 생각한 그녀는 더 이상 엘라이나가 늦는다는 걸 지적하지 않았다. 벨리사의 테이블에는 벨리사와 친한 친구 둘이 있었다. 벨리사와 두 친구는 가볍게 정원에 대한 이야기를 나누었다. 페트리샤가 없었다면 공통 관심사에 대해서 말했을 것이다. 친분이 없는 페트리샤를 배려한 것이었다.

"사파이어궁의 정원은 언제 봐도 아름답네요."

카플란 남작 영애가 감탄하면서 말했다.

"벚꽃 아래에서 다과회라니, 뭔가 낭만적이에요."

연갈색 머리카락과 연갈색 눈동자를 가진 콜먼 백작 영애였다.

"저는 붉은 장미가 더 좋던데. 저라면 이 정원에 벚나무를 모두 뽑고 붉은 장미를 심겠어요."

매혹적인 목소리로 말한 페트리샤는 홍차를 마셨다. 벨리사의 테이블은 물론이고 다른 두 테이블도 모두 조용해졌다.

'자신이 사파이어궁의 주인도 아니면서 정원을 어떻게 꾸밀지 말하다니.'

'본인 취향을 물어본 사람은 아무도 없었다고. 요즘 소문 때문에 시끄러운데 말을 조심해야 하는 거 아니야?'

다른 테이블의 손님들은 생각했다. 벨리사와 친분이 없는 손님들도 페트리샤의 행동이 그리 좋게 보이지 않았다. 하지만 그녀는 다과회에 참석한 손님들 중에 제일 높은 신분이었다. 그런 그녀를 저지할 수 있는 건 벨리사뿐이었다. 벨리사가 잠시 고민하는 사이에 인기척이 났다. 엘라이나였다.

"황태손비 전하를 뵙습니다."

"아, 오셨군요! 황손 저하를 뵙습니다."

그녀가 반가웠던 벨리사는 자리에서 벌떡 일어났다. 그리고 손님들을 둘러보면서 말했다.

"모두 인사하세요. 엘라이나 황손 저하십니다."

"안녕하세요."

엘라이나가 어색하게 인사하자 모든 손님이 일어나서 고개를 숙였다.

"황손 저하를 뵙습니다."

"모두 앉으세요. 아, 저하께서는 제 옆에 앉으시면 된답니다."

벨리사가 자리에 앉으면서 말했다. 엘라이나가 자리에 앉자 일어났던 손님들도 모두 앉았다.

"오늘 정말 아름다우시네요, 저하. 머리 장식과 목걸이가 잘 어울려서 다행이고요."

"칭찬도, 머리 장식과 목걸이도 감사합니다. 오라버니와 함께 고르셨다면서요?"

벨리사의 칭찬에 엘라이나가 활짝 웃으며 말했다. 페트리샤는 들고 있던 찻잔을 내려놓고 둘의 대화에 귀를 기울였다. 그녀만 그런 것은 아니었다. 모든 손님이 티는 내지 않았지만 둘의 대화에 귀를 기울이고 있었다. 다과회에 참석한 손님들은 모두 켄드릭을 지지하고 있었다. 그래서 둘의 대화에 관심이 많았다.

둘의 대화로 엘라이나가 켄드릭의 앞길에 방해가 될 사람인지, 켄드릭과 벨리사가 가까워졌다는 말이 사실인지를 알 수 있었기 때문이다. 벨리사는 수줍은 표정으로 얼굴을 붉혔다. 페트리샤는 자신도 모르게 이를 갈았다.

"황태손 전하께서 같이 고르자고 하셔서요. 선물하고 싶은 마음은 있는데 어떤 걸 고르면 좋을지 모르겠다고 하시더라고요."

"나중에 오라버니께도 감사하다고 말해야겠어요."

"황태손 전하께서도 이 모습을 보시면 좋아하실 것 같아요. 아주 잘 어울리세요. 아, 같은 테이블에 앉은 분들을 소개할게요."

벨리사가 눈동자를 반짝이며 말했다.

"저하 옆에 앉은 분은 데이비드 후작 영애랍니다."

"페트리샤 데이비드라고 합니다."

페트리샤가 고개를 살짝 숙이며 말했다.

"반가워요."

엘라이나가 상냥하게 웃으면서 인사했다.

"그 옆은 카플란 남작영애시죠. 그 옆이자 제 옆자리기도 한 이분은 콜먼 백작영애고요."

"반갑습니다, 저하. 저는 멜리사 카플란입니다."

"저는 클레어 콜먼입니다."

"두 분도 반가워요."

엘라이나는 멜리사와 클레어에게 눈인사를 하며 말했다. 대화는 가벼운 날씨 이야기부터 홍차 이야기로 이어졌다. 그런데 대화에 참여하지 않고 홍차만 마시던 페트리샤가 엘라이나에게 물었다.

"전하께서는 수프 가게를 운영하셨다면서요?"

그러자 엘라이나의 표정이 환해졌다. 마침 수프를 언제 들어오라고 할지 고민하던 중이었기 때문이다.

"네, 제가 준비한 수프가 있는데 드셔보시겠어요?"

자신감 넘치게 말한 엘라이나가 마샤에게 눈짓했다. 그러자 수프 그릇이 올라간 작은 카트들이 들어왔다. 모든 손님은 호기심과 의아함이 뒤섞인 표정으로 엘라이나를 바라봤다.

"모든 분께 제가 만든 수프를 대접하고 싶어서요."

엘라이나가 상냥하게 웃으면서 말했다.

'황족이 직접 만든 수프를 대접해? 웃기지도 않는군.'

페트리샤는 피식 웃으면서 생각했다. 모든 손님 앞에 수프 그릇이 놓였다.

"감자 비트 수프랍니다. 색깔이 아주 예쁘죠?"

엘라이나가 말하자 손님들은 그릇에 담긴 수프를 바라봤다.

"어머, 진짜 예쁜 색깔이네요."

"벚꽃 색깔 같아요."

멜리사와 클레어가 감탄하면서 말했다. 다른 손님들도 수프 색깔에 감탄하면서 재잘거렸다. 엘라이나는 그 모습을 흐뭇하게 둘러보다가 말했다.

"드셔보세요. 맛은 색깔보다 더 좋답니다!"

엘라이나의 말에 벨리사가 수프를 먹기 시작했다. 그 모습을 본 멜리사와 클레어도 수프를 먹었다. 엘라이나는 검은 연기를 뱉어내는 손님이 없는지 둘러봤다.

"맛이 더 좋다는 말이 사실이었네요. 너무 맛있어요."

"저는 이런 수프라면 열 그릇은 먹을 것 같아요."

멜리사와 클레어가 장난스럽게 말했다. 수프 색깔 때문에 달콤할 것 같았는데 의외로 담백한 맛이었다.

"감사합니다."

엘라이나가 상냥한 표정으로 말했다. 페트리샤는 이 상황이 한심했지만 겉으로는 미소를 지었다. 그리고 자기 앞에 있는 수프 그릇을 바라봤다. 연분홍색 수프는 아름다워 보였지만 먹고 싶지 않았다.

"저는 아까부터 속이 안 좋아서요. 죄송하지만 이해해주세요."

그렇게 말한 그녀는 앞에 있는 수프 그릇을 살짝 밀어냈다.

"그럼 다음에 대접할게요."

엘라이나는 아무렇지 않은 표정으로 말했다.

'후작 영애에게는 나중에 다시 대접해야겠어.'

엘라이나는 다시 손님들을 둘러보면서 생각했다. 다과회에 참석한 손님들은 검은 연기를 뱉지 않았다. 엘라이나는 마음의 여유가 생기자 디저트를 먹기 시작했다.

"이 생크림 케이크가 참 맛있네요. 사파이어궁의 디저트는 최고인 것 같아요."

"그렇죠?"

엘라이나의 말에 벨리사는 뿌듯한 표정이 되었다.

"사파이어궁의 디저트는 훌륭하죠. 황손 저하께서는 디저트를 좋아하시는 모양이죠? 저희 저택의 디저트도 아주 훌륭하답니다. 다음에 방문해주시면 좋겠네요."

페트리샤가 미소를 지으며 말했다. 그녀의 성격을 알고 있는 손님들도 얼굴이 붉어질 정도로 매혹적인 미소였다.

"그럴 기회가 있으면 좋겠네요."

엘라이나는 신중한 표정으로 말했다. 데이비드 후작가가 어떤 가문인지 잘 몰랐기 때문에 방문하겠다고 약속할 수 없었던 것이다. 그러자 멜리사가 빙긋 웃으면서 말했다.

"황손 저하, 수프를 좋아하시죠? 저희 주방장이 아주 맛있는 수프를 만드는데요."

"네? 어떤 수프인데요?"

엘라이나는 눈동자를 반짝거리면서 물었다.

"매콤한 새우 수프인데, 저희 아버지께서는 술을 마신 다음 날이면 꼭 그 수프를 드신답니다."

"꼭 먹어보고 싶네요. 제가 만드는 새우 수프와 어떻게 다른지 궁금해요."

"언제라도 좋으니까 카플란 남작가에 방문해주세요. 황태손비 전하와 함께 오시는 것도 좋고요."

그렇게 말한 멜리사는 페트리샤를 의기양양한 표정으로 바라봤다. 그녀는 벨리사를 지키기 위해서 엘라이나가 좋아할 만한 말을 꺼낸 것이다. 페트리샤가 엘라이나의 환심을 사려고 한다는 걸 눈치챘기 때문이다. 그건 벨리사에게 좋을 것 같지 않았다. 물론 엘라이나가 마음에 들어서 초대하고 싶었던 것도 있었다.

'흥, 황손 저하는 디저트보다 수프를 더 좋아하시지. 저하와 친해져서 황태손비 전하를 공격하려는 거겠지? 마음대로는 안 될 거야. 황태손비 전하는 내가 지킬 거라고!'

멜리사는 의지를 불태우며 생각했다. 페트리샤는 여유로운 미소를 지으면서 같은 테이블에 앉은 사람들을 둘러봤다.

"사실 이 다과회는 저에게 참 특별하답니다."

페트리샤의 말에 모두 의아한 표정을 지었다. 다른 두 테이블에 앉은 손님들도 마찬가지였다. 이건 벨리사의 다과회다. 대부분의 귀족 여성에게 다과회는 특별할 게 없었다. 다과회는 일상이기 때문이다. 특히 페트리샤처럼 고위 귀족이고 사교계의 중심이라면 더 그랬다. 그래서 그녀의 말이 의아했다. 페트리샤는 주변이 조용해지자 말을 이어갔다.

"사파이어궁에 손님으로 오는 게 마지막일 것 같거든요."

페트리샤의 말이 끝나자 다른 두 테이블의 손님들이 술렁거렸다. 조용한 것은 엘라이나가 앉은 테이블뿐이었다. 엘라이나는 황당한 표정이었고 벨리사는 얼굴이 새하얗게 질렸다. 멜리사와 클레어는 당황해서 입을 꾹 다물었다.

"그게 무슨 말씀이시죠?"

다른 테이블에 앉아 있던 이가 높은 목소리로 말했다. 벨리사와 친분이 없는, 페트리샤에게 아부하던 사람이었다. 그녀의 말이 무슨 뜻인지 알면서도 묻는 것 같았다.

'내가 시킨 대로 잘하고 있군.'

페트리샤는 목소리가 들린 쪽을 바라보고 흐뭇하게 웃었다. 다과회 전에 미리 만나서 부탁한 보람이 있었다. 그녀는 일부러 조금 당황한 표정을 지으면서 물었다.

"아, 제가 실수했네요. 황태손 전하의 후궁은 다른 궁을 쓰게 되겠죠?"

"사파이어궁이 아니라 황궁에 손님으로 오는 게 마지막이시겠어요."

페트리샤에게 질문했던 사람이 크게 웃더니 농담처럼 말했다. 엘라이나는 잠시 심호흡을 하고 허리를 꼿꼿하게 세웠다. 벨리사가 새하얗게 질린 얼굴인 게 안쓰러웠다.

'확실한 일도 아니면서 이런 자리에서 말하다니. 이렇게 소문을 내서 기정사실로 만들겠다는 건가?'

그렇게 생각한 엘라이나는 의아한 표정으로 말했다.

"오라버니께 후궁이 생긴다는 말은 처음 듣는데요."

"아직 확정된 일은 아니랍니다. 하지만 곧 그렇게 될 거라고 들었어요."

페트리샤가 일부러 수줍은 미소를 지으면서 말했다. 그녀는 예법을 잘 알았다. 자신이 사파이어로 꾸미고 나온 것도, 아직 확정되지 않은 말을 하는 것도 옳지 않다는 건 알았다. 하지만 예법을 지키는 것보다 벨리사를 견제하는 게 더 중요하다고 생각했다. 그녀의 말을 들은 엘라이나는 단호한 표정이 되었다.

“제가 평민으로 자라서 잘 모르는 건가요? 확정된 일이 아니라면 그렇게 되지 않을 수도 있다는 거 아닌가요?”

엘라이나의 말에 페트리샤의 미소가 조금 어색해졌다. 페트리샤는 아무것도 모르는 아이에게 설명하는 것처럼 대답했다.

“이런 경우에는 그렇게 된답니다.”

“제 증조부이신 제임스 2세께서 어떤 남작 영애를 후궁으로 들이신다는 소문이 돌았던 적이 있었죠. 하지만 제임스 2세께서는 후궁을 들이지 않으셨어요. 평생 한 여자만을 사랑하셨거든요. 참 재밌죠?”

엘라이나는 주변을 둘러보며 말하고 작게 소리 내어 웃었다. 그리고 아무렇지 않은 표정으로 말을 이어갔다.

“폐하께도, 돌아가신 황태자 전하께도 후궁이 없으셨다면서요? 황실 남자들이 모두 선대 황제 폐하를 닮으신 모양이네요.”

그녀의 말을 들은 멜리사는 자신도 모르게 웃음이 터졌다. 그리고 페트리샤가 노려보자 웃음을 참으려고 노력했다.

“하긴 그런 경우를 보면 꼭 그렇게 되는 건 아니네요.”

“황태손 전하께서 후궁을 들이실 생각이 없는 모양인데요?”

다른 테이블의 손님들이 수군거렸다. 울컥한 페트리샤는 심호흡을 했다. 그리고 진정이 되자 미소를 지으면서 말했다.

"그렇군요. 제가 황태손 전하의 후궁이 될지도 모른다는 게 영광스럽고 기뻐서 성급하게 굴었네요."

"그럴 수도 있죠."

그렇게 말한 엘라이나는 상냥하게 웃었다. 그리고 테이블 아래로 벨리사의 손을 잡아줬다. 생기를 되찾은 벨리사가 옅은 미소를 지었다.

"황궁에는 소문이 많죠. 하지만 함부로 입에 올렸다가 헛소문이면 부끄럽잖아요. 그러니까 모두 소문을 전하는 데 조심하시는 게 좋아요."

엘라이나는 벨리사의 손을 더 꽉 잡아주면서 말했다.

"이 이야기는 이쯤에서 마무리하죠. 후작 영애가 황태손 전하의 후궁이 되는 게 확실해지면 다시 이야기해요, 우리."

용기를 낸 벨리사가 침착한 표정으로 말했다.

"알겠습니다, 전하."

페트리샤가 고개를 숙이면서 정중한 말투로 말했다. 아름다운 보라색 눈동자에 분노가 스쳐 지나갔다. 하지만 고개를 숙이고 있었기 때문에 아무도 볼 수 없었다.

황궁의 회의실은 웅장하고 고풍스러웠다. 중앙에 긴 테이블이 있었는데 제일 화려한 의자만 비어 있었다. 회의실에 있는 귀족들은 황궁에서 일하거나 수도에 머무는 귀족들이었다. 앉아 있던 귀족들은 데미안이 들어오자 자리에서 일어났다. 데미안은 귀족들을 둘러보더니 피식 웃고는 제일 화려한 의자에 앉았다.

"그라우트의 태양에게 영광을."

"다들 앉게."

데미안의 말에 귀족들은 자리에 앉았다. 그와 가장 가까운 자리에는 안드레스와 제라드 공작이 있었다. 제라드 공작의 옆자리는 데이비드 후작이었다. 데이비드 후작은 조금 떨어진 곳에 앉은 추종자들에게 눈빛을 보냈다.

"그래, 첫 번째 안건은 무엇이지?"

"황태손 전하의 후궁 문제입니다."

데미안이 묻자 추종자 하나가 말했다. 그러자 귀족들이 술렁거렸다.

"후궁?"

"네, 폐하. 황실에 손이 귀한 것은 유명합니다. 그러니 황태손 전하께서 후궁을 들이시는 게 좋지 않겠습니까? 훗날 후계자 문제도 있고 말입니다."

"황태손도, 황태손비도 아직 젊은 나이야. 그리고 황태손의 건강이 좋지 않다는 걸 모르는가? 아직 후계자 문제를 논할 때가 아니지."

데미안은 심드렁한 표정으로 말했다. 배부른 사자의 느긋한 표정 같기도 했다.

"폐하, 송구하지만 사교계에 황태손비 전하께 문제가 있는 게 아니냐는 말이 나오고 있습니다."

"황태손이 아니고? 보통 아픈 황태손에게 문제가 있다고 하지 않나? 이건 세월이 흘러도 변하지 않는군. 짐과 죽은 황후 사이에 아이가 없을 때도 황후에게 문제가 있는 게 아니냐고 그러더니. 그때나 지금이나 귀족의 성교육이 문제인가? 아이는 둘이 만드는 것이라는 걸 가르치지 않는 모양이군."

데미안이 빈정거리자 추종자는 입을 다물었다. 데미안은 입꼬리를 올리면서 말을 이어갔다.

"그리고 황태손의 건강 문제로 둘이 합방조차 하지 않았다는 걸 알지 않는가? 아이가 생기지 않는 건 당연한 일이지. 아니, 그 정도도 모르는 건 아니겠지? 그 정도로 귀족의 성교육이 문제인가?"

"아니, 그게 말입니다."

데이비드 후작의 추종자는 떨리는 목소리로 대답했다.

"잘 들으시게. 남녀가 합방하지 않으면 아이는 생기지 않는다네."

데미안은 아무것도 모르는 아이에게 설명하는 말투로 말했다. 귀족 몇이 웃음을 터뜨리는 소리가 들렸고 추종자는 얼굴이 붉어졌다. 데미안은 이 대화에 흥미가 떨어졌다는 것처럼 주변을 둘러보면서 물었다.

"다음 안건은?"

"케일베리의 가뭄 문제입니다."

제라드 공작이 정중한 말투로 대답했다. 데이비드 후작은 추종자를 한심하다는 표정으로 보다가 한숨을 쉬었다.

9

공작님은 다정한 분이시네요

메리골드는 젊은 시절부터 황궁 도서관에서 일했다. 황궁에서 메리골드보다 나이가 많은 사람도, 오래 일한 사람도 없었다. 그녀는 데미안이 앞니가 빠진 채 다니던 것도, 글자를 읽기 시작해서 뿌듯해하던 모습도 봤다. 그래서 메리골드는 엘라이나와 벨리사를 만날 때마다 재밌었다. 그 꼬마가 다 큰 손주들을, 손자며느리를 둔 할아버지가 되었다는 게 신기했다.

켄드릭도 자주 만났으면 좋겠지만, 그는 황궁 도서관에 오는 일이 없었다. 데미안도 마찬가지였다. 데미안은 황태자가 된 후로 거의 오지 않았다. 그래서 메리골드는 데미안의 나이 든 모습보다 앞니가 빠진 채 히죽 웃던 모습이 더 익숙했다.

'즐겁고 보람찬 삶이었어.'

자신이 살아온 인생을 곱씹던 메리골드는 생각했다. 부모님과 형제들과도 사이가 좋았다. 먼저 죽은 남편도 다정한 사람이었다. 아들과 딸도, 손주들도 건강하고 바르게 자랐고 좋은 짝을 만났다. 귀여운 증손주도 봤고 황궁에서 인정도 받았다. 여한이 없는 삶이었다.

'아쉬운 게 있다면 길에서 죽는다는 것뿐이야. 자식들한테 잘 살라고 유언도 남기고 싶었는데.'

그렇게 생각한 메리골드는 눈을 감았다. 일을 마치고 나오는데 어지럽고 다리가 휘청거렸다. 그리고 쓰러졌는데 손가락 하나 움직일 수 없었다. 그녀가 자신의 숨이 끊어지기를 기다리는데 익숙한 목소리가 들렸다.

"메리골드, 괜찮아요? 메리골드!"

엘라이나였다. 황궁 도서관 앞을 지나가던 그녀는 쓰러진 메리골드를 보고 깜짝 놀랐다. 날이 어두워지기 시작했고 조금 외진 곳이라 고용인들이 발견하지 못한 모양이었다. 메리골드의 어깨를 살짝 흔들던 그녀는 다급한 목소리로 외쳤다.

"여기요! 거기 아무도 없어요?"

하지만 대답하는 사람도, 달려오는 사람도 없었다.

'이럴 줄 알았으면 마샤를 데리고 나오는 건데. 혼자 다녀도 된다고 고집을 부렸더니.'

엘라이나는 눈물이 나올 것 같은 걸 참으면서 생각했다. 메리골드가 쓰러진 걸 보니까 프랜시스의 마지막 모습이 생각났다. 메리골드는 그녀의 목소리를 들었지만 눈을 뜰 수도, 대답할 수도 없었다. 기운이 없어서 앓는 소리만 나왔다.

“조금만 기다려요, 메리골드.”

그렇게 말한 엘라이나는 에메랄드궁을 향해서 뛰어갔다.

‘에메랄드궁까지는 그리 멀지 않지만 메리골드가 언제까지 버텨줄지 모르겠어. 중간에 누구라도 마주치면 좋겠는데.’

엘라이나가 그렇게 생각하는 순간에 익숙한 은발이 보였다. 저택으로 돌아가던 안드레스였다.

“마리우스 공작님!”

엘라이나가 소리쳐서 부르자 그는 조금 놀란 표정으로 다가왔다.

“저하, 무슨 일입니까?”

엘라이나의 붉어진 눈시울을 본 안드레스가 물었다.

“메, 메리골드가 쓰러졌어요. 도와주세요.”

“메리골드라면 황궁 도서관의 사서 말입니까? 어디에 있죠?”

“저를 따라오세요.”

그렇게 말한 엘라이나가 앞장서서 달렸다. 두 사람은 메리골드가 있는 곳까지 달려갔다. 안드레스는 그녀의 상태를 확인했다. 그녀는 아직도 눈을 뜰 수 없었다.

“저하, 도와주세요. 업어야겠습니다.”

“네, 공작님. 에메랄드궁까지 부탁드려요.”

안드레스는 그녀의 도움으로 메리골드를 업었다. 두 사람은 에메랄드궁으로 향했고, 엘라이나를 기다리던 마샤는 놀란 표정이 되었다.

"어머, 마리우스 공작님?"

"마샤, 메리골드가 쓰러졌어요. 어서 의사를 불러주세요."

엘라이나는 안드레스를 자신의 침실로 안내하면서 말했다.

"네!"

마샤는 황궁의 고용인들을 위한 의사를 불렀다. 의사는 황족의 침실로 보이는 곳에 누워 있는 메리골드 때문에 당황했다. 그리고 그 옆을 지키고 있는 엘라이나와 안드레스 때문에 더 당황했다. 하지만 곧 침착하게 인사하고 메리골드를 진찰했다.

"목숨이 위험할 정도는 아닙니다. 피로가 쌓인 것 같군요. 충분한 영양을 섭취하고 푹 쉬면 괜찮아질 테니 걱정하지 마십시오."

의사는 온화한 표정으로 말했다.

"곧 정신을 차릴까요?"

"그럴 것 같습니다. 불안하시면 제가 피로에 좋은 약이라도 처방하겠습니다."

"네, 부탁드려요."

엘라이나의 말에 의사는 고개를 숙이고 밖으로 나갔다. 엘라이나는 메리골드의 마른 손을 잡았다. 메리골드는 프랜시스보다 나이가 훨씬 많았다. 하지만 엘라이나는 그녀의 모습에서 프랜시스를 봤다. 아프기 시작한 프랜시스와 비슷한 모습이었다. 뜨지 않는 눈, 굳게 다문 입, 마른 손까지.

'메리골드의 손도 따뜻하네. 할머니 손도 그랬는데.'

엘라이나는 잡은 손의 온기에 눈물을 흘렸다. 그리고 옆에 안드레스가 있다는 걸 떠올리고 눈물을 닦았다. 그녀가 눈물을 감추려고 한다는 걸 눈치챈 안드레스는 일부러 고개를 돌렸다. 잠시 침묵이 흘렀고 엘라이나가 물었다.

"공작님의 조부모님은 살아 계신가요?"

"아니요."

"가까우셨나요?"

눈물을 다 닦은 엘라이나가 안드레스를 보며 물었다. 안드레스는 그녀가 있는 쪽으로 고개를 돌리며 대답했다.

"그것도 아닙니다. 제가 태어나기도 전에 돌아가셨거든요."

"그렇군요. 저는 할머니와 굉장히 가까웠어요. 할머니를 사랑하고 존경했어요. 함께 쌓은 추억도 많고요. 하지만 가끔 생각해요. 제가 받은 것에 비해서 해드린 게 너무 없다고요."

엘라이나의 말에 안드레스는 잠시 고민하다가 말했다.

"저희 아버지가 항상 하시던 말씀이 있습니다. 자식은 부모에게 대단한 것을 해주는 게 효도라고 생각하지만 그게 아니라고요."

안드레스의 말투는 평소와 크게 다르지 않았다. 하지만 그녀를 바라보는 표정은 다정했다. 체이스가 어린 자신에게 말해주던 표정처럼, 프랜시스가 엘라이나에게 말해주는 것처럼.

"진짜 효도는 자식이 항상 건강하게, 즐겁게 지내는 것이라고요. 저는 아직 자식이 없으니 그 마음을 다는 모르겠습니다. 하지만 저도 제

자식에게 그렇게 말해주고 싶습니다. 네가 항상 건강하고 즐겁게 지낸다면 충분하다고."

이어지는 안드레스의 말에 엘라이나는 빙긋 웃었다.

"공작님은 다정한 분이시네요."

"그런가요?"

안드레스가 어리둥절한 표정으로 물었다. 그는 자신이 다정하다고 생각한 적이 없었다. 그런데 엘라이나도, 켄드릭도 자신에게 다정하다고 말하니 의아했다. 엘라이나는 작게 소리 내서 웃었다.

"위로해주셔서 감사합니다. 메리골드를 여기까지 옮겨주신 것도 감사하고요."

"당연한 일을 했을 뿐입니다."

안드레스는 아무렇지 않은 표정으로 말했다. 메리골드를 옮겨준 것도, 엘라이나를 위로한 것도 당연한 일이었다. 그것에 대한 감사 인사를 받는 것이 조금 쑥스러웠다. 엘라이나는 그의 귀가 붉어진 것을 보고 또 작게 소리 내서 웃었다.

"저는 메리골드가 일어나면 먹을 수프를 만들어야겠어요."

"수프요?"

"아플 때는 수프가 최고니까요."

그렇게 말한 엘라이나는 밖으로 나갔다. 안드레스는 그 뒷모습을 바라봤다.

'저하께서는 아플 때가 아니라도 수프가 최고신 것 같은데.'

그는 자신도 모르게 미소를 지으면서 생각했다.

"마샤, 메리골드의 가족에게 연락했나요?"

"네, 저하. 이 시간에는 황궁 출입이 어려워서 내일 올 것 같습니다."

마샤가 정중하게 대답했다. 황궁은 보안 때문에 출입이 가능한 시간에도 신분이 확실하지 않은 사람은 들이지 않았다. 그리고 일정 시간이 지나면 외부인을 들이지 않았다. 이 시간에는 황궁에 남아 있는 것도 황족의 허가가 필요했다. 안드레스와 메리골드는 엘라이나의 허가로 남아 있는 것이었다.

"어차피 지금 집으로 데려가기도 어려울 것 같아요. 내일까지 푹 쉬게 두죠."

"저하께서 머무실 다른 방을 준비할게요."

"네, 마샤. 부탁해요. 저는 메리골드에게 먹일 수프를 준비할게요."

그렇게 말한 엘라이나는 주방으로 향했다. 내일 아침에 사용할 식재료를 준비하던 요리사 몇이 인사했다.

"주방 좀 쓸게요."

엘라이나는 빙긋 웃으면서 말했다. 그리고 어떤 수프를 만들면 좋을지 고민했다.

'영양을 충분히 섭취하는 게 좋다고 그랬지? 어떤 수프가 좋을까?'

환자니까 너무 자극적인 음식은 좋지 않을 것 같았다. 영양이 충분하면서도 자극적이지 않은 수프를 생각하던 그녀는 주변을 살폈다. 그리고 땅콩호박을 보고 의아한 표정이 되었다.

"어라, 이 계절에 땅콩호박이 있나요? 이건 가을에 나는 거 아닌가요?"

"황궁 온실에서는 계절이 다른 채소, 과일도 나오거든요. 소량이라서 대부분 다이아몬드궁으로 가지만요."

"그렇군요. 신기하네요."

잠시 감탄하던 엘라이나는 땅콩호박 수프를 떠올렸다.

'언제 봐도 재밌는 모양이야. 땅콩처럼 생긴 호박이라니. 그래도 땅콩호박 수프가 단호박 수프보다 부드럽고 달콤하지. 포만감을 주고 소화도 잘 되니까 환자한테 좋을 거야.'

그렇게 생각한 엘라이나는 땅콩호박 껍질을 벗겼다. 그리고 씨를 빼내고 적당한 크기로 썰고 양파도 썰었다. 그다음에는 작은 솥에 양파, 소금, 올리브유, 버터를 넣고 타지 않게 볶았다. 양파가 익은 걸 확인한 그녀는 땅콩호박을 넣고 섞었다.

'메리골드가 빨리 눈을 떴으면 좋겠어.'

엘라이나는 시나몬 가루와 설탕을 추가하면서 생각했다. 그리고 땅콩호박에서 나오는 수분으로 설탕이 녹을 때까지 계속 저었다. 그다음엔 물을 붓고 약한 불로 끓였다.

'닭으로 만든 육수를 쓰면 좋지만 지금은 준비할 시간이 없으니까.'

그렇게 생각한 엘라이나는 땅콩호박이 다 익은 걸 확인하고 솥에 있던 것을 모두 갈았다. 그리고 다시 솥에 끓이면서 우유를 조금씩 부었다.

'이제 곧 완성이야.'

엘라이나는 허브를 모아놓은 찬장에서 꺼낸 타임을 추가했다. 그리고 생크림도 추가하고 약한 불로 오래 끓였다. 걸쭉해질 때까지 젓던 엘라이나는 소금과 후추로 간을 맞췄다. 땅콩호박 수프는 단호박 수프와 같은 색깔이었다.

'은은한 달콤한 맛 때문에 기분이 좋아지네.'

엘라이나는 완성한 수프 맛을 보고 빙긋 웃었다.

"잠시 보관해주세요. 환자가 먹을 거라서요."

"네, 저하."

그녀의 말에 요리사들이 동시에 대답했다. 황궁 도서관의 사서가 쓰러졌고, 그 사서가 에메랄드궁 엘라이나의 침실에 있다는 걸 모르는 고용인은 없었다. 그래서 그 환자가 누구인지 아무도 묻지 않았다. 엘라이나는 메리골드의 상태를 확인하려고 했다. 그런데 침대 옆에 있던 안드레스가 보이지 않았다. 그녀가 의아한 표정으로 주변을 둘러보자 마샤가 말했다.

"마리우스 공작님은 가셨습니다. 인사를 하지 못하고 가서 죄송하다고 하시더군요."

"하긴 시간이 늦었으니까요."

엘라이나는 고개를 끄덕이면서 말했다. 그때였다. 메리골드가 앓는 소리를 내더니 눈을 떴다.

"메리골드, 괜찮아요?"

"여, 여기가 어디죠?"

"에메랄드궁의 제 침실이에요. 메리골드, 피로가 쌓여서 그런 거래요. 당분간 푹 쉬세요."

엘라이나의 말에 메리골드는 느리게 눈을 깜박였다. 메리골드는 체력도, 열정도 자신 있었다. 그런데 요즘 자꾸 피곤하고 몸이 늘어졌다. 그녀는 그동안 부정하고 싶었던 사실을 인정했다.

"저도 이제 일을 그만둘 때가 된 모양이네요."

메리골드는 작은 목소리로 말을 이어갔다.

"죽는 날까지 황궁 도서관의 사서로 남고 싶었는데, 제 욕심이었군요."

메리골드의 목소리에는 많은 감정이 담겨 있었다. 엘라이나는 그녀의 손을 잡아주며 말했다.

"저는 메리골드가 일을 관두더라도 영원히 황궁 도서관의 사서라고 생각해요. 평생 황궁 도서관의 사서로 일했고 황궁 도서관을 사랑하는 마음이 있으니까요."

"그렇게 말해주시니 감사하군요."

메리골드는 옅은 미소를 지으면서 말했다.

"메리골드, 수프를 드시겠어요? 메리골드에게 드리고 싶어서 만들었는데. 지금 드실 수 있겠어요?"

분위기가 가라앉은 걸 느낀 엘라이나가 상냥한 목소리로 물었다.

"네, 저하."

엘라이나가 뒤에 서 있던 마샤에게 눈짓하자 그녀가 땅콩호박 수프가 담긴 그릇을 가져왔다. 엘라이나는 메리골드가 앉을 수 있게 도와줬다. 메리골드는 땅콩호박 수프를 보고 빙긋 웃었다.

"감사합니다."

메리골드가 조심스럽게 수프를 머금자 따뜻한 온기, 은은한 단맛이 느껴졌다. 그리고 수프를 삼키자 몸이 따뜻해졌다. 기분이 좋아진 그녀는 수프 한 그릇을 다 먹었다.

"아주 맛있네요, 저하."

그렇게 말한 메리골드는 짧게 기침을 하더니 검은 연기를 뱉어냈다. 엘라이나는 검은 연기가 메리골드에게 장난을 치는 것처럼 빙빙 돌다가 사라지는 걸 바라봤다.

'메리골드가 쓰러진 것도 검은 연기 때문이었나?'

엘라이나는 검은 연기가 사라지자 메리골드의 표정을 살폈다. 그녀는 아까보다 더 편안해 보였다.

"메리골드, 좀 어떠세요?"

"이상하네요, 저하. 누가 누르고 있는 것처럼 무겁던 몸이 가뿐한데요? 지금은 기분이 아주 좋답니다."

메리골드는 활짝 웃으면서 대답했다.

"그래도 당분간 영양도 충분히 섭취하고 무리하지 마세요. 아셨죠?"

그렇게 말한 엘라이나는 미소를 지었다. 검은 연기가 사라졌지만 메리골드는 나이가 많았다. 그러니까 조심하는 게 좋을 것 같았다.

저택에 도착한 안드레스는 자신의 집무실로 향했다. 안드레스는 책상에 놓인 편지를 보고 피식 웃었다. 편지에는 마리우스 공작가의 문장인 은빛 사자가 있었다. 아이리스가 보낸 편지였다.

'어머님이 요즘 왜 이러시는지 모르겠군.'

안드레스는 편지를 읽다가 미간을 찌푸렸다. 아이리스는 요즘 안드레스에게 혼인하라는 편지를 자주 보냈다. 마리우스 공작가에는 공작부인과 후계자가 필요하다, 좋은 사람을 소개하겠다는 것이었다. 안드레스는 그녀의 행동을 이해할 수 없었다. 안드레스의 외할머니이자 선대 마리우스 공작이 아이리스의 혼인으로 고생한 일은 유명했다.

아이리스는 로맨틱한 것을 좋아했다. 어릴 때부터 운명의 상대를 만나고 싶다고 말했다. 선대 마리우스 공작은 가문의 어른이 소개한 사람도 운명일 수 있다고 생각했다. 본인도 그렇게 만난 사람과 평생 행복하게 살았으니까. 하지만 아이리스는 아니었다. 본인이 직접 운명의 상대를 찾겠다고 생각했다.

그리고 직접 찾아낸 체이스와 혼인했다. 둘은 자식인 안드레스가 봐도 감탄할 정도로 사이좋은 부부였다. 아이리스는 운명의 상대는 직접 찾아야 한다는 생각이 맞았다고 생각했다. 그래서 안드레스에게 운명의 상대를 찾을 때까지 혼인하지 않아도 된다고 말했다. 그런 그녀가 갑자기 혼인을 재촉하고 누군가를 소개하겠다고 하는 것이 의아했다.

'나이가 드셔서 손주가 보고 싶으신 건가?'

그렇게 생각한 그는 편지를 접었다. 아이리스가 들었으면 '누가 나이가 들었다는 거냐'라고 화낼 만한 생각이었다. 안드레스는 아이리스가 소개한 사람과 혼인할 생각이 없었다. 안드레스는 어릴 때부터 아이리스와 체이스의 사랑 이야기를 들었다. 그도 운명의 상대는 직접 찾는 게 맞는다고 생각했다.

안드레스는 갑자기 조금 억울해졌다. 자신을 그렇게 가르친 건 부모님이었다. 그런데 지금은 소개해주는 사람을 만나보라니. 안드레스는 잠시 고민하다가 답장을 쓰기 시작했다. 혼인은 할 수 없고, 다음에 연락할 때까지 건강하게 지내시라는 내용이었다.

'그래, 나도 이제 혼인을 생각할 나이지.'

편지를 쓰던 안드레스는 생각했다. 그 순간 엘라이나의 녹색 눈동자가 떠올랐다. 상냥하게 반짝이던 녹색 눈동자.

'갑자기 왜 저하가 생각나는 거지?'

그렇게 생각한 안드레스는 고개를 저었다.

'피곤한 모양이군. 이만 쉬어야겠어.'

그는 자리에서 일어나면서 생각했다.

낡고 초라한 방이었다. 침대에는 발렌티노와 여자 하나가 누워 있었다. 발렌티노는 자신의 어깨에 기대어 잠든 여자를 바라봤다. 우연히 만난 평민 여자였다. 얼굴은 예쁘지 않지만 상냥한 말투가 마음에 들었다. 그는 여자의 앞머리를 매만지며 웃었다. 그리고 여자의 머리를 어깨에서 떼어내고 침대에 눕혔다.

"즐거웠어요."

발렌티노는 작은 목소리로 속삭였다. 여자가 잠결에 고개를 돌렸고 그는 침대에서 일어났다. 발렌티노는 셔츠를 입고 밖으로 나갔다. 봄이었지만 새벽 공기는 차가웠다.

"지루해."

발렌티노는 어두운 하늘을 올려다보면서 중얼거렸다. 부족한 건 없었다. 잘생긴 외모, 그리 나쁘지 않은 머리, 높은 신분과 충분한 재력까지. 그리고 부모님과 여동생도 각자 다른 방식이지만 자신을 아끼고 사랑했다. 그런데 그는 삶이 지루하고 재미없었다. 언제부터 그랬는지 기억도 나지 않는다. 아주 오래전부터 그랬다.

그나마 즐거운 일은 여자를 만나는 일이었다. 발렌티노는 모든 여자에게 아름다운 부분이 있다고 생각했다. 누군가는 얼굴이, 누군가는 손가락이, 누군가는 귀가 아름다웠다. 물론 외모에 대해서만 말하는 건 아니었다. 목소리가 아름다운 여자도, 성격이 아름다운 여자도, 용기가 아름다운 여자도 있었으니까.

발렌티노는 여자를 만나는 게 그 아름다운 부분을 만나는 것이라고 생각했다. 물론 그가 지루함 때문에 여자를 만나는 건 아니었다. 발렌티노는 삶이 지루하고 재미없다고 느끼기 전부터 유명한 바람둥이였다. 하지만 그때라고 매일 여자를 만난 건 아니었다. 다른 취미도, 친구도 많았다.

"지금 들어오는 건가?"

발렌티노가 저택에 들어서자 낮은 목소리가 들렸다. 데이비드 후작이었다.

"네, 아버지."

데이비드 후작은 발렌티노의 셔츠에 묻은 여자 화장품을 보고 혀를 찼다.

"행실을 바르게 하여라. 너는 훗날 데이비드 후작가를 이끌 몸이다."

"그건 두고 봐야 알겠죠. 제가 꼭 후계자가 된다는 보장은 없잖아요? 페트리샤도 있고 늦둥이 동생이 생길 수도 있으니까요."

발렌티노는 능글맞게 웃으며 말했다. 데이비드 후작의 표정이 복잡해졌다. 아들의 농담이 어이가 없으면서도 조금은 재밌었기 때문이다.

"너희 어머니가 들으면 기절하시겠구나."

"그런가요? 어쨌든 너무 걱정하지 마세요. 저도 제 나름대로 규칙이 있으니까요. 저를 사랑할 여자는 만나지 않고 연인이 있는 여자도 만나지 않죠. 그러니 제 앞길에 문제가 되는 일은 없을 겁니다."

"사생아는 만들지 마라."

그렇게 말한 데이비드 후작은 뒤돌아섰다. 여자를 만나지 말란다고 들을 그가 아니었기 때문이다.

"노력하겠습니다, 아버지."

발렌티노는 장난스러운 목소리로 말했다. 데이비드 후작은 작은 한숨과 함께 계단을 올라갔다.

며칠이 지났다. 엘라이나는 황궁 도서관에서 책을 빌리며 메리골드를 확인했다. 그녀는 평소보다 기운이 넘치는 것 같았다. 엘라이나는 뿌듯한 표정이 되었다. 사람들을 도울 수 있다는 게 기쁘고 뿌듯했다.

"메리골드, 다음에 또 올게요. 건강해지신 것 같지만 너무 무리하지 마시고요."

"알겠습니다, 저하. 조심해서 가세요."

메리골드의 말에 빙긋 웃은 엘라이나는 밖으로 나왔다. 기분이 좋기 때문일까? 지금은 에메랄드궁에 가고 싶지 않았다. 그녀는 익숙한 길을 따라서 산책하기 시작했다. 계절에 어울리는 꽃과 화려하고 우아한 조각상이 보였다.

'황궁은 언제 봐도 아름다워. 곳곳에 식물과 조각상도 많고.'

엘라이나는 주변을 둘러보면서 생각했다. 그리고 사파이어궁에 가져갈 수프를 생각했다. 아스파라거스 수프도 좋을 것 같고 당근 수프도 괜찮을 것 같았다.

'그런데 도대체 검은 연기는 누가 만든 걸까? 제국을 위험하게 만드는 걸 보면 다른 나라 사람일까? 아니, 아니지. 제국 사람이라고 꼭 제국을 위한다는 법은 없으니까.'

엘라이나는 검은 연기의 배후에 대해 고민하면서 한참을 걸었다. 얼마쯤 걸었을까? 그녀는 자신이 처음 보는 곳에 서 있다는 것을 깨달았다.

'걸어왔던 길로 돌아가면 될 거야.'

그렇게 생각한 엘라이나는 뒤돌아서 걸었다. 하지만 아무리 걸어도 익숙한 곳이 보이지 않았다.

'수프를 생각하느라 다른 길에 들어선 것도 몰랐나 봐.'

엘라이나는 당황한 표정으로 생각했다. 그리고 누군가를 마주치길 바라며 걷기 시작했다. 들고 있는 책이 얇아서 다행이었다. 두꺼운 책이었으면 팔이 아팠을 것이다.

"평소에는 고용인들이 많이 지나다녔는데. 메리골드가 쓰러졌을 때도 그렇고, 꼭 누가 필요하면 없어."

엘라이나는 작은 목소리로 투덜거렸다. 그런데 익숙한 울타리가 보였다. 에메랄드궁의 정원을 감싼 울타리와 똑같았다. 그녀는 반가운 마음에 주변을 둘러봤다.

'여기가 에메랄드궁인가? 아니, 아닌 것 같아. 사파이어궁도 이런 울타리였지. 모든 정원에 이런 울타리가 있는 모양이네.'

그렇게 생각한 엘라이나가 다시 걷기 시작하려는데, 울타리 안에서 인기척이 느껴졌다.

"어, 거기 누구 있어요?"

엘라이나가 물었지만 대답이 없었다. 그녀는 발꿈치를 들고 울타리

안을 보려고 노력했다.

"제가 길을 잃어서 그런데, 에메랄드궁이 어딘지 알 수 있을까요?"

엘라이나는 울타리 안에서 검은 옷자락을 보고 물었다. 하지만 또 대답이 없었고 도망치듯 뛰어가는 발자국 소리만 들렸다.

"왜 가시는 건데요? 저 좀 도와주세요!"

그녀가 소리치자 다른 방향에서 인기척이 들렸다.

"무슨 일이십니까?"

엘라이나가 돌아보자 기사 두 명이 있었다. 그녀의 얼굴을 확인한 기사들은 고개를 숙여서 인사했다.

"황손 저하를 뵙습니다."

"제가 길을 잃어서요. 에메랄드궁이 어디인지 알 수 있을까요?"

"아, 그러시군요. 제가 안내하겠습니다."

한 기사가 정중하게 말했다. 엘라이나는 기사의 안내를 받으면서 걷기 시작했다.

"그런데 아까 그 울타리 안은 어디인가요? 정원 같던데."

"아, 루비궁입니다. 그쪽 방향이라면 아그네스 님의 침실이겠군요. 제가 직접 가본 적은 없지만 황태자비 전하의 침실 옆에 작은 정원이 있는 걸로 알고 있거든요."

기사는 조금 씁쓸한 표정으로 말했다. 아그네스는 그레고리가 죽은 후로 달라졌다. 다른 사람을 만나기 싫어했고 루비궁 밖으로 나오지 않으려고 했다. 아니, 자신의 침실 밖으로 나오지 않으려고 했다. 그걸 안타깝게 여긴 데미안이 그녀의 침실 옆에 작은 정원을 만들어준 것이다. 아무도 마주치지 않고 산책할 수 있도록.

"루비궁이었군요."

엘라이나는 사파이어궁에서 봤던 그림을 떠올리면서 말했다.

'황태자 전하께서 돌아가신 이후 궁에서 나오지 않으신다고 그랬지. 아까 도망친 사람이 아그네스 님인 걸까?'

엘라이나는 씁쓸한 표정이 되었다.

"에메랄드궁에 도착했군요. 그러면 저는 이만 가보겠습니다."

기사는 에메랄드궁이 보이기 시작하자 말했다.

"아, 감사합니다."

기사에게 인사한 엘라이나는 에메랄드궁 안으로 걸어갔다.

'아그네스 님은 내 숙모님이셔. 우리 가족이라고. 가까워지려고 노력하지 않으면 아쉬울 것 같아.'

엘라이나는 에메랄드궁 앞에 있는 폴레모스의 조각상을 바라보면서 생각했다. 아그네스가 전과 달라진 이유가 검은 연기 때문인 것 같다는 생각도 들었다.

'아그네스 님이 달라지신 이유가 검은 연기 때문인 건 아닐까? 물론 아닐 수도 있지. 사람이 마음을 크게 다치면 변하는 법이니까. 하지만 만약 검은 연기 때문이라면 내가 도울 수 있을 거야.'

그렇게 생각한 엘라이나의 눈동자가 의지로 빛났다.

10

둘이 좋은 친구가 될 수 있겠어

다음 날, 데미안은 집무실에서 홍차를 마시고 있었다. 혼인하기 전의 그는 홍차를 별로 좋아하지 않았다. 하지만 홍차를 유난히 좋아하는 카산드라 때문에 하루 한 잔은 함께 마셨다. 그리고 그 습관은 그녀가 죽은 후로도 쭉 이어졌다. 함께 마시던 사람은 없지만 홍차 향기가 나쁘지 않았다. 데미안은 노크 소리에 들고 있던 찻잔을 내려놓았다.

"들어와도 좋네."

데미안의 말에 들어온 제라드 공작이 정중하게 고개를 숙였다.

"그라우트의 태양에게 영광을."

"왔는가? 앉게."

"얼그레이인가요?"

데미안과 마주 보고 앉은 제라드 공작이 물었다.

"그렇다네."

"황후 폐하께서 제일 좋아하시던 홍차죠."

"그렇지. 홍차는 다 좋아했지만 얼그레이를 제일 좋아했어."

데미안은 카산드라의 얼굴을 떠올리며 말했다. 좋은 여자였다. 프랜시스처럼 뜨겁게 사랑하지는 않았지만 사랑했다. 프랜시스에 대한 사랑은 몰아치는 폭풍 같은 거센 불꽃이었다. 그리고 카산드라에 대한 사랑은 봄바람과 벽난로의 온기 같았다. 은은하지만 편안한 사랑이었다. 데미안에게는 둘 다 다른 의미로 소중하고 특별했다.

"제 딸도 얼그레이를 참 좋아한답니다."

제라드 공작은 일부러 다른 이야기를 꺼냈다. 데미안이 카산드라를 떠올리고 서글퍼한다는 걸 눈치챘기 때문이다. 데미안은 제라드 공작의 서툰 화제 변경에 피식 웃어버렸다.

"그래, 자네의 딸을 만난 것도 꽤 오래되었군. 어릴 때는 자주 놀러 왔는데 말이야."

그렇게 말한 데미안은 잠시 고민하다가 말을 이었다.

"엘라이나와 동갑이지? 둘이 좋은 친구가 될 수 있겠어."

"그렇게 된다면 영광이죠. 황손 저하를 저택으로 초대해야겠습니다."

제라드 공작의 말에 데미안은 고개를 끄덕였다. 잠시 침묵이 흘렀고, 제라드 공작은 갑자기 생각난 것처럼 물었다.

"그러고 보니 황손 저하의 심포시온은 어떻게 하실 생각이십니까?"

"심포시온?"

"황족도, 귀족도 열여덟 살이면 사교계에 데뷔하지 않습니까? 사실 저하께서는 조금 늦으셨죠."

"아, 그렇군."

데미안은 전혀 생각하지 못했다는 표정이었다. 그라우트 제국의 모든 황족, 귀족은 열여덟 살이 되는 생일에 심포시온이라는 무도회를 열었다. 심포시온은 춤의 신이었다. 무도회를 좋아하고 모든 무도회가 안전하게 열리게 보호하는 것으로 알려졌다. 전설에는 심포시온이 열여덟 산의 술을 마셨다, 열여덟 번의 춤을 췄다고 했다.

그래서 열여덟 살에 심포시온을 여는 것이었다. 심포시온은 자신이 사교계에 데뷔한다는 것, 이만큼 자랐다는 것을 알리는 것이었다. 그렇기 때문에 굉장히 중요한 행사였다. 켄드릭도 열여덟 살에 심포시온을 열었다. 물론 약한 몸 때문에 춤을 추지도, 끝까지 즐기지도 못했지만.

"조만간 무도회를 열어야겠군."

잠시 고민하던 데미안이 눈동자를 빛내며 말했다. 제라드 공작은 자신도 모르게 어색한 미소를 지었다. 켄드릭의 심포시온은 지금까지 회자될 정도로 굉장히 화려했다.

'저하의 심포시온은 그보다 더할 것 같은데.'

제라드 공작은 데미안의 표정을 보고 생각했다. 데미안이 엘라이나에게 처음 열어주는 무도회였다. 그전에 그녀의 생일을 챙긴 적도 없었으니 심포시온은 더 화려하게, 더 대단하게 열어주고 싶을 것이다.

게다가 엘라이나는 황족이었다. 원래 황족의 심포시온은 화려한데, 그것보다 더 화려하다면? 제라드 공작은 골치가 아픈 표정이 되었다.

"폐하, 황손 저하의 심포시온은 너무 화려하지 않게 하는 게 좋을 것 같습니다."

"어째서?"

제라드 공작의 말에 데미안이 조금 굳은 표정으로 물었다.

"저하께서는 평생 평민으로 자라셨고 그 생활에 굉장히 만족하시던 분입니다. 지금도 고향에 돌아가고 싶다고 하시고요."

제라드 공작은 데미안의 눈치를 보면서 말을 이어갔다.

"그러니까 너무 과하게 화려한 무도회의 주인공이 되는 걸 좋아하시지 않을 것 같습니다. 오히려 자신이 황궁 생활과 맞지 않는다고 생각하실 가능성이 높고요."

데미안은 아무런 말도 하지 않았다. 제라드 공작의 말이 맞았다. 그가 생각하기에도 엘라이나는 그럴 것 같았다. 평소에 입을 드레스를 준비하겠다는 바버라의 말도 거절했다고 들었다. 황궁 생활을 동경하는 쪽보다 부담스럽게 생각하는 쪽에 가까운 것처럼 보였다.

"그럴 수도 있겠군. 하지만 짐은 엘라이나에게 최고로 멋진 심포시온을 열어주고 싶어."

데미안이 낮은 목소리로 말했다. 평소와 다른, 자신감이 없는 표정이었다. 손녀에게 '할아버지 최고'라는 말을 듣고 싶은 할아버지 같았다. 제라드 공작은 자신도 모르게 미소를 지었다.

"과하게 화려하지 않아도 최고로 멋질 수는 있죠."

"그런가? 고민을 조금 해봐야겠군. 귀족들의 눈에 초라하면 엘라이나를 박대한다고 생각할 테니."

제라드 공작의 말에 데미안은 미간을 찌푸리며 말했다. 엘라이나의 취향에 맞으면서 귀족들이 함부로 말하지 못할 무도회를 열어야 했다. 데미안은 고민이 꽤 길어질 것 같다고 생각했다.

엘라이나는 직접 만든 아스파라거스 수프를 들고 루비궁을 찾았다. 그녀를 알아본 기사들은 난감한 표정으로 인사했다.

"황손 저하를 뵙습니다."

"안녕하세요. 아그네스 님을 뵙고 싶은데요. 제가 왔다고 전해주시겠어요?"

"죄송하지만 전해도 소용이 없을 겁니다. 아그네스 님은 아무도 만나지 않으시거든요."

기사의 말에 엘라이나는 빙긋 웃었다.

"아그네스 님이 만나지 않겠다고 하시면 바로 돌아갈게요."

"그러면 잠시만 기다리세요."

그렇게 말한 기사가 루비궁 안으로 들어갔다. 그리고 얼마나 지났을까? 기사가 아까와 같은 난감한 표정으로 돌아왔다.

"만나지 않겠다고 하십니다."

"네, 알겠어요. 그러면 이 수프만 전해주시겠어요? 제가 직접 만든 아스파라거스 수프인데 아주 맛있어요."

"알겠습니다."

엘라이나는 기사에게 수프 그릇이 올라간 쟁반을 건네고 에메랄드 궁으로 향했다. 아그네스가 수프 먹는 모습을 보고 싶었지만 어쩔 수 없었다.

'내가 드시는 모습을 봤으면 검은 연기 때문인지 아닌지 알 수 있을 텐데. 계속 만나겠다고 고집을 부릴 수는 없겠지. 수프라도 꼭 드셨으면 좋겠는데. 당분간 매일 수프를 가져가야겠어. 아그네스 님이 안 드셨을 수도 있고, 오라버니처럼 검은 연기가 사라지지 않을 수도 있으니까.'

그렇게 생각한 엘라이나는 한숨을 쉬었다. 그리고 맞은편에서 걸어오던 제라드 공작을 보고 인사했다.

"안녕하세요, 공작님."

"황손 저하를 뵙습니다."

"할아버지를 뵙고 나오시는 건가요?"

"할아버지요? 아, 네."

제라드 공작은 엘라이나의 할아버지라는 호칭에 흐뭇하게 웃었다.

'폐하와 저하가 조금은 가까워지신 모양이군.'

그렇게 생각한 제라드 공작은 엘라이나가 걸어온 방향을 보고 조금 놀랐다.

"혹시 루비궁에서 오시던 길입니까?"

"아, 아그네스 님을 뵙고 싶었는데 실패해서 그냥 돌아가는 길이었어요."

엘라이나의 말에 제라드 공작은 씁쓸한 표정이 되었다. 그는 아그네스가 밝게 웃던 시절을 기억했다. 무도회에서 그레고리와 함께 춤을 추던 모습도, 임신을 축하하자 감사하다며 웃던 표정도 기억한다. 하지만 마지막으로 본 모습은 그런 게 아니었다.

'아그네스 님을 마지막으로 본 게 언제였지? 황태자 전하의 장례식이 마지막이었던 것 같군.'

제라드 공작은 그레고리의 장례식에서 봤던 아그네스를 떠올리며 생각했다. 아그네스는 울지 않았다. 이 상황이 믿기지 않는다는 표정으로, 넋이 나간 표정으로 부른 배를 쓰다듬기만 했다.

"아그네스 님은 폐하도, 황태손 전하도 만나지 않으세요."

"적어도 오라버니는 만나시면 좋을 텐데."

제라드 공작의 말에 엘라이나는 작게 중얼거렸다. 그리고 갑자기 생각난 것처럼 물었다.

"제라드 공작님, 에메랄드궁에서 차를 대접하고 싶은데 바쁘신가요?"

"아, 바쁘지 않습니다. 저도 차를 마시면서 황손 저하께서 어떻게 지내시는지 듣고 싶군요."

제라드 공작은 빙긋 웃으면서 말했다.

데이비드 후작의 집무실로 후작 부인이 찾아왔다. 데이비드 후작 부인은 곱슬곱슬한 연분홍색 머리카락에 하늘색 눈동자를 가진 미인이었다. 동그란 눈동자와 작은 키, 순진한 표정 때문인지 나이에 비해 훨씬 어려 보였다. 데이비드 후작은 그녀를 보자마자 책상에서 일어났다.

"부인, 어쩐 일이십니까?"

"당신이 보고 싶어서요."

후작 부인은 눈을 느릿하게 깜박이며 말했다. 데이비드 후작은 그녀가 사랑스러워서 어쩔 줄 모르는 표정이 되었다. 두 사람은 마주 보고 섰다. 후작 부인은 데이비드 후작의 가슴에 살짝 기대면서 말했다.

"황태손 전하의 후궁 문제는 어떻게 되었는지도 궁금하고요."

후작 부인의 말에 데이비드 후작은 빙긋 웃었다. 자신의 아내는 가족 중 가장 키가 작고 여린 외모였다. 하지만 순진한 얼굴 뒤에 커다란 야망을 품고 있었다. 후작은 아내의 모든 것이 마음에 들었지만 그 야망이 제일 마음에 들었다.

"잘 안 됐어요. 처음부터 잘될 거라고 생각하지는 않았으니까 괜찮습니다."

데이비드 후작의 말에 후작 부인은 그에게서 떨어졌다.

"다른 방법도 있지 않나요?"

후작 부인은 나긋나긋한 목소리로 말을 이어갔다.

"너무 한 가지 방법만 고집하지 마세요."

"그게 무슨 소리입니까, 부인?"

데이비드 후작은 의아한 표정으로 물었다.

"우리의 꿈을 이루는 다른 길도 있다는 말이에요. 우리에게는 아들과 딸이 있죠. 지금 황실에는 황태손 전하와 황손 저하가 계시고요."

"발렌티노를 황손 저하와 이어주자는 말입니까?"

데이비드 후작은 깜짝 놀라서 물었다. 후작 부인은 그의 가슴을 쓰다듬으며 말했다.

"그런 방법도 있다는 말이랍니다. 사실 황태손 전하는 건강이 안 좋으시잖아요. 언제 돌아가셔도 이상하지 않은 분이시죠."

"부인!"

데이비드 후작은 깜짝 놀라서 소리치고는 주변을 둘러봤다. 집무실에 둘만 있다는 걸 알면서도 누가 들을까 걱정되었던 것이다. 그 모습을 본 후작 부인은 까르륵 웃었다. 데이비드 후작은 그 웃음소리에 마음이 녹아버렸다. 자신의 아내는 처음 만났던 소녀 시절부터 저렇게 웃고는 했다. 그는 한 손으로 후작 부인의 얼굴을 감쌌다.

"나의 사랑스러운 부인. 우리 가문은 황태손 전하에게 충성을 맹세했습니다. 그런데 어찌 발렌티노와 황손 저하를 이어주겠습니까?"

"하지만 저는 우리 페트리샤가 걱정이 되는걸요. 후궁이 된 후에 전하가 돌아가시면요? 후계자라도 낳을 수 있다면 태후가 될 수 있겠죠. 하지만 황태손 전하는 그럴 수 있는 상황이 아니잖아요."

후작 부인은 순진한 표정으로 말을 이어갔다.

"황태손 전하가 돌아가신다면 후계자를 낳아도 걱정이랍니다. 후계자가 있어도 황손 저하가 황위에 오르실 수도 있어요. 아기보다는 이미 다 자란 사람이 황위에 오르기 좋으니까요."

"하지만 페트리샤가 황태손 전하를 사랑한다는 사실을 알지 않습니까?"

데이비드 후작이 흔들리는 눈빛으로 말하자 후작 부인은 빙긋 웃었다. 그리고 자신의 얼굴을 감싼 후작의 손을 떼어냈다.

"물론 당신과 페트리샤가 추진하는 일을 반대하는 건 아니에요. 혹시 모르니까 다른 길도 준비하자는 말이죠. 황태손 전하가 무사히 황위에 오르셔도 황손 저하를 며느리로 들이는 게 나쁜 일은 아니잖아요."

그렇게 말한 후작 부인은 데이비드 후작의 손등에 입을 맞췄다. 그녀 나름의 애교였다.

"부인의 뜻은 알겠습니다. 발렌티노와 상의하도록 하죠."

데이비드 후작은 그녀의 허리를 끌어당기며 말했다. 어차피 자신은 아내의 말을 거부할 수 없었다. 자신도 아내만큼 야망이 컸고 아내를 사랑했으니까. 후작 부인은 또다시 까르륵 웃었고 두 사람은 입을 맞췄다.

엘라이나와 제라드 공작은 에메랄드궁의 정원 테이블에 마주 보고 앉았다. 엘라이나는 제라드 공작이 홍차를 마셨다는 말을 듣고 마샤에게 레몬밤차를 부탁했다. 아기자기하게 꾸며진 테이블에 레몬밤차와 아몬드 쿠키가 올라왔다.

"드세요, 공작님."

"감사합니다."

제라드 공작은 고개를 숙여서 인사하고 찻잔을 들었다. 그리고 조심스러운 목소리로 물었다.

"황궁 생활은 어떠십니까?"

"이제 조금 적응이 됐어요. 가을이 되면 브라이트로 돌아갈 생각이지만요."

"브라이트로 돌아가신다고요? 폐하도 아십니까?"

제라드 공작이 찻잔을 내려놓고 물었다.

"가을에 돌아가겠다고 말했는데, 별로 좋아하시지 않는 것 같았어요."

그렇게 말한 엘라이나는 아몬드 쿠키를 먹었다.

"하나뿐인 손녀시니까 곁에 두고 싶으신 게 당연하겠죠."

제라드 공작은 난감한 표정으로 말했다. 데미안이 그녀에게 최고의 심포시온을 열어주고 싶다는 것에는 이런 이유도 있었던 모양이다. 잠시 고민하던 제라드 공작이 조심스럽게 말을 이어갔다.

"황손 저하께서도 조금 더 생각해보시죠. 가족과 함께 지내시는 것도 좋지 않습니까?"

"그건 그렇죠. 사실 다른 건 상관없는데 그게 조금 마음에 걸려요."

엘라이나는 시무룩한 표정으로 말했다. 데미안은 나이가 많고 켄드릭도 건강이 안 좋았다. 그런 걸 생각하면 황궁에 머물면서 함께 시간을 보내는 게 나을 것 같았다.

'오라버니의 검은 연기가 제일 문제야. 가을까지 검은 연기가 안 사라지면 어쩌지?'

그렇게 생각한 그녀는 한숨을 쉬었다. 제라드 공작은 그 한숨이 다른 의미라고 생각했다.

'브라이트가 그리우신 건가? 젤라우드에 머무실 이유가 하나라도 더 늘어나면 좋을 텐데. 아, 그런 방법이 있었지.'

제라드 공작의 연두색 눈동자가 빛났다.

"황손 저하, 혹시 제 딸을 만나시지 않겠습니까?"

"네? 공작 영애를요?"

그의 말에 엘라이나가 고개를 갸웃거리며 물었다.

"황손 저하와 나이가 같으니까 친구가 될 수 있을 것 같아서요. 사실 제 딸도 영지에 있다가 이번에 젤라우드로 왔거든요. 젤라우드에 친한 사람이 있으면 좋을 것 같은데 황손 저하가 딱 맞을 것 같네요."

"네? 다른 분도 많은데, 왜 하필 저를?"

"엘라이나 황손 저하께서도 이번에 젤라우드에 오신 거니까요. 나이도 같고 그런 공통점도 있으니 서로 통하는 부분이 있을 것 같아서요."

제라드 공작은 열정적으로 말했다. 엘라이나는 잠시 고민하면서 레몬밤차를 마셨다. 그리고 활짝 웃으면서 찻잔을 내려놨다.

"좋아요, 공작님. 저도 만나보고 싶네요."

엘라이나의 말에 제라드 공작은 기쁜 표정이 되었다.

다음 날, 엘라이나와 마샤가 탄 마차가 제라드 공작가에 도착했다. 엘라이나의 부탁 때문에 황족이 타기에는 소박한 마차였다. 제라드 공작가의 문장인 카나리아가 그려진 깃발이 보였다. 저택 앞에 제라드 공작과 그의 딸, 고용인들이 기다리고 있었다. 엘라이나는 마차에서 내렸다.

"황손 저하를 뵙습니다."

"안녕하세요."

제라드 공작의 인사에 엘라이나는 빙긋 웃으며 화답했다. 제라드 공작은 그녀에게 딸을 소개했다.

"제 딸인 그레슬린입니다."

"황손 저하를 뵙습니다. 그레슬린 제라드라고 합니다."

그레슬린은 정중하게 고개를 숙이며 인사했다. 그녀의 얼굴은 제라드 공작을 닮았다. 연분홍색 단발머리에 연두색 눈동자였고 상냥한 인상이었는데, 엘라이나만큼 키가 컸다. 그레슬린은 기사들이 훈련할 때 입는 갈색 훈련복을 입고 있었다. 날렵한 몸매였고 긴 팔다리 때문에 우아해 보였다.

"반가워요. 엘라이나라고 해요."

엘라이나는 활짝 웃으면서 인사했다.

"우선 안으로 들어가시죠."

제라드 공작이 둘을 흐뭇하게 바라보며 말했다. 엘라이나와 그레슬린은 고개를 살짝 끄덕였다. 마샤도 그들과 눈인사를 나눴다. 네 사람은 저택 안으로 들어갔다. 저택은 고풍스럽고 편안한 분위기였다. 제라드 공작은 엘라이나와 그레슬린을 번갈아 보면서 말했다.

"저는 이만 가보겠습니다. 그레슬린, 뒤를 부탁하마."

"네, 아버지."

그레슬린은 상냥하게 웃으면서 대답했다. 제라드 공작이 가자 그레슬린은 엘라이나를 바라봤다. 그녀는 아버지인 제라드 공작을 존경했다. 그래서 제라드 공작이 좋게 평가한 엘라이나가 궁금했다. 그리고 그가 엘라이나에 대해서 좋은 말만 했기 때문에 이미 어느 정도 호감이 있는 상태였다.

'아버지는 내가 황손 저하와 친해지길 바라셔. 그동안 누구랑 친해지면 좋겠다는 말을 하신 적이 없는데. 그 정도로 저하가 마음에 드신 걸까?'

그렇게 생각한 그레슬린은 조심스럽게 물었다.

"저하, 2층 응접실로 가시겠어요? 2층은 제가 쓰고 있거든요."

"네, 좋아요."

상냥한 말투로 대답한 엘라이나는 그레슬린과 2층 응접실로 향했다. 마샤는 둘의 대화를 방해하지 않기 위해 밖에서 기다리기로 했다.

2층 응접실은 연분홍색으로 꾸며져 있었다. 곳곳에 레이스가 달렸고 달콤한 향기가 났다. 소파 옆에는 커다란 토끼 인형도 있었다. 그레슬린은 조금 부끄러운 표정으로 말했다.

"저랑 안 어울리죠?"

"네? 왜요?"

엘라이나는 의아한 표정이었다. 자신은 연분홍색 응접실이 그녀와 잘 어울린다고 생각했기 때문이다.

"다들 그러던데요. 저랑 안 어울린다고요."

그레슬린은 뒤통수를 긁적이며 말했다. 그녀는 어릴 때부터 검을 잡았다. 드레스보다는 훈련복이 편했다. 그리고 아름다운 것, 귀여운 것을 좋아했다. 제라드 공작은 그런 그레슬린의 취향에 맞게 2층 응접실을 꾸며줬다. 하지만 사람들은 농담처럼 그녀와 응접실이 어울리지 않는다고 말했다.

"이상하네요. 저는 공작 영애의 머리카락 색깔 같아서 어울린다고 생각했는데요."

엘라이나는 상냥하게 웃으면서 말했다. 그 말을 들은 그레슬린은 얼굴이 붉어졌다.

"저는 검을 좋아하고 드레스도 잘 안 입거든요. 그런데 아름답고 귀여운 건 좋아해요. 조금 이상하죠?"

그레슬린은 작은 목소리로 중얼거리듯 말했다. 이상한 일이었다. 처음 만난 사람인데 마음이 편안했다. 그래서 평소 고민하던 것도 쉽게 털어놓을 수 있었다.

"네? 그게 무슨 상관인데요? 아름답고 귀여운 걸 좋아하는 건 당연한 거 아닌가요? 저는 당연하다고 생각하는데요. 물론 사람마다 취향이 다르니 아름답고 귀엽다고 생각하는 게 다르긴 하겠지만요."

엘라이나는 진심을 담아서 말했다. 엘라이나는 어떤 수프는 아름답다, 어떤 수프는 귀엽다고 생각했다. 다른 사람들은 그런 그녀를 이해하지 못했지만. 잠시 고민하던 엘라이나는 말을 이었다.

"공작 영애가 말씀하시는 아름답고 귀여운 게 어떤 건지 모르겠어요. 혹시 이 응접실에 있는 레이스나 인형 같은 걸 말씀하시는 건가요?"

"네, 저하."

"검도 좋아하고 레이스나 인형도 좋아할 수 있는 거 아닌가요? 하나만 좋아하라는 규칙이 있는 건 아니니까요. 저는 이 응접실이 공작 영애랑 잘 어울린다고 생각해요."

엘라이나의 말에 그레슬린은 얼굴이 더 붉어졌다.

"감사합니다, 저하."

감격한 그레슬린은 엘라이나의 눈동자를 바라보면서 말했다. 상냥하게 빛나는 녹색 눈동자가 아름다워 보였다. 평소 자신의 취향을 놀리는 사람들을 많이 만났기 때문일까? 그녀는 엘라이나에 대한 호감이 더 커졌다.

'저하는 좋은 분이시구나. 아버지가 왜 친해지라고 하셨는지 알겠

어. 나도 친해지고 싶은걸.'

그렇게 생각한 그레슬린은 자신도 모르게 엘라이나의 손을 잡았다.

"저하, 앞으로 잘 부탁드려요."

"네? 아, 저도 잘 부탁드려요."

엘라이나는 조금 의아한 표정으로 말하다가 빙긋 웃었다. 둘이 서로 마주 보고 웃는데, 공작가의 시녀장이 홍차와 라즈베리 파이를 가져왔다. 평소에는 시녀장이 하는 일이 아니었다. 하지만 제라드 공작이 엘라이나가 왔으니 특별히 부탁한 것이다. 둘은 소파에 앉았다.

"제라드 공작가의 라즈베리 파이는 유명하답니다."

그레슬린이 뿌듯한 표정으로 말했다.

"맛있을 것 같네요."

"아, 황손 저하께서는 수프를 좋아하신다면서요?"

그레슬린의 말에 엘라이나는 조금 당황해서 웃었다.

'도대체 내가 수프를 좋아한다는 게 어디까지 알려진 걸까?'

그렇게 생각한 엘라이나는 찻잔을 들면서 대답했다.

"네, 수프는 다 좋아해요."

"제라드 공작가는 크림수프가 맛있어요. 다음에 또 놀러 오세요. 맛있는 크림수프를 대접할게요. 그리고 괜찮으시다면 그레슬린이라고 불러주시겠어요? 조금 더 가까운 사이가 되고 싶어서요."

그레슬린은 쑥스러워하면서 말했다.

"저도 가까워지고 싶어요, 그레슬린. 저도 엘라이나라고 불러도 괜찮은데."

"네? 저하, 그건 좀."

엘라이나의 말에 그레슬린은 어색한 표정으로 웃었다. 아무리 친한 사이라도 황족의 이름을 마음대로 부르는 건 예법에 어긋났기 때문이다.

"아, 그건 조금 그런가요? 그럼 호칭은 그대로 하더라도 편하게 생각해주세요. 저는 그레슬린이 마음에 들거든요."

엘라이나는 홍차를 한 모금 마시고 말했다. 제라드 공작을 닮은 얼굴 때문인지 그레슬린이 친숙하게 느껴졌다. 그리고 응접실이 어울린다는 말에 얼굴을 붉히는 게 순수해 보였다. 엘라이나는 자신에게 친절했던 제라드 공작의 딸이라는 이유로 그레슬린을 만나기 전부터 호감이 있는 상태였다. 그런데 직접 만난 그녀도 좋은 사람인 것 같으니 호감이 더 커졌다.

"제가 만든 수프도 대접할게요. 물론 제라드 공작가의 크림수프도 먹고요."

엘라이나의 말에 그레슬린은 활짝 웃었다.

"좋아요!"

"그런데 그레슬린에게 물어볼 게 있어요. 귀족들 사이에 제 소문이 어떤가요?"

엘라이나가 조심스러운 표정으로 물었다.

"네? 아, 솔직히 말하자면 조금 특이한 분이라는 평가가 대부분이에요. 자신을 지지하려는 귀족들의 선물도 거절한다, 수프를 만들고 텃밭을 가꾼다는 이야기 때문에요. 여자들 사이에서는 데이비드 후작 영애를 혼내주신 것 때문에 만만한 분이 아니다, 대단하다는 말도 있고요."

"딱히 혼내주려던 건 아니었는데."

엘라이나는 머쓱한 표정으로 중얼거렸다.

"여자들 중에 후작 영애의 말에 반박하는 사람은 별로 없으니까요. 후작 영애와 비슷한 나이의 귀족 여자들 중에서 그분보다 신분이 높은 건 저 하나고요. 하지만 저는 사교계와 거리가 멀어요. 후작 영애가 잘못된 행동을 하면 잡아줄 만한 사람이 거의 없다는 뜻이죠."

그레슬린의 말에 엘라이나는 고개를 끄덕였다. 귀족 여자들 중에 페트리샤보다 신분이 높은 사람은 별로 없었다. 아이리스와 제라드 공작 부인, 데이비드 후작 부인, 그레슬린이 다였다. 하지만 아이리스와 제라드 공작 부인은 영지에서 지내고 있었다. 데이비드 후작 부인은 페트리샤의 어머니고, 그레슬린은 사교계와 거리가 멀었다.

그리고 황족 중에서도 페트리샤를 저지할 사람은 없었다. 데미안과 켄드릭은 여자들의 문제에 간섭할 수 없었다. 아그네스는 루비궁 밖으로 나오지 않았고, 벨리사는 마음이 여렸다. 페트리샤가 사교계의 여왕이 될 수 있었던 것도 그런 이유였다. 물론 아름다운 외모도 이유 중 하나였지만.

'그런 상황이라면 내 행동이 특별하게 보이긴 했겠군. 나쁜 의미로

도, 좋은 의미로도.'

엘라이나는 라즈베리 파이를 먹으면서 생각했다. 페트리샤의 추종자들은 자신을 나쁘게 생각할 것이다. 그녀의 추종자가 아니라도 만만한 황손을 기대했다면 그럴 수 있었다. 하지만 페트리샤를 좋지 않게 보는 귀족, 사교계의 기강을 잡아주길 바라는 귀족이라면 좋게 생각할 것이다.

"솔직하게 말해줘서 고마워요, 그레슬린."

그렇게 말한 엘라이나는 찻잔을 들었다.

'그 정도면 충분해. 특이하다는 평가 때문에 황위에 올리려는 사람도 줄어들겠지. 그리고 만만하지 않다, 대단하다는 평가 때문에 함부로 대하지도 못할 거고.'

엘라이나는 만족스러운 미소와 함께 홍차를 마시면서 생각했다.

엘라이나와 마샤가 황궁으로 돌아가는 길이었다. 그레슬린과의 대화가 즐거웠기 때문에 원래 계획보다 늦은 시간이었다. 두 사람을 태우고 달리던 마차가 덜컹거리더니 멈췄다.

"무슨 일이죠?"

엘라이나는 창문 밖을 내다보며 물었다. 그러자 기사가 난감한 표정으로 대답했다.

"죄송합니다, 저하. 마차 바퀴가 고장 난 모양이네요."

"그러면 그냥 걸어가나요?"

“아니, 그러실 필요는 없습니다. 잠시만 기다리시면 금방 고치겠습니다.”

“네, 부탁드려요.”

그렇게 말한 엘라이나는 한숨을 쉬었다. 마샤가 준비한 마차는 화려한 것이었다. 하지만 그게 부담스러워서 소박한 마차를 부탁한 것이었다. 하지만 급하게 준비한 마차였기 때문에 이런 일이 생긴 것 같았다.

“미안해요, 마샤. 내가 괜히 고집을 부려서. 마샤가 준비한 마차였다면 이런 일은 없었을 텐데.”

“네? 아니에요, 저하. 오히려 제가 죄송한데요. 저하께서 그렇게 화려한 걸 별로 안 좋아하신다는 걸 알면서도 그런 마차를 준비했으니까요.”

마샤는 상냥한 표정으로 말을 이었다.

“다음부터는 저하의 취향에 맞는 마차를 미리 준비할게요.”

“그렇게 말해주어서 고마워요.”

엘라이나는 조금 부끄러운 표정으로 말했다.

“저하, 마차가 고쳐지는 동안에 상점가를 구경하시지 않겠어요? 젤라우드에 오시고 외출은 처음이시잖아요.”

“좋아요. 저도 젤라우드를 구경하고 싶었어요.”

마샤의 말에 엘라이나는 활짝 웃으면서 말했다. 둘은 마차에서 내려 마부와 기사들에게 다가갔다.

“마샤랑 잠깐 상점가를 둘러보고 올게요.”

"저하, 저랑 같이 가시죠."

가장 나이가 많은 기사가 말했다. 엘라이나는 자신이 황족처럼 보이지 않으니까 괜찮다는 생각, 기사의 호위가 어색하다는 생각 때문에 거절하려고 했다. 하지만 기사의 진중한 표정에 입을 다물었다.

"그러면 부탁할게요."

엘라이나는 상냥하게 웃으면서 말했다. 세 사람은 상점가를 다니기 시작했다. 젤라우드의 상점가는 1구역과 2구역이 있었다. 1구역의 상점들은 큰길에서 바로 보였다. 2구역의 상점들은 안쪽에서만 보였다. 1구역에서는 대부분 고가의 물건을 팔았고, 2구역에는 비교적 저렴한 물건이 많았다. 그래서 1구역은 주로 귀족이, 2구역은 주로 평민이 다녔다. 물론 법으로 정해진 건 아니었기 때문에 돈이 많은 평민은 1구역을, 가난한 귀족은 2구역을 다니는 경우도 많았다.

"1구역으로 가시죠, 저하."

마샤가 엘라이나에게 1구역과 2구역을 설명하는 걸 듣던 기사가 말했다.

"아니, 2구역으로 가요. 수도의 평민이 사는 모습이 궁금하거든요."

엘라이나가 말하자 마샤와 기사는 과연 황손 저하라는 표정이 되었다.

'거짓말은 아니지만 그 이유만 있는 게 아니라서 조금 찔리네. 2구역이 더 편할 것 같아서 그런 것도 있는데.'

그렇게 생각한 그녀는 마샤와 기사의 안내를 받으면서 걸었다. 자신은 평민으로 자랐기 때문에 평민이 다니는 2구역이 편할 것 같았다. 물론 수도의 평민이 사는 모습이 궁금하다는 말도 진심이었다.

'2구역에서 평민의 생활을 보는 게 할아버지와 오라버니께 들려드릴 이야기도 더 많을 것 같아.'

엘라이나는 주변을 둘러보면서 생각했다. 2구역은 브라이트보다 조금 더 정돈된 모습이었다. 하지만 시끌벅적한 행인들, 고소한 음식 냄새가 브라이트의 상점가와 비슷했다. 이제 곧 저녁이기 때문인지 주점 밖에 테이블을 놓는 직원들이 보였다. 가끔 규모가 작은 주점은 밖에 테이블을 내놓고 장사했기 때문이다.

"브라이트랑 비슷한 느낌이네요."

"사람이 사는 곳은 다 비슷하니까요."

엘라이나의 말에 마샤가 웃으면서 말했다. 고개를 끄덕이던 엘라이나는 어떤 디저트 가게를 보고 감탄했다. 연분홍색으로 꾸며진 곳이었는데, 아기자기하고 귀여웠다.

'그레슬린이 좋아할 것 같아. 다음에 같이 와야겠다.'

그렇게 생각한 엘라이나는 빙긋 웃었다.

"저 가게에 가보고 싶으세요?"

엘라이나가 디저트 가게만 바라보고 있자 마샤가 물었다.

'그레슬린과 가기 전에 미리 가보면 좋겠지?'

그렇게 생각한 엘라이나가 고개를 끄덕이면서 대답했다.

"네."

"그러면 디저트를 사서 마차로 돌아갈까요? 이제 곧 어두워질 것 같으니까요."

마샤가 조심스럽게 말하자 엘라이나는 활짝 웃으면서 말했다.

"그래요, 마샤. 디저트만 사고 마차로 돌아가요."

세 사람은 디저트 가게 안으로 들어갔다. 디저트 가게 안에는 더 귀여운 게 많았다. 제라드 공작가의 2층 응접실에서 봤던 것 같은 커다란 토끼 인형도 있었다. 같은 인형인데 색깔만 다른 것 같았다. 응접실의 토끼 인형은 하얀색이었는데 디저트 가게의 토끼 인형은 분홍색이었다. 연분홍색으로 꾸며진 공간에 색이 조금 더 진한 토끼가 있으니 확 튀었다.

디저트도 귀여운 게 많았다. 엘라이나는 토끼가 아몬드를 껴안은 모양으로 만들어진 아몬드 쿠키 때문에 작게 감탄했다. 그 옆에는 딸기와 연분홍색 크림으로 장식된 토끼 케이크가 있었다. 연분홍색 크림은 딸기 맛인 것 같았다.

'이 디저트 가게에는 토끼가 많네.'

그렇게 생각한 엘라이나는 다른 곳에 있는 디저트를 보려다가 누군가와 부딪혔다.

"아, 죄송합니다."

엘라이나는 고개를 숙이며 사과했다. 자신이 움직여서 부딪힌 것이기 때문이다.

"괜찮습니다."

사과를 받아주는 남자의 낮은 목소리가 달콤했다. 여자는 물론이고 남자도 홀릴 것 같은 목소리였다. 엘라이나가 고개를 들자 보라색 눈동자가 보였다. 발렌티노였다. 엘라이나도, 발렌티노도 서로를 처음 봤기 때문에 알아볼 수 없었다.

발렌티노는 그녀가 평민이라고 생각했다. 2구역이었고 수수한 옷차림이었기 때문이다. 물론 엘라이나와 같이 온 마샤와 기사를 봤다면 평민이라는 생각을 하지 않았을 것이다. 하지만 마샤와 기사는 그녀의 구경을 방해하지 않으려고 조금 떨어진 곳에 있었다.

'눈동자가 예쁘네. 오늘은 이 여자랑 보낼까?'

발렌티노는 엘라이나를 바라보면서 생각했다. 다른 여자에게 선물할 디저트를 고르려고 왔으면서 마음이 바뀐 것이다. 그의 생각을 모르는 엘라이나는 다시 디저트를 구경했다.

"여기는 저 토끼 케이크가 인기가 많아요."

그렇게 말한 발렌티노는 손을 뻗어서 토끼 케이크를 가리켰다. 손을 뻗으면서 은근슬쩍 그녀의 귀를 스치는 것도 잊지 않았다. 엘라이나는 귀에 무언가가 스쳐 지나간 것을 알았지만 모르는 척했다. 일부러 그런 건 아닐 거다, 손을 뻗으면서 있을 수 있는 일이라고 생각했기 때문이다.

"아, 그렇군요. 알려주셔서 감사합니다."

엘라이나는 조금 떨어지면서 말했다.

'눈치가 없는 건가? 아니면 순진한 건가?'

그렇게 생각한 발렌티노가 그녀의 어깨에 손을 얹으려는데 상냥한 목소리가 들렸다.

"아가씨!"

마샤는 엘라이나가 황손이라는 걸 숨기기 위해 아가씨라고 불렀다. 그 목소리에 당황한 발렌티노가 손을 내렸다.

"아, 마샤! 우리 이 케이크 살까요?"

마샤가 다가오자 엘라이나가 물었다.

'귀족이었나?'

발렌티노는 엘라이나를 포기하고 돌아서면서 생각했다. 귀족 여자와 만나는 건 복잡해질 수 있었다. 하룻밤 불장난을 이유로 혼담이 들어올 수도 있었기 때문이다. 그래서 그는 귀족 여자는 거의 만나지 않았다.

'저 여자는 포기하는 게 좋겠군.'

발렌티노는 아쉬운 표정으로 생각했다. 잠깐 마주쳤던 녹색 눈동자가 자꾸 생각났다.

'누가 녹색 눈동자였더라? 아, 제인이 좋겠군.'

그렇게 생각한 발렌티노는 전부터 자주 만나던 평민 여자 제인의 집으로 향했다. 엘라이나의 눈동자보다 아름답지는 않았지만 제인도 녹색 눈동자였다. 그는 아쉬운 표정을 지우고 씨익 웃었다.

11

아그네스

다음 날, 엘라이나는 당근 수프 한 그릇을 들고 루비궁으로 향했다. 낯익은 기사들이 루비궁 앞을 지키는 게 보였다. 엘라이나를 본 기사들은 난감한 표정이 되었다.

"황손 저하를 뵙습니다."

"안녕하세요. 오늘도 수프만 전해주세요."

그렇게 말한 엘라이나는 수프 그릇이 올라간 쟁반을 건넸다.

"알겠습니다."

기사 하나가 쟁반을 받으면서 말했다. 그녀가 아그네스를 만난다고 하지 않아서 안심한 표정이었다.

"그런데 저번에 드린 수프는 아그네스 님이 드셨나요?"

"아, 제가 알기로는 드셨습니다."

기사의 말에 엘라이나는 빙긋 웃었다. 하지만 표정과 다르게 마음은 복잡했다.

'수프를 드셨는데도 변화가 없는 모양이구나. 검은 연기랑 상관없는 건가? 아니면 오라버니처럼 검은 연기가 사라지지 않은 걸까?'

그렇게 생각한 엘라이나는 기사들에게 인사를 하고 돌아섰다.

아그네스의 할아버지는 데미안에게 충성을 맹세한 백작이었다. 그녀는 어린 나이에 부모님을 잃고 할아버지의 손에 자랐다. 아그네스는 자신이 할아버지의 뒤를 이어서 백작이 될 거라고 생각했다. 하지만 우연히 만난 그레고리와 사랑에 빠졌고 혼인하게 되었다. 그레고리와 아그네스는 행복한 부부였다.

둘은 평생 함께할 거라고 생각했다. 그리고 그녀의 할아버지가 죽고 둘 사이에 아이가 생겼다. 그때부터 둘의 행복은 깨지기 시작했다. 국경을 맞대고 있던 메라올드 왕국과 전투가 벌어졌다. 그리고 메라올드 왕국에 경고하기 위해서 황태자 그레고리가 직접 전투에 나섰다.

메라올드 왕국은 작은 부족에서 시작된 나라였다. 왕국은 아무도 탐내지 않을 정도로 척박한 땅에 자리하고 있었다. 그곳은 식량이 부족했기 때문에 국경을 넘는 일도, 전투가 벌어지는 일도 많았다. 항상 승리하는 것은 제국이었다. 그레고리는 데미안을 닮아서 검술이 뛰어났다. 그래서 그가 그 전투로 죽을 것이라고 생각한 사람은 아무도 없었다.

그레고리가 전투에 나선 것은 정치적인 일이었다. 다른 나라들에게 앞으로 황제가 될 그레고리가 만만치 않다는 것을 보여주기 위해서, 백성들에게 황태자 그레고리의 용맹함을 보여주기 위해서 나선 것이었다. 하지만 그 전투에서 그는 목숨을 잃었다. 데미안은 아들을 국경으로 보낸 걸 후회하며 피눈물을 흘렸다. 아그네스는 믿을 수 없는 현실에 반쯤 넋이 나갔다.

하지만 데미안도, 아그네스도 강한 사람이었다. 데미안은 메라올드 왕국에 군사를 보내 항복을 받아냈다. 평화 협정을 맺은 것이다. 아그네스는 배 속에 있는 아이를 위해서 힘내겠다고 생각했다. 둘 다 그레고리를 잃은 슬픔을 이겨내려고 노력했다. 그리고 켄드릭이 태어났다. 우렁찬 아기 울음소리에 이어서 어른들의 웃음소리가 들렸다.

"황태자비 전하, 보세요. 눈동자가 폐하와 같은 파란색이네요."

"그러게. 할아버지를 닮았구나, 켄드릭. 아주 예쁜 파란색 눈동자야."

아그네스는 시녀의 말에 행복한 미소를 지으며 말했다. 그 후 몇 달간은 평화로운 시간이었다. 그런데 어느 날부터 그녀는 켄드릭의 얼굴을 보는 게 괴로워지기 시작했다. 아니, 모두의 얼굴을 보는 게 괴로웠다. 자신의 얼굴을 보이는 것도 괴로웠다.

'황태자 전하는 돌아가셨는데 다들 멀쩡히 살아 있어. 전하는 돌아가셨는데 나는 멀쩡히 살아 있어.'

그렇게 생각한 아그네스는 자신을 포함한 모든 사람이 미웠다. 스스로 목숨을 끊으려다가 실패하기도 했다. 데미안은 그녀에게 '네가 그러면 그레고리가 슬퍼할 것이다, 산 사람은 살아가야 한다'라고 말했다. 아그네스는 그레고리가 슬퍼할 것이라는 말에 다시는 그러지 않겠다고 약속했다.

하지만 데미안은 그녀에게 루비궁에 머물 것을 명했다. 아그네스를 위한 일이기도 했지만 켄드릭과 같은 궁을 쓰는 게 좋지 않다고 생각한 것이다. 그녀도 자신이 켄드릭에게 위험하다고 생각했다. 켄드릭의 얼굴만 봐도 행복했는데, 지금은 아니었다. 켄드릭만 보면 속이 뒤집힐 것 같았다. 그리고 그렇게 생각하는 자신이 괴물처럼 느껴져서 더 괴로웠다.

이후 아그네스는 루비궁 밖으로 나오지 않았다. 그리고 그레고리를 기리는 검은 드레스만 입었다. 그녀를 만날 수 있는 것은 시녀 한 명뿐이었다. 켄드릭의 눈동자가 데미안과 같은 파란색이라고 말했던 시녀였다. 시녀는 아그네스를 안타깝게 여겼다. 그녀의 밝고 행복했던 시절을 기억하기 때문에 더 안타까웠다.

"오늘도 엘라이나 황손 저하가 직접 만드신 수프를 가져오셨어요. 수프 만드는 걸 좋아하신다는 소문이 사실인 모양이네요. 오늘은 당근 수프래요."

"그래, 거기 두고 나가거라."

시녀의 말에 아그네스가 작은 목소리로 말했다. 시녀는 루비궁 밖의 이야기를 자주 들려줬다. 시녀 덕분에 켄드릭이 벨리사와 혼인한 것도, 엘라이나가 나타난 것도 알 수 있었다. 아그네스는 시녀가 나간 것을 확인하고 수프를 먹기 시작했다. 수프는 아주 맛있었다. 그녀는 오랜만에 기분이 좋아졌다. 그리고 짧게 기침하더니 검은 연기를 뱉어냈다.

아그네스의 눈에 보이지 않는 검은 연기는 주변을 맴돌았다. 그리고 검은 연기의 일부가 사라졌다. 아까보다 작아진 검은 연기는 다시 그녀의 입으로 들어갔다. 아그네스는 또다시 기분이 나빠지는 것을 느꼈다. 그래서 반쯤 먹은 수프를 밀어놓고 창가로 걸어갔다.

창문을 열자 바람이 불었고 연분홍색 꽃잎 하나가 날아왔다. 벚꽃인 것 같았다. 바람을 타고 춤을 추던 꽃잎이 그녀의 손바닥으로 떨어졌다. 꽃잎을 바라보는 연두색 눈동자에 복잡한 감정이 떠올랐다.

"황태손 전하, 홍차를 가져왔습니다."

율라니가 상냥하게 미소를 지으면서 말했다. 율라니는 찻잔을 담은 쟁반을 들고 있었다. 침대에 앉아서 책을 읽던 켄드릭이 그녀의 말에 빙긋 웃었다.

"고마워, 유모. 시녀나 시종에게 부탁해도 될 텐데."

켄드릭이 상냥한 표정으로 말했다. 율라니는 그가 책을 읽을 때마다 홍차를 가져오고는 했다.

"저의 기쁨인걸요."

그렇게 말한 율라니는 침대 옆 탁자에 쟁반을 올려놨다. 그리고 그가 안 보는 사이에 주머니에서 꺼낸 무언가를 홍차에 뿌렸다. 홍차가 잠시 어두운 보라색이 되었다가 원래 색깔로 돌아왔다.

"오늘은 특별히 더 맛있을 거랍니다."

율라니는 찻잔을 건네면서 말했다.

"유모의 홍차는 항상 최고인걸."

그렇게 말한 켄드릭은 찻잔을 들어 마시기 시작했다. 그녀가 가져오는 홍차는 항상 맛있었다. 이상하게 같은 찻잎을 써도 더 맛있게 느껴졌다. 율라니는 홍차를 마시는 그를 흐뭇한 표정으로 바라봤다. 홍차에서 나온 검은 연기가 켄드릭의 목을 타고 몸속으로 들어갔다.

"황태손 전하, 전하는 항상 율라니의 작은 전하랍니다. 아시죠?"

켄드릭이 아기였을 때부터 자주 듣던 말이었다. 켄드릭에게 율라니는 아주 소중한 존재였다. 그녀 덕분에 아그네스의 빈자리가 조금 덜 아팠기 때문이다.

"유모도 참!"

그렇게 말한 켄드릭은 어쩐지 몸이 무겁다고 생각했다.

"나의 작은 전하."

율라니는 작은 목소리로 중얼거렸다. 보라색 눈동자에 잠시 어두운 감정이 스쳐 지나갔다. 켄드릭은 그녀가 중얼거리는 걸 듣지 못하고 책을 읽었다. 그 모습에 빙긋 웃던 율라니는 빈 쟁반을 들고 밖으로 나갔다. 그리고 문 앞에 있던 엘라이나와 마주쳤다.

"아, 율라니!"

"황손 저하를 뵙습니다."

율라니는 고개를 숙이며 인사했다. 엘라이나는 당근 수프 한 그릇을 들고 있었다. 그녀는 어쩔 수 없다는 표정으로 길을 비켰다.

"오라버니, 저 엘라이나인데요."

"들어와."

시종들이 문을 열어주자 엘라이나는 방으로 들어갔다. 그의 방에서는 여전히 소독약 냄새와 캐모마일 향기가 났다. 켄드릭은 빙긋 웃으면서 책을 덮었다.

"오늘도 수프를 만든 모양이구나."

"하루라도 수프를 안 만들면 아쉬워서요. 오늘은 당근 수프인데, 지금 드실래요?"

"그래, 이상하게 네 수프만 먹으면 기분이 좋아지더구나."

그렇게 말한 켄드릭은 수프 그릇을 받았다.

"요즘 건강은 어떠세요?"

엘라이나가 조심스러운 표정으로 묻자, 그는 잠시 고민하다 말했다.

"좋았다가 나빴다가 그러는구나. 그래도 전보다는 많이 나아졌어. 전에는 매일 힘들었는데 요즘은 상태가 좋은 날이 더 많아졌거든."

"그거 참 다행이네요. 곧 완전히 괜찮아지실 거예요."

엘라이나가 활짝 웃으면서 자신감 넘치는 목소리로 말했다. 켄드릭은 그녀의 말에 어쩐지 진짜 그렇게 될 것 같다는 생각이 들었다.

"네가 그렇게 말하니까 진짜 그렇게 될 것 같구나."

"제 말을 믿으세요, 오라버니."

"그래, 고맙구나."

상냥하게 웃으면서 말한 켄드릭이 수프를 먹기 시작했다. 엘라이나는 그 모습을 바라보다가 또다시 조심스러운 표정으로 물었다.

"오라버니, 제가 요즘 아그네스 님에게 수프를 보내고 있는데요."

엘라이나의 말에 켄드릭이 멈칫했다. 수저를 내려놓은 그가 그녀를 바라봤다.

"그래?"

"미리 말씀드리지 않아서 죄송해요. 그냥 아그네스 님도 가족이니까 직접 만든 수프를 대접하고 싶었어요."

"그렇구나. 나는 괜찮단다."

켄드릭은 어린 시절을 떠올리면서 말했다. 그레고리와 아그네스의 그림 앞에서 엉엉 울던 어린 자신도, 루비궁에 들어갈 수 없어서 시무룩하던 어린 자신도 떠올랐다. 그리고 그럴 때마다 율라니가 옆에 있었다. 엉엉 우는 자신을 달래주던 것도, 시무룩하던 자신의 손을 잡아주던 것도 그녀였다.

'유모가 없었으면 더 외로웠을 거야.'

그렇게 생각한 켄드릭은 씁쓸한 미소를 지었다.

"아그네스 님이 그리우세요?"

엘라이나가 조심스럽게 묻자 그는 잠시 고민하다 대답했다.

"나도 잘 모르겠구나. 이 감정이 그리움인지, 원망인지. 어릴 때는 어머니가 그립고 밉기만 했어. 하지만 나이가 들수록 어머니의 상황을 이해하게 되었지."

켄드릭은 피식 웃으면서 말을 이어갔다.

"얼마나 좌절하셨을까? 얼마나 힘드셨기에 마음의 문을 닫아버리신 걸까? 그런 생각을 했어. 벨리사를 사랑하게 되면서 더 그랬지. 하지만 그리움과 원망이 사라진 건 아니라서 복잡한 마음이야."

"오라버니의 마음을 다 알지는 못하겠지만, 이해해요."

"하지만 그건 내 감정이란다. 내 감정 때문에 너에게 어머니를 멀리하라고 말할 수는 없지. 나는 괜찮으니까 네 마음대로 하렴."

그렇게 말한 켄드릭은 당근 수프를 다시 먹기 시작했다. 엘라이나는 그를 보면서 복잡한 표정이 되었다. 자신도 부모님의 빈자리 때문에 마음이 아픈 적이 많았다. 만날 수 없는 부모님을 부르며 운 날도 있었다.

'우리 부모님은 사고로 돌아가셔서 어쩔 수 없었지만, 아그네스 님은 아니야. 같은 황궁에 있으면서도 만날 수 없었다니.'

엘라이나는 자신도 모르게 미간을 찌푸리면서 생각했다. 더군다나 켄드릭은 어릴 때부터 몸이 약했다. 지금은 비교적 담담해졌지만 어린 시절에는 그 사실에 좌절하거나 두려웠던 날이 많았을 것이다.

'나는 할머니가 있었지만 오라버니는 할아버지랑 그리 친한 것 같지 않고. 황태손이니까 고용인들이나 마리우스 공작님과 공유할 수 있는 건 한계가 있었을 거야. 모든 걸 혼자 이겨냈겠지?'

그렇게 생각한 엘라이나는 켄드릭이 가엾다는 생각이 들었다. 누군가는 그가 모든 걸 가진 황태손이라고 생각할 것이다. 하지만 가까운 곳에서 보면 그저 부모님을 그리워하고 약한 몸 때문에 괴로워하는 청년일 뿐이었다.

'하지만 이제는 황태손비 전하도 있고 나도 있어. 그리고 내 수프를 많이 먹으면 건강해지실 거야.'

엘라이나는 켄드릭이 수프를 다 먹은 걸 보고 생각했다.

다음 날, 아그네스는 또다시 엘라이나가 만든 수프 앞에 앉았다. 브로콜리 수프였다. 그녀는 자꾸 수프를 주고 가는 황손 때문에 의아했다. 하지만 며칠 전에 먹었던 아스파라거스 수프도, 어제 먹었던 당근 수프도 꽤 맛있었다. 먹으면 아주 잠시지만 기분이 좋아지기도 했다.

아그네스가 먹는 요리는 항상 훌륭했지만 먹고 기분이 좋아졌던 적은 없었다. 맛있는 걸 먹으면 기분이 좋아지는 당연한 일도 그녀에게는 당연하지 않았다. 아그네스는 조심스럽게 수프를 먹기 시작했다.

수프의 따스한 온기와 담백한 맛이 느껴졌다. 아그네스는 갑작스러운 고통을 느꼈다. 그건 심장을 쥐어뜯는 것 같은 고통이었다. 그리고 속이 울렁거리기 시작했다. 자리에서 일어난 그녀는 식탁에 쓰러졌다. 아그네스와 부딪힌 수프 그릇이 바닥에 떨어졌다.

밖에서 대기하고 있던 시녀는 수프 그릇이 떨어지는 소리에 들어왔다. 그리고 쓰러진 아그네스를 보고 놀란 표정으로 다가왔다. 정신이 든 그녀는 괜찮다고 말하려다가 구역질이 나올 것 같아서 입을 다물었다.

"아니, 이게 무슨! 밖에 누구 없어? 당장 태의를 불러!"

시녀가 밖을 향해서 소리쳤다. 루비궁의 시녀 몇이 빠르게 움직이기 시작했는데, 한 사람은 태의를 부르러고 달려갔다. 그리고 다른 사람들은 아그네스를 부축해서 침대에 눕혔다. 그녀는 곧 헛구역질을 시작했다. 아니, 검은 연기를 뱉어내고 있었다. 하지만 검은 연기를 볼 수 없는 사람들에게는 헛구역질로 보였다.

검은 연기는 분하다는 것처럼 아그네스의 주변을 맴돌다가 사라졌다. 시녀들은 그녀가 헛구역질을 멈추는 걸 보고 조금 안심했다. 아그네스의 표정이 편안해졌지만 시녀들은 방심할 수 없었다.

키가 작고 커다란 안경을 쓴 할머니가 서둘러서 달려왔다. 태의였다. 태의는 회색 올림머리, 회색 눈동자였는데 주름은 별로 없었다. 데미안보다 나이가 조금 더 많은 것 같았다. 태의는 신중한 표정으로 아그네스를 진찰했다.

"갑자기 심장이 아프고 헛구역질이 나오더군. 지금은 괜찮네."

"전에도 이러신 적이 있습니까?"

아그네스의 말에 태의가 잠시 고민하다가 물었다. 오랜만에 만난 그녀가 어딘가 아픈 건 아닌지 걱정이 되었다.

"아니, 없다네."

아그네스는 작게 고개를 젓고 대답했다.

"수프를 드셨는데 혹시 그 수프가 이상한 건 아닐까요?"

유일하게 아그네스를 만날 수 있는 시녀가 물었다. 그러자 태의는 고개를 저었다.

"아니, 음식 때문에 그런 증상을 보인 것 같지는 않습니다."

"내 생각도 그래."

아그네스가 편안한 표정으로 말했다. 이상한 일이었다. 그녀는 그동안 자신을 괴롭히던 감정이 모두 사라진 것 같다고 생각했다. 그레고리가 그립지 않은 건 아니었다. 그레고리의 죽음이 아프지 않은 것도 아니었다. 하지만 그리움도, 아픔도 전과 달랐다.

아그네스는 매일 그레고리가 죽었다는 소식을 듣던 날처럼 괴로웠다. 그런데 지금은 오랜 시간이 지난 것처럼 그리움도, 아픔도 흐릿해졌다. 그레고리는 죽었는데 자신은 살아 있는 것이 끔찍했다. 그레고리가 없는데 다른 사람들이 웃는 것도 원망스러웠다. 복도에서 고용인들이 작게 웃는 소리만 들려도 귀를 틀어막고 싶었다.

하지만 지금은 그런 생각이 들지 않았다. 아그네스는 자신도 모르게 옅은 미소를 지었다. 그 모습을 본 시녀들은 놀란 표정이 되었다. 그녀가 웃는 모습을 오랜만에 봤거나 처음 봤기 때문이다.

"태의, 나는 괜찮으니까 그만 돌아가도 돼. 이렇게 기분이 좋은 것도 오랜만이군."

아그네스의 말에 태의는 고개를 끄덕이면서 말했다.

"제가 보기에도 별 이상은 없는 것 같습니다. 하지만 혹시 모르니 조금이라도 이상하면 바로 저를 부르세요."

태의가 밖으로 나가고 시녀들은 서로 눈치만 봤다. 대부분 전부터 아그네스를 모셨던 이들이었다. 하지만 그녀를 처음 만난 시녀도 있었다. 아그네스를 오랜만에 만난 시녀들도, 처음 만난 시녀들도 이 상황이 혼란스러웠다.

아그네스가 쓰러진 것만으로도 당황스러웠다. 그런데 그녀를 만나고 웃는 모습까지 봤다. 시녀들이 혼란스러운 것은 당연한 일이었다. 제일 어린 시녀는 자신도 모르게 아그네스의 얼굴을 빤히 바라봤다. 매일 방에서 나오지 않아서 궁금했던 얼굴이었다. 초상화로 보기는 했지만 직접 보는 것과 느낌이 달랐다. 아그네스와 시녀의 눈이 마주쳤다.

"내 얼굴에 뭐가 묻었나?"

아그네스가 온화한 미소를 지으면서 물었다.

"아, 아니요! 송구합니다."

시녀는 놀라서 고개를 숙이며 말했다.

"괜찮단다."

아그네스는 시녀가 켄드릭과 비슷한 나이인 것 같다고 생각했다. 그 생각을 하자 평소와 다른 슬픔이 몰려왔다. 자신이 그레고리의 죽음을 슬퍼하느라 켄드릭을 외면했다는 걸 떠올린 것이다.

'켄드릭도 많이 자랐겠구나. 하긴 혼인을 했을 정도니까. 아버지를 닮았을까? 아니면 나를? 아, 나를 많이 원망하겠지.'

아그네스는 침울한 표정으로 생각했다. 그 모습에 시녀들은 그녀가 평소와 같은 모습으로 돌아왔다고 생각했다.

"저, 저희는 밖에 나가 있겠습니다."

"필요하시면 부르세요."

그렇게 말한 시녀들은 서둘러서 밖으로 나갔다. 아그네스는 그 모습에 옅은 미소를 지었다.

'켄드릭을 만나고 싶어. 켄드릭이 나를 만나줄까? 내가 너무 무책임했어. 내가 왜 그랬을까?'

아그네스는 아랫입술을 깨물면서 생각했다. 지금 생각하면 이상한 일이었다. 자신은 켄드릭을 위해서 힘을 내겠다고 생각했다. 그리고 그가 태어난 것에 기뻐하고 행복했다. 그랬던 자신이 왜 갑자기 켄드릭을 외면했을까?

'참 이상한 일이야. 황태자 전하를 잃었던 괴로움도 켄드릭 덕분에 옅어지던 중이었는데. 아니, 과거의 내가 왜 그랬는지 생각하지 말자. 지금 중요한 건 그게 아니니까.'

그렇게 생각한 그녀는 침대에서 내려왔다. 지금 당장 그를 만날 용기는 없었다. 하지만 적어도 자신이 달라졌다는 것을 알리고 싶었다.

데이비드 후작은 집무실로 발렌티노를 불렀다. 그는 발렌티노의 얼굴을 보며 혀를 찼다. 언제 봐도 잘생긴 얼굴이었다. 자신과 똑같이 생겼다는 말을 듣는 아들이라서 칭찬한 적은 없었다. 발렌티노의 얼굴을 칭찬하면 자화자찬 같아서 민망했던 것이다. 하지만 그의 눈에도 발렌티노는 잘생긴 얼굴이었다.

"발렌티노, 너도 슬슬 혼인할 때가 되었지."

후작은 고개를 숙여서 인사하는 발렌티노에게 말했다.

"네?"

"특별히 마음에 둔 사람은 없지?"

"아니, 왜 당연히 없는 거 안다는 말투로 말씀하십니까?"

발렌티노는 능청스럽게 웃으면서 조금 억울한 말투로 물었다.

"너는 누구를 마음에 둘 만한 녀석이 아니니까."

데이비드 후작은 또다시 혀를 차면서 대답했다. 자신은 소년 시절에 소녀였던 아내를 만났다. 그리고 지금까지 아내만을 바라봤다. 그런데 발렌티노는 오는 여자는 환영이고 가는 여자는 더 환영이었다. 그렇게 수많은 여자를 만나면서도 어느 여자에게도 마음을 주지 않았다. 데이비드 후작은 자신에게서 어떻게 저런 아들이 태어났는지 의아할 뿐이었다.

"네가 특별히 마음에 둔 사람이 있다면 이어줄 생각이었지. 하지만 그럴 리 없으니 내가 정한 여자와 혼인해야겠다."

"도대체 누구입니까? 그 여자가."

발렌티노는 떨떠름한 표정으로 물었다. 지금 혼인할 생각은 없었지만 궁금하기는 했다. 아버지 데이비드 후작은 가족을 사랑했다. 자신을 못마땅하게 여기지만 혼처는 최고로 골라왔을 것이다.

"황손."

"뭐라고요?"

데이비드 후작의 말에 발렌티노가 놀란 표정으로 물었다.

“엘라이나 황손 저하와 혼인해라.”

데이비드 후작은 책상에서 일어나면서 말했다. 잠시 침묵이 흘렀다. 발렌티노는 큰 소리로 웃어버렸다.

“아버지, 페트리샤로 부족하십니까? 아버지와 어머니의 야망은 이해하고 존경합니다. 하지만 거기에 희생되는 건 페트리샤 하나로 충분합니다. 페트리샤는 본인도 원하고 있으니 희생도 아니지만요.”

그렇게 말한 발렌티노는 웃음기 가득한 목소리로 말을 이어갔다.

“물론 사촌이 한집안과 혼인하는 경우는 꽤 있죠. 그러니까 잘만 되면 페트리샤는 황태손 전하를, 저는 황손 저하를 손에 넣겠군요. 하지만 폐하가 황손 저하와 저를 혼인시킬 리가 없지 않습니까? 저는 유명한 바람둥이니까요.”

그의 말에 데이비드 후작은 이를 갈면서 말했다.

“그게 제일 큰 문제지. 하지만 폐하는 황손 저하를 꽤 아끼신다. 그러니까 엘라이나 황손 저하께서 너와 혼인하겠다고 하면 크게 반대하시지 못할 거야.”

“그러니까 나보고 황손 저하를 꼬드기라고요?”

“경박하구나.”

데이비드 후작은 또다시 혀를 차며 말했다.

“하지만 지금 그 말씀은 그런 뜻 아닙니까?”

발렌티노가 묻자 그는 대답하지 않았다. 긍정의 뜻이었다. 발렌티노는 피식 웃었다.

"아버지, 저는 아직 혼인할 생각이 없습니다. 그리고 아버지와 어머니의 뜻대로 혼인할 생각은 더 없고요. 저는 운명적인 사랑을 만나고 싶거든요. 아버지와 어머니처럼 말이죠."

그렇게 말한 그는 능글맞게 웃으면서 집무실을 나갔다. 데이비드 후작은 그 뒷모습에 서류를 던지고 한숨을 쉬었다. 하지만 곧 피식 웃어버렸다. 자신과 부인처럼 운명적인 사랑을 만나고 싶다는 아들이 조금은 기특했다.

'운명적인 사랑? 그거 좋지. 그 핑계로 계속 혼인하지 않으려는 속셈 같기도 하지만.'

데이비드 후작은 다시 앉으면서 생각했다.

며칠이 흘렀다. 데미안은 자신의 집무실을 찾아온 사람 때문에 놀란 표정이 되었다. 죽은 사람이 살아서 돌아온 것 같은 표정이었다. 그 정도로 뜻밖의 사람이었기 때문이다. 밖으로 나가는 안토니오도 데미안과 비슷한 표정이었다.

"오랜만입니다, 폐하."

아그네스였다. 베이지색 드레스를 입은 그녀는 온화한 미소를 짓고 있었다. 데미안은 책상에서 벌떡 일어나서 그녀에게 다가갔다.

"아그네스, 이게 무슨? 너 괜찮은 것이냐?"

아그네스가 변하기 시작했다는 소문은 들었다. 루비궁 정원을 산책하기도 하고 장식도 바꿨다고 했다. 검은 드레스를 벗고 밝은 드레스를 입기 시작했다는 말도 들었다. 하지만 데미안은 그녀가 루비궁 밖으로 나오는 걸 기대하지 않았다. 그냥 요즘 기분이 조금 나아진 모양이라고 생각했다.

"보시다시피 괜찮아요."

아그네스의 말에 데미안은 자신도 모르게 울컥했다. 아들의 죽음으로 망가진 며느리가 안타까웠다. 그리고 부모의 사랑을 모르고 자란 손자가 가엾다고 생각했다. 아그네스의 말이 앞으로 아그네스도, 켄드릭도 모두 다 괜찮아질 거라고 말하는 것 같았다.

"다행이구나."

데미안은 자신의 감정을 누르고 말했다.

"걱정을 끼쳐서 죄송합니다, 폐하."

"아니, 아니란다. 켄드릭은 만나봤나?"

데미안이 묻자 아그네스의 표정이 조금 어두워졌다.

"아직 만나지 못했습니다. 켄드릭은 많이 변했겠죠?"

"훌륭한 청년이 됐지. 너를 아주 많이 닮았단다."

데미안이 미소를 지으면서 말했다. 아그네스는 그 말에 복잡한 감정을 느꼈다. 그레고리를 닮지 않았다는 것이 아쉬웠다. 하지만 자신을 닮았다는 것이 기뻤다.

"시녀가 초상화를 보여주겠다고 했지만 거절했어요. 직접 만나서 보고 싶었거든요."

"켄드릭을 만날 생각이구나?"

데미안은 자신도 모르게 조금 놀란 목소리로 물었다. 아직도 아그네스가 다른 사람을 만난다는 게 놀라웠다. 그녀는 작게 소리 내서 웃더니 대답했다.

"네, 폐하."

"켄드릭이 아주 기뻐하겠구나."

"정말 그럴까요? 저는 못난 어미였는데. 저는 자신이 없어요."

그렇게 말한 아그네스의 눈동자가 떨렸다.

"아그네스, 너는 마음이 아팠을 뿐이란다."

데미안이 조심스러운 표정으로 말했다. 아그네스는 켄드릭을 외면했다. 그러니까 좋은 어머니라고 할 수는 없었다. 하지만 그녀는 마음이 아픈 사람이었다. 마음이 아팠던 아그네스에게 부모 노릇을 제대로 하지 못했다고 비난하고 원망할 수 있는 건 켄드릭뿐이었다. 적어도 데미안의 생각은 그랬다.

"솔직히 켄드릭의 반응이 어떨지 모르겠구나. 짐에게 너는 며느리지만 켄드릭에게는 어머니니까. 부모가 곁에 없다는 건 꽤 어려운 일이겠지."

그렇게 말한 데미안은 얼굴도 모르는 프랭크를 떠올렸다. 프랭크도 아버지의 빈자리가 서운하고 힘들었을까? 그렇게 생각하자 마음이 아팠다.

'하지만 프랜시스가 프랭크를 가졌다는 걸 알았다면 카산드라와 혼인하지 않았겠지. 그레고리와 켄드릭은 태어나지도 않았을 거고.'

데미안은 옅은 미소를 지으면서 생각했다.

'그러니까 카산드라와 혼인한 것도, 그레고리를 낳은 것도 후회하지 않아. 프랜시스와 프랭크를 생각하면 마음이 아프지만 과거는 바꿀 수 없으니까 깊게 생각하지 말자. 그리고 프랭크가 황자가 되었다면 엘라이나도 태어나지 않았겠지.'

그렇게 생각한 그는 피식 웃었다. 프랭크가 황자였다면 평민인 실비아와 혼인하지 않았을 거고, 엘라이나는 태어나지 않았을 것이다. 그걸 생각하면 기분이 조금은 나아졌다. 프랭크도 황자의 삶보다 실비아와 엘라이나가 있는 삶을 선택했을 것 같았다.

"폐하?"

"아, 미안하구나. 잠시 다른 생각을 했어."

아그네스의 조심스러운 부름에 데미안이 미안한 표정으로 말했다.

"괜찮습니다."

아그네스는 데미안이 죽었다는 황자를 생각했다는 걸 알아챘다.

'부모가 곁에 없다는 말에 돌아가신 황자 전하를 떠올리셨구나. 황자 전하께서는 어머니가 곁에 있었지만 폐하는 마음이 아프시겠지.'

그렇게 생각한 아그네스는 씁쓸한 미소를 지었다.

"만날 용기가 생기지 않는다면 편지를 보내보는 건 어떤가?"

"편지요?"

"그래, 편지로 너의 마음을 전하는 것도 좋다고 생각한단다."

데미안의 말에 아그네스는 고개를 끄덕이며 웃었다.

율라니는 거울을 집어던지며 분노에 찬 소리를 질렀다. 제국어가 아닌 다른 나라의 언어였다. 그녀의 목소리 때문에 거울이 깨지는 소리는 들리지 않았다. 율라니는 초조한 표정이 되었다. 그리고 다른 나라의 언어로 무어라고 중얼거렸다.

너무 빠르게 중얼거려서 반쯤 미친 사람처럼 보일 정도였다. 그녀는 옆에 있는 꽃병도 던지려다가 바닥에 주저앉았다. 아름다운 얼굴이 분노와 초조함으로 일그러졌다. 무언가가 두려운 것 같기도 했다.

"그 여자가 황제를 만나? 어떻게?"

율라니는 제국어로 중얼거렸다. 요즘 황궁은 달라진 아그네스 때문에 시끄러웠다. 아그네스는 루비궁을 밝게 바꾸고 검은 드레스를 벗었다. 그리고 오늘은 황제를 만났다고 한다. 율라니는 아그네스의 젊은 시절 모습을 떠올렸다. 항상 온화한 미소를 짓던 그녀를.

'어떻게 내 저주를 풀었지?'

그렇게 생각한 율라니는 자신의 양손을 바라봤다. 자신의 저주가 부족했던 것일까? 아니, 그럴 리가 없었다. 자신의 저주는 항상 성공했고 끈질겼다.

'그 여자가 켄드릭에게 접근하면 곤란한데.'

율라니는 아랫입술을 깨물면서 생각했다. 요즘 켄드릭과 벨리사, 엘라이나가 가까워진 것도 불만이었다. 그런데 아그네스까지 켄드릭과 가까워진다? 그건 곤란했다.

'켄드릭이 나를 배신할 리는 없지만 마음이 너무 약해.'

율라니는 그의 얼굴을 떠올리면서 생각했다. 율라니가 생각하는 켄드릭의 유일한 단점은 너무 착하다는 것이었다. 자신을 외면한 어머니도 용서할 수 있을 정도로.

'벨리사와 엘라이나를 떼어내는 것만으로도 골치가 아픈데 더 큰 문제가 생겼군.'

그렇게 생각한 그녀는 자리에서 일어나서 깨진 거울을 들어올렸다. 반쯤 남은 거울에 아름다운 얼굴이 비쳤다.

"내 계획에 차질이 생겼지만 상관없어. 결국은 모든 게 내 뜻대로 될 테니까."

율라니는 미소를 지으면서 중얼거렸다. 그리고 밖으로 나가 켄드릭의 침실로 향했다. 그런데 어쩐지 복도를 지나가는 고용인들의 표정이 복잡했다. 기뻐하는 것 같기도 했고 의아한 것 같기도 했다. 그녀는 시종 하나를 붙잡았다.

"혹시 전하께 무슨 일이라도 있는 건가?"

율라니가 화사한 미소를 지으며 물었다.

"아, 그게 아니고요. 아그네스 님이 황태손 전하께 편지를 보내셨대요."

"뭐? 편지?"

율라니는 날카로운 목소리로 물었다.

"아그네스 님이 달라지셨다더니 사실인 모양이더라고요."

시종은 조금 당황하다가 대답했다. 율라니는 빠른 걸음으로 켄드릭의 침실에 도착했다. 침실 밖을 지키는 기사들도, 시종들도 조금 들뜬 표정이었다.

"황태손 전하, 율라니입니다."

"나중에 다시 왔으면 좋겠는데. 지금은 조금 바빠서."

침실 안에서 켄드릭의 목소리가 들렸다. 켄드릭을 키운 그녀는 그 목소리에서 많은 걸 읽어냈다.

'아그네스의 편지 때문에 기뻐하면서도 혼란스러워하는 목소리군.'

그렇게 생각한 율라니는 상냥한 목소리로 말했다.

"나중에 다시 오겠습니다, 전하."

율라니가 일그러진 표정으로 돌아서자 시종들이 키득거렸다. 그녀는 켄드릭의 유모라는 이유로 고용인들에게 함부로 굴었다. 사파이어궁의 고용인들은 대부분 율라니에게 불만이 있었다. 하지만 켄드릭과 그녀의 사이가 유난히 좋았기 때문에 불만을 표현할 수 없었다. 그런 율라니가 켄드릭에게 거절을 당하니까 즐거웠다.

'고소하군. 자신이 황태손 전하의 어머니라도 되는 것처럼 굴더니.'

'어머니인 아그네스 님이 돌아오셨는데 유모에 대한 감정이 전과 같겠어?'

시종들은 율라니가 자신의 방이 있는 쪽으로 걸어가는 걸 보면서 생각했다. 기사들도 대놓고 웃지는 않았지만 눈동자가 즐거움으로 반짝거렸다.

'다들 나를 비웃고 있군. 하지만 두고 보라고. 이 제국은 곧 켄드릭

의 것이 될 거야. 그리고 켄드릭의 것은 모두 내 것이지.'

율라니는 이를 갈면서 생각했다.

12

우리 가족

켄드릭은 편지를 읽고 또 읽었다. 베이지색 편지지에 정갈한 글씨체로 적힌 편지는 꽤 길었다. 자신의 상황과 감정을 털어놓은 편지였다.

내 아들아. 아니, 이런 표현을 쓰는 것조차 부끄럽구나. 나는 너에게 부족한 어미였으니까. 이 편지는 이해와 용서를 구하는 편지란다. 나는 돌아가신 황태자 전하를 깊게 사랑했단다. 우리는 평생 함께하기를 약속했고 언제나 함께였지. 그런 그분을 잃고 어둠 속에 갇혀 있던 나에게 너는 한 줄기 빛이었단다. 네가 태어나던 날의 따뜻한 공기, 시녀들의 웃음소리가 아직도 선명하구나. 이런 말을 하면 네가 믿을지는 모르겠지만 너는 내 보물이었단다. 그런데 이상한 일이지? 마음의 상처가 다 낫지 않은 것인지 어느 날부터 너를 보는 게 괴롭더구나. 아니, 모든 사람을 보는 게 괴로웠어. 너의 아버지는 돌아가셨는데 모두 즐거운 표정으로 살아가는 게 밉고 싫었어. 내 자신이 살아 있는 것조차 참을 수 없었단다. 그래서 루비궁 밖으로 나올 수 없었지. 미안하구나, 켄드릭. 미안하다는 말로 다 표현할 수 없을 정도로 미안하고 후회스럽단다. 그리고 네가 그립구나. 네 인생에 함께할 수 있는 기회를 준다면 너를 만나고 싶단다.

'나는 어머니를 잘 모르지만 이 편지를 보면 꽤 솔직한 분이신 것 같군. 모든 걸 구구절절하게 적으실 필요는 없었을 텐데. 그게 아니라면 그만큼 내게 미안하신 걸까?'

켄드릭은 씁쓸한 표정으로 생각했다. 그렇게 미워하고 원망했는데 진실한 사과만으로 마음이 조금 풀렸다. 다시 기회를 주고 싶어진다.

'내 마음이 약하기 때문일까? 아니면 어머니를 원망했던 만큼 그리워했기 때문일까? 그것도 아니면 그냥 부모와 자식이란 게 그런 사이인 걸까?'

그렇게 생각한 켄드릭은 편지를 접었다. 편지의 끝에는 켄드릭을 만나고 싶다는 말이 있었다. 켄드릭도 어머니를 만나고 싶었다. 그녀의 품에 안겨서 엉엉 울고 싶기도 했다. 그리고 나를 왜 혼자 뒀느냐고 따지고 싶기도 했다.

'어머니는 이제 괜찮으신 걸까? 내가 어머니에게 익숙해진 순간에 다시 예전으로 돌아가는 건 아닐까?'

켄드릭은 한숨을 쉬면서 생각했다. 그리고 밖에서 익숙한 목소리가 들렸다.

"오라버니, 저 엘라이나인데요."

이상한 일이었다. 그렇게 믿고 따르는 율리나는 나중에 오라고 말했는데, 엘라이나는 이 편지에 대해서 상의해야겠다는 생각이 들었다.

"그래, 들어오렴."

켄드릭의 말에 엘라이나가 조심스럽게 들어왔다. 평소와 다르게 빈손이었다.

"오늘은 수프를 가져오지 않았구나?"

켄드릭이 농담처럼 물었다. 그녀가 빈손으로 오는 건 드문 일이었다. 표정을 보니까 아그네스가 자신에게 편지를 보냈다는 걸 듣고 온 것 같았다.

"실망하셔도 어쩔 수 없어요."

엘라이나도 농담처럼 대답했다. 그녀는 아그네스가 변했다는 소문을 듣고 기뻤다. 그리고 그녀가 루비궁 밖으로 나오지 않았던 게 검은 연기 때문이라고 생각했다.

'오라버니는 망설이는 표정이네. 아그네스 님이 변하셨다고 바로 화해할 거라고 생각하지는 않았지만.'

그렇게 생각한 엘라이나는 조심스럽게 물었다.

"아그네스 님이 편지를 보내셨다면서요?"

"소문이 빠르구나."

"황궁은 그런 곳이니까요. 귀족도, 고용인도 아그네스 님과 오라버니에게 관심이 많기도 하고요."

엘라이나의 말에 켄드릭은 편지를 건넸다.

"이게 아그네스 님의 편지인가요? 제가 읽어도 돼요?"

엘라이나는 놀란 표정으로 물었다. 켄드릭은 빙긋 웃으면서 고개를 끄덕였다. 그녀라면 괜찮을 것 같았다. 엘라이나는 조심스러운 손길로 편지를 펼쳤다. 진지한 표정으로 편지를 읽던 엘라이나는 자신도 모르게 한숨을 쉬었다.

'어쩌지? 아그네스 님의 마음이 느껴져서 눈물이 나올 것 같아.'

그렇게 생각한 엘라이나는 다 읽은 편지를 접었다. 그리고 켄드릭에게 건네면서 말했다.

"아그네스 님이 느꼈던 감정이 이해돼요. 제가 비교적 최근에 사랑하는 사람을 잃어서 그런 건지 마음이 아프네요."

"아버지를 잃고 그렇게 괴로워하셨는지 몰랐어. 아니, 알고는 있었지. 하지만 내가 생각한 것보다 더 힘들고 괴로운 마음이셨던 것 같아."

"오라버니, 아그네스 님을 만나실 건가요?"

엘라이나가 조심스러운 표정으로 물었다.

"잘 모르겠어. 만나고 싶기도 하고 두렵기도 하네. 어색할 것 같기도 하고. 네 생각은 어때?"

"저라면 만날 것 같아요. 만나도 후회, 만나지 않아도 후회일 것 같거든요. 어차피 후회할 거라면 만날래요. 그리고 물어보고 싶은 것도 물어보고 싶어요."

"물어보고 싶은 거?"

엘라이나의 말에 켄드릭이 의아한 표정으로 물었다.

"오라버니는 그런 거 없어요? 저는 많은데. 제가 어릴 때 부모님이 돌아가셔서요. 지금은 궁금한 게 그때는 궁금하지 않았거든요. 아버지와 어머니는 어떻게 만나셨을까? 어떤 부분 때문에 서로에게 반하셨을까? 내가 태어났던 날의 기분은 어땠을까? 그런 거요."

엘라이나는 조금 즐거운 표정으로 말했다. 프랜시스가 말해주기는 했다. 하지만 프랜시스가 아는 건 아주 일부분이었다. 그래서 항상 아쉽고 궁금했다. 켄드릭은 잠시 망설이다가 작은 목소리로 말했다.

"나도 묻고 싶은 게 있어."

켄드릭은 떨리는 목소리로 말을 이었다.

"아버지를 잃은 슬픔이 나를 얻은 기쁨보다 더 컸는지 묻고 싶어. 그래서 나를 혼자 뒀느냐고 묻고 싶어."

그렇게 말한 그는 엘라이나와 눈이 마주치자 얼굴이 붉어졌다.

"너무 유치하지? 하지만 어릴 때부터 궁금했어. 아버지가 돌아가신 게 슬펐더라도 내가 태어난 기쁨으로, 나를 보는 기쁨으로 버티실 수는 없었는지."

"아니요. 전혀 유치하지 않아요. 오라버니의 입장이라면 그런 생각이 들 수도 있죠."

엘라이나는 고개를 저으면서 말했다. 엘라이나는 켄드릭의 마음을 이해할 수 있었다.

'어쩌면 오라버니의 말처럼 유치한 생각일지도 몰라. 하지만 내가 오라버니의 입장이라도 궁금할 것 같아. 내가 죽은 아버지의 빈자리를 채우지 못했는지, 그래서 어머니가 슬픔을 이겨내지 못했는지, 그래서 나를 외면했는지.'

엘라이나는 씁쓸한 표정으로 생각했다. 그 질문에는 많은 것이 담겨 있었다. 자신이 어머니에게 소중한 존재였는지에 대한 궁금함, 자신이 어머니의 슬픔을 치유하지 못했다는 자괴감, 어머니를 향한 그리움과 원망까지.

"오라버니, 제 궁으로 우리 가족을 모두 초대해도 될까요?"

"우리 가족을?"

"할아버지도, 아그네스 님도, 오라버니와 황태손비 전하도 모두 초대하고 싶어요."

엘라이나가 말하자 켄드릭의 눈동자가 흔들렸다.

"나는 잘 모르겠구나."

"어색할 것 같다면서요. 두 분만 만나는 게 어색하고 어렵다면 다 같이 만나면 되는 거니까요. 그러면 조금 덜 어색하지 않을까요?"

"오히려 더 어색하면? 할아버지를 제외하고는 어머니와 초면인 사람들이잖아. 나는 물론 아기였을 때는 만났겠지만 초면이나 마찬가지고."

켄드릭은 망설이는 표정으로 말했다. 하지만 엘라이나의 녹색 눈동자를 바라보고 있으니까 모든 게 잘 풀릴 것 같다는 생각이 들었다. 그녀 덕분에 벨리사와도 진정한 연인이 되었으니까.

'엘라이나는 여러모로 특이해. 아니, 특별한 건가?'

그렇게 생각한 켄드릭은 빙긋 웃으며 말했다.

"아니, 내 생각에도 그게 좋을 것 같구나."

"진짜 괜찮겠어요?"

엘라이나가 켄드릭의 표정을 살피면서 물었다.

"그래, 엘라이나. 네 마음대로 하렴."

"네! 기대하셔도 좋아요."

그렇게 말한 엘라이나는 의지가 불타는 표정이 되었다.

아그네스는 뜻밖의 손님에 조금 놀란 표정이 되었다. 새로운 황손이라는 엘라이나였다. 엘라이나는 아그네스와 눈이 마주치자 고개를 숙여서 인사했다.

"아그네스 님을 뵙습니다."

"황손 저하를 뵙습니다. 매번 수프를 가져다주던 분이시군요."

"말씀 낮추세요."

엘라이나의 말에 아그네스는 미소를 지었다. 엘라이나는 그녀의 미소를 보고 켄드릭을 떠올렸다.

'오라버니와 많이 닮으셨네.'

그렇게 생각한 엘라이나는 활짝 웃었다.

"그럴까? 수프 고마웠어."

"입맛에 맞으셨나요?"

"그래, 아주 맛있더구나. 그리고 이상하게 그 수프를 먹으면 기분이 좋아졌어. 아, 홍차 마실래?"

아그네스는 상냥한 목소리로 물었다. 그녀는 엘라이나의 동그란 녹색 눈동자가 귀엽다고 생각했다. 둘은 루비궁의 정원 테이블에 앉았다. 시녀들은 신난 표정으로 홍차와 아몬드 쿠키를 가져왔다. 요즘 루비궁의 고용인들은 아그네스의 변화 덕분에 즐겁고 뿌듯하게 지내고 있었다.

"그냥 인사하려고 들른 것 같지는 않은데. 내 말이 맞지?"

아그네스가 묻자 엘라이나는 고개를 끄덕였다.

"네, 아그네스 님."

"내가 듣기로는 켄드릭과 사이가 좋다던데 편지 때문에 왔니?"

"아니, 다른 일로 왔어요. 조만간 에메랄드궁에 가족들을 초대하고 싶거든요. 함께 식사를 하려고요. 초대하기 전에 직접 만나뵙고 싶었어요."

엘라이나의 말에 아그네스는 조금 놀란 표정이 되었다. 가족이라는 표현에 어쩐지 마음이 따뜻해졌다.

"나도 가족으로 봐주다니. 고맙구나. 하지만 나는 가지 않는 게 좋을 것 같아. 켄드릭이 불편하지 않겠니?"

"오라버니도 아그네스 님이 함께하시기를 바라세요."

"켄드릭이? 그게 정말이니?"

아그네스는 여전히 조금 놀란 표정으로 물었다. 켄드릭이 자신과 함께하기를 바란다는 게 놀랍고 기뻤다. 하지만 한편으로는 엘라이나가 예의상 하는 말일 수도 있다고 생각했다.

"정말이니까 꼭 오세요. 나중에 정식으로 초대장을 보낼게요."

"하루라도 빨리 켄드릭을 만나고 싶구나."

그녀의 말에 엘라이나는 미소를 지었다.

"아그네스 님은 오라버니랑 많이 닮으셨어요. 그래서 그런지 처음 뵙는데도 어색하지 않네요."

엘라이나가 조심스럽게 말했다.

"그래? 폐하께서도 켄드릭이 나를 닮았다고 하시던데. 나는 켄드릭의 얼굴도, 성격도, 식성도 모르는구나."

"앞으로 알아갈 날이 많으니까 괜찮아요."

"너는 나를 비난하지도, 판단하지도 않는구나."

아그네스가 옅은 미소와 함께 말했다. 그녀는 많은 사람이 자신을 비난하고 판단하는 것을 느꼈다. 황태자가 죽자 이상해진 황태자비, 어린 아들을 외면한 비정한 어머니, 어딘가 망가진 여자. 그녀의 변화를 반가워하고 기뻐하는 사람도 많았지만 그런 사람만 있는 건 아니었다.

비난하고 판단하며 다시 이상해질 것이라고 생각하는 사람도 많았다. 아그네스는 그게 어쩔 수 없는 일이라고 생각하면서도 마음이 아팠다. 하지만 엘라이나는 전에 알던 사람도, 애정이 있던 사이도 아닌데 그러지 않았다. 그녀는 그게 신기하고 고마웠다.

"저도 최근에 사랑하는 사람을 잃었거든요. 사랑하는 사람을 잃는다는 게 얼마나 고통스러운 일인지 알아요. 아그네스 님을 이해해요."

"그렇게 말해줘서 고맙구나."

아그네스는 빙긋 웃으면서 말했다. 그리고 잠시 침묵이 흘렀고 아그네스가 다시 말을 꺼냈다.

"나는 켄드릭의 인생에서 많은 순간을 놓쳤단다. 처음으로 말을 시작한 날, 처음으로 걷기 시작한 날, 혼인하던 날까지. 그래서 앞으로는 놓치고 싶지 않단다. 하지만 이건 내 욕심이겠지. 켄드릭의 마음은 어떨지 모르니까."

"오라버니도 오라버니의 인생에 아그네스 님이 함께하시길 바랄 거예요."

엘라이나는 조심스럽게 말했다. 엘라이나는 그의 마음을 알았지만 그걸 말할 수 없었다. 자신이 말할 수 있는 부분이 아니라고 생각했기 때문이다. 그리고 그에 대한 걸 알려주겠다고 말하지도 않았다. 아그네스가 스스로 알아가길 바라는 마음이었다.

며칠이 흘렀다. 에메랄드궁의 고용인들은 모두 바쁘게 움직였다. 모든 황족이 에메랄드궁에 모이는 날이었기 때문이다. 에메랄드궁의 주인인 엘라이나는 새우가 들어간 매콤한 수프를 만들었다. 카플란 남작가의 주방장에게 배운 것이었다.

“아니, 저하! 아직도 주방에 있으시면 어떡해요? 곧 황태손 전하와 황태손비 전하가 도착하신대요.”

마샤가 다급한 표정으로 말했다.

“알았어요, 마샤.”

엘라이나는 마샤와 함께 손님 맞이할 준비를 했다. 제일 먼저 도착한 것은 켄드릭과 벨리사였다. 둘은 아주 다정한 부부로 보였다.

“황태손 전하를 뵙습니다. 황태손비 전하를 뵙습니다.”

“아, 엘라이나. 초대해줘서 고맙구나.”

“황손 저하를 뵙습니다. 에메랄드궁은 자주 왔지만 오늘은 어쩐지 새로운 기분이네요.”

엘라이나가 인사하자 켄드릭과 벨리사가 말했다.

“저하, 저 사실 긴장돼요. 폐하도 별로 뵌 적이 없고 아그네스 님도 처음 뵙는 거니까요.”

벨리사가 엘라이나에게 다가와서 귓속말을 했다.

“너무 긴장하지 마세요, 전하.”

엘라이나는 작은 목소리로 말했다. 벨리사만 긴장한 것은 아니었다. 그녀도 아그네스와 켄드릭 때문에 긴장되었다. 그리고 켄드릭도 웃는 얼굴이 조금 굳은 걸 보면 긴장한 것 같았다.

‘초대한 걸 후회하지는 않지만 괜찮을까? 오라버니도, 황태손비 전하도 할아버지랑 어색한 사이잖아. 아그네스 님만으로도 어려운 자

리인데.'

엘라이나는 켄드릭과 벨리사를 응접실로 안내하면서 생각했다. 에메랄드궁의 응접실은 침실처럼 하얀색과 금색, 초록색으로 꾸며진 곳이었다.

"여기서 잠시만 기다리고 계세요."

그렇게 말한 그녀는 다시 밖으로 나가서 데미안과 아그네스를 기다렸다. 곧 데미안과 아그네스가 도착했다. 데미안과 아그네스도 조금 긴장한 표정이었다.

"그라우트의 태양에게 영광을. 아그네스 님을 뵙습니다."

"켄드릭과 벨리사는?"

엘라이나가 인사하자 데미안이 물었다.

"응접실에서 기다리고 계세요."

그렇게 말한 엘라이나는 두 사람을 응접실로 안내했다. 문이 열리고 아그네스와 켄드릭의 눈이 마주쳤다. 아그네스와 켄드릭은 잠시 말을 잃은 것 같았다. 침묵이 흘렀고 켄드릭이 먼저 앉아 있던 몸을 일으켰다. 그리고 벨리사가 뒤따라 일어났다.

"그라우트의 태양에게 영광을. 어머니를 뵙습니다."

"그라우트의 태양에게 영광을. 어머님을 뵙습니다."

켄드릭과 벨리사가 정중하게 고개를 숙이며 인사했다. 아그네스는 그 모습에 많은 감정을 느꼈다. 드디어 아들과 며느리를 만났다는 기쁨, 둘에게 자신은 타인이나 마찬가지라는 슬픔, 오늘 더 가까워질지도 모른다는 설렘까지. 그녀는 켄드릭의 얼굴을 빤히 바라봤다. 자신과 많이 닮은 얼굴이었다. 그게 반갑고도 고마워서 눈물이 나올 것 같았다.

켄드릭도 조심스럽게 아그네스의 얼굴을 바라봤다. 그림에서 봤던 것보다 조금 더 나이 든 얼굴이었다. 하지만 여전히 아름답고 온화해 보였다. 자신과 많이 닮은 얼굴이었다. 그는 자신도 모르게 울컥했지만 꾹 참았다. 그런 둘을 바라보는 세 사람은 옅은 미소를 짓고 있었다.

엘라이나는 은근슬쩍 데미안과 벨리사를 끌어당겼다. 세 사람은 응접실 밖으로 나갔다. 아그네스와 켄드릭만의 시간을 만들어주고 싶었던 것이다. 켄드릭은 다시 자리에 앉았고 아그네스는 조심스럽게 옆에 앉았다.

"켄드릭, 훌륭하게 자랐구나. 고맙다, 고마워."

그렇게 말한 아그네스는 눈물을 흘렸다. 켄드릭은 자신도 모르게 그녀의 손을 잡아줬다. 아그네스는 조금 놀란 표정이 되었다가 잡은 손에 힘을 주며 흐느꼈다.

"어머니, 울지 마세요."

"너는 정말 훌륭한 청년이 되었구나. 그런데 나는 너에게 아무것도 해준 게 없어."

"어머니를 원망하지 않았다면 거짓말이겠죠. 하지만 어머니가 낳아 주신 덕분에 제가 누릴 수 있었던 게 많습니다. 좋은 친구, 가족, 연인은 물론이고 빛나는 태양도, 옅은 꽃향기도, 달콤한 디저트도요. 어머니가 낳아주시지 않았다면 누릴 수 없던 것들이죠."

켄드릭은 아그네스를 위로하려고 말했다. 아그네스는 그의 상냥한 표정, 다정한 목소리에 고개를 숙이고 흐느꼈다.

"진짜 부모라면 낳아놓기만 하면 안 됐어."

"어머니가 저에게 미안하시다면 앞으로 많은 시간을 함께 보내주세요. 어린 시절과 똑같은 일은 할 수 없겠지만 지금 나이에 맞는 많은 일을 함께할 수 있겠죠."

"나를 용서해주는 거니?"

아그네스가 눈물로 엉망이 된 얼굴을 들며 물었다.

"용서보다 이해라고 말하고 싶어요. 저는 어머니를 이해합니다."

그렇게 말한 켄드릭은 그녀의 눈물을 닦아줬다. 그는 그 말을 뱉는 순간 마음에 쌓였던 모든 그리움, 원망이 녹아내리는 것을 느꼈다. 그러자 눈물이 흘러내렸다. 두 사람은 서로를 껴안고 한참을 울었다.

응접실 밖으로 나온 아그네스와 켄드릭은 눈이 퉁퉁 부은 상태였다. 하지만 조금은 가까워진 모습이었다. 엘라이나와 데미안도, 벨리사도 다행이라고 생각하며 웃었다. 다섯 사람은 한 식탁에 앉아서 엘라이나가 만든 새우 수프를 먹었다.

"카플란 남작께서는 술을 마신 다음 날이면 이 수프를 드신대요."

"그렇다면 이 수프를 자주 먹겠군. 카플란 남작은 유명한 애주가거든."

엘라이나의 말에 데미안이 작게 소리 내서 웃더니 말했다.

"이것도 맛있지만 엘라이나가 평소에 만들던 수프가 제 입맛에 더 맞는 것 같아요."

켄드릭이 조심스럽게 말했다. 매운맛에 약한 그는 수프가 조금 매웠다. 아그네스도 켄드릭과 식성이 비슷한 모양인지 매운 표정이었다.

"저는 황손 저하께서 만드시는 건 다 맛있어요! 물론 굳이 고르자면 평소에 만드시던 수프가 더 맛있지만요."

벨리사가 활짝 웃으면서 말했다.

"아, 평소와 다르게 특별한 수프를 만든다는 게 너무 매웠던 모양이네요. 다음에는 맵지 않은 수프로 만들게요."

엘라이나는 상냥한 표정으로 말했다. 카플란 남작가에서 배운 레시피보다 프랜시스의 레시피가 더 맛있다는 말이 기뻤다.

"프랜시스의 레시피가 훌륭하지."

데미안이 중얼거렸다. 조용했기 때문에 모두 그 말을 들을 수 있었다.

"프랜시스 님이라면 그 소문의? 정말 의외였답니다. 폐하의 첫사랑이라니."

아그네스가 장난스러운 표정으로 말했다.

"그게 왜 의외라는 거지? 짐도 첫사랑 정도는 있을 수 있지."

데미안이 아무렇지 않은 표정으로 말했다. 하지만 귀가 붉어진 것을 보면 조금 쑥스러운 것 같았다. 그 모습을 본 네 사람은 피식 웃어버렸다. 켄드릭과 벨리사는 항상 어렵게만 생각하던 그가 조금 친숙하게 느껴졌다.

"저는 돌아가신 황태자 전하와 아그네스 님의 사랑 이야기도 궁금해요. 두 분이 어떻게 만나셨어요?"

엘라이나가 묻자 아그네스의 얼굴이 붉어졌다.

"저도 궁금하네요."

"저도요."

켄드릭과 벨리사도 말했다. 아그네스는 잠시 당황한 듯 눈만 깜박거리다가 빙긋 웃었다.

"평범한 이야기란다. 무도회가 지루했던 한 백작 영애가 테라스로 나왔지. 그리고 똑같이 무도회가 지루했던 황태자와 마주친 거야. 아주 평범한 이야기지."

"정말 낭만적이네요!"

그녀의 이야기에 벨리사가 말했다. 켄드릭은 처음 듣는 부모님의 이야기에 조금 기쁜 표정이었다. 부모님에 대해서 아는 게 별로 없었는데 새로운 사실을 알았기 때문이다.

"서로 첫눈에 반하셨나요?"

엘라이나가 묻자 아그네스는 얼굴이 붉어지더니 말했다.

"그런 건 아니야. 그냥 이야기를 나누면서 관심사가 비슷해서 마음이 갔어."

"두 분의 관심사가 비슷하셨군요. 어떤 관심사였나요?"

"둘 다 책을 좋아하고 음악도 좋아했지. 산책하는 것도 좋아하고."

엘라이나와 아그네스의 대화를 듣던 벨리사가 빙긋 웃었다.

"황태손 전하도 책과 음악을 좋아하시는데. 산책도 좋아하시고요. 두 분을 닮으신 모양이네요."

벨리사의 말에 켄드릭은 쑥스러운 듯 웃었다.

"그러고 보니까 요즘 건강이 꽤 좋아졌다던데. 사실이냐, 켄드릭?"

데미안이 수저를 내려놓으며 물었다. 태의는 켄드릭의 상태가 아주 좋아졌다고 말했다. 하지만 켄드릭은 그렇게 생각하지 않았다.

"전보다 상태가 좋은 날이 많아진 것은 사실입니다. 하지만 며칠에 한 번씩은 전보다 더 몸이 무거워서요. 이게 나아지고 있는 건지는 잘 모르겠습니다."

그의 말에 모두 걱정스러운 표정이 되었다. 그리고 엘라이나는 고민에 빠졌다. 자신의 수프 덕분에 상태가 좋아진 게 분명했다. 그런데 며칠에 한 번씩은 전보다 더 심해진다니. 그녀는 켄드릭의 상황을 이해할 수 없었다.

'이상한 일이네. 몸이 완전히 좋아지기 전에 잠깐 그러는 걸까? 아니면 다른 이유가 있는 걸까? 오라버니의 검은 연기가 조금도 줄지 않는 것도 이상하고. 혹시 황궁에 그 검은 연기를 만드는 사람이 있는 게 아닐까? 그렇다면 황궁 사람들이 검은 연기에 지배되고 있었던 것도 설명이 돼.'

그렇게 생각한 엘라이나는 소름이 돋았다. 자신이 알거나 잠깐이라도 마주쳤던 황궁 사람들의 얼굴이 떠올랐다.

'그게 아니라면 이 상황을 설명할 수가 없어. 그런데 누구지?'

엘라이나는 아랫입술을 깨물며 생각했다. 하지만 곧 다른 생각이 들었다.

'아니, 꼭 황궁이라는 법은 없지. 그 검은 연기를 어떤 방법으로 만들고 심는 건지 모르니까. 아주 먼 거리에서 심을 수 있을지도 모르잖아. 하지만 확실한 건 그 검은 연기를 만드는 사람이 오라버니를 계속 지켜보고 있다는 거야. 직접 지켜보고 있는 건지, 첩자가 있는 건지 모르겠지만.'

그렇게 생각한 엘라이나는 켄드릭을 바라봤다. 벨리사와 대화하고 있던 켄드릭이 그녀의 시선을 느끼고 돌아봤다.

"왜 그래?"

"아니, 아무것도 아니에요."

켄드릭이 묻자 엘라이나는 고개를 저으면서 대답했다. 그러자 데미안이 헛기침을 하더니 말했다.

"모두 모였으니 지금 말하면 되겠구나. 곧 엘라이나의 심포시온을 열어줄 생각이다."

"아, 그럴 때가 됐죠."

데미안의 말에 켄드릭이 옅은 미소를 지으며 말했다.

"이제 엘라이나도 황궁 생활에 어느 정도 적응이 됐을 테니까 지금이 적당한 때 같구나."

그렇게 말한 데미안이 엘라이나를 바라봤다. 엘라이나는 조금 당황한 표정이 되었다. 황족이나 귀족으로 자란 건 아니지만 심포시온이 무엇인지는 알았다. 하지만 자신이 심포시온을 열게 될 거라고 생각한 적은 없었다. 그래서 당황스럽고 어색했다.

"꼭 그럴 필요가 있을까요? 지금 열여덟 살이 된 것도 아닌데요."

"당연하지, 엘라이나. 사정이 있는 경우에는 조금 늦게 여는 사람도 있으니까 열여덟 살이 아닌 건 괜찮아."

엘라이나의 말에 아그네스가 말했다. 그녀는 자신이 켄드릭의 심포시온도 놓쳤다는 생각에 씁쓸했지만 미소를 지었다. 이제 켄드릭의 미래에 함께하는 것을 허락받았다. 그러니까 놓친 것을 후회하며 아파하지 않겠다, 앞으로 더 잘해주면 되는 것이라고 생각했다.

"그러면 조건이 있어요. 제가 만든 수프를 대접할래요."

엘라이나가 활짝 웃으면서 말했다. 황손의 심포시온이라면 많은 귀족이 모일 것이다. 그 귀족들 중에는 자신이 만든 수프로 정화할 사람이 있을 것이다.

"수프를?"

데미안이 의아한 표정으로 물었다. 자신의 손녀가 수프를 좋아한다는 건 알고 있었다. 하지만 심포시온에서 수프를 대접하겠다고 나설 줄은 몰랐다.

"치장하고 손님들을 맞이하려면 수프를 만들 시간이 없을 텐데."

아그네스가 조심스럽게 말했다.

"그건 괜찮아요. 치장하는 시간을 줄여서 만들면 돼요. 제가 손님들을 맞이하는 동안에 요리사들이 수프를 데워서 가져오면 되고요."

그렇게 말한 엘라이나가 미소를 지으며 주변을 둘러봤다. 데미안과 아그네스는 조금 당황스러운 표정이었다. 켄드릭과 벨리사는 그녀라면 그럴 것 같았다는 표정이었다.

"그러면 이렇게 하자. 치장하는 시간을 줄이는 건 곤란해. 귀족들에게 너를 소개하는 자리니까. 대신에 그 전날 만드는 건 어떠냐?"

"네, 그럴게요."

데미안이 묻자 엘라이나는 고개를 끄덕이면서 대답했다.

"특별히 원하는 게 있니? 무도회 주제라거나."

그렇게 물은 아그네스가 잠시 추억에 잠기더니 말을 이었다.

"내 심포시온은 모두 하얀 옷을 입었단다. 내가 제일 좋아하는 색깔이라서."

"짐의 심포시온은 모두 기사처럼 입었지. 기사들의 무도회라는 주제였거든."

데미안도 추억에 잠긴 표정으로 말했다.

"내 심포시온은 두 분보다는 평범했어. 따로 주제를 정하지 않았거든. 사파이어궁을 상징하는 사파이어, 파란색, 황실 문장으로 꾸몄지."

"제 심포시온은 분홍색 튤립이 주제였어요. 무도회장을 분홍색 튤립으로 장식했죠."

켄드릭과 벨리사도 미소를 지으면서 말했다. 엘라이나는 고개를 저었다.

"저는 딱히 바라는 게 없어요. 굳이 하나 말하자면 너무 화려하지 않았으면 좋겠어요."

그녀의 말에 데미안은 아쉬운 표정이 되었다. 최대한 화려하게 열어주고 싶었기 때문이다.

"알았단다. 무도회에 관한 건 짐이 준비할 테니까 너는 걱정하지 마라."

데미안이 엘라이나를 바라보면서 말했다.

"아, 폐하. 저도 도울게요."

아그네스가 미소를 지으면서 말했다.

"저도 최대한 돕겠습니다."

켄드릭도 옅은 미소를 지으면서 말했다. 데미안은 알겠다는 뜻으로 고개를 끄덕였다.

"저번 다과회에서 입었던 드레스를 다시 입으면 안 될까요?"

"그건 곤란해요, 황손 저하. 이사벨라를 불러서 새로 주문하세요."

엘라이나가 묻자 벨리사가 고개를 저으면서 대답했다. 심포시온은 모든 황족, 귀족에게 중요한 날이었다. 아무리 가난한 사람이라도 자신의 심포시온에서 전에 입었던 것을 입지 않는다.

"하지만 저는 드레스를 잘 몰라서요."

엘라이나는 어색하게 웃으면서 말했다.

"그러면 이사벨라가 저번에 쟀던 치수가 있으니까 제가 주문할게요. 폐하께서 정하신 주제에 맞게요. 그리고 황손 저하께서는 아직 친한 귀족이 별로 없으니 초대장도 제가 보낼게요."

벨리사가 조심스럽게 말했다.

"아, 카플란 남작영애와 콜먼 백작영애와 제라드 공작영애는 꼭 초대해주세요."

"네, 그럴게요."

"수도에 있는 고위 귀족은 모두 초대하는 게 좋겠구나."

데미안이 아무렇지 않은 표정으로 말했다.

"모두 감사합니다."

엘라이나가 활짝 웃으면서 말했다. 심포시온은 어색했다. 하지만 가족이 자신을 위해서 무언가를 해주겠다는 마음이 고맙고 기뻤다.

13

만약에 이게 사랑이라면

다음 날, 안드레스는 아그네스가 변화했다는 이야기, 그녀와 켄드릭이 가까워졌다는 이야기에 엘라이나를 떠올렸다. 엘라이나가 나타난 후로 많은 것이 달라졌다. 안드레스는 엘라이나가 마법을 부리는 것 같다고 생각했다.

‘황손 저하는 마법사가 아닐까?’

안드레스는 집무실 책상에 앉아서 생각했다. 엘라이나가 오기 전까지는 상상도 하지 못했던 일이 벌어지고 있었다. 그리고 그 마법은 자신에게도 통한 것 같았다. 가끔씩 그녀의 녹색 눈동자가, 미소가, 목소리가 생각났다. 안드레스는 바보가 아니었다. 어떤 사람이 자꾸 생각나는 이유를 모르지 않았다.

‘하지만 아니야.’

안드레스는 고개를 저으면서 생각했다. 다른 사람의 일이라면 그건 사랑이라고 말했을 것이다. 하지만 자신과 엘라이나라면 달랐다. 자신은 황실에 충성할 뿐이었다. 황손을 사랑하는 것은, 엘라이나를 사랑하는 것은 곤란했다.

'만약에 이게 사랑이라면 어떤 순간이었을까?'

그렇게 생각한 안드레스는 자리에서 일어나서 창가로 다가갔다. 자신의 부모님도, 켄드릭도 사랑에 빠진 순간이 있었다. 그리고 그 순간을 아주 선명하게 기억했다. 하지만 그는 자신이 언제 그녀에게 반한 것인지 알 수 없었다.

'정말 반한 거라면, 정말 사랑한다면 그 순간을 잊으면 안 되는 거 아닌가?'

안드레스는 저 멀리 날아가는 새를 바라보며 생각했다. 안드레스는 한 종류의 사랑만을 보고 살았다. 그래서 세상에는 특별한 계기가 없는, 천천히 스며드는 사랑도 있다는 걸 몰랐다.

'그러니까 이건 사랑이 아니야.'

그렇게 생각한 그는 창문을 열었다. 바람이 불어왔고 옅은 풀냄새가 났다. 여름이 오고 있었다.

아그네스와 켄드릭이 좋아하는 책이 연극으로 만들어진다는 소식이 들렸다. 아그네스는 어디서 구했는지 표를 네 장이나 구했다. 하지만 켄드릭은 아직 황궁 밖을 돌아다닐 체력이 아니라서 함께 갈 수 없었다.

"아쉽구나. 폐하는 바쁘시니까 너와 벨리사, 엘라이나를 데리고 갈 생각이었는데."

"저도 아쉽습니다, 어머니. 저 대신 제 친구를 데려가시는 건 어떻겠습니까? 아무래도 황궁 밖은 위험하니까요. 그 친구가 함께 가면 저도 안심할 수 있을 것 같습니다."

"네 친구? 그거 좋겠구나. 네 친구도 만나보고 싶으니까."

켄드릭은 아직도 엘라이나와 안드레스가 친해지면 좋겠다고 생각했다. 그래서 기회를 놓치지 않고 안드레스에게 세 황족을 에스코트하라고 명했다. 안드레스는 자신이 엘라이나를 사랑하는 게 아닌지 고민했던 일 때문에 어색했지만 주군의 명령을 거부할 수는 없었다.

네 사람이 도착한 곳은 제국에서 가장 크고 화려한 젤라우드 극장이었다. 황족, 귀족이 공연을 관람하려고 찾는 곳이었다. 물론 평민도 관람할 수 있었지만 표가 굉장히 비쌌기 때문에 쉬운 일은 아니었다.

"오늘 볼 연극은 어떤 내용인가요?"

"요정들의 여왕이 인간과 사랑에 빠지는 내용이란다. 자세한 건 연극으로 보렴."

엘라이나가 묻자 아그네스는 즐거운 표정으로 말했다. 그녀에게 연극의 원작인 책은 특별한 의미가 있었다. 자신과 켄드릭이 좋아하는 책이고 처음으로 감상을 나눴던 책이었기 때문이다.

"유명한 배우들이 나온대요."

벨리사가 작은 목소리로 말했다.

"극장에서 연극을 보는 건 처음이라서 떨려요. 제가 살던 마을은 공원에서 연극을 했거든요."

엘라이나가 설레는 표정으로 말하자 안드레스는 그런 그녀가 귀엽다고 생각했다.

'아니, 황손 저하를 귀엽다고 생각하다니. 실례잖아.'

안드레스는 한 손으로 얼굴을 가리며 괴로워했다. 그 모습을 본 엘라이나는 조심스러운 표정으로 물었다.

"공작님, 혹시 어디 아프신가요? 아프시면 먼저 들어가셔도 되는데요."

"아니, 아닙니다. 저도 연극을 좋아해서요. 꼭 보고 싶네요."

안드레스의 말에 엘라이나는 고개를 갸웃거렸다.

'방금 괴로워하신 것 같았는데. 내가 잘못 봤나?'

그렇게 생각한 엘라이나는 아그네스, 벨리사가 있는 쪽을 돌아봤다.

"그런데 황족이 쓰는 박스석에는 두 명씩 앉는데, 우리는 어떻게 앉으면 좋을까? 아, 엘라이나와 공작만 괜찮다면 둘이 앉는 게 어때?"

아그네스는 연륜이 있는 사람만 지을 수 있는 여유로운 미소와 함께 물었다. 안드레스가 엘라이나를 의식하고 있다는 걸 눈치챘기 때문이다.

'켄드릭의 친구라면 좋은 사람일 것 같아. 마리우스 공작가라면 소문으로 들은 이야기도 나쁘지 않고. 엘라이나의 짝으로 괜찮겠지.'

그렇게 생각한 그녀는 엘라이나에게 표 두 장을 건넸다. 아그네스가 벨리사를 데리고 먼저 가버리자 남은 두 사람은 조금 황당한 표정이 되었다.

'저렇게 가버리시다니!'

'저하와 나만 두고 가버리시다니.'

엘라이나와 안드레스는 서로를 바라보며 어색하게 웃다가 자신들의 좌석으로 향했다. 황족이 사용하는 박스석이라 그런지 화려하고 우아한 공간이었다.

붉은 벨벳으로 만들어진 편안한 의자 두 개가 있었고, 테이블 위에는 화병이 놓여 있었다. 향수를 뿌린 듯 달콤한 향기가 인상적이었다. 두 사람이 의자에 앉자 곧 연극이 시작되었다. 제일 먼저 등장한 것은 요정으로 분장한 여자 배우였다.

연두색 드레스와 요정의 날개, 풀잎으로 된 장신구가 동화에서 튀어나온 요정 여왕 같았다. 유명한 배우라는 말이 맞는지 배우를 보자마자 작게 감탄하는 관객도 있었다. 배우가 쓸쓸한 표정으로 관객석을 둘러보더니 외쳤다.

"그 누가 알겠는가! 이 외로움과 슬픔을! 누군가는 나를 숲에서 가장 위대하고 아름답다고 말하지만, 나는 언제나 혼자인 것을."

그러자 뒤를 따르던 다른 배우가 안타까운 표정으로 말했다. 요정 여왕의 신하인 것 같았다. 요정 여왕보다 옷차림과 날개가 초라했다.

"아니, 여왕님! 여왕님을 따르는 백성이 이렇게 많은데, 어찌 혼자라고 하십니까?"

"나의 충실한 신하여, 그런 말로 나를 더 슬프게 만들지 마라. 나는 동등한 위치에 설 수 있는 친구가 필요하구나."

"숲에서 가장 위대한 분이시여, 제발 그런 말씀 마십시오. 그 누구도 당신과 동등한 위치에 설 수 없습니다. 당신은 태양보다 눈부시고 달보다 온화한 분!"

엘라이나는 배우들이 대사 주고받는 것을 흥미진진한 표정으로 바라봤다. 모든 관객에게 잘 보이게 하려는 건지 행동이 조금 과하게 보이기도 했지만 재밌었다.

'재밌으신 모양이군.'

안드레스는 연극보다 엘라이나의 표정 변화가 더 재밌었다.

'사람의 표정이 저렇게 다양할 수도 있구나.'

그녀는 요정 여왕이 슬퍼하면 시무룩한 표정이 되었고 요정 여왕이 기뻐하면 활짝 웃었다. 그러더니 요정 여왕이 인간 남자와 만나는 장면에서는 설레는 표정이 되었다. 안드레스는 엘라이나의 모든 표정이 좋았지만 그 표정에는 조금 심술이 났다.

'저 남자 배우가 마음에 드시는 건 아니겠지?'

안드레스는 자신이 생각해도 유치해서 피식 웃었다.

'나는 아까부터 계속 황손 저하만 지켜보고 있는데, 저하는 연극에 빠지셔서 아무것도 모르는군. 다행이라고 해야 할까? 서운하다고 해야 할까?'

그 순간이었다. 엘라이나는 요정 여왕이 인간 남자와 사랑을 속삭이는 장면에 감동하다가 옆을 봤다. 그리고 안드레스와 눈이 마주쳤다.

"아, 나의 아름다운 연인이여! 마치 시간이 멈춘 것만 같소."

남자 배우가 외치는 소리가 들렸다. 그리고 엘라이나와 안드레스는 그 대사가 자신들 이야기 같다고 생각했다. 눈이 마주치자 시간이 멈춘 것만 같았기 때문이다.

'뭐지? 기분이 이상해.'

엘라이나는 그렇게 생각하면서도 안드레스에게서 눈을 뗄 수가 없었다. 마침 연극이 끝나고 관객의 박수가 쏟아졌다. 두 사람은 박수 소리에 정신을 차리고 무대로 고개를 돌렸다.

"저하는 연극에 나온 두 사람처럼 운명적인 사랑이 있다고 믿으십니까?"

안드레스는 배우들이 인사하는 것을 바라보면서 물었다.

"네, 저는 믿어요. 공작님은요?"

엘라이나는 요정 여왕 역할을 맡았던 배우가 환하게 웃는 모습에 박수를 쳤다. 하지만 온 신경은 안드레스에게 가 있었다.

"믿습니다."

안드레스는 확신에 찬 목소리로 대답했다. 남자 배우가 외치던 사랑 고백보다 더 달콤한 목소리였다.

며칠이 흘렀다. 엘라이나는 그레슬린과 전에 봤던 2구역의 디저트 가게로 향했다. 그녀는 항상 입던 옷이었고 그레슬린은 일부러 평민처럼 꾸민 옷이었다. 둘은 엘라이나가 황손이라는 걸 들키지 않으려고 서로 이름을 부르기로 약속했다. 그레슬린은 디저트 가게를 보고 너무 좋아서 굳어버렸다.

"그레슬린?"

엘라이나가 조심스럽게 그레슬린을 불렀다.

"에, 엘라이나. 너무 마음에 들어요! 최고네요!"

그렇게 말한 그레슬린은 얼굴을 붉히며 기뻐했다. 엘라이나가 자신의 취향에 딱 맞는 디저트 가게가 있다고 말했을 때는 반신반의했다. 그녀가 자신의 취향을 이 정도로 잘 파악했을 거라고는 생각하지 못한 것이다.

"마음에 들어요? 다행이네요. 우리 테이블에 앉아서 음료까지 먹고 가요!"

엘라이나가 활짝 웃으면서 말했다. 그리고 들뜬 표정으로 주변을 둘러보기 바쁜 그레슬린 대신에 디저트와 음료를 주문했다. 디저트는 하얀색 토끼 모양의 생크림 케이크와 토끼가 아몬드를 껴안고 있는 모양의 아몬드 쿠키였다. 그리고 디저트 가게의 음료는 딱 한 종류였다. 초콜릿 라테였는데 차가운 것, 따뜻한 것으로만 갈렸다.

"초콜릿 라테도 너무 귀여워요."

그레슬린이 신난 표정으로 말했다. 둘 다 따뜻한 것을 주문했는데, 토끼 모양 마시멜로가 있었다. 연분홍색 마시멜로와 하얀색 마시멜로가 떠다니는 게 귀여웠다. 그리고 초콜릿 라테를 담은 찻잔도 연분홍색이라 가게에 잘 어울렸다.

"그레슬린, 저 토끼 좀 봐요. 그레슬린이 가지고 있는 거랑 같은 거죠?"

엘라이나가 가게에 있는 커다란 분홍색 토끼 인형을 가리켰다.

"네, 그렇네요. 색깔은 다르지만 같은 거네요. 저것도 귀엽네요."

그레슬린이 토끼 인형을 보며 말했다. 두 사람은 가게의 장식이나 디저트를 보면서 한참 떠들었다.

"아, 그레슬린. 궁금한 게 있어요. 그레슬린의 심포시온은 어땠어요?"

엘라이나가 갑자기 생각난 것처럼 묻자 그레슬린이 미소를 지었다.

"그냥 평범했어요. 솔직히 제가 좋아하는 분홍색이랑 인형으로 장식하고 싶었어요. 그런데 다른 귀족들이 어떻게 볼지 모르겠더라고요. 그래서 가문의 상징인 카나리아로 꾸몄어요."

그레슬린은 주변에 들리지 않게 작은 목소리로 말을 이어갔다.

"딱히 바라는 주제가 없는 황족이나 귀족은 그렇게 하거든요. 황실이나 가문의 문장으로 꾸미는 거요. 카나리아도, 노란색도 좋아하지만 약간 아쉽긴 해요."

그레슬린은 주변에 들리지 않게 작은 목소리로 말했다.

"폐하께서 제 심포시온을 열어주신대요."

엘라이나도 주변에 들리지 않게 작은 목소리로 말했다. 둘 다 목소리가 점점 작아졌다.

"엘라이나는 어떤 주제를 생각하는 중인데요?"

"저는 잘 모르겠어서 폐하께 맡겼어요. 사실 무도회도 처음이라서 긴장돼요. 실수하면 어쩌죠?"

"너무 걱정하지 마세요."

그레슬린이 상냥하게 웃으면서 그녀의 손등을 톡톡 두드렸다. 응원의 뜻이었다. 엘라이나는 활짝 웃었다.

"그럴게요! 그레슬린도 꼭 오세요."

"당연하죠, 엘라이나."

그렇게 말한 둘은 작게 소리 내서 웃었다. 그리고 그런 둘을 지켜보는 사람이 있었다. 발렌티노였다. 둘의 목소리가 작아서 무슨 말을 하는 건지 듣지는 못했다. 하지만 그는 제라드 공작 영애인 그레슬린의 얼굴을 알았다.

'제라드 공작 영애와 함께 있는 걸 보니까 진짜 귀족인 모양이군.'

발렌티노는 아쉬운 표정으로 엘라이나를 바라보며 생각했다. 그의 옆에 있던 평민 여자는 새침한 표정을 지으며 말했다.

"뭐야? 저 여자가 마음에 드는 거야?"

"아니, 그런 거 아니야."

발렌티노는 여자의 이마에 입을 맞추고 말했다. 여자는 그의 말을 믿지 않았지만 그냥 웃어버렸다. 어차피 진지한 사이는 아니었으니까. 여자는 그의 손길에 은근한 눈빛을 보냈다. 발렌티노는 그런 여자를 보고 엘라이나와 처음 만난 날을 떠올렸다.

자신의 손길을 알아채지 못하던 그녀의 순진한 모습과 맑은 녹색 눈동자를 떠올리자 갈증이 느껴졌다. 엘라이나가 아니면 채울 수 없을 것 같은 갈증이었다. 하지만 그는 엘라이나가 아닌 여자의 목덜미에 입을 맞췄다. 두 사람은 마주 보고 웃더니 디저트 가게를 빠져나갔다.

그리고 발렌티노가 같은 공간에 있었다는 사실도 모르는 엘라이나와 그레슬린은 다른 이야기를 시작했다. 제국과 우호 관계를 유지하고 있는 타란타 왕국의 이야기였다. 타란타 왕국은 대대로 여왕이 다스려왔는데, 이번 여왕은 후궁이 다섯 명이었다.

"어떤 사람은 정치적 이유라고 말하고, 어떤 사람은 여왕이 남자를 좋아하기 때문이라고 하더라고요."

그레슬린이 아몬드 쿠키를 먹다가 말했다.

"저도 소문은 들었어요. 아주 아름다운 분이라면서요? 붉은 머리카락에 화려한 미인이라고 들었어요."

초콜릿 라테를 마시던 엘라이나가 말했다.

"네, 재능도 많은 분이래요. 특히 검술이 뛰어나다고 들었는데, 저는 검을 배우는 사람이라 대련을 해보고 싶더라고요."

"언젠가 기회가 있겠죠."

엘라이나가 상냥하게 말하자 그레슬린은 미소를 지었다.

율라니는 초조한 표정으로 엄지손톱을 깨물었다. 아그네스와 벨리사는 루비궁에서 차를 마시기로 했다는 말과 함께 가버렸다. 켄드릭이 율라니를 대하는 태도는 평소와 똑같았다. 언제나 그랬던 것처럼 상냥하고 다정했다. 하지만 그녀는 아그네스에게 그를 빼앗길 것 같다는 생각이 들었다.

아기였던 켄드릭이 훌륭한 청년이 될 때까지 돌본 것은 자신이었다. 그런데 갑자기 나타난 주제에 어머니 노릇을 하려고 들다니. 그녀는 분한 마음을 감출 수 없었다. 더군다나 아그네스가 자신의 저주를 풀었다고 생각하니 더 화가 났다.

'그 여자가 어떻게 내 저주를 풀었을까?'

율라니는 눈을 가늘게 뜨면서 생각했다. 그녀는 켄드릭의 어머니가 되려고 했다. 그걸 위해서 아그네스와 켄드릭을 저주했다. 아그네스에게는 켄드릭을 돌볼 수 없을 정도의 슬픔을 느끼게 만들었다. 켄드릭은 자신이 아닌 사람에게 의지할 수 없도록 약한 몸으로 만들었다. 그녀의 계획은 성공적이었다.

아그네스는 켄드릭을 돌볼 수 없었다. 켄드릭은 약한 몸 때문에 사람들과 가까워질 수 없었다. 모든 게 그녀의 계획대로 되고 있었다. 켄드릭이 황제가 되면 자신은 태후나 다름이 없는 권력을 가지게 될 것이다.

그리고 최종적인 꿈을 이룰 수 있을 것이다. 하지만 언젠가부터 계획이 어긋나기 시작했다. 켄드릭의 저주가 풀리고 있었기 때문에 며칠마다 다시 저주를 걸었다. 그리고 아그네스는 완전히 저주에서 벗어났다.

'도대체 왜? 내 저주는 완벽한데.'

율라니는 이를 갈면서 생각했다. 그리고 자신의 계획이 어긋나기 시작한 것이 엘라이나가 나타났을 때부터라는 걸 떠올렸다.

'설마 황손이? 아니, 그런 애송이가 내 저주를 풀 수 있을 리가 없어.'

율라니는 초조한 표정으로 생각했다. 하지만 그녀가 나타난 후로 켄드릭의 저주가 풀리기 시작했다. 엘라이나가 루비궁에 수프를 가져다준다는 소문이 돌자 아그네스의 저주가 풀렸다.

'황손은 평민으로 자랐으니까 저주에 대해서 배웠을 수도 있어.'

그렇게 생각한 율라니는 자신의 생각을 시험해보기로 했다.

'황손이 내 저주를 피할 수 있는지 볼까? 피한다면 내 저주를 풀 수 있을 만큼 강력한 주술사라는 소리니까.'

율라니는 화장대 서랍을 열고 작은 상자 하나를 꺼냈다. 붉은 상자였는데 검은 장미 문양이 있었다. 그녀가 상자를 열자 검은 가루가 보였다. 검은 장미꽃잎을 말려서 가루로 낸 것이었다. 율라니는 주변에서 쉽게 구할 수 있는 것으로 저주를 걸었다. 그게 그녀의 저주가 무서운 이유였다.

율라니는 화장대 위에 뒀던 로즈마리 오일을 들어올렸다. 그리고 검은 장미꽃잎으로 만든 가루에 뿌려서 섞었다. 그리고 낮은 목소리로 제국어가 아닌 낯선 언어를 중얼거렸다. 그것은 어떤 주문 같았다. 주문은 꽤 길게 이어졌는데 주문이 끝날 쯤에 놀라운 일이 벌어졌다.

검은 장미꽃잎으로 만든 가루가 검은 뱀이 된 것이다. 율라니는 자신의 오른쪽 검지손가락에 상처를 냈다. 그러고는 뱀의 이마에 피 한 방울을 떨어뜨렸다. 그러자 뱀은 공격적으로 쉭쉭 소리를 냈다. 그녀는 그런 뱀을 기특하다는 표정으로 바라봤다.

"엘라이나 황손에게 가거라."

율라니가 노래하듯 말하자 뱀은 빠르게 움직여서 어디론가 사라졌다.

'저주를 풀지 못한다면 더 좋지. 켄드릭의 경쟁자를 없앨 수 있는 거니까.'

그렇게 생각한 그녀는 크게 웃었다. 아름다운 얼굴에 어울리지 않는, 소름 끼치는 웃음소리였다.

뱀은 빠르게 움직여서 에메랄드궁에 도착했다. 어두운 밤이었기 때문에 아무도 뱀을 볼 수 없었다. 뱀은 살짝 열린 창문을 통해서 엘라이나의 침실에 침입했다. 그리고 침대에 올라가 자고 있는 엘라이나를 바라봤다. 그리고 또다시 공격적으로 쉭쉭 소리를 내더니 그녀의 발 쪽으로 향했다.

뱀은 엘라이나의 발목을 물고 검은 연기가 되어서 사라졌다. 엘라이나는 발목이 따끔해서 눈을 떴다. 그리고 발목을 확인했지만 아무것도 없었다. 그녀는 쏟아지는 잠에 다시 눈을 감았다. 이상한 일이었다. 자꾸 잠이 쏟아지고 몸에서 열이 났다.

‘괴로워.’

엘라이나는 몸이 아픈 걸 느끼자마자 부모님과 할머니의 얼굴을 떠올렸다.

‘어른이 되어도 아프면 어린아이가 된 기분이야.’

그렇게 생각한 엘라이나는 눈앞이 흐려졌다.

‘내가 왜 이러지? 나도 모르는 사이에 무리했던 걸까? 아무래도 안 되겠어.’

엘라이나는 느릿느릿한 손길로 설렁줄을 당겼다. 그러자 곧 문이 열리며 마샤가 들어왔다. 그녀는 엘라이나의 얼굴을 보고 당황한 표정이 되었다.

“저하, 왜 그러세요? 어디 아프세요?”

엘라이나는 대답하려고 했지만 입이 떨어지지 않았다. 누군가 자신의 몸을 누르는 것처럼 온몸이 무거웠다. 마샤는 하얗게 질린 얼굴로 다른 고용인을 부르기 위해 나갔다. 엘라이나는 괴로운 숨소리를 내면서 정신을 잃었다.

아침이 되었고 엘라이나가 아프다는 이야기에 황족들은 차례로 에메랄드궁을 찾았다. 하지만 엘라이나는 계속 잠이 든 상태였다. 몸은 뜨거웠고 자꾸 괴로운 듯 인상을 찌푸렸다. 황족들은 물론이고 안토니오와 바버라, 에메랄드궁의 고용인들도 걱정이 많았다.

“태의, 엘라이나가 도대체 왜 이러는 건가?”

“잘 모르겠습니다. 단순한 몸살이라고 생각했는데, 상태가 좋아지지 않으시는군요."

데미안이 묻자, 태의가 어쩔 줄 몰라 하며 대답했다.

"그게 태의의 입에서 나올 말인가?"

"태의도 최선을 다하고 있습니다. 진정하세요."

데미안이 무서운 표정을 짓자 켄드릭은 그를 말렸다. 황족들이 굳은 표정으로 물러났고, 태의는 엘라이나의 상태를 살피며 고민에 빠졌다.

"밤까지만 해도 멀쩡하셨는데. 평소처럼 아침에 어떤 수프를 만들면 좋을지 고민하셨다고요."

마샤가 울먹이면서 말하자 태의는 미간을 찌푸렸다.

"이상한 일이군요. 일단 제가 할 수 있는 건 다 했으니 지켜보는 수밖에 없겠어요."

그렇게 말한 태의는 긴 한숨을 쉬었다.

"그 이야기 들으셨습니까?"

"또 어떤 가문의 강아지가 새끼를 낳았다는 거면 됐어."

벤저민이 다급한 목소리로 묻자 안드레스는 심드렁한 표정으로 말했다. 벤저민은 소식에 빠른 편이었지만 쓸데없는 소식을 물고 오는 경우가 많았기 때문이다.

"아니, 황손 저하께서 아프시다는 거요."

"뭐? 저하께서 아프시다고?"

안드레스는 큰 소리를 내며 자리에서 벌떡 일어났다. 벤저민은 그의 행동에 당황해서 눈을 빠르게 깜박이며 대답했다.

"네, 밤부터 아프셨던 모양입니다. 제 친구가 제라드 공작가에서 보좌관으로 일하지 않습니까? 그 친구한테 들었습니다. 제라드 공작님이랑 공작 영애가 병문안을 다녀오신 모양이던데요."

"나도 병문안을 가야겠군."

"병문안이요? 소용없습니다. 얼마나 아프신지 계속 주무시다가 일어나서 물만 마시고 또 주무시더래요. 제라드 공작님과 공작 영애도 잠깐 얼굴만 보고 나오셨답니다. 지금 가셔도 침실 안으로 들어가실 수 없을 거예요."

벤저민이 말하자 안드레스의 눈동자가 흔들렸다.

'도대체 얼마나 아프시길래.'

안드레스는 초조한 표정으로 다시 앉았다. 벤저민은 그가 안절부절못하는 걸 보고 의아한 표정을 지었다.

"아무래도 안 되겠다. 그렇다고 이대로 가만히 있을 수는 없어. 에메랄드궁으로 가봐야겠어."

"도대체 왜요?"

벤저민은 이해가 안 된다는 듯 물었지만 안드레스는 대답하지 않았다. 벤저민은 뛰쳐나가는 그를 따라가면서도 이 상황을 이해할 수 없었다.

"죄송하지만 지금은 황손 저하가 주무시고 계셔서요. 안으로 들어가실 수 없습니다."

마샤의 말에 안드레스는 고개를 끄덕였다.

"알겠습니다. 저하께서는 어디가 어떻게 아프신 겁니까?"

"몸살인 것 같은데 확실하지는 않습니다. 죄송하지만 오늘은 이만 돌아가 주세요. 지금 에메랄드궁에는 공작님을 대접할 수 있는 여력이 없어서요. 죄송합니다."

"아니, 아닙니다."

안드레스는 고개를 저으며 말하고 뒤로 돌아섰다.

'얼굴이라도 보고 싶었는데.'

아쉬운 마음이 들었지만 지금 중요한 건 엘라이나가 하루라도 빨리 낫는 것이었다. 그러니까 자신이 방해할 수는 없었다.

엘라이나는 목이 타는 것 같은 갈증에 눈을 떴다. 몸은 여전히 무겁고 뜨거웠다. 침대 옆에 놓인 물을 마시려고 했는데 손가락 하나 움직일 힘이 없었다. 그런데 어디선가 밝은 빛이 쏟아지더니 아스테르가 나타났다.

"아스테르 님!"

엘라이나는 놀란 표정으로 아스테르를 불렀다.

"내 아이의 죄가 점점 무거워지고 있구나. 괴로운 일이야."

아스테르는 괴로운 표정으로 말했다. 그리고 그녀를 향해서 손을 뻗었다. 그러자 엘라이나의 발목에서 빛이 났다.

"아스테르 님, 무슨 일인가요?"

엘라이나가 의아한 표정으로 묻자 아스테르는 뻗었던 손을 내렸다. 그러자 발목의 빛도 사라졌다. 엘라이나는 몸이 나아지는 걸 느꼈다.

"누군가 너를 저주했다. 그대로 뒀으면 시름시름 앓다가 죽었을 거야."

"네? 도대체 누가요?"

"내가 말할 수 있는 것은 너의 적이 이 황궁 안에도, 황궁 밖에도 있다는 거야."

그렇게 말한 아스테르는 곧 사라질 것만 같았다. 엘라이나는 침대에서 내려와 그녀에게 다가갔다.

"아스테르 님, 가지 마세요. 묻고 싶은 게 많아요. 켄드릭 오라버니의 검은 연기는 왜 바로 사라지지 않는 건가요? 그리고 오라버니가 아프신 건 검은 연기 때문인가요?"

"그 아이가 저주에 걸렸기 때문이지. 네가 쉽게 정화한 다른 아이들은 저주에 걸린 게 아니었단다. 그저 저주가 황궁 곳곳에 남긴 흔적에 물든 거지. 그래서 검은 연기를 쉽게 없앨 수 있었던 거야. 하지만 그 아이가 아픈 건 저주 때문이란다."

그렇게 말한 아스테르는 씁쓸한 미소와 함께 말을 이었다.

"하지만 그 아이는 저주를 받았으니 검은 연기가 쉽게 사라지지 않는 거야. 더군다나 그 아이의 저주가 풀리려고 할 때마다 새롭게 저주를 걸고 있는 누군가가 있으니까."

"그게 누구인지 알려주시면 안 될까요?"

"잘 생각해보렴. 그 아이의 옆을 항상 지키고 있는 누군가, 그 아이의 모든 것을 쥐고 흔들고 싶어 하는 누군가를."

아스테르가 옅은 미소와 함께 말했다. 엘라이나가 그 말을 듣고 바로 떠올린 것은 율라니의 얼굴이었다. 그녀는 켄드릭의 옆을 항상 지키고 있었으니까. 하지만 확실하지 않은데 죄를 물을 수는 없었다.

'율라니가 오라버니의 모든 것을 쥐고 흔들고 싶어 하나? 그건 잘 모르겠는데.'

그렇게 생각한 엘라이나는 침대 가장자리에 앉았다. 그리고 자신의 발목을 쓰다듬었다. 자신이 저주에 걸려서 죽을 뻔했다니. 그녀는 소름이 돋고 무서웠다.

'나는 그냥 평범한 수프 가게 주인일 뿐인데.'

엘라이나는 한숨을 쉬면서 생각했다. 평범한 수프 가게 주인이 황손이 되고, 이런 일에 휘말리다니. 그녀는 평범한 일상으로 돌아가고 싶었다.

'율라니를 잘 지켜봐야겠어. 아니, 아무리 생각해도 이건 나 혼자만의 일이 아니야.'

그렇게 생각한 엘라이나는 침대에서 일어났다.

"아스테르 님, 저는 지금 아스테르 님의 해답이 필요해요."

엘라이나가 작은 목소리로 말했다.

"무슨 일이지?"

"제 능력을 알리면 안 될까요?"

엘라이나의 말에 아스테르가 놀란 표정이 되었다. 그동안 수많은 인간에게 임무와 능력을 줬지만, 그걸 알리겠다고 말한 것은 그녀가 처음이었다.

"모두에게?"

"모두에게 알릴 필요까지는 없고요. 그냥 가족이나 정말 믿을 수 있는 소수에게만 알리고 싶어요. 그래도 될까요?"

엘라이나가 조심스럽게 물었다. 녹색 눈동자가 굳은 의지로 반짝이고 있었다. 그녀도 갑자기 결성한 일은 아니었다. 그동안 혼자 검은 연기에 대해서 고민할 때마다 주변에 상의하고 싶다는 생각은 있었다. 하지만 누가 검은 연기에 지배되고 있는지, 누가 검은 연기를 만들었는지 모르는 상황에서 쉽게 상의할 수 없었다. 그리고 신에게 받은 힘이라 더 조심스러웠다.

"모두에게 알리지 않는다면 그렇게 하렴. 이 모든 일을 멈출 수 있다면 그것도 좋은 방법이겠지."

"감사합니다."

"너는 특이한 아이구나. 신에게 임무와 능력을 받으면 모두 숨기던데."

그렇게 말한 아스테르는 빙긋 웃었다.

"세상에는 혼자 해결할 수 있는 일과 혼자 해결할 수 없는 일이 있거든요. 혼자 해결할 수 없는 일을 혼자 해결하겠다는 것도 웃기니까요."

엘라이나는 아무렇지 않은 표정으로 말했다. 그녀는 자기 능력의 한

계를 잘 알았다. 아스테르가 준 능력 때문에 더 많은 일을 할 수 있게 되었다. 하지만 그걸로 이 모든 일을 해결할 수는 없었다.

“혼자 해결해서 영웅이 될 수도 있을 텐데.”

“혼자 해결하지 않아도 영웅은 될 수 있겠죠. 하지만 저는 영웅이 되고 싶지 않아요. 그냥 가족과 이 제국을 지키고 싶을 뿐이죠. 처음부터 쭉 그랬어요. 제 가족은 황족이고 능력 있는 사람들이니까 이 일을 해결하는 데 큰 도움이 되겠죠.”

그녀의 말에 아스테르는 옅은 미소를 지었다.

“네 능력을 밝힐 때 작은 도움을 주마.”

그렇게 말한 아스테르는 사라졌다. 엘라이나는 그게 무슨 소리인지 몰라서 의아한 표정이 되었다.

14

저 드릴 말씀이 있어요

엘라이나의 몸이 나은 것에 많은 사람이 기뻐했다. 엘라이나는 가족에게만 자신의 능력을 밝히기로 결심했다. 다른 사람을 믿지 못하는 건 아니었다. 하지만 이건 아는 사람이 적을수록 좋을 것 같았다. 검은 연기를 만드는 사람에게 새어나갈 수 있으니까.

'율라니가 의심스럽다는 말도 해야겠지. 오라버니가 너무 놀라지 않으셨으면 좋겠는데.'

그렇게 생각한 엘라이나는 데미안의 집무실을 찾았다. 아그네스, 켄드릭, 벨리사가 데미안의 집무실에 있다는 말을 들은 것이다. 그녀는 긴장 때문에 심호흡을 하고 들어갔다. 그런데 네 사람이 테이블에 앉아서 열띤 토론을 하고 있었다.

"황손 저하께서 저번에 얼마나 요정 같으셨는데요. 요정을 주제로 하는 게 좋겠어요."

“하지만 그건 엘라이나가 부담스럽지 않을까? 그냥 모두 엘라이나가 좋아하는 색깔로 입는 게 좋겠어.”

벨리사의 말에 아그네스가 말했다.

“에메랄드궁을 상징하는 초록색으로 꾸미는 게 어떨까요?”

“내 생각에도 그게 좋겠구나. 모든 장식을 에메랄드로 만드는 게 좋겠군. 제국에서 제일 유명한 장인을 부르는 거야.”

켄드릭이 묻자 데미안이 말했다. 엘라이나는 어색한 표정으로 웃었다. 네 사람이 무엇을 상의하고 있는 건지 눈치챈 것이다.

“제 심포시온은 소박하고 평범하게 열어주셔도 되는데요.”

“소박하고 평범하게? 너는 황손이야. 제국에서 제일 화려하고 특별한 심포시온을 열어야지.”

데미안이 전쟁이라도 선포하는 것 같은 표정으로 말했다. 제라드 공작의 조언을 잊은 건 아니었다. 하지만 지금은 자신보다 더 들뜬 것 같은 세 사람이 있었다. 데미안은 더 화려하게 꾸며도 될 것 같다는 용기가 생겼다.

‘다 모였으니까 지금 말하는 게 좋겠지?’

그렇게 생각한 엘라이나는 진지한 표정으로 네 사람을 둘러봤다.

“저 드릴 말씀이 있어요.”

엘라이나의 말에 네 사람이 조용해졌다. 그녀의 표정이 진지했기 때문에 네 사람도 덩달아 진지한 표정이 되었다.

“무슨 일이냐?”

데미안이 조심스럽게 물었다.

“지금부터 제가 믿기 어려운 말을 하려고 하는데요. 궁금하신 게 많겠지만 끝까지 들어주세요. 질문은 그다음에 받을게요.”

그렇게 말한 엘라이나는 긴장한 표정으로 말을 이어갔다.

“우선 오라버니는 몸이 약하신 게 아니에요. 저주에 걸리신 거죠. 지금 제국에는 오라버니를 저주하는 사람이 있어요. 아주 어렸을 때부터 저주했던 것 같아요. 오라버니가 아프시기 시작한 것도 그때부터니까요.”

엘라이나의 말에 네 사람이 놀란 표정으로 무언가를 물으려다가 입을 다물었다. 그녀의 말이 끝난 것 같지 않았기 때문이다.

“그리고 저는 그 저주를 정화하는 힘이 있어요. 아스테르 님에게 받은 힘이죠. 하지만 저 혼자는 오라버니를 저주하는 사람이 누구인지 알 수 없어요. 가족들이 저를 도와주셨으면 좋겠어요. 물론 다른 사람들에게는 비밀로 하고요. 제 말은 끝났어요. 궁금한 게 있으시면 물어보셔도 돼요.”

그렇게 말한 엘라이나는 자신도 모르게 한숨을 쉬었다. 네 사람은 혼란스러운 표정이었다.

“내가 저주를 받은 거라고?”

켄드릭이 작은 목소리로 중얼거렸다.

“도대체 누가 켄드릭을 저주한다는 거야?”

아그네스는 켄드릭을 바라보면서 물었다. 하지만 아무도 대답하지 않았다. 아그네스도 대답을 바라고 물은 게 아니라서 눈시울만 붉어졌다.

"아스테르 님에게 힘을 받았다고?"

"네, 할아버지. 제가 만든 수프를 먹으면 정화가 돼요. 그래서 모두에게 수프를 먹이려고 했던 거예요. 물론 수프를 대접하고 싶은 마음도 있었지만요."

데미안이 굳은 표정으로 묻자 엘라이나는 고개를 끄덕이고 말했다. 아무런 말도 없이 생각하던 벨리사가 아랫입술을 깨물었다.

'그래, 그런 거였어.'

그렇게 생각한 벨리사는 엘라이나와 눈이 마주치자 물었다.

"황손 저하, 그러면 저도 저주에 걸렸던 건가요?"

"네? 아니, 그게 말이에요."

엘라이나가 당황하면서 말하자 벨리사는 그럴 줄 알았다는 표정이 되었다.

"역시 그랬던 거군요. 어쩐지 이상했어요. 저하의 수프를 먹은 다음부터 마음이 이상하게 편해졌거든요."

"벨리사는 저주에 걸린 게 아니라 저주의 흔적에 물든 거래요. 비교적 가벼웠던 거죠. 사실 벨리사는 이미 정화된 사람이라서 말하지 않으려고 했어요."

엘라이나의 말에 벨리사가 자리에서 벌떡 일어났다. 그리고 그녀의 손을 잡고 환하게 웃었다.

"감사합니다, 저하. 덕분에 그 괴로운 감정에서 벗어날 수 있었어요."

"그러면 혹시 나도?"

아그네스가 조심스럽게 묻자 엘라이나는 고개를 끄덕였다.

"원래도 고맙게 생각하고 있었지만 더욱 고맙구나."

아그네스가 미소를 지으면서 말했다.

"나도 그래. 어머니와 벨리사를 구해줘서 고마워. 그리고 나를 구해주려고 노력하는 게 고맙고."

켄드릭도 미소를 지으면서 말했다. 엘라이나는 조금 놀란 표정으로 네 사람을 둘러봤다.

"제 말을 믿어주시는 건가요?"

"믿지 않을 이유가 없지."

엘라이나가 묻자 데미안이 대답했다. 그 순간이었다. 어디선가 반딧불이 같은 것이 날아왔다. 그리고 낯선 목소리가 들렸다.

"모든 아이들아, 내 말을 들어라."

목소리가 말했다. 그 목소리는 성스럽고 고귀한 느낌이 들었다. 엘라이나는 그 목소리의 주인공이 아스테르라는 것을 눈치챘다. 엘라이나와 만났던 어린 모습의 목소리가 아니었다. 아스테르의 원래 목소리인지 젊은 여자의 목소리였다.

"내 이름은 아스테르. 밤하늘의 작은 빛을 다스리는 자."

"아스테르 님이라니."

아그네스가 조금 떨리는 목소리로 중얼거렸다.

“제국의 황손 엘라이나에게 정화의 힘을 주었으니 그 힘으로 제국을 구하여라. 내 아이들을 구하여라.”

아스테르의 목소리는 그 말을 끝으로 더는 들리지 않았다. 그리고 반딧불이 같은 것도 사라졌다.

‘능력을 밝힐 때 작은 도움을 주신다는 게 이런 거였구나.’

그렇게 생각한 엘라이나는 미소를 지었다. 다른 네 사람은 얼떨떨한 표정으로 엘라이나를 바라봤다. 그녀의 말을 믿지 않은 건 아니었지만 아스테르의 목소리를 들으니까 더 실감이 갔다.

“켄드릭의 저주는 아그네스나 벨리사처럼 쉽게 풀리지 않는 거냐?”

데미안이 무서운 표정으로 물었다. 누군가 켄드릭에게 저주를 걸었다는 것에 화가 났다.

“저주를 거는 사람이 계속 오라버니를 지켜보고 있는 것 같아요. 저주가 풀릴 것 같으면 새롭게 저주를 거는 식이라서 쉽게 풀리지 않더라고요.”

“내가 요즘 몸이 좋아졌다가 나빠지는 게 반복되는 이유도 그것 때문인 건가?”

“맞아요, 오라버니.”

켄드릭이 묻자 엘라이나가 씁쓸한 표정으로 대답했다. 지금부터 켄드릭에게 할 이야기도 만만치 않게 어려운 이야기였다.

“오라버니, 사실 의심되는 사람이 있기는 해요. 아직 확실한 건 아니지만 오라버니의 도움이 필요해요."

"누구냐? 도대체 누가?"

데미안이 테이블을 쾅 치면서 물었다. 아그네스와 벨리사의 눈빛에서도 분노가 느껴졌다.

"오라버니의 유모인 율라니예요."

"뭐? 아니, 절대 아니야."

엘라이나의 말이 끝나기가 무섭게 켄드릭이 말했다. 그는 혼란스러운 표정이었다.

"엘라이나, 네가 뭔가 오해하고 있는 게 아닐까? 유모가 나한테 그럴 리가 없어."

켄드릭이 떨리는 목소리로 말했다. 그리고 율라니와 함께 보냈던 날들을 떠올렸다. 어린 자신을 안고 자장가를 불러주던 모습, 우는 자신을 달래주던 모습, 자신이 벨리사와 혼인하던 날 기쁨의 눈물을 흘리던 모습까지. 자신이 아는 그녀는 모두 그런 모습이었다. 자신을 아껴주고 자신이 행복하길 진심으로 바라는 모습.

"물론 아닐 수도 있어요."

엘라이나가 조심스러운 표정으로 말을 이어갔다.

"아스테르 님은 저주를 거는 사람이 오라버니의 옆을 항상 지키고 있다고 하셨어요. 그리고 오라버니의 모든 것을 쥐고 흔들고 싶어 한다고 하셨고요. 저는 율라니에 대해서 잘 모르니까 쥐고 흔들고 싶어 하는 건 모르겠어요. 하지만 율라니는 오라버니의 옆을 항상 지키고 있으니까요."

"하지만 내 옆을 항상 지키고 있는 사람은 많아. 시종들도, 시녀들도, 기사들도 항상 옆에 있는걸."

"물론 그렇죠. 하지만 율라니도 후보에서 제외할 수는 없어요. 오라버니가 율라니를 잘 지켜보시면 좋겠어요."

엘라이나의 말에 켄드릭은 한숨을 쉬고 고개를 끄덕였다.

"나도 율라니에 대해서 알아보마. 물론 사파이어궁의 다른 고용인들도."

"저도 도울게요, 폐하."

데미안과 아그네스가 말했다. 그리고 잠시 고민하던 아그네스가 말을 이어갔다.

"율라니를 고용한 건 나였어. 황족의 유모는 모두 귀족이지. 율라니는 베킨세일 남작 부인이란다. 율라니의 아버지가 나이 많은 베킨세일 남작과 혼인시켰다고 했어. 남작에게 빚을 갚지 않는 조건으로 말이야. 그리고 남편도, 아이도 잃었다고 말했지. 워낙 사정도 딱하고 아이를 좋아하는 게 보여서 고용했단다."

"다른 이상한 점은 없었나요?"

"이상한 건 없었어. 켄드릭의 유모는 중요하니까 철저하게 조사했거든. 남작이 고령으로 사망한 것도, 갓 태어난 아기가 병으로 사망한 것도 사실이었어. 베킨세일 남작가에 워낙 빚이 많아서 고용인이 몇 남지 않았다던 게 기억나네."

그렇게 말한 아그네스가 갑자기 생각난 것처럼 말을 이어갔다.

"아, 그 부분은 조금 이상하더구나. 율라니는 빚 때문에 남작과 혼인했다고 말했지. 그러면 남작가는 남에게 돈을 빌려줄 정도로 여유가 있었다는 거잖아. 그런데 빚이 많아서 고용인이 몇 남지 않았다니. 하지만 율라니와 혼인한 이후 가세가 기운 걸 수도 있으니까."

"그렇죠. 그런 경우가 없는 건 아니니까요."

엘라이나가 옅은 미소를 지으면서 말했다.

"하지만 율라니가 진짜 저주를 걸었다면 어쩌지? 내가 내 아들에게 저주를 거는 사람을 고용했다니."

"아그네스 님은 오라버니에게 좋은 유모가 될 거라고 생각해서 고용하신 거잖아요. 아그네스 님의 잘못이 아니에요. 그리고 아직 율라니인지 아닌지도 모르니까요."

엘라이나는 또다시 눈시울이 붉어지는 그녀를 위로하려고 말했다.

"그런데 율라니가 황태손 전하에게 저주를 걸 만한 이유가 있을까요? 그것도 몸이 약해지는 저주를요."

벨리사가 의아한 표정으로 말하자 다른 네 사람은 고민에 빠졌다.

"계속 황태손의 유모로 있으려는 게 아니었을까? 원래 유모는 아이가 어느 정도 자라면 일을 그만두거든. 그런데 켄드릭은 몸이 약해서 친구가 별로 없었지. 가족이 옆에 있어 주기도 어려웠고. 그래서 율라니가 계속 옆에 있을 수 있게 했거든."

그렇게 말한 데미안은 자신의 손바닥을 내려다봤다. 데미안도 아그네스와 비슷한 생각이 들었던 것이다.

'율라니가 저주를 걸었다면? 내가 율라니를 계속 켄드릭의 옆에 있게 했는데.'

데미안은 켄드릭을 바라보면서 생각했다. 켄드릭은 그의 생각을 알아채고 미소를 지었다.

"저는 괜찮습니다, 폐하. 만약 율라니가 저에게 저주를 걸었다고 하더라도 폐하와 어머니는 잘못하신 게 없습니다."

켄드릭의 말에 데미안은 씁쓸한 표정이 되었다. 켄드릭의 표정과 말투에서 율라니에 대한 신뢰가 느껴졌다. 저렇게 신뢰하는데 율라니가 저주를 걸었다면? 데미안은 켄드릭이 상처받을까 봐 걱정이 되었다.

"켄드릭, 지금부터 마음의 준비를 해두는 게 좋지 않겠느냐? 혹시 율라니가 그랬다면 네가 상처를 받을까 봐 걱정이구나."

"걱정하지 마세요, 폐하."

그렇게 말한 켄드릭은 자신 있는 표정이었다. 켄드릭은 그녀가 자신에게 보여준 모습을 믿었다. 그 모든 게 거짓일 리가 없었다. 그는 사람의 눈빛은 거짓말을 하지 않는다고 생각했다.

'유모가 나를 바라보는 눈빛에는 애정이 있어. 그러니까 유모는 절대 아니야.'

켄드릭은 다른 네 사람을 둘러보면서 생각했다. 율라니를 향한 그의 신뢰를 읽은 네 사람은 걱정하는 표정이 되었다.

엘라이나를 포함한 모든 황족이 황제의 집무실에 있다는 이야기가 들렸다. 율라니는 자신의 저주가 풀렸다는 것을 깨달았다. 그녀는 분노한 것도, 재밌어하는 것도 아닌 오묘한 표정이 되었다. 자신의 저주를 풀 만큼 대단한 주술사가 나타났다는 게 분했다. 하지만 그만큼 흥미롭기도 했다.

'제국에 그만한 주술사가 있다고? 도대체 누구한테 주술을 배웠을까?'

그렇게 생각한 율라니는 미소를 지었다. 누가 봐도 매혹적인 미소였다.

'네가 켄드릭의 저주를 풀려고 한다면 나도 질 수 없지.'

화장대 앞에 앉아 있던 그녀는 거울을 바라보면서 생각했다. 켄드릭에게 애정이 없는 것은 아니었다. 대의를 위해서 자신의 아들을 두고 왔다. 켄드릭을 돌보면서 자신의 아들이 떠올랐던 순간도 많았다. 자신의 아들에게 해주고 싶었던 걸 켄드릭에게 해주면서 키웠다. 그러니까 그에게 조금의 애정도 없을 수는 없었다.

'하지만 켄드릭이 아무리 소중해도 내 아들보다 소중하지는 않아.'

그렇게 생각한 율라니는 자신이 두고 온 아들을 떠올렸다. 누군가는 낳은 정보다 기른 정이라고 말했다. 하지만 율라니는 낳은 정이 더 큰 사람이었다.

'그 아이를 두고 오면서 얼마나 많은 눈물을 흘렸던지. 조금만 기다리렴. 이 어미가 너에게 제국을 주마.'

그렇게 생각한 율라니는 노래를 흥얼거렸다. 제국어가 아닌 낯선 언어로 된 자장가였다. 아기가 잠든 사이에 늑대가 오면 물리쳐주겠다는 가사였다. 그녀는 두고 온 아들에게 이 노래를 불러주고 싶었다. 하지만 불러주지 못하고 아들을 떠났다. 켄드릭에게는 제국어가 아닌 자장가를 불러줄 수 없었다. 그래서 혼자 부를 수밖에 없는 자장가였다.

'어떻게 자랐을까? 켄드릭과 동갑인데.'

율라니는 자신을 닮아서 보라색 눈동자를 가진 아들을 떠올리며 생각했다. 자신의 전 연인이자 아들의 아버지는 냉철한 남자였다. 아들이 성장한 모습을 그린 그림이라도 보내줄 수 있을 텐데 그러지 않았다. 모든 계획이 들통 날 수 있다는 이유였다.

'어쩔 수 없지. 내가 그 남자를 사랑한 이유도 그런 냉철함 때문이니까.'

그녀는 차가운 미소를 지으면서 생각했다. 자신은 그저 그 남자의 체스 말일 뿐이다. 그걸 알면서도 사랑했다.

'그리고 내 생각에도 그 아이와 내 관계가 밝혀지지 않는 게 좋아.'

그렇게 생각한 율라니의 눈동자에 아주 잠깐 슬픈 감정이 스쳐 지나갔다. 하지만 아주 잠깐이었다. 그녀는 곧 매혹적인 미소와 함께 자리에서 일어났다. 켄드릭이 곧 돌아올 것이다. 또다시 저주를 준비할 시간이었다.

엘라이나는 문득 황궁 도서관에 저주에 관련된 책이 있을지도 모른다는 생각이 들었다. 그래서 황궁 도서관에서 책을 찾기 시작했다. 하지만 황궁에서는 위험한 내용이 담긴 책은 보관하지 않았다. 그래서 저주에 관련된 책도 그리 많지 않았다. 그나마 있는 책도 단순하게 저주의 역사나 저주가 유명한 나라에 대한 이야기가 많았다.

"황손 저하를 뵙습니다."

엘라이나가 한숨을 쉬는데 뒤에서 낮은 목소리가 들려왔다. 엘라이나는 뒤를 돌아봤다. 안드레스였다. 책을 빌릴 생각이었는지 손에는 책이 있었다.

"안녕하세요, 마리우스 공작님."

엘라이나가 미소를 지으면서 인사하자 안드레스의 귀가 붉어졌다. 그녀가 건강해진 모습을 보자 안심이 되었다.

"아프셨다고 들었는데 다 나으신 모양이군요. 건강해지셔서 다행입니다."

"아, 마샤에게 들었어요. 병문안을 오셨다면서요? 감사합니다."

엘라이나의 말에 안드레스는 어쩐지 수줍어서 화제를 바꿨다.

"무슨 책을 찾으십니까?"

"저주에 관련된 책이요."

안드레스의 질문에 엘라이나가 아무렇지 않게 대답했다. 그는 저주라는 말에 조금 당황했다.

"저주요? 그걸 왜 찾으시죠?"

"아, 혹시 사랑에 관련된 저주가 있는지 궁금해서요. 그런 거 있잖아요. 그 사람을 연인으로 만드는 주술? 그것도 저주랑 비슷할 것 같아서요."

엘라이나는 안드레스보다 더 당황한 표정으로 말했다. 자신이 생각해도 말도 안 되는 이유였다. 하지만 그에게 모든 걸 말할 수는 없었다.

'마리우스 공작님은 오라버니의 친구고 충신이니까 믿을 만한 사람이야. 하지만 이건 최대한 적은 사람만 아는 게 좋으니까.'

그렇게 생각한 엘라이나는 어색하게 웃었다. 안드레스는 기분이 가라앉는 것을 느꼈다.

'사랑에 관련된 저주? 그 사람을 연인으로 만드는 주술? 그런 걸 왜 찾으시지? 혹시 좋아하는 사람이라도 생기셨나?'

안드레스는 자신도 모르게 아랫입술을 깨물면서 생각했다. 그녀가 다른 사람을 좋아하게 되었다는 상상만 했는데도 초조하고 목이 말랐다.

"저는 주술 같은 걸로 사랑을 얻는 건 좋지 않다고 생각합니다."

"네? 아, 물론 그렇죠."

그의 말에 엘라이나가 얼떨떨한 표정으로 말했다.

"그리고 저는 저하께서 그런 게 없어도 누군가의 마음을 얻을 수 있는, 매력적인 사람이라고 생각합니다."

안드레스는 엘라이나의 얼굴을 빤히 바라보면서 말했다.

"네?"

엘라이나는 자신의 심장이 쿵 떨어지는 소리를 들었다. 쿵 떨어진

심장은 곧 빠르게 뛰기 시작했다. 그녀는 심장이 뛰는 소리가 안드레스에게 들릴까 봐 걱정이 되었다. 그래서 어깨를 움츠리고 가만히 있었다. 그 모습을 본 안드레스는 조금 놀란 표정으로 뒤로 물러났다.

"아, 죄송합니다. 제가 주제넘은 말을 했군요."

엘라이나가 자신 때문에 기분이 상했다고 생각한 안드레스가 말했다.

"아니, 괜찮아요."

엘라이나는 조금 떨리는 목소리로 말했다. 둘 사이에 잠시 침묵이 흘렀다. 안드레스는 일부러 다른 이야기를 꺼냈다.

"주술은 메라올드 왕국이 유명합니다."

"메라올드 왕국이요?"

엘라이나는 심장이 다시 천천히 뛰자 움츠렸던 몸을 펴고 물었다. 그녀가 메라올드 왕국에 대해서 아는 건 제국과 국경을 맞대고 있다는 것, 제국과 사이가 나쁘다는 것 정도였다. 사실 백성들 대부분이 그랬다. 그라우트 제국과 메라올드 왕국은 이제 막 외교를 시작했다. 그것도 겨우 전쟁을 멈추는 정도였다. 그래서 제국 사람들은 메라올드 왕국의 문화를 잘 몰랐다.

"메라올드 왕국에서는 모두가 주술을 배우거든요. 그중에 재능이 있는 사람만 정식으로 주술사가 됩니다. 메라올드 왕국이 제국을 상대로 버틸 수 있었던 이유도 주술 때문이죠. 메라올드의 군대에는 주술사가 많은데, 모두 실력이 뛰어나거든요."

안드레스는 메라올드 왕국의 군대와 싸웠던 사람에게 들은 이야기를 떠올리며 말했다. 메라올드 왕국은 굉장히 작은 나라다. 그런 나라를 제국이 정복할 수 없었던 이유는 주술 때문이었다. 메라올드와 전투하는 도중에 갑자기 비가 내린다거나 제국의 병사들이 앓는 일이 많았다.

"아, 이건 다른 사람들에게 비밀입니다. 소수만 알고 있는 사실이거든요. 아무래도 왕국에 그런 주술사들이 있다고 하면 제국의 백성들이 불안할 수 있으니까요."

"비밀로 할게요. 아시는 게 있으면 더 말씀해주세요."

"저하께서도 아시겠지만, 제국에는 그런 주술을 익힌 자가 별로 없습니다. 마법도 전쟁에 쓰이는 것보다 일상에 쓰이는 게 많죠. 그래서 그쪽으로는 반격할 수가 없었다고 하더군요."

"주술과 마법은 다른가요?"

엘라이나가 조금 헷갈린다는 표정으로 묻자 안드레스가 옅은 미소를 지었다.

"주술은 마력이 없는 사람도 쓸 수 있지만 마법은 마력이 없으면 쓸 수 없습니다. 그리고 주술은 재료가 없으면 쓸 수 없지만 마법은 재료가 없어도 쓸 수 있는 게 많죠. 주술은 주로 재해를 막거나 남을 저주하는 게 많다고 하더군요. 마법은 더 다양한 분야에서 사용되고요."

"생각보다 많은 게 다르네요. 메라올드 왕국의 주술 중에 혹시 누군가를 아프게 만드는 것도 있을까요?"

안드레스의 말에 엘라이나가 조심스럽게 물었다.

"전투 도중에 병사들이 아파하는 일이 많았다는 걸 보면 있겠죠."

안드레스는 갑자기 그런 걸 묻는 게 의아했지만 아무렇지 않게 대답했다.

"그래도 결국 항복을 받아낸 걸 보면 주술사보다 제국의 군사가 더 강했던 건가요?"

"제국의 군사는 일단 수부터 많으니까요. 그래도 주술사들 때문에 어려운 전쟁이었다고 들었습니다."

그렇게 말한 안드레스는 사파이어궁에서 봤던 그레고리의 그림을 떠올렸다. 그레고리의 죽음과 관련된 전쟁 이야기였기 때문이다.

"혹시 황궁에 메라올드 왕국 출신이 있나요?"

"네? 아니, 제가 알기로는 없습니다. 하지만 메라올드 왕국은 굉장히 척박한 곳이에요. 부족한 식량 때문에 제국으로 넘어오는 사람이 많다고 들었습니다. 자신이 메라올드 왕국 출신이라는 걸 숨긴 사람들이 있을지도 모르겠네요. 메라올드 왕국 출신이라는 걸 알려봤자 배척당할 테니까요."

안드레스는 씁쓸한 표정으로 말했다. 그 말을 들은 엘라이나도 씁쓸한 표정이 되었다.

"그렇군요. 감사합니다, 공작님. 많은 도움이 되었어요."

"도움이 되었다니 다행입니다."

안드레스는 조심스러운 표정으로 말을 이었다.

“제 도움이 필요하시면 언제라도 말씀하세요. 저하 덕분에 황태손 전하께서 행복해하시니까요.”

안드레스는 엘라이나에게 부담이 될까 봐 켄드릭 핑계를 댔다.

“마리우스 공작님은 오라버니를 많이 아끼시는군요. 원래 알고 있었지만 이럴 때마다 더 크게 느껴져요.”

그렇게 말한 엘라이나는 서운한 감정에 어색한 표정이 되었다.

‘내가 왜 이러지? 마리우스 공작님이 오라버니를 아끼시는 게 왜 이렇게 서운하지? 전처럼 마냥 기쁘고 감사한 마음이 아니야.’

엘라이나는 고개를 숙이면서 생각했다. 자신이 서운하다는 게 당황스러웠다. 그가 켄드릭의 좋은 친구이자 충신이라는 건 알고 있었다. 그리고 켄드릭의 옆을 지켜주는 사람이 있다는 게 기쁘고 고마웠다. 지금도 그런 마음이 없는 건 아니었다. 하지만 서운한 마음도 들었다.

‘나랑 있을 때마다 왜 자꾸 오라버니 이야기를 꺼내는 걸까? 오라버니가 그렇게 좋은가?’

자신도 모르게 생각하던 그녀는 깜짝 놀란 표정으로 고개를 들었다. 자신이 켄드릭을 질투하고 있다는 걸 깨달은 것이다.

“왜 그러십니까?”

안드레스가 걱정스러운 표정으로 물었다. 엘라이나의 표정이 자꾸 바뀌는 게 걱정되었다.

“아니, 아무것도 아니에요.”

엘라이나가 얼굴을 붉히면서 말했다. 자신이 그에게 호감이 있다는 건 알았다. 하지만 그게 연애 감정이라고 생각한 적은 없었다. 단순히 좋은 사람, 잘생긴 사람에 대한 호감이라고 생각했다.

'내가 마리우스 공작님을 좋아하나?'

엘라이나는 혼란스러운 표정으로 생각했다. 그렇게 생각하자 자리를 피하고 싶어졌다.

"공작님, 저는 이만 가볼게요."

"조심해서 가세요, 저하."

엘라이나의 말에 안드레스가 조심스럽게 말했다. 그녀는 빠른 걸음으로 자리를 빠져나갔다. 안드레스는 아쉬운 표정으로 그녀의 뒷모습을 바라보다가 뒤돌아섰다.

바바라는 요즘 기분이 아주 좋았다. 엘라이나가 황궁에 온 이후 많은 게 바뀌었다. 데미안도 전보다 웃는 일이 늘었고, 아그네스는 루비궁 밖으로 나왔다. 켄드릭은 아그네스, 벨리사와 가까워졌다. 모든 황족이 행복한 것 같았다. 인생의 대부분을 황궁에서 일한, 황족들을 아끼는 그녀에게는 기쁜 일이었다.

'모든 게 황손 저하 덕분에 변한 건 아니겠지.'

바바라는 미소를 지으면서 생각했다. 엘라이나의 능력을 모르기 때문에 할 수 있는 생각이었다.

'하지만 저하가 오신 이후 많은 게 달라졌어. 저하가 행운을 몰고 오는 것 같아.'

그렇게 생각한 그녀는 콧노래를 흥얼거리며 걷다가 안드레스와 마주쳤다. 안드레스는 책을 들고 있었다.

"안녕하세요, 공작님."

"아, 안녕하세요."

바바라가 인사하자 그도 정중하게 인사했다. 안토니오도, 바바라도 귀족이었고 황궁에서 오래 일했다. 그리고 데미안과 가까웠기 때문에 함부로 대하는 귀족은 없었다. 물론 안드레스는 그런 것과 별개로 대부분의 사람들에게 정중한 편이었다.

"오늘 날씨가 참 좋죠? 황궁 도서관에서 오시는 길인가요?"

바바라가 상냥하게 묻자 안드레스는 옅은 미소를 지었다.

"그렇습니다."

"전 마리우스 공작님은 요즘 어떻게 지내시나요?"

"덕분에 아주 잘 지내고 계십니다."

안드레스가 말하자 그녀의 눈동자가 빛났다. 할 말이 있는 것 같은 표정이었다.

"전에 편지를 받았는데 공작님의 혼인을 기다리시는 눈치던데요. 하나뿐인 아들이 여자에는 관심이 없으니 어떡하느냐고 하시더라고요."

"아, 어머님이 그런 이야기를 하셨습니까?"

안드레스는 당황한 표정으로 물었다.

"하긴 공작님께서도 혼인하실 나이가 됐죠. 아, 공작님 이야기를 하니까 우리 황손 저하가 생각나네요. 황손 저하께서도 혼인하실 나이가 됐는데. 어디에 좋은 분이 없을까요? 슬슬 알아보는 게 좋겠는데.”

바바라가 오른쪽 손바닥으로 얼굴을 감싸며 말했다. 그녀는 엘라이나의 혼인 상대로 안드레스를 생각하는 중이었다.

‘아무리 생각해도 어울리는 한 쌍이야. 나이도 비슷하고 두 분 다 좋은 사람이니까. 물론 내 생각보다 폐하와 저하의 생각이 중요하겠지만.’

그렇게 생각한 바바라는 의미심장한 미소를 지었다. 안드레스는 그녀가 자신에게 엘라이나의 혼인 상대를 추천하라고 할까 봐 긴장했다.

“저는 잘 모르겠군요.”

안드레스가 자신도 모르게 퉁명스러운 목소리로 말했다. 그리고 자신이 퉁명스럽게 말했다는 것에 깜짝 놀라서 헛기침을 했다.

“폐하께서 저하의 혼인 상대를 찾으십니까?”

겨우 마음을 다잡은 안드레스가 상냥하게 물었다.

“아니, 그건 아니랍니다. 아무래도 함께 지낸 지 얼마 안 됐으니까요.”

“하긴 아직은 옆에 두고 싶으시겠죠.”

안드레스가 조금 아쉬운 표정으로 말했다. 데미안이 엘라이나를 혼인시킬 생각이 없다는 게 안심이 되면서도 아쉬웠다. 바바라는 그의 표정을 살피다가 미소를 지었다.

‘공작님은 저하께 호감이 있으신 게 분명해.’

그렇게 생각한 바바라는 아무것도 모르는 척 말했다.

"물론 그런 이유도 있겠지만 그동안 떨어져서 지냈던 손녀시잖아요. 최고로 좋은 남자와 혼인시키고 싶으시겠죠. 마리우스 공작님 같은 분이라면 안심하고 보내실 수 있을 텐데."

바바라의 말에 그는 아무런 말도 하지 않았다. 바바라는 빙긋 웃더니 인사를 하고 가버렸다. 안드레스는 옆에 있는 벚나무를 바라봤다. 여름이 다가오는 지금 벚꽃은 거의 다 떨어졌다.

'내 마음을 부정하지 말자. 사랑에 빠진 순간은 기억하지 못해도 돼. 내가 저하를 사랑하고 있다는 사실만 기억하면 되니까.'

그렇게 생각한 그는 벚나무 아래에 떨어진 꽃잎 하나를 주웠다.

엘라이나는 붉어진 얼굴로 에메랄드궁에 도착했다. 그녀의 얼굴을 본 마샤는 걱정스러운 표정이었다.

"저하, 얼굴이 왜 그러세요? 어디 아프세요?"

"아니, 그런 거 아니에요. 그냥 조금 더워서요."

"하긴 요즘 날씨가 전보다 더워지기는 했죠."

엘라이나의 말에 안심한 마샤가 미소를 지으면서 말했다.

"시원한 차라도 드릴까요?"

"그거 좋겠네요. 부탁해요, 마샤."

그렇게 말한 엘라이나는 침실로 들어갔다. 아까부터 얼굴이 뜨거웠다. 그녀는 창문을 열고 바람이 불어오기를 기다렸다. 하지만 바람은 붇지 않았고 얼굴은 여전히 뜨거웠다.

'내가 마리우스 공작님을? 내가?'

엘라이나는 혼란스러운 표정으로 생각했다.

'아니, 물론 잘생기고 다정한 분이시지. 전에 효도에 대한 이야기를 하실 때는 위로가 되었고. 함께 연극을 봤을 때도 좋았어.'

그렇게 생각한 엘라이나는 한숨을 쉬었다. 지금은 누군가를 좋아할 때가 아니었다. 제국을 구하고 켄드릭의 저주를 푸는 게 우선이니까.

'내가 마리우스 공작님을 좋아한다고 하더라도 지금은 제국이 우선이야.'

엘라이나는 옅은 미소를 지으면서 생각했다. 제국을 구해야 그도 무사할 수 있었다. 그러니까 지금은 저주를 푸는 것부터 생각하고 싶었다.

'메라올드 왕국이 주술로 유명하다고 했지? 율라니가 메라올드와 관련이 있는 걸까? 아니면 다른 사람인가?'

그렇게 생각한 엘라이나는 마침 차를 들고 들어오는 마샤에게 물었다.

"마샤, 혹시 주변에 메라올드 왕국 사람이 있나요?"

"네? 아니요."

마샤가 의아한 표정으로 차를 내려놓고 대답했다.

"제국과 메라올드 왕국은 왜 사이가 나쁠까요?"

"갑자기 그런 건 왜 물으세요?"

마샤가 조심스럽게 묻자 엘라이나는 어색하게 웃었다.

"아까 황궁 도서관에서 책을 읽었는데, 메라올드 왕국 이야기가 나와서요."

"왕국이 식량 부족을 이유로 자꾸 국경을 넘으니까 사이가 안 좋은 거죠. 물론 제국도 잘못이 없지는 않아요. 왕국도 건국 당시에는 제국과 잘 지내려고 했어요. 그런데 그 당시 황제였던 헨드릭스 2세께서 왕국을 무시하신 모양이더라고요."

마샤가 난감한 표정으로 말했다. 헨드릭스 2세는 엘라이나의 먼 조상님이었다. 후손에게 '당신의 조상님이 잘못한 부분도 있다'라고 말하기가 어려웠다.

"왜요?"

"그 당시의 왕국은 작은 부족에 가까웠거든요. 족장이었던 사람이 왕이 되었다고 들었어요. 많지 않은 부족민이 백성의 전부였고요. 미신을 믿었기 때문에 잔인한 풍습도 많았다고 들었어요. 헨드릭스 2세께서 보실 때는 작은데다 야만적인 부족이니까 무시하셨겠죠. 물론 헨드릭스 2세께서 잘하셨다는 건 아니지만요."

마샤가 여전히 난감한 표정으로 말했지만 엘라이나는 아무렇지 않았다.

"그렇게 사이가 나쁜데도 본격적인 전쟁은 별로 없었던 모양이네요. 황태자 전하께서 돌아가시기 전에는 전쟁이 없었던 것 같던데요."

"왕국이 국경을 자주 넘었지만 손해가 그리 크지 않았으니까요. 국경 근처에 사는 백성은 힘들었겠지만 제국 입장에서 큰 손해는 아니었죠. 그리고 굳이 정복할 정도로 왕국이 좋은 땅도 아니고요. 제국이 영토를 넓힐 생각이었다면 정복했겠죠. 하지만 영토를 넓힐 생각도 없었던 것 같아요."

"그랬다면 계속 적당히 방어만 하면서 무시할 수 있었던 거 아닌가요? 왜 황태자 전하께서 전투에 나가셨던 거죠?"

"제 추측이지만 정치적 이유였겠죠. 돌아가신 황태자 전하가 얼마나 황제에 잘 어울리는 분인지 보여주기 위해서요. 강한 분이셨으니까 그렇게 돌아가실 거라고 생각한 사람은 아무도 없었겠죠. 사실 이건 저도 들은 이야기인데요."

그렇게 말한 마샤가 목소리를 낮추고 말을 이어갔다. 엘라이나는 자신도 모르게 긴장한 표정으로 귀를 기울였다.

"황태자 전하의 죽음이 조금 이상했다더라고요."

"죽음이 이상했다고요?"

"황태자 전하는 폐하를 닮으셔서 검술이 뛰어난 분이셨거든요. 그런데 메라올드 왕국의 병사와 싸우다가 갑자기 칼을 놓으셨대요."

"칼을 놓으셨다고요? 싸우다가 놓치신 게 아니고요?"

엘라이나가 깜짝 놀라서 물었다.

"이 이야기를 아는 사람들은 모두 놓친 거라고 생각하기는 해요. 일부러 놓을 이유가 없으니까요. 하지만 직접 본 기사의 말로는 칼을 일부러 놓으신 것 같았대요. 마치 더는 싸울 의욕이 없는 것처럼 말이에요. 그렇게 말한 기사도 자신이 잘못 본 것 같다고 말했지만요."

마샤의 말에 엘라이나는 아랫입술을 깨물었다. 그레고리가 주술 때문에 죽은 게 아닌지 의심되었다. 그렇게 생각하자 발끝부터 머리끝까지 분노가 차올랐다.

'할아버지가 얼마나 슬퍼하셨을까? 아그네스 님과 켄드릭 오라버니도 마찬가지고.'

그렇게 생각한 엘라이나는 눈시울이 붉어졌다. 분노와 슬픔 때문에 마음이 무거웠다. 마샤는 그녀의 표정을 보고 걱정스럽게 물었다.

"저하, 괜찮으세요?"

"아, 조금 놀라서요. 괜찮아요."

엘라이나는 어색하게 웃으면서 대답했다.

"마샤, 저 잠깐 혼자 있고 싶어요."

"네, 차만 놓고 나갈게요. 필요하시면 부르세요."

마샤는 상냥한 표정으로 말하고 밖으로 나갔다.

'전쟁에서 패배하고 앙심을 품은 메라올드 왕국의 계략이 아닐까? 내가 나타나기 전까지 오라버니는 유일한 황손이었어. 유일한 후계자 후보였다는 거지. 만약에 메라올드 왕국의 계략이 맞는다면 오라버니를 노린 이유도 이해가 돼. 유일한 후계자를 죽이면 제국이 흔들릴 테니까.'

엘라이나는 침실 안을 걸으면서 고민하기 시작했다.

'그런데 조금 이상하네. 왜 바로 죽이지 않았지? 그렇게 뛰어난 주술사가 많다면 바로 죽일 수 있었을 거야. 아니, 바로 죽일 수는 없더라도 지금까지 살려두지 않았겠지. 오라버니를 일부러 살려둔 거라면?'

그렇게 생각한 엘라이나는 걸음을 멈췄다.

'메라올드 왕국의 계략이 맞는다면 오라버니를 일부러 살려둔 게 분명해. 그런데 그 이유를 모르겠어. 그렇다고 오라버니를 조종하는 것 같지도 않고. 뭔가 다른 속셈이 있는 건가? 그렇다면 율라니는? 율라니는 오라버니의 저주와 관련이 없는 걸까? 아그네스 님은 율라니가 제국의 귀족이라고 하셨는데.'

엘라이나는 아랫입술을 깨물면서 생각했다. 메라올드 왕국의 계략이 맞는지도, 맞는다면 왜 켄드릭을 살려둔 건지도 알 수 없었다. 그녀는 자신의 생각에 한계가 있다는 걸 인정했다. 그리고 데미안과 상의하기 위해서 데미안의 집무실로 향했다.

15

사냥을 앞둔 사자의 눈빛

켄드릭은 엘라이나가 율라니가 의심된다고 말한 이후 마음이 복잡했다. 자신에게 그녀는 어머니 같은 존재였다. 자신을 언제나 따뜻하게 바라봐 주는 존재, 자신을 해치지 않을 거라는 믿음이 있는 존재. 하지만 엘라이나가 괜한 말을 할 리가 없었다.

'율라니의 결백을 밝히기 위해서야.'

그렇게 생각한 켄드릭은 율라니의 모든 행동을 경계하기 시작했다. 율라니와 함께하는 시간을 최대한 줄였고 그녀가 건네는 음식은 먹지 않았다. 다행히 켄드릭은 몸이 좋지 않아서 음식을 피하는 일이 많았다. 그래서 율라니는 음식을 먹지 않겠다는 그를 의심하지 않았다.

"전하, 이 홍차라도 마시세요. 제가 탔는데 아주 맛이 좋답니다."

율라니가 상냥하게 웃으며 말했다. 평소와 같이 저주를 걸어놓은 홍차였다. 켄드릭은 아주 잠시 고민했다.

'유모가 타는 홍차는 특히 맛있는데. 하지만 안 되겠지.'

고민하던 그는 미소를 지으면서 말했다.

"미안, 유모. 나중에 마실게."

"그러면 여기에 두고 갈게요. 식기 전에 꼭 마시세요."

그렇게 말한 율라니는 홍차를 두고 밖으로 나갔다. 켄드릭은 그녀가 찻잔에 남은 홍차를 보면 마음이 상할 것이라고 생각했다.

'내가 홍차를 마시지 않은 걸 알면 서운하겠지? 하지만 당분간 유모가 주는 건 마시면 안 되는데.'

켄드릭은 주변을 둘러보다가 침대에서 내려왔다. 그리고 홍차를 창문 밖으로 쏟아버렸다. 그런데 이상한 일이 벌어졌다. 창문 주변의 땅이 어두운 보라색으로 변했다가 원래 색깔로 돌아간 것이다. 켄드릭은 소름이 돋는 걸 느끼며 빈 찻잔을 바라봤다.

'홍차 때문인가?'

그렇게 생각한 그는 손가락으로 찻잔 가장자리에 묻은 홍차를 닦았다. 그러자 홍차가 닿은 부분이 어두운 보라색이 되었다가 원래 색깔로 돌아갔다.

'평범한 홍차가 아니야.'

켄드릭은 자신도 모르게 눈을 감으며 생각했다. 이렇게 큰 배신감은 처음이었다. 저절로 이가 갈리고 눈시울이 붉어졌다. 언제부터였을까? 언제부터 자신을 저주하고 있었을까? 처음부터 그랬던 걸까? 켄드릭은 흘러내리는 눈물을 닦았다. 그는 데미안의 손자였다. 자신에게, 자신의 사람들에게 해가 되는 존재라면 냉정해질 수 있었다.

'네가 보여준 모습이 전부 거짓이었구나.'

켄드릭은 눈을 뜨면서 생각했다. 켄드릭의 눈동자는 데미안과 같은 색깔이지만 전혀 다른 온도였다. 하지만 아주 잠시 그의 눈동자가 데미안과 같은 온도로 빛났다. 사냥을 앞둔 사자의 눈빛이었다.

데미안의 집무실에 무거운 공기가 감돌았다. 엘라이나와 데미안이 마주 보고 앉아서 이야기를 나누는 중이었다.

"메라올드 왕국의 계략일지도 모른다고?"

데미안이 심각한 표정으로 묻자 엘라이나는 조심스럽게 고개를 끄덕였다. 데미안은 자신도 모르게 이를 갈았다. 자신의 아들을 죽인 나라였다. 항복을 받아내고 외교를 시작했지만 원한이 사라진 건 아니었다. 메라올드라는 말만 들어도 분노가 끓고 속이 울렁거렸다. 그런데 자신의 손자까지 노리고 있을지 모른다니.

"확실하지는 않아요. 그럴 수도 있다는 거죠."

그렇게 말한 엘라이나는 조심스럽게 말을 이어갔다.

"할아버지, 제 생각에는 황태자 전하께서, 숙부님께서 돌아가신 이유가 메라올드의 주술 때문인 것 같아요."

"짐도 그렇게 생각한다."

"할아버지께서도 전투에서 있었던 일을 들으셨군요?"

엘라이나가 묻자 데미안은 씁쓸한 미소를 지었다.

“그래, 들었지.”

데미안은 피를 토하는 심정으로 말을 이어갔다.

“하지만 황태자가 주술 때문에 죽었다고 말할 수는 없었다. 제국의 백성이 공포에 떨 만한 이야기니까. 그래서 그 이야기는 공식적으로 인정되지 않은, 소수의 사람만 아는 소문이지.”

“할아버지.”

엘라이나는 걱정스러운 표정으로 데미안을 불렀다. 그리고 그의 손을 잡았다. 데미안은 아주 잠깐 옅은 미소를 지었다가 곧 침울한 표정이 되었다.

“짐이 국경으로 보냈어. 황제가 될 테니 용맹함을 보이라고. 짐이 그레고리에게 마지막으로 했던 말이 무엇인지 아느냐?”

데미안은 떨리는 목소리로 말을 이었다.

“조심해서 다녀오라는 말도, 늠름하게 자란 네가 자랑스럽다는 말도 아니었다. 제국의 황태자라면 반드시 승리하고 오라는 말이었지.”

데미안의 목소리에는 후회가 가득했다. 그는 그레고리를 떠올릴 때마다 과거로 돌아가고 싶었다. 그레고리의 죽음은 막을 수 없는 운명이었는지도 모른다. 과거로 돌아가도 그의 죽음을 바꿀 수 없을지 모른다. 하지만 마지막으로 건넨 말이라도 바꾸고 싶었다.

‘지금 내 앞에 있다면 승리하지 않아도 좋으니까 무사하게 돌아오라고, 네가 내 아들이라서 자랑스럽다고 말하고 싶은데.’

그렇게 생각한 데미안은 켄드릭을 떠올렸다. 데미안은 자신이 같은 실수를 반복하고 있다는 걸 알았다. 그레고리를 아들보다 황태자로 대했다. 그리고 켄드릭도 손자보다 황태손으로 대했다. 황위를 이어갈 훌륭한 후계자로 키우는 것이 사랑이라고 생각했다.

'내가 같은 실수를 반복하고 있다는 건 알지만 다른 방법은 모르는걸.'

데미안은 씁쓸한 표정으로 생각했다. 그 나름대로 사랑을 표현하고 있지만 켄드릭은 그걸 느끼지 못하는 것 같았다.

'하긴 그레고리가 특이한 녀석이었지. 그 녀석은 내가 밀어내도 언제나 내 마음을 안다는 것처럼 웃으며 다가왔으니까.'

데미안은 자신도 모르게 옅은 미소를 지으며 생각했다. 그래, 그런 녀석이었다. 자신이 제국의 황태자라면 반드시 승리하고 오라고 말하자 어떤 표정을 지었던가? 무슨 말을 했던가? 그레고리는 환하게 웃으며 무사히 돌아올 테니 걱정하지 말라고 말했다. 마치 자신이 걱정하고 있는 걸 다 안다는 것처럼.

'결국 그 말은 지키지 못했지만.'

그렇게 생각한 그는 엘라이나를 바라보며 말했다.

"메라올드의 계략이 맞을 거다. 짐이 조사한 바에 따르면 율라니는 메라올드 왕국에서 넘어온 것 같더구나."

"네? 율라니가요? 제국의 남작 부인이라고 하지 않았나요?"

"그것부터 거짓인 것 같아. 베킨세일 남작 부인이 붉은 머리카락에 보라색 눈동자를 가졌다는 건 확실해. 하지만 지금 남작가에 남은 고용인들은 모두 편지로 고용이 되었단다. 모든 고용인이 남작 부인의 얼굴을 몰라. 얼굴을 아는 고용인은 죽었거나 실종되었거든. 남작가에 빚이 있어서 고용인이 별로 없다는 말도 거짓이었던 것 같아."

데미안은 낮은 목소리로 말을 이어갔다.

"그리고 몇 년 전에 남작가의 정원에서 여자의 시체가 나왔다는구나. 그리고 베킨세일 남작가는 국경과 그리 멀지 않은 곳에 영지를 가지고 있고."

"할아버지는 그 시체가 진짜 베킨세일 남작 부인이라고 생각하세요?"

"그래, 일단 의심하기 시작하니까 모든 게 의심스러워. 그 율라니라는 이름도 그래. 제국에도, 메라올드에도 있는 이름이거든. 제국에서는 하늘의 아름다움이라는 뜻이지. 하지만 메라올드에서는 작은 주술사라는 뜻으로 쓰는 이름이야. 주로 주술사가 자신의 후계자가 될 딸에게 지어주는 이름이란다."

그렇게 말한 데미안은 입을 꾹 다물었다. 잠시 침묵이 흘렀다.

"하지만 이해가 되지 않는 게 있어요. 어째서 오라버니를 이렇게 오래 살려두는 거죠? 제가 메라올드 왕국의 왕이고 뛰어난 주술사가 있다면 바로 죽일 텐데요. 아니면 조종을 하거나 말이에요. 하지만 둘 다 아니잖아요. 왜 오라버니의 몸을 약하게 만들기만 하고 살려두는 거죠?"

엘라이나가 묻자 데미안은 생각에 잠겼다. 자신도 그 이유를 확신할 수 없었기 때문이다. 또다시 침묵이 흘렀고 그가 조심스럽게 물었다.

"켄드릭이 황위에 오를 때를 기다리는 게 아닐까?"

"기다린다고요?"

"그래, 지금 켄드릭은 황태손일 뿐이지. 황태손을 조종해서 얻을 수 있는 건 한계가 있어. 하지만 켄드릭이 황제가 된 다음이라면? 더 많은 걸 얻을 수 있을 거다."

"그러면 왜 굳이 오라버니를 아프게 만든 걸까요?"

"몸이 약하다는 이유로 율라니를 더 의지하고 따랐지. 그리고 켄드릭이 성인이 된 지금까지 옆에 있을 수 있었고."

그렇게 말한 데미안은 화가 난 표정으로 말을 이어갔다.

"켄드릭은 몸이 약하기 때문에 귀족들과 교류가 별로 없어. 그렇다는 건 켄드릭의 성격이나 버릇을 제대로 아는 귀족이 별로 없다는 거지."

"메라올드 왕국이 조종하게 되어서 오라버니가 변해도 귀족들은 이상한 점을 느끼지 못하겠군요. 원래 모습을 아는 사람이 별로 없으니까요."

그녀는 소름이 돋는 걸 느끼며 말했다. 그리고 자리에서 벌떡 일어났다.

"할아버지, 빨리 율라니를 잡는 게 좋지 않을까요? 지금도 오라버니 옆에 있잖아요."

"율라니가 자신의 계획이 어긋난 걸 알면 어떻게 나올지 몰라. 이 문제는 최대한 조심스럽게 접근하는 게 좋아."

데미안의 말에 엘라이나는 자리에 다시 앉았다. 너무 놀라서 판단력이 흐려졌던 것이다. 하지만 그의 말을 듣자 다시 침착해질 수 있었다.

"우선 오라버니에게 알리죠."

"그래야겠지. 켄드릭을 불러야겠다."

"율라니가 눈치채지 못하게 제 심포시온 때문에 부르는 것처럼 하시는 게 좋겠어요."

그녀의 말이 끝나자 데미안은 시종을 불렀다. 그리고 사파이어궁에 보내서 켄드릭을 데려오게 했다. 곧 평소와 같은 표정의 그가 나타났다.

"그라우트의 태양에게 영광을."

"황태손 전하를 뵙습니다."

켄드릭이 데미안에게 인사하자 엘라이나도 켄드릭에게 인사했다.

"엘라이나의 심포시온 때문에 상의하실 게 있다고요?"

"우선 앉아라."

켄드릭이 미소를 지으며 묻자 심각한 표정의 데미안이 말했다. 켄드릭은 데미안과 엘라이나가 앉아 있는 테이블로 다가와서 앉았다. 그리고 둘의 표정이 심각한 것을 보고 말했다.

"심포시온 때문에 부르신 게 아니군요."

"그래, 율라니가 메라올드의 첩자인 것 같단다."

데미안이 조심스럽게 말했다. 켄드릭이 상처를 받을까 봐 걱정이 되었다. 하지만 그는 여전히 미소를 짓고 있었다.

“저를 저주하는 이유를 알 수 없었는데, 그런 이유였군요.”

“저주의 증거를 찾았느냐?”

“매번 가져오던 홍차가 이상하더군요. 율라니에게 티를 내지 않았으니까 다음에 또 가져오겠죠. 그 홍차가 증거가 될 수 있을 겁니다.”

켄드릭은 입가의 미소를 지우고 담담하게 말했다. 엘라이나는 그를 걱정스러운 표정으로 바라봤다.

“오라버니, 괜찮으세요?”

“나는 율라니를 진심으로 사랑하고 아꼈어. 하지만 내가 사랑하고 아꼈던 것은 내 옆을 지켜주던 유모였어. 나를 저주하고 제국에 해가 되는 메라올드의 첩자가 아니야. 그 둘은 전혀 다른 존재라고 생각해. 율라니에게 받은 걸 부정하지는 않겠어. 하지만 율라니를 처단하는 것도 망설이지 않을 거야.”

그렇게 말한 켄드릭은 율라니의 얼굴을 떠올렸다. 그녀가 어머니와 같은 존재였다는 것도, 자신에게 큰 위로가 되었다는 것도 부정하지 않을 생각이었다. 여전히 율라니와 함께했던 어린 시절의 추억은 따뜻한 색깔이었다. 하지만 그녀를 처단하는 걸 망설이지는 않을 것이다. 자신에게도, 자신의 가족에게도 해가 되는 존재니까.

‘저렇게 말하지만 속은 쓰리겠지.’

데미안은 켄드릭을 바라보며 생각했다. 마음이 복잡했다. 상처받았을 손자가 안쓰러웠다. 그렇지만 그 상처를 드러내지 않는 것도, 율라니에게 받은 것을 부정하지 않겠다는 것도, 율라니의 죄를 묻는 것에 망설이지 않겠다는 것도 자랑스러웠다.

'누군가에게 상처를 받거나 화가 나면 그 사람에게 받았던 것도 부정하지. 그러면서 자신도 망가지는 경우가 많아. 하지만 저 녀석은 달라. 저 녀석은 나보다 훌륭한 황제가 될 거야.'

그렇게 생각한 그는 옅은 미소를 지었다.

'오라버니의 마음이 얼마나 아플까? 율라니에게 많이 의지한 것 같았는데.'

엘라이나는 걱정스러운 표정으로 켄드릭을 바라봤다. 켄드릭은 그녀와 눈이 마주치자 빙긋 웃었다.

"나는 괜찮아. 오히려 조금은 기쁘구나. 내가 아픈 이유를 알게 되었으니까. 저주만 풀리면 더는 아프지 않겠지."

켄드릭은 어렵게 찾아낸 장점을 말했다. 이 상황의 좋은 점은 그게 전부였다.

며칠이 흘렀다. 아그네스는 사파이어궁을 찾았다가 율라니와 마주쳤다. 둘은 서로를 첫눈에 알아봤다. 오랜 시간이 흘렀지만 크게 변하지 않은 모습이었다. 율라니는 아그네스가 사파이어궁에 찾아온 게 불만스러웠지만 상냥하게 웃었다.

"아그네스 님을 뵙습니다."

"율라니, 오랜만이군. 그동안 켄드릭을 잘 돌봐줬다지? 고맙구나."

아그네스도 상냥하게 웃으면서 말했다. 데미안에게 모든 이야기를 들었기 때문에 속은 분노로 가득했다. 하지만 그녀에게 티를 낼 수는 없었다.

"황태손 전하를 돌보는 건 제 기쁨인걸요."

율라니가 겸손한 표정으로 말했다. 아그네스는 뻔뻔한 그녀 때문에 구역질이 나올 것 같았다. 하지만 더 화사하게 웃으며 말했다.

"켄드릭이 어찌나 율라니에 대한 자랑을 하는지."

"전하는 저를 어머니처럼 생각하시니까요."

율라니는 아그네스를 견제하는 말투로 말했다. 켄드릭의 어머니인 그녀에게 하기에는 무례한 말이었다. 그래서 주변에 있던 시종들과 시녀들은 어이가 없다는 표정을 지었다. 하지만 아그네스는 여전히 미소를 짓고 있었다.

"하지만 이제 내가 있으니 율라니의 역할이 줄겠군."

"네?"

아그네스의 말에 율라니가 당황한 표정으로 되물었다. 아그네스의 뒤에 있던 시녀는 자신도 모르게 작게 웃어버렸다. 율라니가 그 시녀를 노려보다가 아그네스에게 말했다.

"이만 들어가시죠."

아그네스는 대답하지 않은 채 켄드릭의 침실로 들어갔다. 율라니는 그런 그녀를 바라보며 불안한 표정이 되었다.

'요즘 켄드릭이 나에게 거리를 두는 이유가 저 여자 때문인가?'

율라니는 아랫입술을 깨물면서 생각했다. 켄드릭은 율라니에게 티를 내지 않으려고 했다. 하지만 율라니는 그를 키운 사람이었다. 켄드릭이 자신에게 거리를 두고 있다는 걸 모를 리 없었다. 물론 자신의 저주가 들켰을 거라고 생각하지는 않았다. 진짜 어머니인 아그네스가 나타났기 때문이라고 생각했다.

켄드릭의 침실에 들어선 아그네스는 걱정스러운 표정이 되었다. 아그네스도 자신의 빈자리를 율라니가 채운 것을 알았다. 그래서 켄드릭이 상처를 받았을까 봐 걱정이 되었다.

"어머니를 뵙습니다."

"켄드릭, 괜찮니?"

아그네스가 침대에 앉아 있는 켄드릭의 손을 잡으면서 물었다.

"저는 괜찮아요. 걱정하지 마세요."

그렇게 말한 켄드릭은 옅은 미소를 지었다. 그녀가 무엇을 걱정하는지 모를 리 없었다. 요즘 모든 가족이 켄드릭을 걱정하고 있었다. 벨리사는 그가 상처받은 게 속상해서 눈물을 흘리기도 했다.

"내가 미안하구나. 내가 율라니를 고용했으니까. 더군다나 내가 자리를 비워서 네가 율라니를 더 의지하고 따랐겠지. 모든 게 내 탓이야."

"아니, 아닙니다. 어머니가 제 옆에 있을 수 없었던 것도 율라니 때문이잖아요. 그러니까 모든 건 메라올드 왕국과 율라니 때문이죠."

켄드릭의 말에 아그네스는 미소를 지었지만 마음은 그렇지 않았다. 자식이 잘못되면 '내가 부족한 부모라서 그런가?'라고 생각하게 되는 것이 부모의 마음이다. 자식의 옆을 지킨 부모도 그런데 아그네스는 더 그럴 수밖에 없었다.

'내가 그랬던 게 저주 때문이라는 건 알아. 하지만 마음이 좋지 않네.'

그렇게 생각한 아그네스의 표정이 어두워졌다. 켄드릭은 그런 그녀의 마음을 알고 빙긋 웃었다.

"어린 시절 함께하지 못했던 만큼 더 오래 함께해주시면 되잖아요. 그러니까 오래오래 건강하세요, 어머니."

켄드릭의 말에 아그네스는 눈시울을 붉히며 미소를 지었다.

율라니는 아그네스가 루비궁으로 돌아갔다는 걸 알고 홍차를 준비했다. 평소와 같이 저주를 걸어놓은 홍차였다. 켄드릭은 상냥한 미소를 지으며 그녀를 반겼다.

"유모, 오늘도 홍차를 가져왔군. 항상 수고가 많아."

"전하께 홍차를 대접하는 건 제 기쁨이니까요."

그렇게 말한 율라니는 침대 옆 테이블에 홍차를 내려놨다. 그 모습을 바라보던 켄드릭의 미소가 사라졌다.

"그 홍차를 마셔보아라."

"네? 전하, 그게 무슨?"

켄드릭의 말에 율라니는 당황한 표정으로 물었다. 그녀는 자신의 저주가 들켰다는 생각에 등골이 서늘했다.

"나의 작은 전하, 엉뚱한 소리를 하시는군요. 이 홍차는 전하의 홍차인데요."

그렇게 말한 율라니는 어색하게 입꼬리를 올렸다. 그 순간이었다. 켄드릭의 침실을 지키던 기사들이 들어와서 율라니를 포위했다. 그리고 켄드릭이 침대에서 내려와 그녀의 앞에 섰다.

"전하, 왜 그러십니까?"

율라니가 묻자 켄드릭은 홍차가 담긴 찻잔을 들었다.

"나는 너를 믿었다. 어린 나에게 너는 하나의 우주와 같았지. 모든 부모가 자식에게 그랬던 것처럼."

"전하."

율라니는 자신도 모르게 무릎을 꿇고 그의 옷자락을 잡았다.

"어른이 된 지금도 너는 나에게 중요한 사람이었어. 죽는 날까지 너를 어머니처럼 대하겠다고 생각했지. 그런데 네가 나를 죽이려고 했다니."

켄드릭의 싸늘한 눈빛에 율라니는 소름이 돋았다. 그를 키웠던 율라니도 처음 보는 눈빛이었다.

"전하, 저는 그런 적이 없습니다! 모두 오해입니다!"

"끝까지 나를 속이는 것인가? 이게 평범한 홍차가 아니라는 걸 안다."

켄드릭이 찻잔을 내밀며 말하자 그녀의 눈동자가 떨렸다.

"그건 평범한 홍차입니다."

"그렇다면 마셔보아라."

켄드릭이 찻잔을 율라니의 입가에 가까이 댔다. 그러자 그녀는 자신도 모르게 찻잔을 뿌리쳤다. 찻잔이 바닥을 구르면서 홍차가 쏟아졌다. 바닥이 어두운 보라색이 되었다가 원래 색깔로 돌아갔다. 그 모습을 본 기사들이 놀란 표정으로 켄드릭과 율라니를 번갈아 바라봤다.

"마실 수 없겠지? 그 홍차를 마시면 저주에 걸릴 테니까."

켄드릭이 씁쓸한 표정으로 말하자 율라니는 아랫입술을 깨물었다. 자신이 저주를 걸었다는 게 밝혀졌으니 남은 길은 하나였다. 자신의 배후에 누가 있는지 알 수 없게 하는 것.

"그래, 내가 저주를 걸었다."

율라니는 켄드릭의 옷자락을 놓고 말했다.

"이유가 뭐지? 네 배후가 누가 있는 거지? 역시 메라올드 왕국인가?"

"배후 같은 건 없어."

켄드릭이 묻자 율라니는 비웃으면서 대답했다. 그리고 더는 할 말이 없다는 듯 입을 다물었다. 그러자 나타난 것은 다른 황족들이었다. 기사들이 잠시 비켜주자 넷은 화난 표정으로 율라니에게 다가갔다.

"어리석구나. 지금이라도 배후를 밝히면 목숨은 살려주마."

데미안이 말하자 율라니가 미친 사람처럼 크게 웃었다.

"내가 그 말을 믿을 정도로 순진하게 보이는가? 황태손에게 저주를 걸었으니 나는 사형에 처해지겠지."

"무엄하다!"

제일 나이가 많은 기사가 화난 표정으로 소리쳤다. 율라니는 그 기사를 힐끔 보더니 또다시 크게 웃었다.

"그래서 뭐? 나를 죽일 건가? 나는 어차피 죽을 목숨인데 황제에게 무례하게 군다고 뭐가 달라지지?"

그렇게 말한 율라니는 표독스러운 표정으로 주변을 둘러봤다.

"그래, 나는 메라올드 왕국 출신이다. 하지만 배후 같은 건 없어. 나는 그저 제국과 제국의 황족이 싫었을 뿐이다."

"그래서 베킨세일 남작 부인을 죽였는가?"

"남작 부인만 죽였을 거라고 생각해? 내가 다 죽였어. 황궁에 들어올 수 있는 방법은 그것뿐이었거든. 운이 좋았어. 그 여자가 나와 머리카락도, 눈동자도 같은 색깔이었으니까."

데미안이 묻자 율라니는 아무렇지 않게 대답했다. 그녀는 진심으로 운이 좋았다고 생각했다. 남작 부인은 수도에 방문한 적이 없었다. 수도에는 남작 부인의 얼굴을 아는 사람이 없었다는 뜻이다.

남작 부인은 상냥한 사람이었다. 그래서 메라올드 왕국에서 도망쳤다는 율라니를 불쌍하게 여겨 하녀로 삼았다. 율라니는 남작 부인의 상냥함을 어리석다고 생각했다. 조금만 더 냉정했더라도, 조금만 더 경계했더라도 그렇게 죽지는 않았을 테니까.

“남작도, 남작 부인도, 그 둘의 아기도 죽였지. 남작 부인의 얼굴을 아는 고용인들도.”

율라니가 매혹적인 미소를 지으며 말을 이어갔다. 황족들도, 기사들도 그녀의 미소를 보고 소름이 돋았다. 율라니는 사람을 죽였다는 말을 하면서도 아무렇지 않은 표정이었다. 날씨가 좋다는 이야기를 하는 것처럼 가벼운 말투였다.

“배후는 없어. 배후는 없어. 배후는 없어.”

율라니는 계속 그 말만 반복해서 말했다. 그리고 켄드릭을 바라보면서 미소를 지었다.

“나의 작은 전하, 전하는 곧 죽을 겁니다. 갈기갈기 찢겨서 죽을 겁니다.”

율라니는 그에게 자장가를 불러주는 것처럼 노래하듯 말했다. 데미안은 이를 갈다가 기사들에게 말했다.

“데려가서 모든 걸 실토할 때까지 물 한 모금 주지 마라.”

“네, 폐하.”

그렇게 대답한 기사들이 율라니를 끌고 나가버렸다. 켄드릭은 자신도 모르게 자리에 주저앉았다. 벨리사가 놀란 표정으로 그의 팔을 잡았다.

“전하, 괜찮으세요?”

벨리사가 묻자 켄드릭은 옅은 미소를 지었다. 지친 것 같은 표정이었다.

“켄드릭, 침대에 누워라. 쉬는 게 좋겠구나.”

그렇게 말한 아그네스가 벨리사와 함께 켄드릭을 부축했다. 두 사람은 그를 침대에 눕히고 씁쓸한 미소를 지었다.

“혼자 있고 싶습니다.”

켄드릭이 작은 목소리로 말하자 모든 황족들과 기사들이 밖으로 나갔다. 켄드릭은 지친 표정으로 눈을 감았다. 어디선가 율라니의 다정한 목소리가 들리는 것 같았다. 하지만 곧 아무렇지도 않게 사람을 죽였다고 말하는 목소리로 바뀌었다. 그다음에는 자신에게 곧 죽을 것이라고 말하는 목소리로 바뀌었다. 그의 감은 눈에서 눈물이 흘러내렸다.

지하 감옥에 갇힌 율라니는 허탈하게 웃었다. 모든 것이 끝났다. 그녀는 메라올드 왕국에서 가장 유명한 주술사였다. 아름다운 외모, 뛰어난 실력으로 왕 킨시오카의 연인까지 되었다. 그리고 아이를 낳았다. 행복한 나날이었다. 율라니는 자신의 아들 엔카가 정식 후계자가 되면 좋겠다고 생각했다.

하지만 킨시오카는 모든 걸 도구로 생각하는 사람이었다. 율라니와 연인이 된 것도 그녀를 이용하기 위한 것이었다. 킨시오카는 엔카를 정식 후계자로 삼겠다고 말했다. 하지만 조건이 있었다. 율라니가 켄드릭의 유모가 되는 것, 황제가 된 켄드릭을 조종하는 것. 그녀는 그 조건을 받아들였다.

그리고 제국으로 넘어왔다. 그다음은 일이 술술 풀렸다. 율라니는 신이 자신을 돕는다고 생각했다. 자신과 신체 조건이 비슷한, 얼마 전에 출산한 남작 부인에게 접근했다. 그리고 남작가의 모든 사람을 죽여서 신분을 가로챘다. 아그네스가 율라니를 고용한 것도 그녀의 주술 때문이었다. 다른 사람의 호감을 살 수 있는 주술이었다.

'모든 게 너무 쉬웠지. 신이 나를 돕는다고 생각할 정도로.'

그렇게 생각한 율라니는 또다시 허탈하게 웃었다. 신은 자신을 돕는 게 아니었다. 아니, 어쩌면 더 철저하게 망가지는 걸 보기 위해서 잠시 도왔던 게 아닐까? 그녀는 자신을 비웃으며 생각했다.

'켄드릭은 사랑스러운 아이였어.'

율라니는 켄드릭의 어린 시절을 떠올리며 생각했다. 유모로 일하는 게 싫지는 않았다. 옌카를 키우지 못한 아쉬움을 켄드릭에게 풀었다. 그가 악몽을 꾸고 울면 '옌카도 악몽을 꾸고 우는 날이 있었겠지' 라고 생각하며 달랬다. 그러면서 켄드릭에게도 애정이 생겼다. 진짜 애정이었을까? 아니면 옌카를 대신하는 존재로 아꼈던 걸까? 율라니도 헷갈렸다.

'상처를 받았겠지.'

율라니는 자신도 모르게 눈물을 흘리며 생각했다. 마지막으로 저주의 말을 퍼부었던 것은 그녀 나름의 배려이자 애정이었다. 자신을 완전히 미워할 수 있기를, 완전히 경멸할 수 있기를.

'나의 작은 전하, 당신과 옌카가 싸운다면 나는 옌카의 편이 될 수밖

에 없어요. 이런 나를 이해해주세요.'

그렇게 생각한 그녀는 노래를 불렀다. 옌카에게 불러주고 싶었던 메라올드 왕국의 자장가였다.

"나의 작은 아가야, 그리 울지 않아도 돼. 저 늑대는 너를 해칠 수 없단다. 내가 저 늑대를 물리치마. 나의 작은 아가야, 도망치지 않아도 돼. 저 늑대는 너를 잡을 수 없단다. 내가 저 늑대를 물리치마."

율라니가 부르는 자장가는 슬프지만 아름다웠다. 율라니에게 제국은 자신의 아들을 해칠지도 모르는 늑대였다. 그러니까 늑대를 물리치려고 노력한 것을 후회하지 않는다. 자신이 후회하는 건 어린 늑대의 옆을 너무 오래 지킨 것, 자신의 아기 옆을 너무 오래 떠난 것뿐이었다.

'어린 늑대와는 정이 들어버렸고 아기는 얼굴조차 모르는군.'

그녀는 씁쓸한 미소를 지으며 생각했다.

다음 날, 율라니가 자결했다는 소식이 들렸다. 온몸이 어두운 보라색이 되었고 모든 머리카락이 하얗게 세어버렸다는 것을 보면 평범한 죽음은 아니었다. 기사들은 그녀를 감옥에 가두기 전에 위험한 물건이 없는지 확인했다고 말했다. 기사들의 말을 들은 데미안은 그녀가 주술로 자결한 것이라고 생각했다.

"켄드릭, 괜찮은 것이냐?"

사파이어궁을 찾은 데미안이 조심스럽게 물었다.

"저는 괜찮습니다, 폐하."

켄드릭은 창백한 얼굴로 미소를 지으면서 대답했다. 율라니의 배신도, 죽음도 충격적이었다. 아직 저주가 완전히 풀리지 않았기 때문에 약한 몸이었다. 그래서 충격을 감당하지 못하고 앓기 시작했다.

“슬퍼해도 괜찮다. 너에게는 어머니와 같은 존재였으니까. 짐도 그걸 부정하지는 않는다. 짐은 어린 너에게 무심했지. 아그네스는 루비궁 밖으로 나오지 않았고. 그걸 생각하면 너에게 율라니가 큰 존재였을 거라고 생각한다.”

데미안은 서툰 위로를 건넸다. 그리고 잠시 고민하다가 말을 이어갔다.

“짐은 네 아버지인 그레고리를 사랑했다.”

데미안의 말에 켄드릭이 놀란 표정이 되었다. 그의 갑작스러운 말이 당황스러웠다. 데미안이 그레고리의 이야기를 꺼내는 것도, 애정표현을 하는 일도 드문 편이었기 때문에 더 그랬다. 데미안은 담담한 표정으로 말을 계속했다.

“특별한 녀석이었다. 내가 말하지 않아도 내 마음을 다 아는 것처럼 굴었지. 그래서 짐은 굳이 표현할 필요를 느끼지 못했단다. 짐이 퉁명스럽게 굴어도 환하게 웃으면서 안겼으니까. 아니, 그 아이가 그런 성격이 아니었어도 나는 표현하지 않았을 거다. 황태자는 엄하게 가르치는 게 옳다고 생각했으니까.”

데미안은 솔직하게 말했다. 켄드릭은 무슨 말을 하면 좋을지 고민하다가 조심스럽게 말했다.

“너무 자책하지 마세요. 폐하께서도 아버지가 된 것은 처음이었으니까요.”

“그래, 처음이었으니까 어느 정도가 적당한 것인지 몰랐지. 하지만 너에게는? 또다시 할아버지가 처음이니까 그렇다고 말할 수는 없지 않느냐?”

그의 말에 켄드릭은 또다시 놀란 표정이 되었다. 그레고리에게 엄했던 것을 후회한다는 말이 아니라는 걸 알아챈 것이다.

“저 때문에 후회하십니까?”

그렇게 물은 켄드릭은 금방 후회하며 입을 다물었다. 그 모습에 데미안은 빙긋 웃었다.

“그래, 후회한단다. 그레고리가 죽고 피눈물을 흘리면서 후회했던 걸 반복하고 있더구나. 손자가 적에게 기대고 있는 것도 모르고.”

데미안은 담담한 말투로 말하며 켄드릭의 머리를 쓰다듬었다. 그는 그 손길이 어색하면서도 기분이 좋았다. 어린 시절 이후 데미안과 가까워지는 걸 포기하고 있었다. 하지만 마음 한구석에는 할아버지에게 인정받고 싶다는 생각, 사랑받고 싶다는 생각이 있었다. 켄드릭은 데미안의 이야기를 들으면서 자신만 고민한 게 아니라고 생각했다.

‘폐하도 나와 가까워지고 싶다고 생각하셨구나. 나에 대해서 고민하셨구나.’

그렇게 생각한 켄드릭은 어쩐지 그동안 서운했던 마음이 풀리는 것 같았다.

“미안하구나, 켄드릭. 짐이 못난 할아버지라서.”

“아닙니다, 폐하.”

켄드릭의 말에 데미안은 못마땅한 표정을 지었다.

“너는 엘라이나에게 배워야겠구나.”

“네?”

“엘라이나가 나를 뭐라고 부르더냐?”

데미안이 묻자 그는 무언가를 떠올리고 어색하게 웃었다.

“제가 할아버지라고 부르길 바라십니까?”

“너는 그렇게 부르고 싶지 않느냐?”

“부르고 싶습니다, 할아버지.”

켄드릭이 조심스럽게 대답하자 데미안은 크게 웃었다. 켄드릭의 침실 앞에 있던 안토니오와 기사들, 시종들은 깜짝 놀란 표정이 되었다.

‘지금 폐하가 웃으신 건가? 황태손 전하 앞에서 저렇게 큰 소리로?’

그렇게 생각한 안토니오는 잠시 얼떨떨한 표정이었다가 미소를 지었다.

16

제 짝사랑입니다

데미안이 사파이어궁을 떠나자 바로 찾아온 것은 안드레스였다. 그는 화난 표정으로 켄드릭의 침실에 들어섰다. 그리고 켄드릭의 창백한 얼굴을 보고 잠시 멈칫했다. 화낼 생각으로 왔는데 아픈 것처럼 보였기 때문이다.

"황태손 전하를 뵙습니다."

"안드레스, 왔구나."

"어디 아프십니까? 이제 율라니가 없으니 괜찮으신 거 아닙니까?"

"율라니 이야기를 들은 모양이구나. 저주가 완전히 풀린 게 아니지만 곧 괜찮아질 거야."

그의 말에 안드레스는 한숨을 쉬었다. 아침부터 벤저민이 다급한 표정으로 달려오더니 꺼낸 말은 충격적이었다. 켄드릭의 몸이 약한 것이 저주 때문이었다, 저주를 걸었던 건 유모 율라니다, 율라니는 메라올드 왕국의 첩자일지도 모른다는 소문을 들었다는 것이다. 처음에는 헛소문이라고 생각했다. 하지만 모든 게 사실이었다.

"왜 저에게 알리지 않으셨습니까? 제가 전하의 이야기를 보좌관에게 들어야겠습니까?"

"미안하구나. 내가 알아챘다는 것을 들키지 않으려고 그랬어. 율라니를 잡은 기사들에게도 자세한 걸 알리지 않았거든. 밖에서 잠시 기다렸다가 들어와서 포위하라는 말만 했지."

켄드릭이 미안한 표정으로 말했다.

"사과는 됐습니다. 전하께서 직접 설명해주시죠. 소문에는 율라니가 메라올드 왕국의 첩자일 수도 있다던데 맞습니까?"

"입단속은 철저하게 한 것 같은데. 이야기가 새어나간 모양이군. 그래, 확실한 건 아니지만 나는 그렇다고 생각해."

켄드릭이 말하자 안드레스는 빠르게 여러 질문을 쏟아냈다.

"율라니가 죽어도 저주가 풀리지 않는 겁니까? 아니, 저주는 어떻게 아셨습니까? 얼마 전에 황손 저하께서 저주에 대한 책을 찾으시던데 그것 때문입니까?"

"하나씩 물어보지? 저주는 엘라이나 덕분에 알았어. 저주에 대한 책을 찾은 것도 아마 그 일 때문이겠지. 그리고 율라니가 죽어도 저주가 바로 풀리지 않는 모양이야. 하지만 너무 걱정할 필요는 없어. 곧 사라진다니까."

켄드릭은 상냥한 미소와 함께 말했다. 엘라이나가 율라니의 저주를 정화할 거라고 말할 수는 없었다. 그래서 곧 사라진다고 말한 것이다.

"그렇다면 다행입니다. 다음부터 이런 일이 있으면 숨기지 마세요."

"그래, 절대 숨기지 않을게."

"그렇게 웃지 마세요. 조금 더 반성하시라고요."

퉁명스럽게 말한 그는 침대 옆 의자에 앉았다. 그리고 엘라이나 덕분에 저주에 대해서 알았다는 말을 떠올렸다.

"황손 저하께서는 어떻게 아셨답니까?"

"글쎄, 나도 모르겠어. 그 아이는 어딘가 특별한 게 있잖아."

그렇게 말한 켄드릭은 어색하게 웃었다. 그리고 그는 안드레스의 표정이 변하는 걸 봤다.

"그렇죠. 특별한 분이시죠."

안드레스는 자신도 모르게 미소를 지으면서 중얼거렸다. 켄드릭은 어리둥절한 표정으로 그를 바라보다가 인상을 찌푸렸다.

"안드레스, 너 혹시 엘라이나를 좋아하는 거야?"

"아닙니다."

안드레스는 깜짝 놀라서 대답했다. 하지만 켄드릭은 그의 오랜 주군이자 친구였다. 안드레스가 거짓말하는 걸 모를 수 없었다.

"아직 혼인은 곤란해. 나는 당분간 엘라이나를 옆에 두고 싶다고."

"아니라니까요?"

"아직 오라버니 노릇도 제대로 하지 못했어. 내가 그 아이한테 받은 걸 다 갚은 다음에 혼인해."

켄드릭은 안드레스의 말을 듣지도 않고 말했다. 아니, 듣긴 들었지만 믿지 않는 것이었다.

"제 말은 듣지도 않으시는군요."

안드레스는 오른손으로 얼굴을 감싸며 중얼거렸다. 자신의 마음을 들킨 게 부끄럽고 난감했다. 그리고 조심스럽게 말했다.

"제 짝사랑입니다. 혼인을 말할 만한 상황이 아니라고요."

"자신감을 가져. 너는 그라우트 제국의 최고 신랑감이잖아."

켄드릭이 조금 놀리는 말투로 말했다. 제국에서 혼인하지 않은 남자 중에 제일 신분이 높은 건 안드레스였다. 그래서 안드레스를 최고 신랑감이라고 부르는 귀족이 많았다. 물론 신분 하나만 보고 그런 건 아니었다. 그는 외모도, 성격도 훌륭한 신랑감이었으니까.

"그렇게 부르지 마세요."

안드레스가 질색하며 말하자 켄드릭이 작게 소리 내어 웃었다. 그의 얼굴이 더 창백해지는 걸 보고 안드레스가 걱정스러운 표정이 되었다.

"전하, 쉬시는 게 좋겠습니다."

"그래, 조금 피곤하구나."

"저는 이만 가보겠습니다."

안드레스는 일어나 인사를 하고 밖으로 나왔다. 그리고 밖에 있던 엘라이나와 눈이 마주치고 조금 놀란 표정이 되었다.

"황손 저하를 뵙습니다."

"안녕하세요, 마리우스 공작님. 오라버니는 어떠신가요?"

엘라이나가 조심스러운 표정으로 물었다. 엘라이나는 율라니의 죽음을 듣고 켄드릭이 걱정되었다. 그래서 혼자 있게 두는 게 좋을지, 함께 있는 게 좋을지 고민하다가 찾아온 것이었다.

"피곤하다고 하셔서 가려던 중입니다."

"아, 그렇군요. 저도 나중에 다시 와야겠네요."

"에메랄드궁까지 함께 걸어도 되겠습니까? 아무래도 율라니 일도 있고 황궁도 안전하지 않은 것 같아서요."

안드레스는 자신의 말이 그럴듯하게 들리기를 바라며 말했다. 엘라이나는 수줍게 웃으면서 고개를 끄덕였다.

"네, 부탁드려요."

그렇게 말한 엘라이나는 먼저 걸어갔다. 안드레스는 그녀와 조금 떨어져서 걸었다. 나란히 걷고 싶었지만 어쩐지 부끄러웠다. 황족과 나란히 걷는 게 예법에 어긋난다는 생각도 있었다. 하지만 어느 순간부터 둘은 나란히 걷기 시작했다. 엘라이나가 일부러 느린 걸음으로 걸었기 때문이다.

'나란히 걷고 싶었어.'

엘라이나는 미소를 지으면서 생각했다. 그렇게 생각하자 마음이 간지러웠다.

'그래, 나는 마리우스 공작님을 좋아해.'

엘라이나는 안드레스의 옆모습을 바라보면서 생각했다. 시선을 느낀 그는 그녀가 있는 쪽으로 고개를 돌렸다. 그리고 눈이 마주치자 빙긋 웃었다. 엘라이나는 얼굴이 붉어졌다.

"왜 그러십니까?"

안드레스가 엘라이나의 얼굴이 붉어진 걸 보고 물었다.

"아니, 아무것도 아니에요."

엘라이나는 조금 떨리는 목소리로 말했다. 안드레스가 자신의 마음을 알아챌까 봐 걱정되고 부끄러웠다.

"황손 저하께서 율라니의 정체를 알아내셨다고 들었습니다. 대단하십니다."

"아, 저는 그저 추측한 것뿐인데요. 폐하와 오라버니 덕분에 확신할 수 있었어요."

"저하가 아니었다면 아무도 율라니를 의심하지 않았을 겁니다."

안드레스의 말에 엘라이나는 쑥스러운 표정이 되었다. 좋아하는 사람에게 칭찬을 받는 건 기분이 좋았다. 다른 사람에게 칭찬을 받는 것보다 더 기뻤다.

"공작님이 알려주신 것도 큰 도움이 되었어요."

"율라니는 메라올드 왕국의 첩자입니까? 그럴지도 모른다는 말이 들리던데요."

"저는 그렇게 생각하고 있어요. 하지만 율라니가 배후를 밝히기도 전에 죽었거든요. 그래서 메라올드 왕국에 책임을 물을 수 없는 상황이에요."

엘라이나가 조심스럽게 말을 이어갔다.

"두 나라는 평화 협정을 맺었죠. 그러니까 확실한 증거도 없이 메라올드 왕국에 책임을 묻는 건 곤란해요. 제국이 먼저 평화 협정을 깨는 게 되니까요."

"그쪽이 먼저 평화 협정을 깼다는 증거가 필요하겠군요."

"하지만 율라니의 방에는 아무것도 없더라고요. 메라올드 왕국과 관련된 물건이 하나도 없었어요."

엘라이나의 말에 안드레스는 한숨을 쉬었다. 제국이 먼저 평화 협정을 깨면 비난이 쏟아질 것이다. 그건 외교적으로 좋지 않은 일이었다. 하지만 메라올드 왕국의 첩자일지도 모르는데 그냥 넘어갈 수도 없었다.

"율라니가 메라올드 왕국에서 넘어왔다는 건 인정했어요. 할아버지는 그걸 메라올드 왕국에 알릴 생각이에요. 메라올드 왕국 사람이 황태손을 저주했다고요."

"메라올드 왕국의 반응을 보실 생각이군요?"

엘라이나의 말에 안드레스가 물었다. 그녀는 고개를 끄덕였다.

"할아버지는 메라올드의 왕이 찔리는 게 있으면 오히려 더 화를 낼 거라고 하셨어요. 제국이 그걸 알린 게 자신들을 의심하기 때문이라고요."

그렇게 말한 엘라이나는 빙긋 웃었다. 지금부터 자신이 할 수 있는 일은 수프로 켄드릭을 정화하는 일뿐이었다.

'메라올드 왕국의 일은 할아버지께 맡기자. 나는 오라버니를 정화

하는 일에만 집중하는 거야.'

엘라이나는 걸음을 멈추고 생각했다. 안드레스도 그녀를 따라서 걸음을 멈췄다. 두 사람은 눈이 마주쳤다. 엘라이나는 안드레스의 눈빛에서 달콤한 감정을 읽었다.

'마리우스 공작님도 나를 좋아하시는 걸까?'

그렇게 생각한 엘라이나는 얼굴이 붉어졌다. 자신이 그런 생각을 했다는 것이 부끄러웠다.

'아, 아니야. 착각이겠지.'

엘라이나는 고개를 숙이고 얼굴의 열을 식혔다.

"황손 저하, 괜찮으십니까?"

안드레스는 고개를 숙인 엘라이나에게 조심스럽게 물었다. 그녀는 고개를 들고 어색하게 웃었다.

"네, 괜찮아요. 여기부터는 혼자 갈게요."

그렇게 말한 엘라이나는 고개를 숙여서 인사했다. 그리고 에메랄드 궁이 있는 쪽으로 달려갔다. 안드레스는 어리둥절한 표정으로 그녀의 뒷모습을 바라봤다.

'매번 뒷모습을 보여주시네.'

그는 씁쓸한 미소를 지으며 생각했다.

며칠이 흘렀다. 율라니 때문에 흉흉한 분위기가 감돌았던 황궁은 설렘으로 가득했다. 곧 있을 엘라이나의 심포시온 덕분이었다. 그녀는 율라니 사건을 이유로 심포시온을 미룰 생각이었다. 하지만 데미안은 오히려 지금 열어서 분위기를 바꾸는 게 좋지 않겠느냐고 말했다. 엘라이나도 동의했고 지금은 심포시온 준비로 한창이었다.

"오라버니, 몸은 괜찮으세요?"

"점점 좋아지고 있어. 예전에는 조금만 걸어도 숨이 찼는데, 어제는 사파이어궁의 정원을 오후 내내 산책했거든."

켄드릭은 상냥한 미소를 지으면서 말했다. 항상 누군가가 누르는 것처럼 몸이 무거웠다. 그리고 계속 피곤하고 피를 토했다. 하지만 이제 아니었다. 몸이 가벼웠고 피곤함이 사라졌다. 피를 토하는 일도 사라졌다. 그는 처음으로 건강한 상태라는 게 어떤 것인지 느꼈다.

"아직은 조금 힘들 때도 있는데 전보다는 훨씬 나아졌어. 다른 사람의 몸이 된 것처럼."

"다행이네요."

"모두 다 네 덕분이야."

켄드릭은 진심을 담아서 말했다. 그녀가 나타나지 않았다면 어땠을까? 자신은 데미안과 여전히 서먹하게 지냈을 것이다. 아그네스는 얼굴도 볼 수 없었을 것이고, 벨리사는 다른 사람에게 보냈을 것이다. 그리고 자신을 아프게 만드는 사람인지도 모르고 율라니를 의지했을 것이다. 그리고 몸이 가볍다는 게 어떤 느낌인지도 알 수 없었겠지.

"고마워, 엘라이나."

"모든 건 아스테르 님 덕분이죠."

"물론 아스테르 님께도 감사하지. 너에게 그런 능력을 주셨으니까. 하지만 그 능력을 이로운 방향으로 사용한 것은 너잖아. 그러니까 너한테 고마워."

켄드릭의 말에 엘라이나는 쑥스러운 표정이 되었다. 칭찬을 들으니까 기뻤다. 하지만 어쩐지 자신이 한 일보다 더 큰 칭찬을 받는 것 같아서 쑥스러웠다. 켄드릭은 그녀를 바라보면서 빙긋 웃었다.

"그보다 그 이야기 들었어? 할아버지께서 네 심포시온을 위해서 스무 가지 선물을 준비하셨다는데."

"아, 네. 그동안 챙겨주지 못한 생일까지 챙겨주고 싶다고 하시더라고요. 제가 설득해서 네 개로 줄였어요."

엘라이나는 생각만 해도 지친다는 표정으로 말했다. 켄드릭은 작게 소리 내서 웃었다. 엘라이나는 잠시 말이 없다가 무언가를 깨달은 것처럼 물었다.

"그런데 방금 할아버지라고 하셨어요?"

"아, 그래. 나도 그렇게 하기로 했어. 물론 공식적인 자리에서는 예전처럼 하겠지만."

켄드릭이 쑥스러운 표정으로 말했다. 엘라이나는 그런 그를 바라보면서 미소를 지었다. 아까와 반대였다.

"듣기 좋네요."

그렇게 말한 엘라이나는 다른 이야기를 꺼냈다. 쑥스러워하는 그를 위한 배려였다.

"요즘 황태손비 전하랑 이사벨라가 바쁜 것 같더라고요. 도대체 뭘 준비하는 건지 모르겠어요."

"네가 드레스 주인이니까 알려달라고 말하지."

"황태손비 전하께서 비밀이라고 하시던데요."

엘라이나가 장난스러운 표정으로 말했다. 그녀도 불만은 없었다. 심포시온 준비는 다른 황족들에게 맡기는 게 편했다. 자신은 귀족들에게 먹일 수프를 준비하는 일만으로도 충분했다. 율라니는 죽었지만 저주는 사라지지 않았다.

약한 주술사의 주술은 주술사가 죽으면 사라졌다. 하지만 율라니는 강한 주술사였기 때문에 그녀가 죽어도 주술이, 저주가 사라지지 않았다. 그래서 엘라이나는 귀족들을 정화할 수프를 고민하고 있었다.

"벨리사가 즐거운 것 같더라. 정작 본인 드레스 만드는 건 즐기지 않으면서."

켄드릭이 작게 소리 내서 웃더니 말했다. 벨리사를 생각하는 모양인지 파란 눈동자가 다정하게 빛났다.

"이사벨라도 비슷한 말을 한 것 같아요."

그렇게 말한 엘라이나도 작게 소리 내어 웃었다. 그런 벨리사가 고맙고 귀엽다는 생각이 들었기 때문이다.

"나도 선물을 준비해야겠어. 할아버지처럼 여러 개는 아니더라도."

"준비하지 않으셔도 되는데요."

"꼭 주고 싶은걸."

켄드릭의 말에 엘라이나는 빙긋 웃었다.

"그렇다면 감사하게 받을게요, 오라버니."

엘라이나가 상냥한 말투로 말하자 켄드릭은 미소를 지었다. 그녀가 거절하지 않고 고맙게 받아들이는 것이 좋았다.

"저는 할아버지가 어떤 선물을 하실지 걱정이 돼요. 마샤의 말로는 제 심포시온 때문에 마탑주를 부르셨다고 하던데."

엘라이나는 한숨을 쉬면서 말했다. 마샤에게 그 말을 들었을 때는 황당해서 말이 나오지 않았다. 심포시온이 황족과 귀족에게 중요한 일이기는 했지만 그냥 무도회였다. 무도회 준비에 마탑주가 필요한 일이 있다고? 그녀는 데미안이 어떤 일을 준비하는지 궁금하면서도 걱정이 되었다.

"조금 화려하기는 하지만 네가 좋아할 거야. 심포시온도, 선물도."

"오라버니는 어떤 선물인지 아시는군요?"

"그래, 하지만 비밀이야."

그는 검지손가락을 입가에 대며 대답했다.

데이비드 후작과 후작 부인은 자식들과 함께 차 마시는 것을 즐겼다. 사이가 좋은 가족이었기 때문에 자식들도 큰 불만은 없었다. 네 사람의 대화는 켄드릭과 율라니의 이야기로 이어졌다.

"황태손 전하의 유모가 메라올드 왕국의 첩자일지도 모른다니. 정말 놀랐어요."

페트리샤는 오른손으로 얼굴을 감싸며 말했다. 그러자 후작 부인은 눈동자를 빛내며 말했다.

"하지만 좋은 소식이지. 황태손 전하의 몸에 문제가 없다는 거니까."

"부인!"

데이비드 후작은 당황한 표정으로 그녀를 불렀다. 후작 부인은 장난스러운 미소와 함께 입을 다물었다.

"하지만 황대손 전하는 후궁을 들이실 생각이 없으신 것 같은데."

그렇게 말한 발렌티노가 찻잔을 들어서 차를 홀짝였다. 페트리샤는 기분이 나쁜 표정으로 그를 흘겨봤지만 아무런 말도 하지 않았다. 그녀가 생각하기에도 그랬기 때문이다.

"내가 전에 했던 말은 아직도 생각이 없는 것이냐?"

"황손 저하와 혼인하라는 말씀이요? 지금도 싫고 앞으로도 싫을 겁니다."

데이비드 후작이 묻자 발렌티노가 능청스럽게 대답했다. 페트리샤는 처음 듣는 이야기에 눈을 동그랗게 뜨고 물었다.

"아버지, 그게 무슨 말씀이세요? 오라버니를 황손 저하와 혼인시킨다고요?"

"그게 어때서 그러냐? 황손 저하가 데이비드 후작가의 며느리가 된다면 그보다 더 좋을 수는 없지."

"하지만 그러면 제가 황태손 전하와 혼인하는 일이 더 어려워지잖아요. 다른 가문들이 그걸 가만히 두고 보겠어요? 황족들이 한 가문과 엮이는 건데요. 데이비드 후작가를 견제하느라 둘 중 하나는 깨고 볼 거라고요."

그렇게 말한 페트리샤는 발렌티노를 노려봤다. 그는 자신은 죄가 없다는 것처럼 두 손을 들어 보였다.

"야, 페트리샤. 내가 원한 게 아니야. 나는 싫다니까? 노려보려면 아버지나 어머니를 노려보라고."

발렌티노의 말에 페트리샤는 자신의 부모님을 바라봤다.

"오라버니가 싫어하는 혼인을 시킬 생각이세요?"

"나는 네 오라버니가 도대체 왜 싫다는 건지 모르겠구나. 고귀한 신분이고 외모도 나쁘지 않다는데. 그리고 모든 황족의 신뢰를 받고 있는 것 같고."

후작 부인은 우아한 몸짓으로 찻잔을 들며 말했다.

"저는 아버지랑 어머니처럼 운명적인 사랑을 하고 싶어요."

발렌티노가 능글맞게 웃으면서 말하자 후작 부인은 코웃음을 쳤다.

"내가 네 생각을 모르는 것 같니? 그런 말로 우리를 속이면서 혼담을 피해 다닐 생각이잖아."

그렇게 말한 후작 부인은 찻잔을 내려놨다. 그리고 옆에 앉은 데이비드 후작의 어깨에 살짝 기대면서 말을 이었다.

"우리같이 운명적인 사랑을 한 이들은 드물단다. 다들 비슷한 신분의 사람끼리 적당히 맞추면서 사는 거지. 그리고 혹시 아니? 네가 찾는 그 운명적인 사랑이 황손 저하실지도."

"저는 반대예요. 아까 말한 이유도 있지만 황손 저하께서는 오라버니와 어울리지 않아요. 솔직히 제 마음에 들지 않는 분이지만 성실하게 보였다고요."

페트리샤는 새침한 표정으로 말했다. 그녀는 엘라이나가 마음에 들지 않았다. 하지만 그건 그거고 이건 이거였다. 마음에 들지 않는다고 멀쩡한 여자를 자신의 오라버니 같은 바람둥이와 엮을 수는 없었다.

"그건 무슨 뜻이야?"

"무슨 뜻인지 알잖아. 황손 저하와 혼인하고도 지금처럼 살면 바로 사형일걸."

발렌티노가 황당하다는 듯 묻자 페트리샤가 여전히 새침한 표정으로 대답했다. 그녀의 말에 데이비드 후작과 후작 부인은 고민에 빠진 표정이 되었다. 발렌티노는 그런 부모님 때문에 더 황당하고 억울한 표정이 되었다.

"제가 부인을 두고 다른 여자를 만날 사람으로 보이십니까?"

발렌티노가 묻자 아무도 대답하지 않았다. 그는 허탈한 듯 웃더니 말을 이었다.

"지금은 연인도, 부인도 없으니까 자유롭게 살지만 혼인하면 부인만 볼 거라고요."

"다들 말은 그렇게 하지."

페트리샤가 비웃는 표정으로 말했다. 둘은 잠시 티격태격 싸우다가 조용해졌다.

“다들 저랑 황손 저하를 이어준다, 안 이어준다고 하시니까 저하께서 어떤 분인지 굉장히 궁금해지네요.”

“외모는 나쁘지 않아. 갈색 머리카락에 녹색 눈동자는 너무 흔하지만.”

발렌티노의 말에 페트리샤가 퉁명스럽게 말했다. 발렌티노는 그녀의 말을 듣고 엘라이나를 떠올렸다.

“황손 저하께서 갈색 머리카락에 녹색 눈동자라고?”

“그래, 그게 왜? 그게 그렇게 놀랄 일이야? 둘 다 제국에서 흔한 색깔이잖아.”

놀란 발렌티노가 큰 목소리로 묻자 페트리샤는 눈을 빠르게 깜박거리며 대답했다. 그가 왜 그렇게 놀라는지 모르겠다는 표정이었다.

‘아니, 아니겠지. 페트리샤의 말대로 흔한 색깔이니까.’

그렇게 생각한 발렌티노는 입을 꾹 다물었다. 하지만 자꾸만 그 두 사람이 동일 인물일지도 모른다는 생각이 들었다. 잠시 고민하던 그는 무언가를 생각해내고 활짝 웃으면서 물었다.

“조만간 황손 저하의 심포시온이 있다면서요? 데이비드 후작가의 이름으로 선물을 보내는 게 어떨까요?”

“좋은 생각이구나.”

데이비드 후작이 기특하다는 표정으로 대답했다. 그러자 발렌티노는 빠르게 말했다.

"제가 선물을 들고 가겠습니다. 우리 가문을 대표해서 인사도 드리고요."

"무슨 속셈이야?"

페트리샤는 눈을 가늘게 뜨면서 물었다. 발렌티노는 의젓한 후계자인 척 굴었지만 가족들이 그 속내를 모를 리 없었다. 엘라이나가 궁금해서 그러는 게 뻔했다. 데이비드 후작과 후작 부인은 그가 엘라이나에게 관심을 보이는 게 기뻤기 때문에 아무 말도 하지 않았다. 하지만 페트리샤는 달랐다. 자신의 오라버니가 황족에게 손을 뻗는 건 막고 싶었다. 그녀는 골치 아픈 표정으로 말했다.

"황손 저하는 황족이야. 그것도 폐하와 황태손 전하가 아끼는 분이라고. 그리고 내가 보기에는 남자에 익숙한 편은 아닌 것 같았어."

"그래서?"

"오라버니가 만나고 다니는 여자들과 다르다는 말이야."

페트리샤는 여전히 골치 아픈 표정으로 말했다. 발렌티노가 엘라이나를 농락한다면 켄드릭과 혼인이 막히는 건 물론이고 가문까지 위험했다.

"너는 오라버니를 어떻게 보는 거야?"

"바람둥이, 호색한, 짐승."

발렌티노가 조금 황당하다는 듯 묻자 페트리샤는 망설이지 않고 대답했다. 그는 장난스럽게 충격을 받은 것처럼 굴었다.

"아, 내 사랑스러운 여동생이 오라버니를 그렇게 보고 있었다니!"

발렌티노의 말에 그녀는 대꾸도 하지 않았다. 그저 우아한 몸짓으로 차를 마실 뿐이었다. 데이비드 후작과 후작 부인은 그런 둘이 귀여워서 작은 소리로 웃었다.

다음 날, 발렌티노는 급하게 구한 선물을 들고 황궁에 도착했다. 선물은 그의 주먹만 한 진주였다. 황족에게 선물하기에 부족함이 없는 것이었다. 발렌티노는 에메랄드궁으로 향하면서 수많은 생각을 했다.

'만약 그 여자가 황손 저하가 맞는다면? 나는 어떻게 하려는 거지? 나는 그 여자와 혼인하고 싶은 걸까?'

발렌티노는 미간을 찌푸리며 생각했다. 녹색 눈동자가 매력 있다고 생각했고 순진한 반응이 신선하고 귀엽다고 느꼈다. 그것이 흔히 말하는 반했다는 감정인지 알 수 없었다. 하지만 그 여자와 만났던 디저트 가게에 가면 그 여자가 있는지부터 둘러봤다. 녹색 눈동자의 여자를 보면 그 여자의 눈동자와 비교하게 되었다.

'그 여자가 황손 저하가 맞는다면 진짜 운명일지도 몰라.'

그렇게 생각한 발렌티노는 미소를 지었다. 그가 운명적인 사랑과 혼인하고 싶다는 말은 반쯤 진심이었다. 어떤 여자에게도 정착하지 못하는, 모든 일이 지루하다고 느끼는 자신을 쥐고 흔들 수 있는 사랑을 찾고 싶었다. 발렌티노는 빠른 걸음으로 에메랄드궁에 도착했다.

발렌티노를 처음으로 반긴 것은 기사였다. 기사는 엘라이나에게 데이비드 후작 영식이 찾아왔다고 전했다. 엘라이나와 마샤는 당황스러운 표정이 되었다. 선물을 들고 직접 찾아온 귀족은 처음이었다. 그녀는 잠시 고민하다가 기사에게 말했다.

"들어오라고 하세요."

"네, 저하."

기사는 무뚝뚝한 표정으로 대답하고 밖에서 기다리던 발렌티노를 안내했다. 그는 에메랄드궁의 복도를 지나서 응접실에 도착했다. 응접실의 문이 열리고 제일 먼저 보인 것은 곱슬곱슬한 갈색 머리카락이었다. 발렌티노는 엘라이나의 얼굴을 확인하지 않고 고개부터 숙였다.

"황손 저하를 뵙습니다."

"아, 처음 뵙겠습니다."

발렌티노의 정중한 인사에 엘라이나는 어색하게 인사했다. 그는 천천히 고개를 들어서 그녀의 얼굴을 확인했다. 그리고 온몸에 전율이 흐르는 걸 느꼈다.

'그 여자야. 그 여자가 황손 저하였다고.'

발렌티노는 자신도 모르게 아랫입술을 깨물면서 생각했다. 엘라이나는 그의 얼굴을 보고 고개를 갸웃거렸다. 어디서 본 것 같은 얼굴인데 기억이 나지 않았다.

'착각인가?'

그렇게 생각한 엘라이나는 상냥하게 웃으면서 말했다.

"앉으세요, 데이비드 후작 영식."

"발렌티노라고 불러주세요, 저하."

발렌티노가 매혹적인 미소를 지으면서 말했다. 그의 추종자들이 봤다면 얼굴을 붉혔을 것 같은 미소였다. 하지만 엘라이나의 표정에는 변함이 없었다.

"좋아요, 발렌티노. 그런데 무슨 일이시죠?"

엘라이나가 묻자 발렌티노의 눈동자가 조금 흔들렸다.

'쉽지 않은 상대군. 대부분 내 미소를 보면 넘어오는데.'

그렇게 생각한 그는 진주가 담긴 상자를 내밀었다.

"곧 저하의 심포시온이 있다고 들었습니다. 데이비드 후작가를 대표해서 선물을 들고 왔습니다."

발렌티노의 말에 엘라이나가 조심스럽게 상자를 열어봤다. 그녀는 커다란 진주를 보고 놀란 표정으로 말했다.

"이렇게 귀한 걸 받을 수는 없어요."

"데이비드 후작가의 성의로 생각하고 받아주세요."

"데이비드 후작가와 친분이 있는 것도 아닌데요. 친한 사이에도 이런 선물은 부담스러워요. 친하지 않으면 더 그렇고요."

엘라이나는 솔직하게 말했다. 발렌티노는 그런 그녀가 마음에 들면서도 난감했다.

"황족의 심포시온에는 많은 귀족이 선물을 보냅니다. 친분이 있어도, 친분이 없어도 축하의 의미로요."

발렌티노는 받겠다고 할 때까지 설득할 기세로 말했다. 잠시 고민하던 엘라이나는 한숨을 쉬었다.

'부담스럽네. 할아버지께서 돌려주는 거라면 이렇게 설득하지 않겠지? 일단 받아두고 할아버지께 돌려주라고 부탁하자.'

그렇게 생각한 엘라이나는 어색한 미소를 지으면서 말했다.

"감사한 마음으로 받겠습니다. 감사합니다."

"받아주셔서 감사합니다."

발렌티노는 뿌듯한 표정으로 말했다. 둘 사이에 잠시 어색한 침묵이 흘렀다.

'무슨 말을 하면 좋을까?'

발렌티노는 초조한 표정으로 생각했다. 그동안 만났던 여자들은 그가 미소만 지어도 넘어왔다. 그리고 대부분 가벼운 만남이었기 때문에 대화가 길지 않았다. 그저 서로 통성명만 하고 다음 단계로 넘어갔으니까. 그래서 발렌티노는 엘라이나를 대하는 게 어려웠다.

'내 얼굴이 황손 저하의 취향이면 좋겠는데. 표정을 보니까 그것도 아닌 것 같군.'

그렇게 생각한 발렌티노는 씁쓸한 미소를 지었다. 엘라이나는 잠시 고민하다가 조심스럽게 물었다.

"혹시 허브차를 좋아하시나요? 제가 요즘 자주 마시는 차가 있는데요. 드릴까요?"

"아, 네. 허브차 좋아합니다."

발렌티노는 서둘러서 대답했다. 곧 마샤가 레몬그라스로 만든 차를 가져왔다. 그녀는 발렌티노가 굉장한 바람둥이라는 것을 알고 있었다.

그래서 발렌티노를 경계하는 표정으로 바라보면서 찻잔을 내려놨다.

'우리 저하를 꼬드기려는 건 아니겠지?'

그렇게 생각한 마샤는 일부러 큰 목소리로 물었다.

"저하, 곧 텃밭을 돌보실 시간인데 텃밭으로 가시겠어요?"

"아, 손님이 가시면요."

엘라이나는 어리둥절한 표정으로 대답했다. 손님이 있는데 텃밭으로 가겠느냐고 묻는 게 이상했다. 발렌티노는 마샤가 자신을 경계하는 걸 알고 여유롭게 웃었다.

'충성스러운 시녀를 두셨군.'

그렇게 생각한 발렌티노는 찻잔을 들었다. 마샤는 그런 그를 얄밉다는 듯 바라보다가 밖으로 나갔다.

"좋은 시녀를 두셨군요."

"아, 마샤요? 친구처럼, 언니처럼 생각하고 있어요."

발렌티노의 말에 엘라이나가 활짝 웃으면서 말했다. 그는 그 미소를 보고 갈증이 났다. 그래서 차를 빠르게 들이켰다. 엘라이나는 그가 차를 마음에 들어한다고 생각했다. "차가 입에 맞으세요?"

"네, 아주 맛있군요."

발렌티노는 입술에 묻은 차를 닦으며 대답했다. 엘라이나는 그 모습을 보고 그를 어디에서 만났는지 떠올렸다.

"혹시 디저트 가게에서 만나지 않았나요?"

"저를 기억하시는군요? 네, 맞습니다."

그녀가 조심스럽게 묻자 발렌티노가 기뻐하면서 대답했다.

"어쩐지 낯익은 얼굴이라고 생각했어요."

"그러셨군요. 아, 솔직히 놀랐습니다. 황손 저하라고는 상상도 못 했으니까요."

발렌티노의 말에 엘라이나는 어색하게 웃었다. 그가 나쁜 사람처럼 보이지는 않았다. 하지만 어쩐지 마음 한구석이 불편했다.

'이상하네. 초면도 아닌데 이렇게 어색하고 불편하다니.'

그렇게 생각한 엘라이나는 조심스럽게 말했다.

"죄송하지만 제가 일이 있어서요."

"아, 그러시군요. 그렇다면 저는 이만 가보겠습니다."

발렌티노는 바로 자리에서 일어나며 말했다. 그는 눈치가 없는 편이 아니었다. 엘라이나가 자신을 어색하게 여긴다는 걸 알고 있었다.

'오늘은 이쯤에서 물러나야겠군.'

그렇게 생각한 그는 정중하게 인사하고 밖으로 나갔다.

"저하, 데이비드 후작 영식을 조심하세요. 유명한 바람둥이라고요."

마샤가 찻잔을 치우면서 작은 목소리로 말했다.

"유명한 바람둥이요?"

"매일 여자가 바뀐다니까요. 그래서 고위 귀족인데도 혼담이 별로 없대요."

엘라이나가 묻자 마샤가 한숨을 쉬면서 대답했다. 그녀의 눈에도 발렌티노는 외모가 뛰어났다. 그래서 엘라이나가 그에게 반할까 봐 걱정이었다.

“마샤, 걱정하지 말아요. 저는 그분에게 관심이 없으니까요.”

엘라이나는 그녀의 걱정을 눈치채고 말했다. 그러자 마샤는 안심한 듯 활짝 웃었다.

“하긴 황손 저하께서 그런 분을 좋아하실 리가 없죠.”

마샤의 말에 엘라이나는 미소를 지었다. 그녀는 발렌티노가 바람둥이가 아니었어도 좋아하지 않았을 거라고 생각했다. 자신은 이미 좋아하는 사람이 있으니까.

‘내가 브라이트로 돌아가면 마리우스 공작님을 만날 수 없겠구나.’

그렇게 생각한 엘라이나는 씁쓸한 미소를 지었다. 브라이트로 돌아가는 걸 포기할 수는 없었다. 브라이트에는 프랜시스, 프랭크, 실비아와 쌓은 추억이 있었다. 그리고 프랜시스에게도, 자신에게도 소중한 수프 가게가 있었다.

‘황궁에 있는 가족은 괜찮아. 자주 놀러 오면 되니까. 하지만 마리우스 공작님은 가족과 달라. 내가 없는 사이에 다른 사람과 혼인하시겠지. 아니, 내가 있어도 다른 사람과 혼인하시려나?’

엘라이나는 허탈한 표정으로 생각했다. 그가 다른 사람과 혼인한다고 생각하니까 마음 한구석이 텅 비는 것 같았다.

‘브라이트로 돌아가기 전에 공작님에게 내 마음을 전하고 싶어. 그래야 나중에 후회가 없을 것 같아.’

엘라이나는 결의에 찬 표정으로 생각했다.

'그래, 심포시온이 열리는 날 고백하는 거야. 이왕이면 최대한 예쁜 모습으로 고백하고 싶으니까.'

그렇게 생각한 엘라이나는 설렘과 긴장감으로 심장이 빠르게 뛰었다. 심포시온이 열리는 날에는 드레스를 입고 치장할 것이다. 평소 모습으로 고백하는 것도 좋지만 최대한 예쁜 모습으로 고백하고 싶었다.

'내가 공작님을 난감하게 만드는 건 아니겠지?'

엘라이나는 안드레스의 얼굴을 떠올리며 생각했다. 그러자 그의 다정한 눈빛이 떠올랐다.

'공작님은 다른 사람들도 그런 눈으로 보시는 걸까? 사람 헷갈리게.'

그렇게 생각한 엘라이나는 입술을 삐죽거렸다.

17

항상 옆에 있겠습니다

안드레스는 상점가의 1구역을 돌아다니고 있었다. 그 뒤를 따르는 벤저민은 지친 표정이었다. 그가 물건 하나 사지 않으면서 두 시간을 돌아다니고 있었기 때문이다.

"공작님, 도대체 뭘 찾으시는 겁니까?"

벤저민이 한숨을 쉬면서 물었다. 안드레스는 그가 있는 쪽을 힐끔 보고 대답했다.

"곧 황손 저하의 심포시온이야. 마리우스 공작가에서도 선물을 보내야지."

"그걸 공작님이 직접 돌아다니면서 고르실 필요가 있습니까?"

벤저민이 답답하다는 듯 묻자 안드레스는 입을 꾹 다물고 다른 상점으로 향했다. 벤저민은 학교에 가기 싫은 아이처럼 그의 뒤를 따라갔다.

'황손 저하에게 제일 멋진 걸 선물하고 싶어.'

안드레스는 상점의 물건을 둘러보면서 생각했다. 사랑하는 사람에게 처음으로 하는 선물이었다. 어지간한 물건은 눈에 차지 않았다.

'이 드레스는 아름답지만 입고 수프를 만들기는 불편하겠지. 이 반지도 수프를 만들 때는 거치적거릴 거야. 황손 저하께서는 수프 만드는 걸 좋아하시니까 그것도 생각하고 골라야지.'

안드레스는 여러 물건을 지나치며 생각했다. 그리고 어떤 진열대 앞에서 멈칫했다. 그 진열대에는 작은 솥이 있었다.

"아니, 여기서 이런 것도 파나?"

옆에서 보던 벤저민은 황당하다는 듯 중얼거렸다. 그러자 콧수염이 근사한 상점 주인이 빠른 걸음으로 다가와서 설명했다.

"이 솥은 마탑에서 특별히 만든 솥이랍니다. 이 솥에 요리를 하면 절대 식지 않아요."

"수프도?"

"네, 수프도요. 하지만 이게 소량으로 만들어져서 조금 비쌉니다."

"가격은 상관없네. 이걸 사지."

안드레스의 말에 상점 주인은 신이 나서 어쩔 줄 모르는 표정이 되었다. 안드레스는 상점 주인이 진열대에서 솥을 꺼내는 걸 보고 미소를 지었다.

'황손 저하께서 기뻐하시겠지?'

그렇게 생각한 그는 심장이 빠르게 뛰었다.

"아, 특별히 솥에 가문의 문장을 새겨드리는데요."

"가문의 문장을?"

"네, 아니면 다른 것도 괜찮습니다. 솥 바깥에 작게 새기는 거지만요."

상점 주인은 그의 마음이 바뀔까 봐 빠르게 대답했다.

"그러면 혹시 글귀도 되는가?"

"물론 됩니다! 어떤 글을 새겨드릴까요? 아, 이 종이에 적어주시죠."

상점 주인이 묻자 안드레스는 잠시 고민했다.

'황손 저하의 미소가 사라지지 않았으면 좋겠어. 이 솥으로 요리한 수프의 온기가 사라지지 않는 것처럼.'

그렇게 생각한 안드레스는 종이에 조심스럽게 적기 시작했다.

당신의 미소가 사라지지 않기를.

안드레스는 상점 주인에게 종이를 건네고 쑥스러운 표정이 되었다. 그는 그녀가 항상 행복했으면, 미소를 지었으면 좋겠다고 생각했다.

"연인에게 선물하시는 모양이군요. 어휴, 부럽습니다. 저도 우리 마누라랑 그럴 때가 있었는데!"

상점 주인이 종이를 보더니 호들갑을 떨면서 말했다. 안드레스는 연인이 아니라고 말하려다가 입을 다물었다. 이야기가 길어질 것 같았기 때문이다. 그는 마리우스 공작가로 솥을 가져오라는 말만 남기고 밖으로 나왔다. 뒤따라 나오던 벤저민이 조심스럽게 물었다.

"공작님, 황손 저하에게 관심 있으십니까?"

"뭐?"

"솥을 선물하시는 걸 보면 관심 없는 것 같은데, 솥에 새기는 글귀를 보면 관심 있으신 것 같아서요."

벤저민의 말에 안드레스는 멈칫했다. 그의 말에서 마음에 걸리는 부분이 있었다.

"솥을 선물하는 게 관심 없는 것처럼 보이나?"

"좋아하는 여자한테 솥을 선물하는 사람이 어디 있습니까?"

"상대가 요리를 좋아하면 선물할 수도 있지."

"솥은 너무 실용적이지 않나요? 로맨틱한 선물은 아니죠."

벤저민은 아무리 생각해도 그건 아니라는 듯 고개를 저으며 말했다. 안드레스는 혼란스러운 표정이 되었다.

'로맨틱한 선물이 아니라고?'

그렇게 생각한 안드레스의 눈동자가 떨렸다. 물론 고백할 생각이 있는 건 아니었다. 그러니까 굳이 로맨틱한 선물을 할 필요는 없었다. 그녀가 솥을 마음에 들어할 거라는 확신도 있었다. 하지만 막상 로맨틱하지 않다는 말을 들으니까 마음이 복잡했다.

'공작님이 진짜 황손 저하를 좋아하시나?'

벤저민은 안드레스의 얼굴을 힐끔거리며 생각했다. 그냥 해본 말인데 저 정도로 심각한 표정이 될지는 몰랐다.

'전 공작님이 공작님에게 여자가 없다고 걱정하시던데. 이 이야기를 들으면 좋아하시겠어.'

그렇게 생각한 벤저민은 조만간 아이리스에게 편지를 보내기로 결심했다. 그리고 안드레스에게 조심스럽게 말했다.

"공작님, 그냥 해본 소리입니다. 제가 여자에 대해서 뭘 알겠습니까?"

"하긴 자네는 연애를 해본 적이 없으니까."

"그건 공작님도 마찬가지시잖아요."

안드레스의 말에 벤저민이 발끈하면서 말했다. 그리고 심통 난 표정으로 말을 이었다.

"일이 바빠서 그런 겁니다. 일이 바빠서! 일만 덜 바빴어도 벌써 혼인해서 애가 셋이었을 거라고요."

"저번에는 다섯이더니 이번에는 셋인가?"

"어쨌든 저는 일이 덜 바빴으면 독수리 같은 마누라에 병아리 같은 아이들이 있었을 거라고요. 그러니까 자꾸 아픈 곳 찌르지 마세요."

그가 여전히 심통 난 표정으로 말하자 안드레스는 작게 소리 내어 웃었다.

"그게 무슨 소리인가, 후작?"

데미안이 귀를 씻어버리고 싶다는 표정으로 물었다. 그의 집무실을 찾은 데이비드 후작이 엘라이나와 발렌티노를 혼인시키면 어떻겠느냐고 물었기 때문이다.

"황손 저하께서도 혼인하실 나이가 되었고 제 아들도 마찬가지입니다. 둘이 아주 잘 어울리는 한 쌍이 될 거라고 생각합니다."

"자네에게 아들이 둘이었던가? 설마 바람둥이로 유명한 그 아들을 엘라이나의 짝으로 들이미는 건 아니겠지?"

"바람둥이라니요. 그저 젊은 나이에 연애를 조금 즐겼을 뿐이죠."

데미안이 날카롭게 묻자 데이비드 후작이 능청스러운 표정으로 대답했다. 데미안은 불쾌한 표정을 지우고 피식 웃어버렸다.

"젊은 나이에 연애를 조금 즐겼다? 자네는 매일 여자가 바뀌는 걸 그런 식으로 표현하나? 그런 바람둥이를 손녀와 맺어줄 수는 없지. 그리고 저번에는 자네 딸과 켄드릭을 혼인시키자고 하지 않았던가? 자네는 짐과 그렇게도 사돈이 되고 싶은가?"

그렇게 말한 데미안은 과장스럽게 곤란한 표정을 지었다. 그리고 빠르게 말을 이어갔다.

"다음부터는 짐을 조금 덜 좋아하도록 노력해보게."

"폐하!"

"짐은 아직 엘라이나를 혼인시킬 생각이 없네. 자네 아들 같은 바람둥이라면 더더욱."

데미안의 말에 데이비드 후작은 아랫입술을 깨물었다. 자신도 아들의 평가를 알고 있었기 때문에 쉽지 않을 거라는 건 알고 있었다. 자신도 페트리샤가 발렌티노 같은 남자를 데려왔다면 거품을 물고 반대했을 것이다. 하지만 자신의 아들을 욕하는 말을 들으니까 기분이 좋지 않았다.

"오늘은 이만 가보겠습니다."

"이 문제라면 다음에 와도 똑같을 것이네."

그렇게 말한 데미안은 데이비드 후작에게 눈길조차 주지 않았다. 데이비드 후작이 정중하게 인사하고 밖으로 나갔다. 그 모습을 지켜보던 안토니오는 조심스럽게 말했다.

"데이비드 후작님은 쉽게 포기하지 않으실 겁니다."

"그렇겠지. 끈질긴 게 장점이자 단점인 사람이니까."

"차라리 황손 저하를 하루라도 빨리 좋은 사람과 혼인시키는 게 낫지 않겠습니까? 아니, 약혼이라도 말입니다."

안토니오의 말에 데미안은 한쪽 눈썹을 올리며 불쾌한 표정이 되었다.

"자네는 엘라이나에게 어울릴 만한 남자가 있다고 생각하나? 그렇게 완벽한 남자는 없어."

"그렇다고 평생 옆에 두실 건 아니지 않습니까?"

"그건 그렇지."

안토니오가 묻자 데미안은 한숨을 쉬면서 대답했다. 자신이 죽기 전에 엘라이나에게 완벽한 짝을 만들어주고 싶었다. 그녀가 혼인하기 싫다고 말한다면 상황이 달라지겠지만.

"엘라이나의 신분 때문에 접근하는 놈들이 많을 거야. 그러니까 더

더욱 짐의 마음에 드는 남자를 찾아야 돼. 엘라이나가 그런 놈들을 구분하지 못할 정도로 어수룩하게 보이지는 않지만."

"바버라는 마리우스 공작님 이야기를 꺼내던데요."

"마리우스 공작? 안드레스 말인가? 그래, 그 녀석이 있었지. 하지만 그 녀석은 곤란하지 않겠는가? 공작이니까."

"하긴 그렇겠군요."

데미안의 말에 안토니오가 무언가 깨달은 표정으로 말했다. 데미안이 엘라이나를 위해서 준비하는 일이 있었다. 그 일이 알려지면 공작과 맺어지는 게 더 힘들 것이다. 안토니오는 아쉽다는 듯 한숨을 쉬었다.

'마리우스 공작님처럼 좋은 분을 찾기는 어려운데.'

그렇게 생각한 안토니오가 데미안을 바라봤다. 데미안도 그와 비슷한 생각인 모양인지 미간을 찌푸렸다.

엘라이나의 심포시온이 열리는 날이 되었다. 엘라이나는 주방에서 바쁘게 돌아다니고 있었다. 오늘 준비하는 수프는 사과 수프였다. 사과는 윗부분을 동그랗게 잘라내서 안쪽에 있는 과육만 파냈다. 안쪽에 있는 과육만 파내자 사과 그릇이 되었다.

'사과 그릇은 예쁘니까 귀족들도 좋아하겠지.'

엘라이나가 혼자 모든 사과를 파낼 수는 없었기 때문에 에메랄드궁의 요리사들이 도왔다. 그리고 커다란 솥에 버터를 녹였다. 그다음에는 솥에 잘게 다진 양파를 넣고 투명해질 때까지 볶았다.

'이제 사과를 볶자.'

그렇게 생각한 엘라이나는 솥에 물기를 뺀 사과 과육을 추가하고 사과가 말랑해질 때까지 볶았다. 사과가 다 볶아지면 화이트 와인과 우유를 넣고 저어가면서 끓였다.

"황손 저하, 솥에 있는 게 끓습니다."

제일 나이 어린 요리사가 말했다.

"네, 알려줘서 고마워요."

그렇게 말한 그녀는 솥에 있는 것을 꺼내서 곱게 갈았다. 그리고 다시 솥에 넣고 우유와 치즈를 추가해서 끓였다.

"이제 완성이네요. 차갑게 식힌 다음에 사과 그릇에 담아주세요. 저는 이제 가서 준비하려고요. 부탁드려요."

"걱정하지 마세요, 저하."

엘라이나의 말에 아이작이 환하게 웃으며 대답했다. 엘라이나는 눈인사를 하고 빠른 걸음으로 마샤가 있는 곳으로 향했다. 마샤는 그녀가 돌아오자 바로 욕실로 데려갔다.

"요리하느라 땀을 흘리셨으니까 일단 씻으시죠."

그렇게 말한 마샤는 욕조에 라벤더 입욕제를 풀기 시작했다. 그녀가 목욕 시중을 드는 일이 처음은 아니었다. 그래서 엘라이나는 어색하지 않게 옷을 벗고 욕조로 들어갔다. 은은한 라벤더 향기 때문에 기분이 좋았다.

"저하, 머리를 감겨드릴게요."

"네, 마샤. 부탁할게요."

엘라이나가 조심스럽게 말하자 마샤는 머리를 감겨주기 시작했다. 잠시 침묵이 흘렀고 머리를 다 감긴 그녀가 물었다.

"저하, 몸을 문질러야 하는데 호두 껍데기 가루와 설탕 중에서 어느 쪽이 좋으세요?"

"호두 껍데기 가루로 부탁해요."

마샤는 호두 껍데기 가루에 올리브유를 섞어서 준비했다. 호두 껍데기 가루나 설탕에 올리브유를 섞은 것으로 각질 제거를 할 수 있기 때문이다. 엘라이나의 몸을 다 닦아준 그녀는 미리 갈아놓은 토마토즙에 밀가루를 섞었다.

"토마토 팩을 만들었어요. 토마토 팩은 얼굴의 각질을 벗겨내는 데 도움이 된답니다."

그렇게 말한 마샤는 엘라이나의 얼굴에 토마토 팩을 얹었다. 그녀는 평소보다 본격적인 목욕에 조금 당황했다.

"이럴 필요까지 있을까요?"

"당연하죠! 오늘은 저하의 심포시온이니까요. 저하가 주인공이라고요."

엘라이나가 묻자 마샤는 빠르게 대답했다. 목욕을 마치고 나온 그녀는 마샤가 입욕제에 맞게 준비한 라벤더 오일을 발랐다. 엘라이나는 가운을 걸치고 거울 앞에 섰다. 피부는 물론이고 머리카락까지 윤기가 흘렀다.

“제 피부가 이렇게 부드럽다니. 신기해요.”

엘라이나가 자신의 뺨을 만지면서 작게 말했다. 그녀의 머리를 말려주던 마샤는 빙긋 웃었다.

“오늘 입을 드레스를 보시겠어요?”

“네!”

마샤가 묻자 엘라이나는 설레는 표정으로 대답했다. 드레스는 어제 도착했지만 보는 것은 처음이었다. 마샤도 벨리사처럼 비밀이라고 말했기 때문이다. 마샤는 흐뭇한 표정으로 드레스를 가져왔다. 드레스는 녹색이었는데 밑단에 녹색 천으로 만든 나뭇잎 장식들이 있었다.

“심포시온의 주제에 맞춘 드레스래요. 아, 폐하와 황태손 전하께서 보내신 장신구와 아그네스 님이 보내신 구두도 있어요.”

그렇게 말한 마샤는 상자 세 개를 가져왔다. 한 상자를 열자 에메랄드로 만든 세 잎 클로버 목걸이가 있었다. 그리고 다른 상자에 있는 것은 에메랄드로 만든 세 잎 클로버가 있는 머리 장식이었다. 세트로 만든 것 같았다. 남은 상자 하나를 열자 드레스와 같은 녹색 구두가 있었다. 아주 작은 다이아몬드 여러 개로 장식한 것이었다.

“다들 너무 예쁘네요.”

엘라이나는 작게 감탄하면서 말했다. 그녀는 모두에게 고마웠다. 벨리사가 준비한 드레스부터 데미안과 켄드릭이 준비한 장신구, 아그네스가 보낸 구두까지. 모든 것이 자신에게 어울리지 않을 정도로 아름답게 보였다. 마샤는 그녀가 드레스 입는 것을 도왔다. 그리고 머리카락은 반 묶음으로 묶고 머리 왼쪽에 머리 장식을 달았다.

"화장을 시작할게요. 잠시 눈을 감아주세요."

마샤가 상냥한 목소리로 말했다. 그리고 엘라이나가 눈을 감자 그녀가 빠르게 움직이는 소리가 들렸다.

"이제 눈을 뜨셔도 돼요."

마샤의 말에 엘라이나는 조심스럽게 눈을 떴다. 지난번에 했던 화장처럼 은은한 화장이었다. 지난번과 다른 것은 입술 색깔이었다. 이번에는 옅은 분홍색이 아니라 옅은 빨간색이었다. 엘라이나는 진하지 않게 옅게 바른 것이 마음에 들었다.

"어떠세요, 저하?"

"완벽해요, 마샤. 마음에 들어요."

마샤가 묻자 엘라이나는 환하게 웃으면서 대답했다. 엘라이나는 구두를 신고 거울 앞에서 살짝 움직였다. 그녀가 움직일 때마다 밑단에 있는 나뭇잎 장식들이 햇빛을 받은 것처럼 은은하게 빛났다.

"아름다우세요, 저하."

마샤의 말에 엘라이나는 수줍은 미소를 지었다. 두 사람은 심포시온이 열리는 다이아몬드궁의 연회장으로 향했다. 황궁에서 가장 크고 화려한 연회장이었다. 황녀의 심포시온은 에메랄드궁에서 여는 게 보통이었다. 하지만 데미안은 최고로 멋진 심포시온을 열어주고 싶었다. 그래서 다이아몬드궁의 연회장에서 심포시온을 열기로 했다.

"엘라이나 황손 저하가 입장하십니다!"

시종이 엘라이나와 마샤를 보고 연회장을 향해서 외쳤다. 엘라이나는 조심스럽게 연회장 안으로 들어섰다. 그러자 모든 귀족의 시선이 쏟아졌다. 호감이 담긴 눈빛도, 호기심이 담긴 눈빛도, 경계심이 담긴 눈빛도 있었다. 엘라이나는 허리를 꼿꼿하게 세우고 여유로운 미소를 지었다.

"아름다운 분이시네요."

"이런 무도회는 처음이실 텐데 저 여유로운 표정 좀 보세요. 역시 폐하의 손녀라니까요."

귀족들은 작은 목소리로 수군거렸다. 엘라이나는 귀족들보다 연회장이 꾸며진 모습 때문에 더 당황스러웠다.

'이건 숲이잖아?'

엘라이나는 주변을 둘러보면서 생각했다. 커다란 나무들이 연회장을 둘러싼 모양이었다. 바닥은 흙처럼 보였지만 구두를 신고 걷는 게 불편하지 않았다. 저녁인데 하늘에서는 햇빛이 쏟아지고 있었다.

"나무도, 바닥도, 햇빛도 마탑주가 만든 거래요. 바닥은 진짜 흙이 아니라서 춤을 추는 데 불편하지 않다고 하네요."

뒤를 따르던 마샤가 작은 목소리로 설명했다. 엘라이나는 자신의 드레스가 어째서 녹색이고 나뭇잎 장식이 있는 것인지 깨달았다.

'내 심포시온의 주제가 숲이었구나.'

그렇게 생각한 그녀가 미소를 지었다. 그런데 그게 끝이 아니었다.

어디선가 작은 요정들이 날아오더니 까르륵 웃었다. 그리고 엘라이나 주변을 맴돌더니 어디론가 날아갔다.

"마샤, 저것도 마법인가요?"

"네, 저하. 심포시온의 주제가 동화 속 숲이거든요."

엘라이나가 묻자 마샤가 빙긋 웃으면서 대답했다. 음식도 숲에 있을 만한 자연 그대로의 것, 동화에 나올 만한 아기자기한 것이 많았다. 마샤는 작은 목소리로 말을 이었다.

"참고로 그 드레스는 숲의 여신을 나타낸 거래요. 폐하가 정한 심포시온 주제를 듣고 황태손비 전하가 낸 아이디어라고 하던데요."

마샤의 말에 엘라이나는 어색한 표정이 되었다.

'숲의 여신이라니. 황태손비 전하도 참!'

그렇게 생각한 그녀는 제일 가까운 곳에 있는 나무를 쓰다듬었다. 마법으로 만든 것이지만 진짜 나무 같았다. 시종이 다른 황족들의 입장을 알렸다. 엘라이나에게 쏟아지던 귀족들의 시선이 그쪽으로 향했다. 네 사람은 엘라이나를 향해서 걸어왔다. 엘라이나와 다른 황족들은 웃으면서 인사를 주고받았다.

"엘라이나, 드레스가 아주 잘 어울리는구나. 연회장 장식은 마음에 드느냐?"

"네, 아주 마음에 들어요. 이 장신구들도 마음에 들고요. 네 잎 클로버가 아니라 세 잎 클로버라서 독특한 것 같아요."

데미안이 묻자 엘라이나가 목걸이를 만지면서 대답했다.

"네 잎 클로버는 행운을, 세 잎 클로버는 행복을 상징한다고 하더구나. 너에게 행복이 가득했으면 좋겠다고 생각했단다."

데미안이 애정이 가득한 눈빛으로 말했다.

"나도 같이 골랐어."

옆에 있던 켄드릭이 장난스럽게 말했다.

"모두 감사해요. 드레스도, 구두도 마음에 들어요."

그렇게 말한 엘라이나는 아그네스와 벨리사가 서 있는 쪽을 바라봤다. 아그네스와 벨리사는 눈동자를 빛내고 있었다.

"엘라이나, 드레스가 아주 잘 어울리는구나."

아그네스가 엘라이나의 드레스를 바라보면서 말했다.

"제가 생각한 모습이 바로 이런 거였어요."

벨리사는 기뻐서 어쩔 줄 모르는 표정으로 말을 이어갔다.

"숲의 여신처럼 보여요, 저하."

"숲의 여신이라고? 그렇구나. 진짜 숲의 여신처럼 보여."

벨리사의 말에 데미안이 크게 소리 내서 웃더니 말했다. 귀족들은 놀란 표정으로 그가 웃는 모습을 힐끔거렸다.

"방금 보셨어요? 폐하께서 저렇게 큰 소리로 웃으시다니."

"저는 황태손 전하와 황태손비 전하가 더 놀라워요. 두 분이 언제 저렇게 가까워지셨죠?"

귀족 하나가 작은 목소리로 말하자 다른 귀족이 켄드릭과 벨리사를 바라보면서 물었다. 켄드릭이 벨리사의 손을 잡아주고 있었다.

"어머, 소식이 느리시군요. 두 분이 요즘 아주 깨가 쏟아진대요."

다른 귀족이 호들갑을 떨면서 대답했다. 귀족들의 대화를 듣던 페트리샤는 불쾌한 표정이 되었다.

'깨가 쏟아진다고? 웃기지도 않아.'

그녀는 들고 있던 부채로 일그러진 입가를 가리며 생각했다.

"그러니까 포기하라고 했잖아."

옆에 있던 발렌티노가 능글맞게 말하다가 페트리샤에게 발을 밟혔다. 발을 부여잡던 그는 엘라이나가 안드레스를 향해서 걸어가는 걸 보고 멈칫했다.

'황손 저하와 마리우스 공작?'

발렌티노는 의아한 표정으로 생각하다가 데이비드 후작의 부름에 다른 곳으로 가버렸다. 안드레스는 자신에게 걸어오는 엘라이나를 보고 숨이 막히는 것 같았다. 녹색 드레스를 입은 그녀는 눈부시게 아름다웠다.

'어쩌지? 내가 눈을 깜박이면 그대로 사라져버릴 것 같아. 내가 갈 수 없는, 요정들만 갈 수 있는 곳으로.'

안드레스는 눈도 깜박이지 못하고 생각했다. 하지만 엘라이나가 환하게 웃자 그 눈부심에 눈을 깜박일 수밖에 없었다.

"황손 저하를 뵙습니다."

"안녕하세요, 마리우스 공작님."

안드레스가 인사하자 엘라이나는 떨리는 마음을 감추며 인사했다.

그녀는 안드레스에게 고백할 생각이었다. 그런데 오늘따라 안드레스가 더 멋있어 보였다. 고백에 대한 긴장감, 유난히 더 멋있는 그에 대한 설렘으로 심장이 빠르게 뛰었다.

'오늘따라 더 멋있으셔.'

그렇게 생각한 엘라이나는 안드레스를 빤히 바라봤다. 그는 은발과 하얀 옷 때문인지 달의 신처럼 보였다.

"바쁘지 않으시면 잠깐 이야기를 나눌 수 있을까요? 사람들이 없는 곳에서요."

엘라이나의 말에 안드레스는 조심스럽게 고개를 끄덕였다.

"테라스로 가시죠."

그렇게 말한 안드레스는 엘라이나를 테라스로 안내했다. 실내는 마탑주가 만든 햇빛 때문에 낮처럼 보였지만 테라스는 아니었다. 어두워진 하늘, 쌀쌀한 공기가 저녁임을 알리고 있었다. 엘라이나는 심호흡을 하고 안드레스를 바라봤다. 안드레스는 자신을 바라보는 그녀의 눈동자가 별빛 같다고 생각했다.

"마리우스 공작님."

"네, 저하."

엘라이나가 부르자 안드레스는 다정한 미소를 지으며 대답했다. 그녀는 그 미소에 심장이 쿵 떨어지는 것 같았다.

"웃지 마세요."

"네?"

"그렇게 웃지 마세요. 자꾸 그러시면 저 착각한다고요."

엘라이나는 두 손으로 얼굴을 가리며 말했다. 점점 작아지는 목소리에 안드레스는 엘라이나 쪽으로 몸을 기울였다.

"저하, 괜찮으십니까?"

안드레스가 묻자 엘라이나는 손을 내렸다. 그리고 자신이 있는 쪽으로 몸을 기울인 그를 바라봤다. 엘라이나는 아까보다 더 가까워진 얼굴에 수줍은 마음보다 억울한 마음이 들었다. 나만 설레는 건가? 나만 이렇게 안절부절못하는 건가?

"아니요. 괜찮지 않아요."

"저하?"

"저는 마리우스 공작님을 좋아해요."

그가 의아한 표정으로 부르자 엘라이나가 말했다. 그녀의 고백에 안드레스는 시간이 멈춘 것 같았다. 하지만 어디선가 풀벌레 소리가 들렸고 바람에 나뭇잎이 흔들리는 소리가 났다. 안드레스는 그 소리에 이게 꿈이 아니라는 걸 깨달았다.

"그러니까 그렇게 웃지 마세요. 공작님도 같은 마음이라고 착각하게 되니까요."

엘라이나는 눈시울이 붉어지며 말을 이어갔다. 자신이 상상한 고백은 이런 게 아니었다. 조금 더 멋있게, 조금 더 당당하게 말하고 싶었다. 이렇게 어린아이가 투정을 부리는 것처럼 고백하고 싶지 않았다. 안드레스는 잠시 말이 없다가 조심스럽게 그녀의 손을 잡았다.

"울지 마세요, 저하."

"죄송해요, 공작님. 이렇게 말할 생각은 아니었는데."

"사과하지도 마세요. 이 모든 게 꿈일 것 같아서 두려우니까요."

안드레스의 말에 엘라이나는 놀란 표정이 되었다. 엘라이나는 안드레스의 눈동자를 바라봤다. 엘라이나는 그의 파란 눈동자에서 자신과 같은 감정을 읽었다.

"공작님."

"사랑합니다, 저하. 어느 순간부터인지 모르겠지만 저하를 사랑하게 되었습니다."

"제 착각이 아니었군요."

그렇게 말한 엘라이나의 눈에서 눈물이 흘러내렸다. 긴장이 풀린 것과 기쁨 때문이었다.

"네, 착각이 아닙니다."

안드레스는 그녀와 잡지 않은 손으로 눈물을 닦아주면서 다정하게 말했다. 엘라이나는 그의 손길에 미소를 지었다. 소중한 것을 만지는 것처럼 조심스럽고 부드러운 손길이었다. 알고 나니까 이렇게 잘 보이는데 왜 몰랐을까? 엘라이나는 그런 생각 때문에 자꾸 웃음이 나왔다.

"매일 지금처럼 웃으셨으면 좋겠습니다."

그 모습을 본 안드레스가 미소를 지으면서 말했다. 두 사람은 잡은 손을 놓지 않았다. 누가 테라스로 올 수 있다는 건 알았다. 하지만 그런 건 상관이 없었다. 엘라이나에게는 안드레스만, 안드레스에게는 엘라이나만 보였다.

"공작님이 옆에 있으면 그럴 수 있을 것 같아요."

"항상 옆에 있겠습니다."

"하지만 저는 곧 브라이트로 돌아가요."

"지금 그런 생각은 하지 않기로 해요."

엘라이나의 말에 안드레스가 간절한 표정으로 말했다. 안드레스는 그녀를 보낼 생각이 없었다. 어떤 방법을 써서라도 설득할 생각이었다. 엘라이나는 잠시 고향 생각을 접어두기로 했다. 지금 중요한 건 눈앞에 있는 사람이었다.

데이비드 후작과 이야기를 마친 발렌티노는 주변을 둘러봤다. 엘라이나와 안드레스가 보이지 않았다. 그는 어쩐지 불안한 생각이 들었다. 자신이 생각해도 엘라이나와 안드레스는 잘 어울리는 한 쌍이었다. 발렌티노는 조심스럽게 테라스가 있는 방향으로 걸어갔다. 테라스로 향하는 문은 유리였기 때문에 굳이 열지 않아도 밖이 다 보였다.

'황손 저하와 마리우스 공작이 연인이었나?'

발렌티노는 엘라이나와 안드레스가 손을 잡고 있는 걸 보고 생각했다. 그는 연인이 있는 여자는 만나지 않는 것이 원칙이었다.

'황손 저하는 포기해야겠군.'

그렇게 생각한 발렌티노는 인상을 찌푸렸다. 그녀를 자신의 운명이라고 생각했기 때문일까? 자신의 연인을 빼앗긴 것 같은 기분이었다.

발렌티노는 엘라이나와 안드레스가 자신을 보기 전에 자리를 피했다.

엘라이나는 테라스를 나와서 황족들이 모인 곳으로 향했다. 데미안은 그녀가 오는 것을 보고 빙긋 웃었다. 그리고 귀족들의 시선을 모았다. 조용해진 귀족들은 무슨 일인지 궁금한 표정으로 데미안을 바라봤다.

"짐의 손녀인 엘라이나의 심포시온에 참석해줘서 고맙군. 짐은 이 자리에서 중대한 발표를 하려고 하네."

그렇게 말한 데미안은 귀족들을 둘러보며 말을 이어갔다. 귀족들은 긴장한 표정이 되었다.

"황손 엘라이나를 대공으로 삼을 생각이오."

데미안의 말에 귀족들이 놀라서 웅성거렸다. 제일 놀란 사람은 엘라이나였다. 그녀는 눈을 동그랗게 뜨고 주변을 둘러봤다. 아그네스, 켄드릭, 벨리사가 미소를 짓고 있는 걸 보면 이미 알고 있었던 것 같았다. 데미안은 웅성거리는 귀족들을 바라봤다. 그러자 귀족들이 다시 조용해졌다. 그는 만족한 표정으로 말을 이어갔다.

"그리고 당연히 영지를 내릴 것이오. 영지에는 브라이트가 포함될 것이며 브라이트에 성을 지을 생각이오. 불만이 있는 자가 있다면 지금 이 자리에서 말하시오."

"할아버지!"

데미안의 말에 엘라이나가 앞으로 나섰다. 그는 조금 당황한 듯 눈동자가 흔들렸다.

"무슨 일이냐?"

"저는 처음 듣는 말인데요."

"너에게 주는 선물이다. 네가 네 가지는 된다고 하지 않았느냐? 그 장신구, 작위, 영지, 성이 선물이다. 네가 브라이트를 떠나기 싫어하는 것 같더구나. 그래서 영지에 브라이트를 포함하고 성도 브라이트에 짓기로 했단다."

그는 뭐가 문제냐는 표정으로 말했다. 엘라이나는 골치 아픈 표정이 되었다.

"그렇게 큰 선물일지는 몰랐다고요."

그렇게 말한 엘라이나는 한숨을 쉬었다.

"브라이트는 젤라우드랑 가깝지. 자주 놀러 오기도 좋겠구나."

데미안은 뿌듯한 표정으로 말했다. 브라이트를 영지로 내린 것에는 그런 이유도 있었다.

"가문의 성씨와 문장은 네 마음대로 정하여라."

그렇게 말한 데미안은 귀족들을 둘러봤다. 귀족들은 황당한 표정이었지만 불만이 있는 것 같지는 않았다. 황손에게 작위와 영지를 내리는 건 당연한 일이었기 때문이다. 황당한 표정이 된 것도 데미안의 평소와 다른 모습 때문이었다.

"대공 전하가 되셨으니 곧 혼인도 하셔야겠네요."

한 귀족이 능글맞게 말했다. 엘라이나와 나이가 비슷한 아들이 있는 귀족이었다. 데미안은 심기가 불편한 표정이 되었다.

"당분간 혼인시킬 생각이 없다네."

데미안의 말에 귀족은 조용히 물러났다. 조금 떨어진 곳에 서 있던 안토니오는 작게 웃다가 안드레스를 보고 웃음을 멈췄다. 그가 엘라이나만 바라보고 있었기 때문이다.

'마리우스 공작님이 대공 전하를 좋아하시나? 하지만 두 분이 이어지기는 어렵겠지. 제국에서는 부부가 둘 다 높은 작위를 가지고 있는 걸 금하니까.'

그렇게 생각한 안토니오는 안타까운 표정으로 그를 바라봤다. 얼마 전에 데미안이 안드레스가 공작이라서 엘라이나와 맺어주기 곤란하다고 말한 것도 그런 이유였다. 한 가문에 권력이 모이는 걸 막기 위한 것이었지만 엘라이나와 안드레스를 생각하면 아쉬웠다.

'참 잘 어울리는 분들인데. 다른 신랑감 후보를 찾아봐야겠군.'

안토니오는 한숨을 쉬면서 생각했다. 그때였다. 연회장으로 시종들이 사과가 담긴 접시들을 들고 들어왔다. 귀족들은 의아한 표정으로 그 모습을 바라봤다.

"저건 사과잖아요?"

"사과를 왜 접시에 담았지?"

"자세히 좀 보세요. 뚜껑이 있잖아요. 저 안에 뭔가 있는 것 같아요."

귀족들이 수군거리자 카플란 남작가의 멜리사가 말했다. 자세히 보니까 사과로 만든 그릇이었다. 사과 꼭지가 있는 부분을 도려내서 뚜껑으로 만든 것이었다.

"모두 드셔보시게. 엘라이나가 만든 사과 수프니까."

데미안의 말에 귀족들은 놀란 표정이 되었다.

"수프 만드는 걸 좋아하신다는 게 사실이었군요."

"그러게요. 저는 헛소문인 줄 알았는데."

"사과 수프를 사과 그릇에 담다니. 뭔가 재밌네요."

귀족들이 수군거리자 그레슬린이 빙긋 웃으면서 말했다. 모든 사람이 사과 그릇을 하나씩 받았다. 엘라이나는 긴장한 표정으로 귀족들을 둘러봤다. 검은 연기를 뱉는 사람이 있는지 지켜볼 필요가 있었다.

"맛있어요!"

클레어가 감탄했다. 다른 귀족들이 작게 감탄하는 소리가 이어졌다.

'폐하께서 계시는데 안 먹을 수도 없고.'

그렇게 생각한 페트리샤는 한숨을 쉬고는 수프를 먹었다. 사과의 상큼함과 우유, 치즈의 고소함이 조화롭게 느껴졌다.

'생각보다 맛있네.'

그녀는 수프를 계속 먹으면서 생각했다. 그리고 작은 기침과 함께 검은 연기를 뱉어냈다. 옆에 있던 발렌티노도 검은 연기를 뱉어냈다. 귀족 중에서 검은 연기를 뱉은 사람은 그 둘뿐이었다.

'생각보다 별로 없어서 다행이야.'

엘라이나는 두 사람만 검은 연기를 뱉는 걸 보고 안심한 표정으로 생각했다. 페트리샤는 혼란스러웠다. 그녀는 갑자기 켄드릭에 대한 소유욕, 벨리사에 대한 질투가 사라지는 것을 느꼈다. 켄드릭을 사랑하는 감정은 남았지만 벨리사에게서 빼앗을 생각은 들지 않았다.

'내가 왜 이러지?'

그렇게 생각한 페트리샤는 켄드릭과 벨리사가 있는 쪽을 바라봤다. 켄드릭이 다정한 표정으로 벨리사를 바라보고 있었다. 그녀는 그 모습에 마음이 아팠지만 전처럼 강렬한 감정은 아니었다.

'뭐지? 뭔가 달라졌어.'

발렌티노는 혼란스러운 표정으로 생각했다. 예전에는 여자 만나는 일을 제외하면 모든 게 지루하고 의미 없게 느껴졌지만, 지금은 자신을 누르고 있던 모든 지루함과 허무함이 사라진 것 같았다.

"무슨 일이냐?"

데이비드 후작이 발렌티노와 페트리샤의 표정을 보고 물었다.

"아무것도 아닙니다."

페트리샤는 작은 목소리로 대답했다. 발렌티노도 아무것도 아니라는 듯 고개를 저었다.

18

전하, 사랑합니다

"우리 황손 저하께서 대공 전하가 되셨다니!"

마샤는 기뻐서 어쩔 줄 모르는 표정으로 말했다. 엘라이나와 마샤는 에메랄드궁으로 돌아가는 길이었다.

"성씨와 문장은 어떻게 하실 생각이세요?"

"그냥 브라운으로 하면 안 되는 건가요?"

"안 되는 건 아니지만 아무래도 그 성씨는 평민이 많이 사용하니까요. 아예 새로운 걸 만드시는 게 좋다고 생각해요."

마샤의 말에 엘라이나는 고개를 끄덕였다. 브라운은 평민 사이에서 꽤 흔한 성씨였다. 대공가의 성씨가 브라운이면 헷갈리는 일이 생길 것이다.

"솔직히 할아버지께서 지금이라도 취소해주시면 좋겠어요. 저는 대공보다 수프 가게 주인이 더 잘 어울리는데."

엘라이나가 말하자 마샤는 농담이라고 생각했는지 웃었다. 하지만 그녀는 진심이었다. 대공이 되면 전처럼 수프 가게를 운영할 수 없을 것이다. 엘라이나는 그게 아쉬웠다.

'마을 사람들이 나를 보는 눈빛도 달라지겠지? 예전처럼 같은 마을에 사는, 수프 가게를 운영하는 엘라이나가 아니라 대공으로 볼 테니까. 당연한 거겠지만 어쩐지 씁쓸하네.'

그렇게 생각한 엘라이나는 씁쓸한 표정이 되었다. 에메랄드궁에 도착한 그녀는 고용인들이 끝도 없이 옮기는 선물들을 보고 놀랐다.

"이게 다 뭐죠?"

"대공 전하의 심포시온을 축하하는 선물이랍니다."

마샤가 기쁜 표정으로 말했다.

'너무 비싼 선물은 돌려주는 게 좋겠어.'

그렇게 생각한 엘라이나는 선물들을 둘러봤다. 그러다 '마리우스 공작가'라고 적힌 상자 하나를 발견했다. 그녀는 반가운 마음에 상자를 열어봤다.

"어라, 솥이네요?"

"그러게요."

마샤가 조금 황당하다는 표정으로 묻자 엘라이나가 미소를 지으면서 대답했다. 솥과 함께 들어 있는 편지에는 솥에 대한 설명과 솥에 새겨진 글귀에 대한 이야기, 심포시온을 축하한다는 말이 적혀 있었다. 그녀는 편지를 읽고 또 읽었다.

"여기에 수프를 만들면 식지 않는대요, 마샤."

"아, 마탑에서 그런 솥이 나온다는 말을 들은 적이 있어요. 마리우스 공작님이 대공 전하의 취향을 정확히 파악하셨네요."

엘라이나의 말에 마샤가 작게 소리 내서 웃더니 말했다.

엘라이나는 할머니의 이름을 따서 프랜시스 대공이 되었다. 가문의 문장은 세 잎 클로버였다. 데미안과 켄드릭이 선물한 장신구에서 아이디어를 얻은 것이다. 그녀가 정한 성씨와 문장을 들은 데미안은 흐뭇한 표정이 되었다.

'엘라이나는 생각보다 더 가족을 사랑하는군.'

그렇게 생각한 데미안은 옆에 있는 아그네스, 켄드릭, 벨리사를 바라봤다. 세 사람도 비슷한 생각인지 미소를 짓고 있었다.

"아주 멋지구나."

"제 생각에도 그렇습니다, 폐하."

데미안의 말에 아그네스가 상냥한 목소리로 말했다.

"이제 프랜시스 대공인가?"

"대공 전하라고 불러야겠군요."

켄드릭이 묻자 벨리사가 눈동자를 반짝이며 말했다. 엘라이나는 어쩐지 쑥스러워서 어색하게 웃었다.

"가문을 상징하는 문장이 세 잎 클로버라니. 그 가문에는 행복만 가득하겠군."

그렇게 말한 데미안이 큰 소리로 웃었다. 켄드릭이 갑자기 생각난 것처럼 다른 이야기를 꺼냈다.

"조만간 벨리사, 엘라이나와 함께 여행을 가도 될까요?"

"여행?"

데미안이 한쪽 눈썹을 올리며 물었다.

"네, 이제 제 건강도 많이 좋아졌잖아요. 마침 안드레스가 공작령을 구경하는 게 어떻겠느냐고 물어서요. 마침 안드레스도 공작령에 갈 일이 있다고 합니다."

"태의는 뭐라고 하던가?"

"너무 무리하지만 않으면 괜찮다고 했어요."

켄드릭의 말에 데미안은 잠시 고민했다. 그의 건강이 좋아진 건 확실했다. 창백하던 얼굴에 생기가 돌았고 쉽게 지치는 일도 없었다. 하지만 마리우스 공작령은 젤라우드와 꽤 멀었기 때문에 걱정이 되었다.

"그래, 가도 좋다. 하지만 태의의 말처럼 너무 무리하지는 말아라."

"감사합니다, 할아버지."

켄드릭이 활짝 웃으며 말했다. 엘라이나는 안드레스와 함께 마리우스 공작령에 갈 수 있다는 게 설렜다. 안드레스는 바빴기 때문에 자주 만날 수 없었다. 그녀는 그가 보고 싶었다. 텃밭에서 제일 잘생긴 토마토에 안드레스라는 이름을 지어줬을 정도였다.

'이번 여행에서 이야기도 많이 나눌 수 있겠지.'

그렇게 생각한 그녀의 녹색 눈동자가 반짝였다.

안드레스가 켄드릭을 공작령에 초대한 것에는 두 가지 이유가 있었다. 건강을 되찾은 주군이자 오랜 친구에게 자신의 영지를 보여주고 싶다는 것, 이제 막 서로의 마음을 확인한 연인에게 자신의 영지를 보여주고 싶다는 것.

'황태손 전하와 황태손비 전하께서 여러 영지를 둘러보시는 게 훗날 제국에 도움이 되겠지. 황태손 전하께서는 몸이 약하셔서 여행을 하신 적이 없으시니까 기뻐하실 거고.'

그렇게 생각한 그는 엘라이나의 얼굴을 떠올렸다.

'은근슬쩍 대공 전하도 함께 오시는 게 어떻겠느냐고 묻기를 잘했어. 대공 전하의 얼굴을 바라보고만 있어도 좋을 것 같아.'

안드레스는 자신도 모르게 미소를 지으면서 생각했다. 그 모습을 지켜보던 벤저민은 묘한 표정이 되었다.

'공작님이 요 며칠 조금 수상하셔. 연애라도 시작하신 거 아닐까? 전 공작님한테 보고할까? 아니, 확실한 증거를 잡으면 보고하자.'

그렇게 생각한 벤저민은 눈을 가늘게 뜨고 그를 바라봤다. 그는 안드레스의 연애 문제만큼은 아이리스와 같은 편이었다. 그가 하루라도 빨리 혼인하기를 바랐다. 그래서 안드레스의 연애 이야기는 아이리스에게 보고를 하는 편이었다.

'하지만 황손 저하는 이번에 대공 전하가 되셨잖아. 설마 대공 전하와 혼인은 하지 않고 연애만 하기로 하셨나? 아니면 다른 여자랑 연애를 시작하셨나? 공작님이 그런 능력이 있을 리가 없는데. 그동안 한 명도 없던 여자가 갑자기 두 명이나 생겼을 리가 없잖아. 공작님이 그런 능력이 있었다면 나랑 전 공작님이 걱정하지도 않았을 거라고.'

벤저민은 한숨을 쉬면서 생각했다. 안드레스는 그가 자신을 흉본다는 걸 눈치챈 것처럼 고개를 돌렸다.

"무슨 고민이라도 있나? 갑자기 한숨을 쉬고."

"아니, 아닙니다."

안드레스가 묻자 벤저민은 화들짝 놀라면서 대답했다.

"고민이 있으면 언제라도 말해. 들어줄 테니까."

"해결은 안 해주시고요?"

"내 능력으로 해결이 가능한 일이면 해결도 해주고."

그가 장난스럽게 묻자 안드레스가 피식 웃으면서 대답했다.

"저 혼인 좀 시켜주시죠."

"그건 내 능력으로 해결이 가능한 일이 아니잖아."

"일만 줄여주시면 된다고요."

벤저민이 과장스럽게 우는소리를 내면서 말했다.

"벤저민, 과연 일이 바쁜 게 문제일까? 너 저번 소개팅에서 또 차였다며?"

"저 방금 아픈 곳을 찔렸어요. 그런 의미에서 오늘은 이만 퇴근하겠습니다."

안드레스가 묻자 벤저민이 정색하며 말했다. 하지만 진짜 퇴근할 생각은 없는 모양인지 밖으로 나가지는 않았다.

"도대체 뭐가 문제일까요? 제 잘생긴 얼굴? 제 명석한 두뇌? 제 유쾌한 성격?"

벤저민은 계속 자세를 바꾸면서 물었다.

"본인에 대해서 그렇게 말할 수 있다는 게 문제 같은데."

안드레스는 진심을 담아서 대답했다. 그는 본인의 말처럼 장점이 많은 사람이었다. 하지만 하나의 단점이 너무 컸다. 바로 겸손을 모른다는 것이었다.

'그것도 귀엽게 봐줄 사람이 나타나면 좋겠지만 쉽지 않겠지.'

그렇게 생각한 안드레스는 한숨을 쉬었다.

"그게 무슨 말이냐? 황태손 전하의 후궁이 되지 않겠다니?"

데이비드 후작이 의아한 표정으로 물었다. 자신의 야망 때문이기도 했지만 소중한 딸 페트리샤가 바라기에 추진한 일이었다. 그런데 그녀가 갑자기 황태손 전하의 후궁이 되지 않겠다는 것이다. 데이비드 후작은 당황스러웠다.

"페트리샤, 혹시 이번에 황태손 전하와 황태손비 전하가 함께 있는 걸 보고 충격을 받은 거니?"

후작 부인이 걱정스러운 표정으로 묻자 그도 걱정스러운 눈빛이 되었다.

"그런 게 아니에요. 그냥 일방적으로 감정을 강요하는 걸 그만두기로 했을 뿐이죠. 제가 후궁이 된다면 저는 물론이고 황태손 전하도, 황태손비 전하도 불행하겠죠."

"하지만 너는 황태손 전하를 사랑하잖아."

"네, 어머니. 사랑하죠. 하지만 제 인생을 망칠 정도로 사랑하지는 않아요. 앞으로 또 제가 사랑할 수 있는, 저만을 사랑해주는 사람을 만날지도 모르는데 왜 굳이 후궁이 되겠어요?"

그녀의 말에 데이비드 후작과 후작 부인은 할 말을 잃은 표정이 되었다.

"그래, 맞는 말이구나."

잠시 고민하던 데이비드 후작이 말했다.

"우리도 네가 원하지 않는다면 강요할 생각은 없단다."

후작 부인은 놀란 마음을 진정하고 말했다. 그런데 이게 끝이 아니었다. 페트리샤의 옆에 앉아 있던 발렌티노가 폭탄선언을 한 것이다.

"저는 후계자가 되는 걸 포기하고 여행을 떠날 생각입니다."

"뭐? 그게 무슨 말이냐?"

데이비드 후작이 현기증이 나는 것처럼 눈을 질끈 감고 물었다.

"아버지도, 어머니도 아시겠지만, 저는 가문을 이어가는 일에 관심이 없습니다. 하지만 페트리샤는 다르죠. 저와 다르게 야망도, 관심도 있어요. 페트리샤가 후계자가 되는 게 옳다고 생각합니다."

"아니, 그래. 페트리샤가 후계자가 되어도 좋겠지. 하지만 여행이라니?"

자리에서 벌떡 일어난 후작 부인이 물었다.

"대륙을 돌아다니며 많은 걸 보고 배우고 싶습니다. 제일 먼저 타란타 왕국에 가려고요."

그렇게 말한 그는 자리에서 일어났다.

"허락해주세요. 건강하게 돌아오겠습니다."

"대륙 여행이라니."

데이비드 후작은 황당하다는 듯 중얼거렸다. 데이비드 후작도, 후작 부인도 자식들이 왜 갑자기 이러는지 알 수 없었다.

켄드릭은 부부끼리 타고 싶다며 벨리사와 같은 마차에 타겠다고 말했다. 준비된 마차는 두 대였기 때문에 엘라이나와 안드레스가 함께 탈 수밖에 없었다. 벨리사는 두 사람이 어색해할까 봐 걱정하는 눈치였다.

"전하, 두 분이 어색하지 않을까요?"

벨리사가 켄드릭에게 속삭이듯 물었다.

"걱정하지 마세요, 벨리사. 둘은 절대 어색하지 않을 겁니다."

켄드릭은 벨리사가 귀여워서 어쩔 줄 모르는 표정으로 대답했다. 그리고 그녀의 손을 잡고 마차에 올랐다. 남은 엘라이나와 안드레스도 서로를 수줍은 표정으로 바라보다가 다른 마차에 올랐다. 마차가 출발하고 잠시 침묵이 흘렀다.

"공작령에는 어떤 신전이 있나요?"

"공작령에 포함된 곳이 워낙 많아서요. 여러 신전이 있습니다. 성이 있는 베리윌트에는 에우포리아 님의 신전이 있습니다."

엘라이나가 묻자 안드레스가 다정한 미소와 함께 대답했다. 에우포리아는 풍요의 여신이었다. 아스테르와 폴레모스를 포함한 여러 신의 어머니였다. 전설에 따르면 에우포리아는 통통한 몸매와 인자한 성격을 가졌다.

"제 고향 브라이트는 아스테르 님을 모셔요."

"대공 전하는 신전에 자주 가셨습니까? 저는 사실 별로 자주 가는 편은 아니었습니다."

"저도요. 믿음이 없는 건 아니었지만 강한 편도 아니었거든요."

그렇게 말한 엘라이나는 빙긋 웃었다. 그런 자신이 아스테르를 만나서 특별한 힘까지 받았다는 게 신기했다.

'언젠가 마리우스 공작님에게도 내 힘에 대해서 말할 수 있을까?'

엘라이나는 그의 얼굴을 바라보면서 생각했다.

'나중에 그럴 수 있는 날이 오면 좋겠다. 공작님에게 숨기고 싶지 않으니까.'

그렇게 생각한 엘라이나는 안드레스와 눈이 마주치자 환하게 웃었다. 얼굴이 붉어진 안드레스는 헛기침을 했다. 안드레스는 그녀의 미소가 눈부신 햇살 같다고 생각했다. 이렇게 아름다운 사람이 자신의 연인이라는 게 믿기지 않았다.

"전하, 사랑합니다."

"네?"

그의 갑작스러운 고백에 엘라이나는 깜짝 놀라서 물었다.

"그냥 전하를 향한 감정을 자꾸 표현하고 싶어서요."

안드레스는 미소를 지으며 말했다.

"저, 저도 같은 마음이에요."

엘라이나가 수줍은 표정으로 말하자 안드레스는 심장이 빠르게 뛰는 걸 느꼈다. 둘은 서로의 눈동자를 바라보기만 해도 행복해서 어쩔 줄 몰랐다. 마차는 빠르게 달렸고 바깥의 풍경은 자꾸 바뀌었다.

엘라이나를 포함한 사람들은 며칠을 달리고 달려서 베리윌트에 도착했다. 베리윌트는 젤라우드보다는 작고 소박해 보였다. 하지만 브라이트보다는 더 크고 화려한 곳이었다. 두 대의 마차는 공작의 성 앞에 멈췄다. 그 앞에서 기다리고 있는 아이리스와 체이스 그리고 고용인들이 보였다.

"황태손 전하와 황태손비 전하를 뵙습니다. 대공 전하를 뵙습니다."

"황태손 전하와 황태손비 전하, 대공 전하를 뵙습니다."

네 사람이 마차에서 내리자 아이리스와 체이스가 고개를 숙여서 인사했다.

"오랜만이군."

"안녕하세요."

켄드릭이 상냥하게 말하자 벨리사가 수줍은 표정으로 인사했다.

"안녕하세요."

뒤늦게 인사한 엘라이나는 아이리스와 체이스를 바라봤다. 아이리스는 은발에 파란 눈동자였는데 안드레스와 많이 닮은 외모였다. 그가 여자가 된 모습이라고 해도 믿을 것 같았다. 아름답다, 멋있다는 말이 잘 어울리는 모습이었다. 체이스는 붉은 머리카락에 갈색 눈동자였다. 덩치가 크고 근육질에 수염이 있었는데 용병 같은 느낌이었다. 안드레스와 전혀 다른 외모였지만 다정한 눈빛은 비슷했다.

"왔니? 이번에도 손주를 데려오지 않다니. 정말 무능하구나."

아이리스가 무뚝뚝한 표정으로 안드레스의 어깨를 툭 치더니 말했다.

"그래, 아버지는 네가 적어도 애인은 데려올 줄 알았는데."

체이스는 아쉬운 표정으로 안드레스의 어깨를 툭 치더니 말했다. 그는 지긋지긋하다는 표정으로 부모님을 바라봤다.

"놀리지 마세요. 오랜만에 보는 아들을 놀리고 싶습니까?"

그렇게 말한 안드레스는 엘라이나와 눈이 마주치자 부끄럽다는 듯 고개를 숙였다. 아이리스와 체이스의 혼인 타령은 반쯤 장난이었다. 물론 반은 진심이었지만. 그래서 안드레스는 기분이 나쁘지 않았다. 다만 엘라이나 앞에서 어린아이 취급을 받은 것 같아서 부끄러웠다.

"우리 아들은 점점 내 아내님을 닮아가는구나!"

"너희 아버지도 조금은 닮지."

체이스가 흐뭇한 표정으로 말하자 아이리스가 한숨을 쉬면서 말했다.

“아내님, 나는 우리 아들이 아내님을 닮아서 좋은걸요.”

그렇게 말한 체이스가 수줍게 웃으며 말했다.

“하지만 나는 안드레스가 당신을 닮지 않아서 아쉬운걸.”

아이리스가 체이스의 턱을 잡으며 말하자 안드레스는 질색하며 외쳤다.

“제발 그만 좀 하세요!”

“두 분이 사이가 참 좋으시네요.”

작게 소리 내서 웃던 엘라이나가 말했다. 그녀는 부모님의 행동이 부끄러워서 어쩔 줄 모르는 안드레스가 귀여워 보였다. 그리고 사이가 좋은 아이리스와 체이스가 보기 좋았다.

‘우리 부모님도 사이가 좋으셨는데.’

그렇게 생각한 엘라이나는 빙긋 웃었다. 아이리스는 안드레스가 엘라이나의 눈치를 살피는 걸 보고 피식 웃었다.

“대공 전하, 우리 가문은 대대로 한 사람만 바라본답니다.”

“그런 이야기를 왜 하시는데요?”

“그냥 그렇다는 말이란다.”

안드레스가 묻자 아이리스는 태연한 표정으로 대답했다. 그리고 엘라이나와 켄드릭, 벨리사를 둘러봤다.

“자, 안으로 들어가시죠.”

그녀의 말과 함께 모든 사람이 안으로 들어갔다. 엘라이나는 복도에서 어떤 그림을 발견하고 멈춰 섰다. 어린 안드레스를 그린 그림이었다. 그림을 그리는 게 싫었는지 뾰로통한 표정이었는데도 천사 같았다.

"안드레스가 천둥이 무섭다며 우리 침실로 뛰어오던 시절의 그림이랍니다."

"그런 적 없습니다, 어머니."

아이리스가 그림을 설명하자 안드레스는 귀가 붉어지며 말했다. 엘라이나는 그림 안의 어린 안드레스도, 그림 밖의 어른 안드레스도 귀여워서 어쩔 줄 몰랐다.

"어린 시절의 공작님은 어떠셨나요? 궁금해요. 더 들려주세요."

엘라이나가 눈동자를 빛내면서 말하자 체이스가 자랑스러운 표정이 되었다.

"우리 아들은 아내님을 닮아서 재능이 많았죠. 특히 노래를 아주 잘 불렀답니다. 천사의 목소리 같았죠. 지금은 다 컸다고 노래도 불러주지 않지만."

체이스는 자랑스럽게 말하다가 마지막에 과장스럽게 슬픈 표정을 지었다.

"저 나이에 제일 좋아한 장난감은 강아지 인형이었는데, 이름이 푸딩이었답니다."

아이리스가 말하자 안드레스는 난감했다. 부모님의 이야기를 멈추고 싶은데, 엘라이나가 너무 즐거운 표정이었기 때문이다. 마침 켄드릭이 다른 그림을 가리켰다.

"저 그림은 두 분이시죠?"

켄드릭이 묻자 아이리스와 체이스는 그림을 바라봤다. 두 사람의 젊은 시절을 그린 그림이었다. 아이리스는 하얀 드레스를 입었고 체이스도 하얀 예복을 입은 모습이었다.

"아, 혼인 기념으로 그린 그림입니다."

아이리스가 추억에 잠긴 표정으로 대답했다.

"예복이 불편해서 바로 벗어던지고 싶었죠. 이 그림을 보면 참기를 잘한 것 같지만!"

그렇게 말한 체이스가 크게 웃었다. 어찌나 크게 웃었는지 옆에 있던 엘라이나가 자신도 모르게 귀를 막을 정도였다.

"저때 당신 참 멋있었어."

"지금은 안 멋지고? 나는 아내님이 저때도, 지금도 아름답다고 생각하는데."

"내 마음 다 알면서 묻는 거지?"

체이스의 말에 아이리스가 미소를 지으면서 물었다. 그 모습을 지켜보던 네 사람은 어색하게 웃었다. 자신들의 세계로 가버린 부부는 보기 좋았다. 하지만 오래 보고 있는 건 어색했다. 안드레스는 자신의 부모님을 반쯤 무시하고 다른 세 사람에게 말했다.

"시녀들이 머무실 방을 안내할 겁니다. 따라가시죠."

안드레스가 손짓하자 조금 떨어져서 걷던 시녀들이 길을 안내했다.

엘라이나가 머물 방에는 유난히 커다란 창문이 있었다. 창문을 열고 아래를 내려다보자 정원이 보였다. 그녀는 아름다운 정원에 감탄하다가 마샤를 떠올렸다. 마샤도 여행에 따라오겠다고 말했지만 엘라이나가 말렸다. 그녀에게 휴가를 주고 싶었기 때문이다.

'마샤도 봤으면 좋아했겠다. 다음에 또 올 수 있다면 마샤도 같이 와야지.'

그렇게 생각한 엘라이나는 빙긋 웃었다. 그때 조심스러운 노크 소리가 들렸다. 그녀가 문을 열자 벨리사가 있었다.

"대공 전하, 저를 안내한 시녀한테 들었는데, 내일 야시장이 열린대요."

"구경하고 싶으세요? 내일 저녁에 잠깐 나갈까요?"

"네, 황태손 전하랑 마리우스 공작님도 함께 가요."

엘라이나가 묻자 벨리사가 활짝 웃으면서 대답했다.

"좋아요. 그런데 오라버니랑 마리우스 공작님은 어디에 계세요?"

"황태손 전하는 방에서 쉬고 계시고 공작님은 부모님과 계신 것 같아요."

"하긴 오랜만에 만난 거니까 할 말이 많겠죠."

그렇게 말한 엘라이나는 그가 부모님과 즐거운 시간을 보내고 있을 거라는 생각에 흐뭇하게 웃었다.

"대공 전하는 좋은 분 같더구나."

아이리스의 말에 안드레스는 미소를 지었다. 엘라이나를 칭찬하는 말이 듣기 좋았다. 특히 그 칭찬을 하는 사람이 자신의 어머니라서 더 좋았다. 사실 엘라이나가 아이리스와 체이스를 마음에 들어하지 않을까 봐 걱정이 많았다. 그 반대의 경우도 마찬가지였다. 그는 자신에게 소중한 세 사람이 서로를 마음에 들어했으면 좋겠다고 생각했다.

"좋은 분이시죠."

"그게 다야? 대공 전하의 마음을 사로잡겠다거나 조만간 청혼하겠다거나 그런 건 없는 거야?"

안드레스의 말에 체이스가 안타까운 표정으로 물었다. 그는 이미 마음을 사로잡았다, 지금 당장이라도 청혼하고 싶다고 말하려다가 말았다.

"제국은 부부가 다 높은 작위를 가지고 있는 걸 금하지 않습니까?"

"선례가 없을 뿐이야."

안드레스가 묻자 아이리스가 심드렁한 표정으로 대답했다. 아이리스와 체이스는 엘라이나가 마음에 들었다. 뛰어난 외모는 아니지만 웃는 얼굴이 예뻤다. 자신들의 이야기에 귀를 기울이는 것도, 상냥한 말투도 마음에 들었다. 제일 마음에 드는 것은 엘라이나와 안드레스가 서로에게 관심이 많다는 것이었다.

"아까 네 어린 시절 이야기를 물으시는 걸 보니까 너한테 관심이 있으신 것 같던데."

체이스가 엘라이나와 안드레스의 결혼식을 상상하며 말했다.

"그냥 그 그림을 보니까 궁금하셨던 거겠죠."

안드레스는 태연하게 말했다.

'아버지와 어머니가 아시면 당장 혼인하라고 난리시겠지. 대공 전하께 부담이 될 거야. 그러니까 당분간 비밀로 하자.'

그렇게 생각한 안드레스는 일부러 과장된 말투로 말했다.

"폐하께서 대공 전하를 얼마나 아끼시는데요. 두 분 이야기가 폐하의 귀에 들어가면 곤란하실 텐데요."

"폐하가 무서울 나이는 지났지. 내가 아직도 양 갈래머리를 하던 꼬마로 보이니?"

그렇게 말한 아이리스는 크게 웃어버렸다. 어린 시절에는 데미안의 무뚝뚝한 얼굴이 무서웠던 적이 있었다. 하지만 어느 정도 크고 나니까 그 무뚝뚝한 얼굴 뒤에 숨겨진 다정함이 보였다.

"폐하는 대공 전하가 행복하시다면 평민 남자를 데려와도 허락하실 분이야."

아이리스는 옆에 앉은 체이스의 어깨에 손을 올리고 말했다.

"아내님의 꼬마 시절이라니! 정말 귀여웠겠군요. 아내님을 닮은 손녀가 나왔으면!"

"나는 당신을 닮은 손자가 나왔으면 좋겠는데."

"대공 전하를 닮은 손주들도 좋겠어요. 안 그래요?"

아이리스의 말에 체이스가 설레는 표정으로 물었다. 안드레스는 자신과 엘라이나를 반씩 닮은 아이들을 상상하며 미소를 지었다. 아이리스는 그의 표정이 변하는 걸 놓치지 않고 물었다.

“너는 어떠냐?”

“적당히 좀 하세요. 오랜만에 만난 아들한테 할 이야기가 혼인 이야기뿐입니까?”

안드레스가 묻자 아이리스와 체이스의 표정이 미묘하게 바뀌었다. 어색한 것 같기도 했고 부끄러운 것 같기도 했다.

“사실 너한테 할 이야기가 있는데.”

아이리스가 말을 시작하는데 노크 소리가 들렸다. 그리고 집사가 들어오더니 고개를 숙이며 말했다.

“식사 준비가 다 되었습니다.”

“식사부터 하시죠.”

그렇게 말하며 안드레스가 자리에서 일어났다.

식탁에 올라온 요리는 모두 훌륭했다. 아스테르에게 받은 힘 때문에 미각이 예민해진 엘라이나도, 엘라이나의 수프에 익숙해진 켄드릭과 벨리사도 수프를 조금 남기기는 했지만. 아이리스와 체이스는 아까부터 안드레스의 눈치만 살피고 있었다. 그러다 디저트로 생크림 케이크가 나올 때쯤 아이리스가 조심스럽게 그를 불렀다.

“안드레스.”

“네?”

“내년에는 우리 가족이 넷으로 늘겠구나.”

"또 그 말씀이십니까?"

안드레스는 당황한 표정으로 묻고는 엘라이나를 바라봤다. 엘라이나는 어쩐지 수줍었다. 자신이 마리우스 공작가의 가족이 된다는 이야기 같았기 때문이다. 그런데 아이리스가 고개를 저었다.

"그런 말이 아니란다."

그렇게 말한 그녀는 자신의 배에 손을 올렸다. 체이스는 얼굴부터 목까지 붉어져서 뒤통수만 긁적거렸다. 잠시 침묵이 흘렀다. 안드레스는 놀라서 입을 다물 수 없었다.

"아기를 가지셨나요? 축하드려요."

벨리사가 박수를 치면서 말했다.

"축하드립니다."

켄드릭도 상냥한 미소를 지으면서 말했다.

"축하드려요."

엘라이나는 자신이 착각한 게 부끄러워서 얼굴이 붉어지며 말했다.

"축하해주셔서 감사합니다."

"감사합니다."

아이리스와 체이스가 활짝 웃으면서 말하다가 안드레스의 눈치를 살폈다. 그는 잠시 침묵하다가 한숨을 쉬고 말했다.

"축하드립니다."

"네가 싫어할까 봐 말을 못 했단다."

"조금 당황스럽지만 저도 기쁩니다. 새로운 가족이 생기는 거니까요."

아이리스의 말에 안드레스가 미소를 지으면서 말했다. 그리고 조금 의아한 표정으로 물었다.

"아니, 그런데 이 상황에서 손주를 보고 싶다는 말이 나오십니까? 잘못하면 제 동생이랑 제 자식이 동갑이 될 텐데요."

"이건 이거고 그건 그거지. 너도 이 아이를 신경 쓰느라 괜히 혼인을 늦추지는 말아라."

안드레스의 말에 아이리스가 케이크를 먹으면서 말했다. 그리고 잠시 생각하다가 안드레스에게 물었다.

"그런데 너는 남동생이면 좋겠니? 여동생이면 좋겠니?"

"제가 원하는 대로 낳아주실 것도 아니면서 그런 걸 왜 물으십니까? 저는 다 좋습니다."

안드레스는 피식 웃으면서 대답했다. 그는 외동으로 자라면서 형제를 바란 적이 많았다. 그래서 나이 차가 많이 나는 남동생도, 여동생도 귀여울 것 같았다.

"원한다면 우리 막둥이랑 손주들을 함께 키워줄 수도 있단다. 그러니까 걱정하지 말고 낳기만 하렴!"

체이스의 말에 안드레스는 골치 아픈 표정이 되었다.

19

야망

커다랗지만 가구도, 장식도 별로 없는 방에서 약초 태우는 냄새가 났다. 약초를 태우는 것은 긴 흑발을 하나로 묶은 중년 남자였다. 갈색 눈동자와 창백한 피부를 가지고 있었는데 키가 크고 마른 편이었다. 뛰어난 미남은 아니지만 선량한 인상이었기 때문에 호감이 가는 외모였다. 그때였다. 방으로 젊은 남자가 들어왔다.

"아버지."

젊은 남자가 부르자 중년 남자가 뒤를 돌아봤다.

"엔카로구나."

그렇게 말한 중년 남자는 옅은 미소를 지었다. 두 사람은 메라올드 왕국의 왕 킨시오카와 왕자 엔카였다. 엔카는 흑발에 보라색 눈동자를 가졌는데, 킨시오카를 닮아서 선량한 인상이었다. 하지만 킨시오카를 닮은 것은 흑발과 선량한 인상뿐이었다. 피부색은 율라니를 닮아서 창백하지 않았다. 키가 크지만 마른 편도 아니었다.

"저를 찾으셨다면서요?"

옌카가 조심스러운 표정으로 물었다.

"너희 어머니가 죽었다는구나."

킨시오카가 날씨가 좋다는 것처럼 가벼운 말투로 말했다. 옌카는 의아한 표정을 지었다.

"그게 무슨 말씀이세요? 어머니는 저를 낳다가 돌아가셨잖아요."

"그래, 내가 그렇게 말했지. 하지만 이제 진실을 말할 때가 됐구나. 네 어머니는 제국의 황태손을 저주하기 위해서, 제국의 정보를 얻기 위해서 제국으로 갔다."

"어머니가 첩자가 되었다는 말씀이십니까? 그러면 제가 매일 찾아 갔던 어머니의 무덤은요?"

"그 안에는 아무것도 없단다. 네 어머니는 제국의 황태손을 키우는 유모가 되었지. 얼마 전까지 꽤 신임을 받았던 모양이야."

그렇게 말한 킨시오카는 약초를 태우던 불을 껐다.

"얼마 전까지? 그렇다면 지금은요?"

옌카는 불안한 표정으로 물었다.

"저주를 걸었다는 걸 들켰단다. 그리고 배후를 밝히지 않으려고 자결했지. 잘한 일이야."

킨시오카는 환하게 웃으면서 말했다. 옌카는 그 모습을 보고 소름이 돋았다. 자신의 어머니가 얼마 전까지 살아 있었다는 것도, 제국의 황태손을 저주했다는 것도 놀라운데, 자결했단다. 그리고 자신의 아버지는 그게 잘한 일이란다. 그는 혼란스러웠다.

"지금 보니까 네가 네 어머니를 많이 닮았구나."

그렇게 말한 킨시오카는 상냥한 미소를 지었다. 옌카는 킨시오카의 뒤에 있는 거울을 바라봤다.

'내가 어머니를 많이 닮았다고?'

옌카는 거울에 비친 자신에게서 어머니의 모습을 찾으며 생각했다. 하지만 아무리 봐도 아버지의 모습만 보였다.

'어머니의 얼굴을 모르기 때문일까? 아버지만 닮은 것 같은데.'

그렇게 생각한 옌카는 킨시오카를 바라봤다. 그는 율라니의 죽음에 진심으로 안심한 것 같았다.

"제국에서 율라니의 배후에 우리가 있다고 의심하는 것 같더구나. 바보 같은 녀석들. 확실한 증거도 없이 우리를 의심하면 좋을 게 없는데 말이야. 우리가 제국이 먼저 평화 협정을 깨려고 한다고 말하면 다른 나라들이 제국을 비난할 거야."

"어떻게 하실 생각입니까? 지금 우리 왕국 사정으로는 전쟁이 어려운데요."

"나도 안다. 당분간 전쟁은 할 수 없지. 제국에 정식으로 항의할 것이다. 제국은 다른 나라의 비난을 받지 않으려면 우리의 비위를 맞출 수밖에 없어. 받아낼 수 있는 건 모두 받아내야지."

그렇게 말한 그는 미소를 지었다. 율라니는 여러모로 쓸모가 많았다. 왕국의 후계자가 될 옌카를 낳았다. 그리고 제국의 황태손을 저주했고 정보를 알아냈다. 그것만으로도 대단한데 죽음까지 왕국에 도움이 되었다.

"옌카, 우리가 네 어머니의 꿈을 이루는 거야."

"네?"

"네 어머니는 네가 제국을 지배하는 걸 보고 싶다고 말했지."

킨시오카의 말에 옌카는 당황한 표정이 되었다. 그는 그저 왕국의 백성이 안전하기를, 굶주리지 않기를 바라는 사람이었다. 제국을 지배하는 건 꿈도 꾼 적이 없었다.

"나도 그 모습이 보고 싶구나. 내 아들이 제국은 물론이고 대륙을 호령하는 모습이."

킨시오카는 눈동자를 광기로 빛내며 말했다. 그는 갓 태어난 옌카를 품에 안을 때부터 바라던 게 있었다. 자신이 이루지 못한 꿈을 아들이 이루어주는 것이었다.

"아버지, 저는 메라올드 왕국만으로도 충분합니다."

옌카가 조심스러운 표정으로 말하자 킨시오카는 무서운 표정이 되었다.

"그럴 리가 없다. 내가, 네 어머니가 얼마나 야망이 큰데, 그 아들의 꿈이 그렇게 작을 리 없어."

킨시오카는 일그러진 표정으로 말을 이었다.

"내가 수많은 여자 중에서 왜 네 어머니를 골랐다고 생각하느냐?

아름다운 외모? 주술 실력? 그것도 이유였지. 하지만 제일 큰 이유는 그 야망 때문이었다."

"아버지!"

"네 어머니는 야망을 위해서 무엇이라도 할 것 같았지. 그리고 그런 여자의 자식이라면 내 꿈을 이어받을 거라고 생각했어."

킨시오카는 무섭게 말하다가 갑자기 상냥한 미소를 지었다. 그리고 다정한 목소리로 속삭이듯 말했다.

"옌카, 내 착한 아들. 내 꿈을 이루어주렴. 건방진 제국을 짓밟아라. 대륙에 메라올드 왕국의 깃발을 휘날려라."

그의 말에 옌카는 또다시 소름이 돋았다. 자신의 아버지가 야망이 큰 사람이라는 건 알고 있었다. 제국을 싫어한다는 것도 알고 있었다. 하지만 이 정도인 줄은 몰랐다.

'어머니를 이용해서 꿈을 이루고 싶어 할 정도로 야망이 크셨구나. 어머니를 보내서 황태손을 저주할 정도로 제국을 싫어하셨어.'

그렇게 생각한 그의 눈동자에 복잡한 감정이 스쳐 지나갔다. 두려움, 분노, 배신감 같은 것이 뒤섞인 감정이었다.

베리월트에서 야시장이 열리는 날이 되었다. 엘라이나는 벨리사를 자신의 방으로 불렀다.

"전하, 제 옷을 입고 나가지 않으실래요?"

"대공 전하의 옷을요?"

"네, 전하께는 조금 길겠지만 평민처럼 꾸미고 나가면 재밌을 것 같아서요. 귀족이라고 다들 어려워하면 재미없지 않을까요."

그녀의 말에 벨리사가 활짝 웃으면서 박수를 쳤다.

"좋아요!"

벨리사가 말하자 엘라이나는 옷 몇 벌을 골라냈다. 그중에서 벨리사가 고른 것은 갈색 원피스였다. 엘라이나가 입은 옷과 색깔이 비슷했다.

"장신구도 최대한 다 빼야겠어요."

"네, 그러죠."

벨리사는 재밌어서 어쩔 줄 모르는 표정이었다. 엘라이나도 어린 시절 친구와 인형 놀이를 하는 기분이었다. 벨리사가 친구와 인형 역할을 다 맡고 있었지만.

"황태손 전하와 마리우스 공작님도 평민처럼 꾸미면 어떨까요? 우리가 이렇게 입어도 두 분이 평소처럼 입고 나가시면 다 알아챌 거라고요."

벨리사의 말에 엘라이나는 잠시 고민했다. 결국 켄드릭과 안드레스는 기사들의 옷을 빌려서 입고 나가기로 했다.

야시장은 생각보다 더 시끄럽고 복잡했다. 켄드릭은 벨리사의 손을 꼭 잡았다.

"벨리사, 조심해요. 길을 잃으면 안 되니까요."

그의 말에 벨리사는 수줍게 웃으며 고개를 끄덕였다. 엘라이나는 그 모습을 부럽다는 듯 바라봤다. 그리고 켄드릭과 벨리사가 다른 곳을 보자 몰래 안드레스의 새끼손가락을 잡았다.

"대공 전하?"

안드레스가 놀란 표정으로 부르자 그녀는 빙긋 웃었다,

"쉿! 조용하세요."

그렇게 말한 엘라이나는 켄드릭과 벨리사가 있는 쪽을 향해서 소리쳤다.

"오라버니! 저희는 잠깐 다른 곳을 구경하고 올게요. 다 구경하고 여기서 다시 만나요."

"알았어, 엘라이나."

켄드릭은 웃으면서 말했다. 안드레스는 검술이 뛰어났기 때문에 엘라이나의 안전이 걱정되지는 않았다. 그리고 자신과 벨리사에게도 눈에 띄지 않게 따라오는 기사들이 있었다.

'안드레스가 고백에 성공했나?'

그렇게 생각한 그는 벨리사의 손을 잡고 다른 곳으로 가버렸다. 엘라이나와 안드레스는 목적지 없이 걷고 또 걸었다. 엘라이나도, 안드레스도 겨우 새끼손가락만 잡고 걷는데 기분이 좋았다. 잠시 망설이던 안드레스는 엘라이나의 손을 제대로 잡았다. 그녀는 잠시 놀란 표정이 되었다가 수줍게 웃었다.

"유명한 수프 가게가 있는데, 가보시겠어요?"

"네, 좋아요."

안드레스가 묻자 엘라이나가 신이 나서 말했다.

"함께 가려고 알아놨던 곳인데, 이 근처에 있을 겁니다."

"저를 위해서 알아보신 건가요?"

"수프 만드는 걸 좋아하시잖아요. 그러니까 새로운 수프를 먹어보는 것도 좋아하실 거라고 생각했어요."

그렇게 말한 그는 벤저민에게 들은 이야기를 떠올리며 주변을 둘러봤다.

'벤저민이 광장에서 그리 멀지 않다고 했는데.'

'나를 위해서 알아보셨다니. 역시 다정한 분이라니까.'

엘라이나는 안드레스의 옆모습을 보면서 생각했다. 엘라이나는 수프 가게에 가지 않아도 좋았다. 그냥 이렇게 얼굴만 보고 있어도 행복할 것 같았다. 하지만 안드레스는 그녀를 수프 가게에 꼭 데려가고 싶었다.

'이게 우리의 첫 데이트잖아. 기억에 남는 날로 만들어주고 싶어.'

그렇게 생각한 안드레스는 엘라이나와 함께 걷다가 커다란 간판 하나를 발견했다. 간판에는 '고양이 할머니의 맛있는 수프'라고 적혀 있었다.

"저기네요."

"고양이 할머니? 가게 이름이 조금 특이하네요."

"가게 주인의 별명이라고 하더라고요."

엘라이나의 말에 안드레스가 웃으면서 말했다. 엘라이나는 가게에 들어서자마자 어떤 할머니를 보고 놀랐다. 고양이 할머니라는 별명이 딱 어울리는 외모였기 때문이다. 키가 작고 통통한 할머니는 고양이를 닮은 눈매 때문에 통통한 고양이처럼 보였다. 귀엽게도, 무섭게도 보이는 할머니였다.

"우리 가게는 처음인가? 메뉴판부터 보슈!"

고양이 할머니는 퉁명스러운 표정으로 메뉴판을 건네더니 말했다. 엘라이나는 그 퉁명스러운 표정이 어쩐지 정겹게 느껴졌다.

"그러면 저는 감자 베이컨 수프로 주세요."

"저도 같은 걸로 주시죠."

엘라이나의 말에 안드레스도 빠르게 말했다.

"알겠수다!"

그렇게 말한 고양이 할머니는 주방으로 가버렸다. 그리고 깜짝 놀랄 정도로 빠르게 수프 두 그릇을 가져왔다.

"맛있게 드슈! 그런데 둘은 부부신가?"

"네? 아니, 아직 아닌데요."

고양이 할머니가 묻자 자신도 모르게 대답한 엘라이나는 고개를 숙였다.

'아직이라니! 공작님이 들으시면 나를 뭐라고 생각하시겠어?'

그렇게 생각한 엘라이나는 부끄러워서 고개를 들 수 없었다. 고양이 할머니는 그런 엘라이나와 안드레스를 번갈아 보더니 말했다.

"내가 장사를 오래 해서 척 보면 다 알지. 이 아가씨는 혼인하고 싶은데 총각이 피하는구먼?"

"네? 아닌데요."

안드레스가 고개를 저으며 말했다.

"아니긴 뭐가 아니야! 내가 장사를 오래 해서 척 보면 다 알지, 다 알아!"

그렇게 말한 고양이 할머니는 다른 테이블로 가버렸다.

'다 모르시는 것 같은데.'

안드레스는 어색하게 웃으며 생각했다. 겨우 마음을 진정한 엘라이나와 안드레스는 수프를 먹기 시작했다.

"맛있네요."

안드레스가 말하자 엘라이나도 공감한다는 듯 환하게 웃었다. 아스테르에게 능력을 받은 이후 미각이 예민해졌다. 특히 수프 맛에 대해서는 더 그랬다. 그래서 자신이 만든 수프가 아니면 다 부족한 게 느껴졌는데, 고양이 할머니의 수프는 아니었다. 완벽한 맛이었다.

"유명한 가게라더니. 진짜 그럴 만한 곳이네요. 마음에 들어요."

"마음에 드신다니 다행입니다."

엘라이나의 말에 안드레스가 말했다. 두 사람은 그릇을 다 비우고 밖으로 나왔다.

"그러고 보니까 아직 제가 만든 수프를 대접한 적이 없네요. 내일 아침은 제가 수프를 만들어야겠어요. 아이리스 님과 체이스 님께도 대접하고 싶거든요."

그렇게 말한 엘라이나는 주변을 둘러보면서 마땅한 재료가 없는지 찾았다. 안드레스는 자신과 부모님에게 수프를 대접하겠다는 그녀가 고맙고 기뻤다.

"너무 무리하지 마세요."

"수프 만드는 걸 좋아하니까 괜찮아요."

그의 조심스러운 말에 엘라이나가 활짝 웃으면서 말했다.

다음 날 아침, 엘라이나가 주방에 나타나자 모두 당황스러운 표정이 되었다. 엘라이나는 조심스러운 표정으로 물었다.

"제가 수프를 만들고 싶은데 주방을 써도 될까요?"

"네? 아니, 어떻게 대공 전하께서!"

"부탁드려요."

주방장은 난감한 표정이었지만 엘라이나를 말리지는 않았다. 엘라이나는 야시장에서 사온 죽순과 청경채를 꺼내놓았다. 동대륙에서 온 식재료였다.

'죽순 수프를 만드는 거야.'

그렇게 생각한 엘라이나는 빙긋 웃었다. 프랜시스가 특별한 요리를 먹고 싶은 날에 자주 만들던 수프였다. 사랑하는 사람의 부모님에게 특별한 요리를 만들어주고 싶었다. 엘라이나는 베이컨을 큼직하게 잘라서 표면이 갈색이 될 때까지 구웠다. 그리고 솥에 돼지고기, 얇게 썬 생강, 월계수 잎, 대파, 물을 넣고 강한 불로 끓였다. 그녀의 익숙한 솜씨에 주방장은 놀란 표정이었다.

"요리를 잘하시는군요."

"고향에서 수프 가게를 운영했거든요. 다른 요리는 몰라도 수프는 자신 있어요."

주방장의 말에 엘라이나는 자신감 넘치는 표정으로 말했다. 그리고 솥에 끓이던 게 하얗게 되자 익힌 죽순을 넣고 약한 불로 끓였다. 그리고 돼지고기가 다 익자 청경채를 추가했다.

"그릇에 담는 걸 도와주시겠어요?"

"네, 전하."

그녀가 묻자 주방장이 빠르게 대답했다. 엘라이나는 여러 그릇에 담은 죽순 수프에 후추를 뿌렸다. 죽순 수프가 식탁에 올라오자 아이리스와 체이스는 놀란 표정이 되었다. 두 사람 다 엘라이나가 수프를 만들고 있다는 말을 들었기 때문이다.

"이게 정말 대공 전하께서 만드신 겁니까?"

"네, 죽순 수프랍니다."

아이리스가 묻자 엘라이나가 미소를 지으며 대답했다. 모두 죽순 수프를 먹기 시작했다. 죽순의 식감이 좋았다.

"죽순을 씹으니까 안에 스며들었던 수프가 나오네요."

"죽순이 향과 단맛이 진하군요."

아이리스와 체이스가 감탄하면서 말했다.

"고기가 너무 부드러워요."

"죽순은 알맞게 단단하고 끝부분은 부드럽구나."

벨리사의 말에 켄드릭도 웃으면서 말했다. 안드레스는 말을 잃은 사람처럼 계속 수프만 먹고 있었다.

"가게 주인이 햇죽순을 다듬어서 얼려놓은 거래요. 햇죽순은 향과 단맛이 진하답니다. 공작님은 어떠세요?"

"아주 맛있습니다. 깜짝 놀랄 정도로요."

엘라이나가 조심스럽게 묻자 그는 잠시 고민하다가 대답했다.

"다행이네요."

엘라이나가 행복한 표정으로 말했다. 두 사람은 눈빛을 주고받느라 다른 네 사람의 표정을 볼 수 없었다.

'둘이 서로 좋아하는 게 확실해.'

'내년에 막둥이랑 손주를 같이 보는 거 아니야?'

아이리스는 눈을 가늘게 뜨고 생각했고, 체이스는 신이 난 표정으로 생각했다.

'둘이 너무 티를 내는군.'

켄드릭은 한숨을 쉬면서 생각했다. 벨리사는 어리둥절한 표정으로 엘라이나와 안드레스를 번갈아 바라봤다. 둘이 사랑에 빠진 것 같은데, 도대체 언제부터인지 알 수 없었기 때문이다.

아침 식사를 마치고 엘라이나와 안드레스는 정원을 산책했다. 안드레스는 한 커다란 나무 앞에서 걸음을 멈췄다.

"멋진 나무네요."

"어릴 때는 이 나무에 그네를 매달아서 놀았습니다. 아버지가 직접 만들어주셨죠."

안드레스는 나무를 쓰다듬으면서 말했다. 성에는 어린 시절의 추억이 많았는데, 대부분 부모님과 관련된 추억이었다. 아이리스도, 체이스도 바빴지만 잠자는 시간을 줄여서라도 안드레스와 놀아주고는 했다. 그래서 그는 항상 자신도 그렇게 다정한 부모가 되고 싶다고 생각했다.

"아이리스 님도, 체이스 님도 공작님을 많이 사랑하시는 것 같아요."

엘라이나의 말에 웃으며 고개를 끄덕이던 안드레스가 갑자기 생각난 것처럼 물었다.

"그런데 언제까지 그렇게 부르실 겁니까?"

"네?"

"공작님 말고 안드레스라고 불러주세요."

"그러면 저도 대공 전하 말고 엘라이나라고 불러주세요."

엘라이나가 조금 당황하다가 빙긋 웃으면서 말했다. 안드레스는 작은 목소리로 그녀의 이름을 중얼거렸다.

'어쩐지 부끄럽군.'

'간지러운 기분이야.'

안드레스와 엘라이나는 동시에 생각했다.

네 사람이 수도에 돌아오고 며칠이 지나자 메라올드 왕국에서 왕과 왕자가 온다는 소식이 들렸다. 엘라이나는 데미안의 집무실에 들어섰다. 데미안은 안드레스, 켄드릭, 제라드 공작과 이야기를 나누고 있었다.

“메라올드 왕국에서 왕이랑 왕자가 온다면서요?”

“그래, 메라올드 왕국에서 정식으로 항의했거든. 사과하겠다며 초대했지. 아마 우리에게서 많은 걸 뜯어내려고 할 거다.”

“괜찮은 건가요?”

데미안의 말에 엘라이나가 조심스럽게 물었다. 데미안은 피식 웃으면서 그녀를 바라봤다.

“그 녀석들이 자기 발로 호랑이굴에 들어오는 것이지.”

데미안이 여유로운 표정으로 말을 이어갔다.

“메라올드 왕국의 왕은 야망이 큰 사람이다. 그러니까 율라니가 죽었다고 계략을 멈출 리가 없어. 제국에서 뭔가를 시도하려고 하겠지.”

“할아버지, 저를 미끼로 삼으세요.”

데미안의 말에 엘라이나가 눈동자를 결의로 빛내면서 말했다. 그러자 다른 네 사람이 놀란 표정으로 엘라이나를 바라봤다. 그녀는 허리를 꼿꼿하게 세우고 여유로운 미소를 지었다. 녹색 눈동자는 용기로 빛나고 있었다. 엘라이나는 말을 이어갔다.

“저는 새로운 황족이잖아요. 오라버니의 경쟁자가 될지 모른다는 말도 있었고요. 그러니까 제가 다음 황제가 될 수도 있다고 말씀하세요. 거의 확실하다고요. 제가 다음 황제가 될지도 모른다는 말을 들으면 저에게도 뭔가를 시도하려고 하겠죠."

"그게 무슨!"

엘라이나의 말에 켄드릭이 놀라서 소리쳤다. 안드레스, 데미안, 제라드 공작도 말도 안 된다는 표정이었다. 그녀는 네 사람을 안심시키듯 미소를 지었다.

"오라버니는 아직 율라니의 저주가 완전히 풀린 상태가 아니에요. 그러니까 저를 미끼로 삼으세요."

"너무 위험합니다."

엘라이나의 말에 안드레스가 간절한 표정으로 말했다. 제발 그러지 말라는 것 같았다. 엘라이나는 안드레스의 표정에 마음이 흔들릴 것 같았다. 그래서 일부러 그를 외면하고 데미안의 얼굴만 바라봤다.

"엘라이나, 마리우스 공작의 말이 맞아. 그건 아주 위험한 일이야. 어쩌면 목숨을 잃을지도 몰라."

"하지만 메라올드 왕국에서 누구를 노릴지도 모르고 불안에 떠는 것보다는 낫죠. 미끼를 던져주고 그쪽으로 유인하는 게요."

엘라이나는 의연한 표정으로 말했다. 데미안은 그녀에게서 자신의 젊은 시절도, 프랜시스의 젊은 시절도 봤다. 데미안은 엘라이나를 절대 말릴 수 없다는 걸 깨달았다. 손녀는 자신과 자신의 전 연인을 너무도 많이 닮았으니까. 그건 아주 복잡한 기분이었다.

'기특하군. 하지만 하필 그런 무모함과 고집을 닮다니.'

그렇게 생각한 그는 한숨을 쉬고 말했다.

"그래, 좋다."

"폐하!"

데미안의 말에 안드레스가 반쯤 비명처럼 데미안을 불렀다.

"안 됩니다!"

"너무 위험합니다!"

켄드릭과 제라드 공작도 다급하게 말했다. 데미안은 담담한 표정으로 세 사람을 둘러봤다.

"짐이 결정한 일이다."

그의 말에 세 사람은 아무런 말도 할 수 없었다. 그저 불안한 표정으로 데미안을 바라볼 뿐이었다.

며칠이 흘렀다. 제라드 공작은 킨시오카와 옌카를 황궁으로 데려왔다. 킨시오카는 여유로운 표정으로 주변을 둘러봤다. 제국의 황궁은 경박하고 부자연스러웠다. 자신의 아름다운 궁과는 달랐다. 킨시오카의 눈동자에 경멸이 감돌았다. 하지만 곧 웃으며 그 감정을 숨겼다.

"황궁이 우아하고 아름답군요."

킨시오카는 선량한 표정으로 제라드 공작에게 말했다. 능숙한 제국어였다. 제라드 공작은 황궁에 대한 칭찬에 빙긋 웃었다. 그 모습을 지켜보는 옌카는 불안한 듯 눈동자가 흔들렸다. 옌카는 제국의 황궁이 킨시오카의 취향이 아니라는 걸 알았다. 아니, 그는 제국의 모든 것을 싫어했다. 그런데 아무렇지 않게 황궁을 칭찬하다니, 대단하고 무서워 보였다.

"다섯 분은 페리도트궁에 머물게 되실 겁니다."

제라드 공작이 상냥한 말투로 말했다. 메라올드 왕국에서 온 것은 킨시오카와 옌카를 제외하고도 두 명의 장군, 한 명의 주술사가 있었다.

"제국의 배려에 감사드립니다."

그렇게 말한 킨시오카는 미소를 지었다. 그는 제국의 귀족과 대화하는 것 자체가 불쾌했다. 하찮은 벌레와 대화하는 것 같은 기분이었다. 하지만 그 감정을 보일 수는 없었다. 그래서 오히려 다른 이야기까지 꺼내면서 대화를 이어갔다.

"제국에 기쁜 소식이 있다고 들었습니다. 새로운 황손을 찾으셨다고요?"

"아, 네. 지금은 프랜시스 대공이십니다."

엘라이나의 이야기가 나오자 제라드 공작이 환하게 웃으며 말했다. 제라드 공작은 요즘 그녀에 대한 충성심이 하늘을 찌르고 있었다. 자신의 딸인 그레슬린이 엘라이나 덕분에 조금 더 밝아졌기 때문이다. 그래서 신난 표정으로 말을 이어갔다.

"아주 좋은 분이죠. 만나보시면 분명히 좋아하실 겁니다."

"공작님이 그렇게 말씀하시니 더 궁금하군요."

그렇게 말한 킨시오카는 속으로 콧방귀를 뀌었다. 곧 페리도트궁에 도착한 그는 구역질이 나올 것 같았다. 페리도트궁은 제국의 모든 문화가 그런 것처럼 겉만 화려하고 속은 텅 빈 것 같았다. 하지만 엔카는 페리도트궁이 아주 마음에 들었다. 특히 페리도트궁 앞에 있는 폴레모스 조각상이 최고였다. 섬세하게 조각한 것이 아름답고 우아해 보였다.

"이 조각상은 무엇을 나타낸 것입니까?"

엔카가 능숙한 제국어로 조심스럽게 물었다.

"폴레모스 님의 조각상입니다. 전쟁의 여신이시죠."

제라드 공작이 자랑스럽다는 듯 말했다. 자부심이 느껴지는 표정과 말투였다. 그 말에 엔카는 폴레모스 조각상을 향해서 허리를 숙여 인사했다. 메라올드 왕국에서 신에게 예의를 표현하는 방법이었다. 다른 나라의 신이고 조각상이지만 예의를 갖추고 싶었다. 제라드 공작은 그런 그를 호감 가득한 눈빛으로 바라봤다.

하지만 킨시오카는 그가 제국의 신에게 예의를 갖추는 게 마음에 들지 않았다. 사실 신들이 보기에는 우스운 일이었다. 모든 대륙에서 모시는 신은 같은 존재였다. 나라마다 부르는 이름, 생각하는 모습이 다를 뿐이었다. 킨시오카는 불편한 심기를 감추기 위해서 작게 소리 내서 웃었다.

"엔카, 제국에서는 신께 허리를 숙여서 인사하지 않는단다. 더군다나 이 조각상은 종교적 의미가 아니라 예술품일 뿐이고."

"예술품으로 만든 거지만 신을 만든 것이 아닙니까? 종교적인 의미가, 신에 대한 경외심이 조금은 들어 있겠죠. 그리고 제국에서는 신에게 허리를 숙여서 인사하지 않는다는 건 압니다. 하지만 저는 메라올드 왕국의 왕자니까요. 메라올드 왕국의 방식으로 예의를 갖추고 싶었습니다."

킨시오카의 말에 옌카는 담담한 표정으로 말했다. 킨시오카는 아들이 자신의 말에 반박하자 불쾌했지만 환하게 웃었다.

"그래, 네 말이 맞구나."

그렇게 말한 킨시오카는 옌카가 그랬던 것처럼 폴레모스 조각상에 허리를 숙여서 인사했다. 하지만 불쾌함에 왼쪽 눈 밑이 파르르 떨렸다. 하지만 뒷모습은 완벽하고 우아했다. 그의 마음을 모르는 제라드 공작은 뿌듯한 표정이 되었다.

'아버지가 불쾌하신 것 같군.'

옌카는 긴장한 채 생각했다. 그가 킨시오카의 말에 반박한 것은 거의 처음 있는 일이었다. 옌카는 긴장감과 두려움을 느꼈다. 아직 그리 더운 날씨가 아닌데도 등이 땀으로 젖을 정도였다. 제라드 공작은 이만 가보겠다는 말을 남기고 가버렸다. 킨시오카는 환하게 웃으며 옌카를 돌아봤다.

"옌카, 무슨 짓이지?"

"제국의 공작 앞이었습니다. 저는 단지 제가 제국의 문화를 존중한다는 것을 표현하고 싶었을 뿐입니다."

킨시오카가 묻자 옌카는 조금 떨리는 목소리로 대답했다. 납득한 킨시오카는 그의 어깨에 묻은 먼지를 털어줬다.

"그래, 내 아들이 설마 진심으로 제국의 신에게 예의를 갖춘 건 아니겠지. 내 말을 잘 들어라. 제국은 하찮은 벌레들의 소굴이란다. 제국이 모시는 신도, 제국의 모든 문화도 하찮은 것뿐이지. 아니, 제국만 그런 게 아니야. 메라올드 왕국을 제외한 모든 나라가 그렇단다."

그렇게 말한 킨시오카는 키득키득 웃다가 말을 이었다.

"메라올드 왕국만이 우월하다. 너는 그것만 기억하면 된다."

그 말을 들은 옌카는 그의 눈동자에서 광기를 읽고 소름이 돋았다.

'아버지는 미쳤어.'

그렇게 생각한 옌카의 눈동자가 흔들렸다.

엘라이나는 급하게 준비한 남색 드레스를 입고 있었다. 차기 황제로 거의 확정된 인물로 보이려면 평소 모습과 다르게 보일 필요가 있었다. 그래서 일부러 아그네스에게 화려한 다이아몬드 목걸이, 다이아몬드 머리 장식을 빌렸다.

"대공 전하, 아무리 생각해도 위험해요."

"그래, 엘라이나. 이건 아닌 것 같구나."

벨리사와 아그네스가 걱정스러운 표정으로 말했다. 옆에 있는 마샤도 불안한 표정이었다. 엘라이나는 여유로운 미소를 지으며 마샤에게 눈짓했다. 그러자 마샤가 아그네스의 다이아몬드 목걸이를 걸어줬다.

머리카락은 묶지 않았고 머리 왼쪽에 다이아몬드 머리 장식을 달았다.

"너무 걱정하지 마세요."

치장이 끝난 엘라이나는 눈동자를 예리하게 빛내며 말했다. 곧 모든 황족이 초대된 다이아몬드궁에서 킨시오카, 엔카와 함께 식사를 할 것이다. 그 자리에서 데미안은 곧 그녀가 새로운 황태손이 될 거라고 선포할 예정이었다. 아그네스와 벨리사는 엘라이나도 켄드릭처럼 될까 봐 불안했다.

"대공 전하, 너무 위험한 것 같으면 바로 그만두세요."

마샤가 엘라이나의 손을 잡고 말했다. 자세한 이야기를 모르는 그녀는 엘라이나가 위험한 일을 한다는 것 정도만 알았다.

"그럴게요, 마샤."

엘라이나는 다정한 표정으로 말했지만 절대 그만둘 생각이 없었다. 자신도 두렵지 않은 건 아니었다. 하지만 메라올드 왕국이라면 데미안이나 켄드릭을 노릴 것 같았다. 데미안은 나이가 많았고 켄드릭은 아직 완전히 회복된 상태가 아니었다. 그런 둘을 위험하게 만들고 싶지 않았다.

"이제 가요."

그렇게 말한 그녀는 환하게 웃었다. 그리고 네 사람은 다이아몬드궁으로 향했다.

"방금 뭐라고 하셨습니까?"

"엘라이나가 새로운 황태손이 될 거라고 말했소."

킨시오카가 식사를 멈추고 묻자 데미안이 태연하게 대답했다. 메라올드 왕국이 미끼를 문 것 같았다. 데미안은 그 미끼가 사랑하는 손녀라는 사실을 잊으려고 노력했다. 그러자 여유로운 표정으로 말을 이어갈 수 있었다.

"켄드릭이 건강이 안 좋아서 말이오. 켄드릭도 원하지 않고 귀족들 사이에서도 몸이 약한 황제는 불안하다는 의견이 많아서."

그의 말에 킨시오카가 켄드릭을 바라봤다. 이 이야기가 진짜인지 묻는 듯한 눈빛이었다.

"아, 저는 정치보다 조용한 생활을 더 좋아해서요."

켄드릭은 진심을 담아서 말했다. 이건 솔직한 심정이었기 때문에 평소와 같이 자연스럽게 말할 수 있었다.

"그런데 왜 프랜시스 대공에게 작위를 내리셨습니까? 바로 황태손으로 삼으시면 되지 않습니까?"

킨시오카가 의심하는 표정을 숨기며 물었다.

"원래 제국의 모든 황족은 작위와 영지를 여러 개 가지고 있소. 그러다 황제가 되면 충신들에게 나눠주면서 자연스럽게 내려놓지. 짐도 그랬소."

"그렇군요."

작게 중얼거린 그의 머리가 빠르게 돌아갔다. 엘라이나는 여자였다. 켄드릭이 황제가 되는 것과는 경우가 달랐다. 자신에게는 훌륭한 신랑감인 아들이 있었다. 킨시오카는 자신의 야망을 조금 더 쉽고 평화로운 방법으로 이룰 수 있다는 걸 깨달았다.

'그래, 황제가 될 프랜시스 대공이 옌카와 혼인한다면? 옌카는 프랜시스 대공과 함께 제국을 다스리겠지. 그리고 내 손주가 황제가 될 수 있어.'

그렇게 생각한 킨시오카는 온몸에 전율이 흘렀다. 그는 서둘러서 말했다.

"프랜시스 대공과 우리 왕자를 혼인시키는 건 어떻겠습니까? 양국의 평화 협정을 더 견고하게 만들기 위해서 혼약을 맺자는 말입니다."

"뭐요?"

당황한 데미안은 자신도 모르게 큰 소리로 물었다. 일이 이상하게 돌아가고 있었다. 당황한 것은 다른 사람들도 마찬가지였다. 옌카는 떨리는 목소리로 킨시오카를 불렀다.

"아버지."

하지만 킨시오카는 대답하지 않았다. 데미안만 빤히 바라볼 뿐이었다.

"저는 이미 연인이 있어서 그건 곤란합니다."

엘라이나가 조심스럽게 말했다. 그러자 데미안은 아까보다 더 큰 소리로 물었다.

"뭐? 누구?"

"마리우스 공작님이요."

그녀는 어색하게 웃으면서 대답했다. 이러다가 진짜 옌카와 혼인하게 될까 봐 걱정이 되었다. 그리고 끝까지 비밀로 할 생각은 아니었기 때문에 말한 것이다. 데미안은 배신감과 기특함이 섞인 묘한 표정이 되었다.

'그 녀석이 손녀를! 하지만 그 녀석 정도면 괜찮지.'

그렇게 생각한 데미안은 킨시오카를 돌아봤다.

"미안하오. 일이 이렇게 됐으니 혼약은 어렵겠소."

데미안의 말에 킨시오카는 또다시 머리를 빠르게 굴렸다. 마리우스 공작만 없으면 엘라이나는 옌카와 혼인할 수 있을 것이다. 그렇게 생각하자 마음이 편해졌다.

"네, 어쩔 수 없죠. 이미 사랑하는 분이 있다는데."

그렇게 말한 그의 눈동자에 어두운 감정이 스쳐 지나갔다.

20

제발 도와주세요

다음 날 아침, 집무실에서 서류를 보던 안드레스의 코에서 핏방울이 떨어졌다. 그가 코를 막자 벤저민은 호들갑스럽게 말했다.

"역시 일이 너무 많은 거 아닙니까? 조금 더 쉬셔야!"

"시끄럽군."

그렇게 말한 안드레스는 코피가 멈추지 않자 조금 당황했다. 피를 너무 흘렸기 때문일까? 안드레스는 어지러움을 느끼고 의자에서 떨어졌다. 아까까지 장난스러운 표정이던 벤저민은 심각한 표정이 되었다. 벤저민은 그에게 다가가서 부축했다.

"공작님, 괜찮으십니까?"

벤저민이 묻자 안드레스는 괜찮다고 대답하려다가 정신을 잃었다. 벤저민은 그의 손가락 끝이 어두운 보라색으로 변한 것을 보고 크게 놀랐다. 그게 끝이 아니었다. 안드레스의 몸이 불덩이처럼 뜨거웠다.

"의사! 누가 의사를 불러주세요!"

벤저민은 최대한 큰 목소리로 소리를 질렀다.

엘라이나는 에메랄드궁의 주방에서 수프를 만들고 있었다. 킨시오카와 옌카 때문에 긴장되는 나날을 보내고 있으니 기분 전환이 필요했다. 그런데 마샤가 다급한 표정으로 달려왔다.

"대공 전하!"

"왜 그래요, 마샤?"

"마리우스 공작님이 쓰러지셨대요!"

마샤의 말에 엘라이나는 들고 있던 국자를 떨어뜨렸다. 아무런 생각도 들지 않았다. 마샤는 걱정스러운 표정으로 멍하니 있는 엘라이나를 바라봤다. 그녀도 엘라이나와 안드레스가 연인이라는 걸 알았다. 그래서 지금 그녀가 얼마나 놀랐을지 걱정스러웠다.

"마리우스 공작가로 가시겠어요?"

"네, 지금 당장 마차를 준비해주세요."

엘라이나는 서둘러서 밖으로 나갔다. 그리고 빠르게 준비된 마차를 타고 마리우스 공작가로 향했다. 마리우스 공작가는 황궁과 그리 멀지 않았다. 하지만 엘라이나는 초조함 때문인지 공작가가 너무 멀게 느껴졌다.

"너무 걱정하지 마세요."

마차에 함께 탄 마샤는 그녀의 손을 잡으며 말했다. 엘라이나는 고맙다는 듯 미소를 지었다. 하지만 평소와 다르게 기운이 없는 표정이었다. 부지런하게 달리던 마차는 마리우스 공작가 앞에 멈췄다. 엘라이나는 거의 뛰쳐나오듯 마차에서 내렸다.

"무슨 일이십니까?"

"프랜시스 대공 전하십니다. 마리우스 공작님이 쓰러지셨다는 소식을 듣고 왔습니다."

집사가 묻자 마샤가 정중하게 대답했다. 집사는 잠시 망설이다가 엘라이나의 간절한 표정을 보고 안드레스가 있는 침실로 안내했다. 안드레스의 침실은 남색과 은색으로 꾸며진 곳이었다. 그의 옆을 지키고 있던 벤저민이 정중하게 고개를 숙였다.

"공작님의 보좌관인 벤저민입니다."

"공작님은 어디가 편찮으신 건가요?"

엘라이나가 울 것 같은 표정으로 물었다.

"저도 잘 모르겠습니다. 의사도 이런 증상은 처음 본다고 하더군요."

벤저민은 한숨을 쉬면서 대답했다.

"이런 증상이요?"

"이걸 좀 보시죠."

엘라이나가 조심스럽게 묻자 그가 안드레스의 팔을 가리키며 말을 이어갔다.

"처음에는 손가락 끝만 보라색이더니 지금은 팔까지 보라색이 되었습니다."

엘라이나는 놀란 표정으로 안드레스의 팔을 바라봤다. 그의 팔은 어두운 보라색이었다. 눈시울이 붉어진 엘라이나는 안드레스에게 조금 더 가까이 다가갔다.

"그전까지는 아무렇지 않게 일을 하시고 계셨는데."

그렇게 말한 벤저민은 아랫입술을 깨물었다. 엘라이나는 어쩐지 이 일이 메라올드 왕국과 관련이 있을 거라는 생각이 들었다.

'내가 안드레스가 연인이라면서 혼약을 거절했기 때문일까? 내가 너무 바보 같았어. 그들 앞에서 안드레스 이야기를 하는 게 아니었는데.'

그녀는 그런 생각이 들자 시간이 없다는 것을 깨달았다.

'메라올드 왕국이 증거를 없애기 전에 황궁으로 가야 돼!'

그렇게 생각한 엘라이나는 벤저민에게 눈인사만 하고 마차로 달려갔다. 그리고 자신을 호위하느라 따라온 기사에게 말했다.

"지금 당장 황궁으로 가서 메라올드 왕국에서 온 사람들에게서 저주의 증거를 찾으라고 전해주세요."

"네?"

"빨리요!"

그녀가 다급하게 말하자 기사는 심각한 일이라는 걸 깨달았는지 말을 타고 달려갔다. 그 모습을 바라보던 엘라이나는 공작가의 주방으로 향했다.

"죄송한데 주방을 잠깐 써도 될까요?"

"네? 네!"

엘라이나가 누구인지 모르는 주방장은 자신도 모르게 대답했다. 그녀가 너무 다급한 표정이었기 때문이다. 엘라이나는 빠른 속도로 크림수프를 만들어서 안드레스의 침실로 가져갔다. 벤저민은 잠시 자리를 비운 것 같았다.

'어쩌지? 내 수프는 검은 연기만 정화하는데. 괜찮을까?'

엘라이나는 불안한 표정으로 생각하다가 중얼거렸다.

"아스테르 님, 제발 도와주세요."

엘라이나의 중얼거림이 끝나자 크림수프가 잠시 빛났다. 그녀는 아스테르가 자신의 말을 들어줬다고 생각했다.

"감사합니다. 감사합니다."

계속 감사하다고 말하던 엘라이나는 앓고 있는 안드레스에게 수프를 먹였다. 그러자 그가 눈을 떴다. 아직 팔은 원래 색깔로 돌아오지 않았지만 열은 떨어진 것 같았다.

"엘라이나?"

"안드레스, 괜찮아요?"

"엘라이나가 여기에 왜? 집무실에서 쓰러진 것까지는 기억이 나는데."

"안드레스가 쓰러졌다고 해서 왔어요. 일단 이 수프부터 다 먹어요."

그렇게 말한 엘라이나는 그에게 계속 수프를 먹였다. 안드레스는 그녀가 먹여주는 게 조금 부끄러웠지만 기운이 없었기 때문에 가만히 있었다. 엘라이나는 안드레스가 괜찮아지고 있는 걸 보자 안심이 되었다.

"이상하군요. 아까까지 팔이 타는 것처럼 아팠는데 수프를 먹으니까 괜찮아졌어요."

"안드레스가 다 나으면 모든 걸 말해줄게요."

엘라이나는 옅은 미소와 함께 말했다.

킨시오카는 기분이 아주 좋았다. 자신의 손주가 제국의 황제가 될 거라고 생각하니까 자꾸 웃음이 나왔다. 자신의 꿈을 이렇게 쉽게 이룰 수 있는 방법이 있었다니.

'이럴 줄 알았으면 딸을 낳아서 황제의 후궁으로 보내는 건데.'

그는 웃으면서 생각했다. 그리고 옆에 있는 주술사에게 작은 목소리로 물었다.

"증거는 다 없앴겠지?"

"네, 철저하게 숨겼으니 찾을 수 없을 겁니다."

"뭐? 태우라고 하지 않았는가?"

"하지만 마땅히 태울 곳이 없었습니다. 황궁의 고용인들이 볼지도 모르고요."

킨시오카가 화난 표정으로 묻자 주술사는 당황한 듯 대답했다. 그때였다. 갑자기 문이 열리더니 기사들이 들어왔다.

"이게 무슨 일인가? 제국에서는 손님을 이렇게 대접하는가?"

킨시오카가 물었지만 기사들은 대답하지 않고 증거를 찾아다녔다. 그리고 한 기사가 무언가를 보고 다급하게 소리쳤다.

"여기! 여기입니다!"

그 소리를 들은 데미안이 방으로 들어왔다. 다급하게 소리쳤던 기사는 피로 안드레스의 이름을 적은 천 하나를 들고 있었다.

"저자의 손을 살펴봐라."

데미안이 명령하자 다른 기사가 주술사의 손을 잡아서 살폈다. 손가락 끝에 피를 낸 흔적이 있었다. 데미안은 차가운 표정으로 킨시오카를 바라봤다. 그는 침을 꿀꺽 삼키고 말했다.

"주술사가 마음대로 벌인 일입니다."

"아닙니다!"

킨시오카의 말에 주술사가 놀라서 소리쳤다. 그리고 빠르게 말을 이었다.

"전하께서 명령하신 일입니다. 마리우스 공작만 없으면 모든 일이 잘 풀린다고 하셨습니다. 프랜시스 대공과 왕자님께서 혼인만 하면 제국을 차지할 수 있다고요!"

주술사의 말이 끝나자 킨시오카는 입술을 파르르 떨었다. 기사들은 킨시오카를 붙잡았다. 데미안에게 달려들거나 도망칠까 봐 걱정이 된 것이다.

"제국의 귀족을 저주한 것, 제국을 차지할 계략을 꾸민 것. 메라올드 왕국이 평화 협정을 먼저 깨버린 것 같군."

그렇게 말한 데미안이 이를 갈았다. 그리고 뭔가 말하려는데 옌카가 나타나서 무릎을 꿇었다.

"목숨만 살려주십시오, 폐하. 제 아버지와 왕국의 백성을 살려주십시오."

"짐이 왜 그래야 하지?"

"전쟁이 일어나면 제국의 백성도 안전하지 않습니다."

"협박인가?"

데미안은 자신의 눈동자를 똑바로 보고 말하는 그가 마음에 들었지만 일부러 떠보듯 물었다.

"현실을 말씀드리는 것입니다. 피 한 방울 흘리지 않고 메라올드 왕국을 손에 넣게 해드리겠습니다. 제국의 속국이 되겠습니다."

"옌카! 네가 감히!"

옌카의 말에 킨시오카가 무서운 표정으로 소리를 질렀다. 하지만 데미안도, 옌카도 그를 신경 쓰지 않았다.

"그래, 좋다. 하지만 조건이 있다. 킨시오카를 폐위하고 별궁에 감금하라."

"그렇게 하겠습니다."

옌카는 머리를 숙이며 말했다. 킨시오카는 메라올드 왕국의 언어로 그에게 욕설을 퍼부었다. 하지만 옌카는 후회하지 않았다. 아버지의 목숨을, 백성의 목숨을 살리기 위한 일이었다.

"그리고 저 주술사는 메라올드 왕국으로 돌아갈 수 없다. 제국의 죄인으로 대할 것이다."

"네."

데미안의 말에 그는 또다시 머리를 숙이며 대답했다. 킨시오카와 주술사의 절규가 들리자 옌카는 눈을 감았다.

21

제 세 잎 클로버는

며칠이 흘렀다. 메라올드 왕국은 제국의 속국이 되었고 안드레스는 건강을 되찾았다. 안드레스는 엘라이나가 아스테르에게 힘을 받았다는 걸 듣고 조금 놀랐지만 금방 이해했다. 그녀라면 여신에게도 인정을 받을 만하다고 생각했기 때문이다.

"엘라이나는 특별하니까 아스테르 님이 알아보신 겁니다. 모든 일을 잘 해결할 사람이라는 것을요."

안드레스의 말에 엘라이나는 크게 웃었다. 그리고 주변을 둘러보다가 풀밭에 있던 세 잎 클로버 하나를 꺾었다. 안드레스는 그녀가 자신에게 세 잎 클로버를 내밀자 의아한 표정이 되었다.

"안드레스, 아무래도 안 되겠어요. 우리 혼인해요."

"네?"

"안드레스가 쓰러졌다는 말을 듣고 무서웠어요. 남은 인생을 안드레스 없이 살아가게 될까 봐요."

"엘라이나."

엘라이나의 말에 안드레스는 마음 한구석이 아팠다. 그녀가 잠시라도 그런 슬픔을 느꼈다는 게 안타까웠다.

"그리고 깨달았어요. 제 세 잎 클로버는, 제 행복은 안드레스가 없으면 완성되지 않는다는걸요. 그러니까 혼인해요."

"부족한 저라도 괜찮으시다면 백번이라도, 천번이라도요."

그렇게 말한 안드레스는 그녀의 뺨을 감쌌다. 그리고 조심스럽게 입을 맞췄다. 엘라이나는 들고 있던 세 잎 클로버를 놓치지 않으려고 노력하면서 눈을 감았다. 풀냄새가 가득한 바람이 불어왔다. 펄펄 끓는 수프처럼 뜨거운 입맞춤이었다. 그리고 조심스럽게 떨어진 두 사람은 행복한 미소를 지었다.

"그런데 할아버지가 허락하실까요? 당분간 혼인시킬 생각이 없다고 하셨는데."

"그것보다 부부가 둘 다 높은 작위를 가지고 있으면 안 된다는 것 때문에 걱정입니다."

"아, 그것도 그렇군요."

"그것 때문에 반대하신다면 제가 작위를 포기하겠습니다."

안드레스가 결연한 표정으로 말하자 엘라이나는 눈을 동그랗게 떴다.

"네?"

"어차피 내년이면 동생이 태어납니다. 우선 약혼부터 하고 동생이 태어나면 작위를 물려주면 됩니다."

안드레스가 담담한 말투로 말했다.

"하지만 갓난아기잖아요."

"당연히 그 아이가 클 때까지는 어머니를 대리인으로 삼아야겠죠."

"정말 그래도 되겠어요?"

엘라이나가 조심스럽게 묻자 그는 빙긋 웃으면서 대답했다.

"마리우스 공작가도, 엘라이나도 소중합니다. 제가 작위를 포기한다고 마리우스 공작가가 사라지는 건 아니잖아요. 하지만 작위를 포기하지 않으면 엘라이나가 내 곁에서 사라질지도 모르니까요."

안드레스의 말에 엘라이나는 그를 꽉 껴안았다. 너무 고맙고 미안해서 말이 나오지 않았다. 안드레스는 그런 엘라이나의 마음을 다 알았다. 그래서 다정한 손길로 그녀의 뺨을 어루만졌다.

"폐하, 우시는 건 아니죠?"

"짐을 놀리는 건가? 안 울어."

안토니오가 장난스럽게 묻자 데미안이 불쾌하다는 듯 말했다. 엘라이나가 안드레스와 혼인하겠다고 말한 이후 데미안은 기분이 안 좋았다. 물론 손녀가 좋은 사람과 혼인하는 건 기쁜 일이었다. 하지만 그는 엘라이나와 보낸 시간이 짧았다. 그래서 더 아쉽고 서운했다.

"약혼식이라도 화려하게 열어주고 싶었는데 그것도 싫다고 하다니."

"소박한 분이니까요."

데미안의 말에 안토니오는 빙긋 웃으면서 말했다.

"이제 대공인데! 그런 걸 생각하면 안드레스가 짝이 된 게 다행이군. 그 녀석은 한 가문이 어떻게 돌아가는지 잘 아니까 엘라이나에게 많은 도움이 될 거야."

"솔직히 조금 놀랐습니다. 마리우스 공작님이 작위를 내려놓겠다고 하시다니."

안토니오가 말하자 데미안은 입을 꾹 다물었다. 놀란 건 자신도 마찬가지였다. 대공의 부군이 되겠지만 자신이 가주는 아니다. 가주가 가진 힘과 부군, 부인이 가진 힘은 다를 수밖에 없었다. 가주가 가문의 중심이니까. 그런데 작위를 포기하고 엘라이나의 옆자리를 선택한 것이 놀라웠다. 더군다나 안드레스는 마리우스 공작가에 대한 애정이 넘치는 것처럼 보였으니까.

'그렇게 사랑하던 가문보다 더 사랑하는 게 생긴 건가?'

그렇게 생각한 그는 피식 웃어버렸다. 자신의 젊은 시절이 생각났다. 프랜시스를 위해서 황위를 포기하겠다고 말했던 젊은 시절.

'만약에 그때 프랜시스가 그러라고 했다면 내 인생은 어떻게 되었을까?'

데미안은 잠시 생각하다가 고개를 저었다. 물론 그렇게 되어도 행복했을 것이다. 하지만 그랬으면 카산드라와 그레고리는 물론이고 아그네스도, 켄드릭도, 벨리사도 만나지 못했을 것이다. 그러니까 젊은 시절의 선택에 후회는 없었다.

"그 녀석들이 행복하게 살았으면 좋겠군."

그렇게 말한 데미안은 한참을 말이 없었다. 아련한 추억을 떠올리는 사람처럼.

엘라이나가 브라이트로 돌아가는 날이었다. 그녀는 텃밭에서 수확한 것들로 수프를 만들었다. 토마토 바질 수프와 오크라 수프를 만든 것이다. 엘라이나는 모든 일이 끝났기 때문에 브리이트로 돌아갈 생각이었다. 그전에 젤라우드에서 만난 친구들, 자신에게 크고 작은 도움을 준 사람들에게 수프를 보낼 생각이었다.

"저도 브라이트로 가면 안 될까요?"

"마샤가 집사가 되어주면 좋겠다는 생각은 했어요."

"집사도 좋고 유모도 좋아요. 제발 저도 데려가 주세요."

마샤는 진심을 담아서 말했다. 이왕 일한다면 그녀를 위해서 일하고 싶었다.

"하지만 성이 완공되면 오세요. 그때까지는 전처럼 수프 가게에서 지낼 생각이거든요."

그렇게 말한 엘라이나는 수프를 담은 통에 받을 사람의 이름을 적었다. 안토니오, 바버라, 아이작을 포함한 에메랄드궁의 고용인들, 웨슬리, 메리골드, 제라드 공작, 그레슬린, 멜리사, 클레어, 이사벨라, 벤저민까지.

"전하, 제 건 없어요?"

"당연히 있죠. 가족이랑 안드레스, 마샤의 수프는 따로 남겨놨어요."

마샤가 장난스럽게 묻자 엘라이나가 활짝 웃으면서 대답했다. 그녀는 어쩐지 기분이 묘했다. 자신이 키운 식재료로 수프를 만든 건 기쁘고 뿌듯했다. 하지만 젤라우드를 떠나면서 만드는 수프라고 생각하니까 아쉬웠다.

'내가 황손이라니. 그리고 아스테르 님을 만나다니. 과거의 나한테 이 말을 했다면 무슨 헛소리냐고 했을 거야.'

그렇게 생각한 엘라이나는 미소를 지었다. 그리고 주방을 나가서 미리 준비된 마차로 향했다. 그곳에는 다른 황족들과 안드레스가 기다리고 있었다.

"자주 놀러 오너라."

"편지도 자주 보내고."

데미안이 아쉬운 표정으로 말하자 아그네스가 눈시울을 붉히며 말했다.

"우리가 놀러 갈게."

"꼭 놀러 갈게요."

켄드릭과 벨리사도 시운한 표정으로 말했다.

"자주 놀러 올게요. 편지도 자주 보내고요. 브라이트에 오시는 것도 환영이고요."

그렇게 말하며 엘라이나는 안드레스의 얼굴을 바라봤다. 그는 무슨 말을 하면 좋을지 잠시 고민하다가 말했다.

“작위 문제가 정리되면 바로 가겠습니다. 기다려주세요.”

“기다릴게요.”

엘라이나는 활짝 웃으며 말하고는 안드레스의 뺨에 입을 맞췄다. 그리고 얼른 마차에 탔다. 마차가 출발하자 그녀는 젤라우드를 떠난다는 아쉬움, 브라이트로 간다는 설렘이 뒤섞여서 복잡한 표정이 되었다.

해가 바뀌고 또다시 봄이 되었다. 엘라이나는 아스테르를 만나기 전처럼, 황손이라는 걸 몰랐을 때처럼 수프 가게를 운영하며 지냈다. 처음에는 대공이 된 그녀를 어색하게 대하던 단골손님들도 전과 같은 모습이 되었다.

엘라이나는 안드레스는 물론이고 젤라우드의 가족, 친구들과 편지를 자주 주고받았다. 다들 바쁜 모양인지 놀러 오겠다더니 코빼기도 보이지 않았다. 그녀는 조금 서운했지만 자신도 젤라우드에 놀러 가지 않았으니까 됐다고 생각했다.

‘서로 바쁘니까 어쩔 수 없는 일이지. 그래도 다들 어떻게 지내는지 알 수 있어서 다행이야. 다른 귀족들 소식도 듣고.’

데미안은 여전히 일이 바빴고 아그네스는 소설을 쓰기 시작했다. 책을 좋아하는 아그네스에게 잘 어울리는 취미였다. 켄드릭과 벨리사는 제국의 모든 영지를 돌아보는 여행을 준비하는 중이었다. 그레슬린은 후계자 수업을 착실히 받는 중이었다. 그녀가 편지에 적은 것에 따르면 페트리샤는 얌전한 성격으로 유명한 카플란 남작 영식과 약혼을 했다고 한다.

멜리사와 그렇게 싸우더니 가족이 된다는 게 재밌었다. 다행히 요즘은 사이가 좋은 모양이었다. 편지에 적혀 있지는 않았지만 소문으로 들은 이야기도 있었다. 발렌티노가 타란타 왕국에 갔다가 여왕의 여섯 번째 후궁이 되었다는 것이다. 후작의 아들이 다른 나라 여왕의 후궁이 되었다는 것에 브라이트까지 떠들썩했다.

'모두 잘 지내는 것 같아서 다행이야.'

그렇게 생각한 엘라이나는 텃밭으로 향했다. 그녀는 프랜시스가 죽고 쓰지 않던 텃밭에 채소와 허브를 심었다.

어느새 프랜시스가 키우던 라일락이 아름답게 피었다. 엘라이나는 브라이트로 돌아온 이후 라일락의 꽃말이 '첫사랑', '젊은 날의 추억'이라는 걸 알았다. 그녀는 프랜시스가 라일락을 심은 이유가 데미안 같다고 생각했다.

'첫사랑이라니. 그렇게 생각하고 보니까 더 예쁜 것 같네.'

엘라이나는 라일락을 바라보면서 생각했다. 안드레스가 보고 싶었다. 안드레스는 그를 닮은 남동생이 태어났다는 편지 이후 소식이 없었다.

'벌써 몇 달이나 지났는데, 설마 마음이 바뀐 거 아닐까?'

그렇게 생각한 엘라이나는 울적한 기분이 되었다. 일이나 하자는 생각으로 텃밭에 물을 뿌리는데 뒤에서 인기척이 들렸다.

"엘라이나."

그리고 들린 것은 그리웠던 목소리였다. 그녀가 뒤를 돌아보자 안드레스가 서 있었다. 그는 미소를 지었고 바람에 라일락꽃잎이 휘날렸다. 엘라이나는 들고 있던 물통을 떨어뜨리고 그에게 달려가서 안겼다.

"제가 너무 늦었죠? 이제 죽는 날까지 옆에 있을게요."

그렇게 말하며 안드레스는 그녀를 꽉 껴안았다. 엘라이나는 눈물을 글썽이며 웃었다. 첫사랑이자 마지막 사랑이었다. 절대 놓지 않을, 수프처럼 따뜻한 사랑이었다.

오늘은 두 사람이 부부가 되는 날입니다

혼인식이 열리는 날이 되자 엘라이나는 손가락 끝이 저릿저릿한 느낌이 들었다. 긴장 때문이었다. 긴장하지 않을 거라고 생각했는데 아니었다. 속이 울렁거리는 것 같기도 했다.

"너무 아름다워요, 전하."

마샤는 발을 구르며 감탄했다. 엘라이나는 수줍은 미소를 지으며 거울을 바라봤다. 작은 에메랄드, 레이스로 장식한 벨 라인의 하얀 웨딩드레스는 우아했다. 에메랄드 귀걸이, 은빛으로 반짝이는 긴 면사포는 그녀와 잘 어울렸고 라일락으로 만든 부케도 아름다웠다.

"곧 입장하실 시간입니다."

마샤의 말에 엘라이나는 조심스럽게 발걸음을 옮겼다. 엘라이나를 기다리고 있던 안드레스는 그녀의 모습에 잠시 멍한 표정이 되었다. 다른 사람들에게 보여주기는 아까운 모습이었다.

'예복이 잘 어울리시네.'

엘라이나는 하얀 예복을 입은 그를 보고 생각했다. 금실로 자수를 놓고 단추도 황금으로 만든 화려한 예복이었다. 부케와 맞춰서 라일락으로 만든 부토니에도 보였다. 두 사람은 나란히 혼인식장에 들어섰다.

완공된 대공성의 정원이 혼인식장이었다. 엘라이나를 상징하는 녹색, 두 사람의 순수한 사랑을 상징하는 하얀 색으로 꾸며졌는데 우아하고 신비로운 모습이었다. 모든 하객들이 두 사람을 바라보면서 작게 감탄했다. 누가 봐도 잘 어울리는 한 쌍이었다.

'엘라이나가 혼인을 하다니.'

데미안은 아쉬운 마음에 미간을 찌푸렸다. 어렵게 만난 손녀라서 더 오랜 시간을 함께 보내고 싶었다.

'행복하렴, 엘라이나.'

하지만 어쩌겠는가? 자식이 새라면 부모는 둥지였다. 자라는 동안은 따뜻하게 품어주고 날아오르면 지켜보는 수밖에 없는 것이다. 프랭크와 실비아가 없으니 자신이 둥지가 되어야했다. 엘라이나가 지쳐서 돌아오면 잠시 쉴 공간을 내어주는 것이 남은 일이었다.

"두 사람이 행복했으면 좋겠네요."

데미안의 옆에 앉은 아그네스가 말하자 그 옆에 앉은 켄드릭과 벨리사는 고개를 끄덕였다. 엘라이나와 안드레스가 주례를 맡은 신관 앞에 섰다. 콧수염이 독특한 신관은 엄숙한 표정으로 두 사람을 바라봤다.

"오늘은 두 사람이 부부가 되는 날입니다. 부부는 머리가 둘, 몸이 하나인 것과 같습니다."

신관의 말에 하객들이 웅성거렸다. 머리가 둘이고 몸이 하나라니? 무슨 말인지 이해할 수 없었다. 신관은 아무렇지 않게 말을 이어갔다.

"두 머리는 생각이 다를 수도 있습니다. 가고 싶은 방향이 다를 수도 있고요. 하지만 몸이 하나니까 갈 수 있는 방향도 하나뿐이죠. 몸이 찢어지지 않으려면 두 머리는 어떤 방향으로 갈지 잘 상의할 필요가 있습니다."

재밌는 표현이라고 생각한 엘라이나는 빙긋 웃었다. 안드레스는 조금 더 평범하고 무난한 주례사가 좋을 것 같았지만 그녀가 웃으니까 됐다고 생각했다. 신관은 열정적인 손짓과 함께 말을 이어갔다.

"장점이라고 생각한 게 단점으로 보이는 날이 올 수도 있습니다. 하지만 이것만은 기억하세요. 내가 사랑한, 평생을 약속한 사람은 장점이 많은 사람이었다는 걸요. 제가 말이 너무 길었군요."

그렇게 말한 신관은 안드레스에게 물었다.

"신랑은 모든 신들에게 영원한 사랑을 맹세하시겠습니까?"

"네."

그의 대답에 빙긋 웃은 신관은 엘라이나를 바라봤다.

"신부는 모든 신들에게 영원한 사랑을 맹세하시겠습니까?"

"네."

엘라이나는 조심스럽게 대답했다. 곧 두 사람이 입을 맞추자 신관은 들뜬 목소리로 외쳤다.

"두 사람은 부부가 되었습니다!"

신관의 말이 끝나기가 무섭게 하객들의 박수가 쏟아졌다.

안드레스는 품에 안은 아기를 내려다봤다. 곱슬곱슬한 은발, 녹색 눈동자를 가진 아기는 엘라이나와 안드레스를 반씩 닮은 모습이었다. 그는 사랑스러운 딸의 이마에 가볍게 입을 맞췄다.

"비비안, 저기 좀 보렴."

안드레스가 가리킨 곳에는 엘라이나가 바쁘게 단호박 수프를 만들고 있었다. 땀에 젖은 머리카락, 굳게 다문 입술이 힘든 것처럼 보였지만 눈동자는 반짝거렸다. 아주 행복하다는 것처럼. 안드레스는 자신도 모르게 미소를 지었다.

안드레스는 엘라이나가 수프를 만드는 모습이 좋았다. 정확히 말하면 수프를 만들면서 행복해하는 모습이 좋았다. 하지만 수프를 만들면서 반짝거리는 녹색 눈동자를 볼 때면 아주 가끔 마음이 뾰족해졌다.

"이런 말은 너한테만 하는 거지만 아버지는 가끔 질투가 난단다. 네 어머니가 나보다 수프를 더 좋아하는 것 같아서."

안드레스는 비비안에게 작은 목소리로 속삭였다. 태어난 지 8개월이 조금 지난 아기에게는 어려운 이야기였다. 비비안은 손을 뻗어서 안드레스의 머리카락을 잡았다. 그는 딸의 손에서 머리카락을 빼내려고 노력했다.

"안드레스! 비비안! "

두 사람을 발견한 엘라이나가 활짝 웃었다. 안드레스는 그녀의 미소에 아주 살짝 뾰족해졌던 마음이 녹아내리는 걸 느꼈다.

"비비안, 아버지 머리카락은 잡초가 아니란다. 아무리 생각해도 비비안이 정원 손질에 재능이 있는 것 같아요. 웨슬리한테 제자로 보내야하나?"

엘라이나는 장난기 가득한 표정으로 비비안을 받아들었다. 그녀는 비비안의 뺨에 가볍게 입을 맞췄다. 그러자 안드레스는 두 손으로 그녀의 얼굴을 감싸고 깊게 입을 맞췄다. 단호박 수프의 달콤한 냄새가 났고 비비안이 까르륵 웃는 소리가 들렸다. 행복한 날이었다.

엘라이나의 마법 수프

초판 1쇄 2022년 2월 25일

지은이 모나

발행인 유철상
편집 정은영, 정유진, 박다정
디자인 여혜영, 주인지
교정 유은하
마케팅 조종삼, 윤소담
콘텐츠 강한나

펴낸곳 상상출판
주소 서울특별시 성동구 뚝섬로17가길 48, 성수에이원센터 1205호(성수동2가)
구입·내용 문의 | 전화 02-963-9891 **팩스** 02-963-9892
이메일 sangsang9892@gmail.com
등록 2009년 9월 22일(제305-2010-02호)
찍은 곳 다라니
종이 ㈜월드페이퍼

ISBN 979-11-6782-064-8(03810)

www.esangsang.co.kr